L'AMOUR
DE MA VIE

ÉGALEMENT CHEZ POCKET

ROSIE WALSH

L'AMOUR DE MA VIE

Traduit de l'anglais
par Caroline Bouet

LES ESCALES

Titre original :
THE LOVE OF MY LIFE

© Rosie Walsh Ltd., 2022
© Éditions Les Escales, un département d'Édi8, 2022,
pour la traduction française
ISBN 978-2-266-33301-6
Dépôt légal : octobre 2023

À Sharon

Première partie

LEO & EMMA

Prologue

Nous avons marché en direction du nord le long de lits de varech et de mares résiduelles agitées de vaguelettes qui nous séparaient de la principale bande de sable. La mer était un champ de crêtes blanches, et les rares nuages se déplaçaient à vive allure dans le ciel, projetant des ombres en forme de spirales sur la plage.

Nous deux, dans cet espace liminal où la terre descendait dans la mer, c'était bien. Ce royaume n'était pas le nôtre. Il appartenait aux étoiles de mer et aux berniques, aux anémones et aux bernard-l'hermite. Ici, personne ne remarquait que nous étions ensemble. Personne ne s'en souciait.

Il s'est mis à pleuvoir et nous avons trouvé refuge dans une cabane cachée au milieu des dunes où nous avons mangé des sandwichs. Il y avait des crottes de mouton desséchées dans les coins et la pluie mitraillait le toit. C'était le sanctuaire parfait. Un endroit rien que pour nous.

Notre conversation allait bon train tandis que sur la plage, en contrebas, le temps se déchaînait. Dans mon cœur, l'espoir a commencé à grandir.

Nous avons remarqué la carcasse de crabe tout au bout de la plage peu après notre pique-nique. De taille moyenne, seul sur le rivage parmi les dépôts de bois flotté et de fucus spiralé sec. Des fragments de couteaux étaient accrochés à son abdomen, un bout de filet de pêche délavé s'était entortillé autour d'une antenne sans vie et de drôles de points vermillon recouvraient son corps et ses pinces.

J'étais fatiguée à présent, alors je me suis assise pour l'examiner correctement. Sa carapace était pourvue de quatre épines distinctes. Ses pinces étaient poilues.

J'ai regardé ses yeux aveugles en essayant d'imaginer d'où il avait pu venir. J'avais lu que les crabes parcouraient de longues distances sur toutes sortes de radeaux de fortune – morceaux de plastique, grosses algues, parfois même sur la coque tapissée de bernacles des cargos. Cette créature pouvait tout à fait être partie de Polynésie, avoir survécu pendant des milliers de kilomètres, pour finalement périr sur une plage du Northumberland.

Il fallait que je prenne des photos. Mes tuteurs sauraient à quelle espèce il appartenait.

Mais lorsque j'ai fouillé dans mon sac pour prendre mon appareil photo, ma vue s'est soudain mise à tanguer. Le vertige s'est abattu tel un brouillard maritime, m'obligeant à rester immobile, pliée en deux, en attendant que le malaise passe.

— Chute de tension, ai-je expliqué quand j'ai été en mesure de me redresser. J'ai ça depuis que je suis gamine.

Nous avons repris notre observation du crabe. Je me suis mise à quatre pattes pour le photographier sous toutes ses coutures.

Les vertiges ont recommencé lorsque j'ai rangé mon appareil photo, sauf que, cette fois-ci, ils sont venus par vagues. Une douleur s'est accentuée dans mon dos, accompagnée d'une sensation plus sombre et plus puissante près de mes côtes. Je me suis agenouillée de nouveau et j'ai calé mes mains entre mes jambes. L'étourdissement s'est amplifié.

J'ai compté jusqu'à dix. Au-dessus de ma tête, des mots inquiets murmurés, entrelacés de peur, ont déferlé. Le vent a changé de direction.

Quand j'ai fini par ouvrir les yeux, mes mains étaient tachées de sang.

J'ai observé attentivement. Du sang, indubitablement. Frais et humide, sur ma paume droite.

J'ai entendu que je disais :

— Ce n'est rien. Pas de quoi s'inquiéter.

La panique a afflué avec la marée.

Chapitre 1

Leo

Ses cils sont souvent mouillés à son réveil, comme si elle avait nagé dans une mer de rêves tristes. « C'est juste un truc lié au sommeil, m'a-t-elle toujours dit. Je ne fais jamais de cauchemars. » Après un bâillement insondable, elle s'essuie les yeux et sort du lit pour vérifier que Ruby est en vie et respire. Notre fille a beau avoir trois ans, c'est une habitude dont Emma n'a su se défaire.

— Leo ! s'écrie-t-elle à son retour. Réveille-toi ! Embrasse-moi !

Quelques instants s'écoulent, le temps que j'émerge des lentes profondeurs pour me glisser dans la journée. L'aube se propage depuis l'est en ombres ambrées. Nous nous blottissons l'un contre l'autre, et Emma parle pratiquement en non-stop – même si, de temps à autre, elle observe une pause au milieu d'un torrent de mots pour m'embrasser. À 6 h 45, nous consultons Wikideaths afin de regarder si quelqu'un est mort pendant la nuit, et à

7 heures, elle lâche un pet et accuse une mobylette dans la rue d'en être à l'origine.

Je ne me souviens pas à quel moment de notre relation elle a pris cette habitude. Trop tôt, sans doute. Mais elle savait certainement que j'avais hissé les voiles avec elle et que j'étais tout aussi peu susceptible de regagner la rive à la nage que de m'y rendre à tire-d'aile.

Si notre fille n'est pas encore venue nous retrouver dans notre lit à ce moment-là, nous la rejoignons dans le sien. Sa chambre est sucrée et chaude, et nos discussions matinales au sujet de Canard comptent parmi les moments les plus heureux que mon cœur connaisse. Nous prêtons à Canard, qu'elle serre fort contre elle tout au long de la nuit, d'incroyables aventures nocturnes.

D'ordinaire, j'habille Ruby pendant qu'Emma descend au rez-de-chaussée – pour préparer le petit déjeuner, dit-elle. Mais la plupart des jours, elle est happée en cours de route par des données marines recueillies au cours de la nuit dans son labo, et c'est Ruby et moi qui nous chargeons du repas. Ma femme est arrivée avec un retard de quarante minutes à notre mariage parce qu'elle s'était arrêtée pour photographier le rivage de Restronguet Creek à marée basse. Vêtue de sa robe de mariée. Hormis l'officier d'état civil, personne n'était surpris.

Emma est spécialisée dans les écosystèmes des zones intertidales. En d'autres termes, elle étudie les lieux et créatures qui se trouvent submergés à marée haute et exposés à marée basse. Il s'agit d'après elle de l'écosystème le plus miraculeux et le plus excitant au monde. Elle scrute les mares entre les rochers depuis sa plus tendre enfance – elle a ça dans le sang. Son intérêt se porte tout particulièrement sur les crabes, mais la plupart des crustacées sont une bonne cible pour elle. En ce moment, de petites bestioles appelées *Hemigrapsus takanoi* occupent des aquariums spéciaux de son laboratoire. Je sais l'espèce invasive, et qu'elle étudie un aspect de leur morphologie qu'elle tente de décrypter depuis des années, mais qu'on ne m'en demande pas plus. Moins de la moitié des mots qu'emploient les biologistes sont compréhensibles pour le commun des mortels. Se retrouver coincé parmi eux à une soirée est un véritable cauchemar.

Emma est en train de chanter pour John Keats quand j'arrive dans la cuisine. Le soleil matinal déferle sur le plan de travail et sur nos céréales qui durcissent dans des bols. Son ordinateur portable, qui affiche une page remplie de mots et de gribouillis impressionnants, diffuse un morceau intitulé *Killermuffin*. Quand nous avons récupéré John Keats au refuge pour chiens, on nous a expliqué qu'écouter de la *jungle* tout bas l'apaisait. Voilà comment ce genre musical est devenu la bande-son de notre vie. Je m'y suis habitué mais il m'a fallu du temps.

Debout sur le seuil avec Ruby hissée contre ma hanche, je regarde ma femme chanter comme une casserole pour notre chien. Bien que son arbre généalogique compte quelques musiciens, elle n'arrive même pas à chanter juste l'air de « Joyeux anniversaire ». Mais cela ne l'a jamais arrêtée. C'est l'une des nombreuses choses que j'aime chez ma femme.

Elle nous aperçoit et nous rejoint en dansant, sans arrêter de massacrer le morceau.

— Mes chouchous ! s'exclame-t-elle en nous embrassant tous les deux et en me prenant Ruby des bras.

Elle tourbillonne avec notre fille et se met à chanter encore plus fort.

Ruby sait que sa maman a été malade. Elle l'a vue perdre ses cheveux à cause des médicaments spéciaux que lui donne l'hôpital, mais elle pense qu'Emma va mieux maintenant. La vérité est que nous n'en savons rien. Emma a passé son PET-scan post-traitement hier, et nous avons rendez-vous pour discuter des résultats la semaine prochaine. Nous sommes optimistes, nous avons peur. Nous dormons mal tous les deux.

Après une courte période à danser avec sa mère en faisant tourbillonner Canard au-dessus de leurs têtes, Ruby s'extirpe de ses bras grâce à des contorsions. Elle doit se consacrer à une affaire pressante.

— Reviens ! s'écrie Emma. J'ai envie de te faire un câlin !

— Je suis trop occupée, répond Ruby avec regret.

Et puis, s'adressant à la plante dont elle doit prendre soin pour sa classe de maternelle :

— Bonjour. Je vais te donner à boire.

— Du nouveau ? je demande avec un mouvement de tête en direction de l'ordinateur.

Il y a quelques années de cela, Emma a présenté une série de documentaires animaliers pour la BBC, et même si elle n'a plus travaillé pour la télévision depuis, elle continue de recevoir des messages de types bizarres. Mais comme les documentaires ont été rediffusés récemment, les messages se sont faits plus nombreux. D'ordinaire, nous les tournons en dérision. Sauf qu'hier soir, elle m'a confié que les derniers messages en date étaient plus inquiétants.

— Deux nouveaux. Un modéré. L'autre, beaucoup moins. Mais je l'ai bloqué.

Je l'observe attentivement tandis qu'elle remplit nos verres d'eau. Elle n'a pas l'air tracassée. Je crois ne pas mentir en disant que ces messages sont davantage une source d'inquiétude pour moi que pour elle. J'ai tenté de la convaincre de fermer sa page Facebook publique, en vain. Apparemment, les gens continuent de poster au sujet des animaux sauvages dont ils ont suivi la trace, et elle ne veut pas fermer cette base de données « juste à cause d'une poignée d'hommes solitaires ».

J'espère que la solitude est leur seul problème.

— J'adore ce que tu as écrit au sujet de Kenneth Delwych, me dit Emma en gardant un œil sur Ruby, qui escalade l'évier avec son arrosoir.

Le journal pour lequel je travaille est ouvert à la page des rubriques nécrologiques.

Je me dirige vers John Keats et je replie l'une de ses longues oreilles soyeuses autour de mon doigt en attendant le *mais*. Ce chien a une odeur de gâteaux secs et de fourrure roussie depuis une rencontre récente avec le fer à repasser.

— Mais ? dis-je, en attendant la suite de son jugement.

Emma s'arrête, prise la main dans le sac.

— Il n'y a pas de « mais ».

— Oh, Emma. Arrête.

Au bout de quelques instants, elle rit.

— OK ! J'aime vraiment ce que tu as écrit sur lui, mais le vrai clou du spectacle, c'est la femme pasteure. Hé, Ruby, y a assez d'eau, là.

John Keats soupire profondément alors que je me penche pour étudier mes articles. Kenneth Delwych, un noble connu pour les orgies qu'il organisait dans son vignoble du Sussex, partage l'affiche avec un pilote de bombardier qui occupait un poste de commandement dans l'armée et une pasteure morte d'une crise cardiaque alors qu'elle célébrait un mariage le week-end dernier.

— C'est quand tu es totalement pince-sans-rire que tu es au sommet de ton art.

Elle met du pain à griller.

— Cet acteur, la semaine dernière… l'Écossais, comment il s'appelait ? Ruby, s'il te plaît, ne noie pas cette pauvre plante…

— David Baillie ?

— Oui, David Baillie. Oui. Perfection.

Je relis mon article sur Kenneth Delwych pendant qu'Emma gère l'inévitable débordement d'eau et de terre que subit la plante de Ruby. Elle a raison, évidemment. La pasteure, à qui j'ai consacré une notice plus courte, est plus agréable à lire.

Malheureusement, Emma a souvent raison. Le rédacteur en chef de mon journal, que je soupçonne d'être amoureux de ma femme, dit souvent pour plaisanter que si elle décidait un jour de mettre un terme à sa carrière de biologiste marine, il me virerait pour l'engager elle. Je trouve cela assez vexant, en fait, car à moins qu'il n'ait lu en secret ses articles scientifiques, il ne fonde son jugement que sur l'unique article qu'elle a écrit pour le *Huffington Post*.

Emma est chercheuse pour l'Association de biologie marine de Plymouth, ce qui l'occupe deux jours par semaine. Le reste du temps, elle est avec nous à Londres où elle enseigne la conservation des espaces estuariens à l'UCL, l'University College London. Elle écrit très bien, son instinct est souvent meilleur que le mien et elle aime vraiment écumer Wikideaths, mais plus par goût des bonnes histoires que dans l'intention de me piquer mon poste.

Ruby et John Keats sortent dans le jardin, où le soleil s'immisce à travers les interstices du sycomore voisin, parsemant d'or notre minuscule pelouse. Les parfums typiques d'un été urbain précoce entrent par la porte : pelouse encore brillante, chèvrefeuille, bitume qui chauffe.

J'essaie de réhydrater nos céréales. Dans le jardin, notre chien court en aboyant autour de la petite mare. Elle grouille de bébés grenouilles en ce moment, fait que John Keats semble juger inacceptable.

— John Keats, tu vas te taire, oui ! lance Emma depuis la porte.

Le chien ne semble pas l'entendre.

— On a des voisins, ajoute Emma.

— JOHN ! hurle Ruby. ON A DES VOISINS !

— Chhhhut, Ruby...

Je trouve des cuillères et je transporte notre petit déjeuner dans le jardin.

— Excuse-moi, dit Emma en me tenant la porte. Moi et mon avis que tu n'as pas demandé sur ton boulot. Ça doit être agaçant.

— Ça l'est.

Nous nous installons autour de la table du jardin, encore recouverte de gouttelettes de rosée.

— Mais la plupart du temps, tu restes polie. Le vrai problème, c'est que tu as souvent raison.

Elle sourit.

— Je trouve que tu écris merveilleusement bien, Leo. Je lis tes nécrologies avant même d'ouvrir mes e-mails pro le matin.

— Mouais…

Je garde un œil sur Ruby, qui est un peu trop proche de la mare à mon goût.

— Je t'assure ! Ton écriture est l'un de tes atouts les plus séduisants.

— Oh, Emma, s'il te plaît, arrête.

Emma prend une bouchée de céréales.

— Vraiment, je suis sérieuse. Tu es la meilleure plume de cette rédaction. Point barre.

Je ne peux m'empêcher de sourire, ce qui est très embarrassant.

— Merci, finis-je par dire, car je sais qu'elle est sincère. Il n'empêche que t'es pénible.

Elle soupire.

— Oh, je sais.

— Pour tout un tas de raisons, j'ajoute, et elle ne peut s'empêcher de rire. Tu as bien trop d'opinions sur bien trop de sujets.

Elle fait glisser sa main par-dessus la table et me serre le pouce. Je suis son chouchou, me dit-elle, alors moi aussi, je ris – voilà, c'est ça, notre tempo. C'est nous. Nous sommes mariés depuis sept ans, ensemble depuis bientôt dix, et je sais tout d'elle.

Je crois que c'est Kennedy qui a dit un jour que nous étions attachés à l'océan – que lorsque nous y retournions pour faire du sport, pour nous adonner à des loisirs ou à une autre activité du même genre, nous opérions un retour aux sources. C'est ce que je ressens à propos de nous. Être proche de ma femme, être proche d'Emma, c'est retourner à la source.

Aussi lorsque j'apprendrai quelques jours après cette matinée – si innocente et banale, avec son chien, ses grenouilles, ses cafés et sa femme pasteure morte – que j'ignore tout de cette personne, j'en serai anéanti.

Chapitre 2

Emma
Une semaine plus tard

« Ça va aller », je répète dans les ténèbres de notre chambre. J'ai perdu toute notion du temps. Les heures ont fondu et se sont amalgamées les unes aux autres, et lorsque Leo ne me répond pas, je me rends compte qu'il n'est même pas au lit. J'ai dû somnoler.

Je consulte ma montre : 3 h 47. Le jour de mon rendez-vous à l'hôpital est enfin arrivé.

Je guette le bruit de la chasse d'eau et de notre parquet cacophonique, mais rien ne vient. Leo est très certainement en bas, en train de manger quelque chose dans la lueur jaune du frigo ouvert. Une ration d'urgence de jambon, probablement : il m'a dit que si ma chimio ne marchait pas, il deviendrait vegan en signe de soutien. Je suis devenue vegan après mon diagnostic il y a quatre ans, ce qui ne m'a pas empêchée de me goinfrer de cheddar à même le paquet sur le parking du supermarché Sainsbury's de Camden à plus d'une occasion.

Je me lève. Avant Leo, enlacer quelqu'un au lit n'était pas trop mon truc, mais quand il n'est pas là, mon corps est en manque du sien.

Il n'est pas aux toilettes, alors je descends dans la cuisine. Dans l'escalier, je passe ma main contre le mur, épaissi par des décennies de couches de peinture superposées. Je chante *Survivor* tout bas.

Je longe une grande pile de livres sur laquelle trône un bol en émail contenant des choses que nous n'utilisons jamais – clés pour des serrures non identifiées, trombones, pack économique d'ourlet thermocollant. Leo déplace systématiquement le tas vers le centre du couloir afin que je m'en occupe, et moi, je le remets systématiquement à sa place. La solution serait d'installer plus d'étagères, mais les étagères, ce n'est pas mon fort.

Le souci, c'est que ce n'est pas non plus le fort de Leo, alors, en attendant mieux, nous sommes pris au piège dans une espèce de boucle.

— Leo ? je murmure.

Rien. Hormis le craquement presque théâtral de l'escalier à cause duquel les baby-sitters ne reviennent jamais.

J'ai hérité cette maison de ma grand-mère. En plus d'être députée et violoniste amatrice, elle a développé un syndrome de Diogène de sévérité moyenne en raison duquel aucun objet n'a quitté sa maison au cours des dix dernières années de sa vie. Leo estime que tout tend à prouver que j'ai hérité de son problème. Plus inquiétant, ma psy est du même avis. *Quand on a perdu tant de choses que c'en est insupportable, on s'accroche à tout.*

La maison fait partie d'un petit ensemble de maisons mitoyennes géorgiennes tout en haut de Heath Street, à l'endroit où Hampstead Village cède la place aux splendides étendues de Hampstead Heath. La bâtisse, en plus d'être affreusement étriquée, tombe en ruine, et à vrai dire nous en tirerions probablement une petite fortune si nous la vendions. Mais ces quatre murs font tellement partie de mon histoire, de ma survie, que je ne pourrais me résoudre à partir.

La semaine dernière, Leo m'a montré une annonce pour une maison mitoyenne avec trois chambres à Tufnell Park.

— Regarde un peu la taille de ces chambres ! a-t-il chuchoté, le visage resplendissant d'espoir. Nous aurions une chambre en plus ! Des toilettes au rez-de-chaussée !

Je m'en suis voulu. Mais quoi ? Je devrais vendre l'endroit où je me sens en sécurité pour avoir des toilettes au rez-de-chaussée ?

Leo n'est pas dans la cuisine. À mon grand soulagement, il n'est pas dans notre minuscule bureau non plus. J'ai furtivement pensé qu'il s'y trouvait peut-être, occupé à écrire ma nécrologie anticipée, ce qui serait intolérable. Tous les journaux du monde ont un stock de nécrologies préécrites pour les gens célèbres : la plus grande crainte des rédacteurs de ces rubriques est de se retrouver pris au dépourvu par la mort d'une sommité. Et bien que je ne sois pas célèbre, je mériterais certainement une nécrologie dans son journal.

Tout en continuant à chanter *Survivor*, je tente ma chance dans la minuscule salle à manger, même si ni lui ni moi n'allons jamais dans cette pièce. Elle est pour ainsi dire impraticable, noyée sous les détritus et les vieilles partitions pour violon de mamie plus ou moins en pile. J'ai cependant promis à Leo de mettre de l'ordre dans ce bazar une fois que j'aurai corrigé les mémoires de master de cette année.

— Leo ?

Ma voix est la même que toujours. Elle ne charrie aucune trace de cancer. J'imagine la possibilité que des cellules malignes circulent encore dans mon corps comme de la piquette, mais ce scénario sonne creux.

Et puis une peur sortie de nulle part embrume tout : et si Ruby aussi avait disparu ? Je me précipite à l'étage, tellement vite que je trébuche et que j'atterris sur les mains, mais elle est là.

Bien sûr, qu'elle est là. Et bien sûr, après vérification, qu'elle respire.

Je cherche Leo dans le placard-séchoir, la trappe qui mène à notre toit-terrasse non sécurisé. Pas là.

Je commence à ressentir une pointe d'angoisse. Et si l'un de ces types bizarres d'Internet en avait eu assez que je bloque ses messages et avait décidé de punir mon mari ?

Absurde, me dis-je, mais l'idée s'est installée. Leo qui ouvre la porte, et qu'on assomme. Leo qui sort John Keats pour une promenade pipi tardive et qu'un taré solitaire tabasse à mort parce qu'il pense que je lui appartiens sous prétexte qu'il aime bien me voir parler à des grèbes à la télé.

On n'en est pas là, bien sûr, mais la situation est plus grave que je l'ai laissé entendre. Certains s'énervent quand je ne réponds pas. Je les bloque tous, mais certains se sont tout bonnement inventé de nouveaux profils afin de pouvoir revenir me gueuler dessus un peu plus. Pendant longtemps, j'ai réussi à ne pas prendre les choses trop au sérieux, mais dernièrement, j'ai atteint ma limite. Je n'ai pas peur, à proprement parler. J'en ai juste marre.

Il n'empêche, je crois que quelqu'un m'attendait quand j'ai quitté le labo à Plymouth la semaine dernière. Un homme était assis sur le monticule herbeux qui borde l'allée. Une chose m'a mis la puce à l'oreille : il tournait le dos à la mer. Qui va contempler une voie privée par un après-midi ensoleillé alors que juste derrière le détroit de Plymouth s'offre à ses yeux ? Je n'ai pas trop aimé non plus sa façon de baisser la visière de sa casquette de base-ball sur son visage quand je me suis engagée dans l'allée, et de détourner le visage lorsque je suis passée.

Ce n'est probablement rien, mais cela m'a perturbée.

Je m'assieds sur le lit en essayant de me concentrer. Dans l'immédiat, ma priorité est de retrouver mon mari qui a disparu.

Je consulte mes textos. Très occasionnellement, quand quelqu'un de très important meurt, Leo doit allumer son ordinateur portable au milieu de la nuit. Peut-être que quelque chose d'énorme s'est produit, peut-être que la reine ou le Premier Ministre est mort ? Peut-être que Leo a dû aller au bureau ?

Je n'ai aucun message de lui sur mon téléphone. Il n'y a que ma requête Google au sujet d'un homme dont je n'aurais pas dû taper le nom dans le moteur de recherche – la dernière chose que j'aie faite avant de m'endormir tout à l'heure.

Le souvenir du coup de téléphone de ce matin s'infiltre de nouveau dans mon esprit comme des eaux d'inondation sous une porte. *Je veux juste qu'on se parle*, a-t-il dit à l'autre bout du fil. *Voyons-nous. En personne.*

Lorsqu'il a dit cela, j'ai raccroché.

— Leo ? je murmure.

Rien.

— Leo ! je répète, plus fort, cette fois-ci. Le cancer est peut-être toujours là ! Tu ne peux pas m'abandonner maintenant !

Et puis, après un silence :

— Je t'aime. Où es-tu ?

Pas de réponse. Il a complètement disparu.

Je le trouve dans l'abri de jardin. Il y a environ cinq ans, l'état de la maison le mettait tellement en rogne que j'ai payé quelqu'un pour vider ce cabanon. Nous l'avons fait isoler et l'avons raccordé à l'électricité via un câble étanche pour que Leo puisse y travailler s'il le souhaitait. J'y ai installé un canapé, un tapis et une bibliothèque, et j'ai promis de ne jamais y transférer des choses « à trier ». Leo est tombé sous le charme de cet endroit, avant d'en oublier presque immédiatement l'existence.

Pourtant, il est assis à l'intérieur, et crachote de la fumée de cigarette.

— Leo, dis-je depuis le seuil. Qu'est-ce que tu fabriques ?

Il me regarde d'un air contrit.

— Je fume une clope de crise.

Il y a un paquet de cigarettes à côté de lui, ouvert n'importe comment. Et le long briquet en plastique que nous utilisons pour allumer la gazinière.

Le chien, qui m'a suivie dans le jardin, regarde Leo, puis moi, l'air de dire : *Mais il ne fume même pas !*

— Mais tu ne fumes même pas ! je lance.

— Je sais.

30

Il prend le briquet à gazinière et appuie sur le bouton d'allumage. Une flamme bleu orangé illumine son visage, fatigué et apeuré, et même si la scène me brise le cœur, je me mets à rire. Mon mari est dans son cabanon en train de fumer une cigarette de crise, qu'il allume avec une espèce de lance-flammes domestique.

— Te fous pas de ma gueule, dit-il en riant un peu lui-même. J'ai peur.

J'arrête de rire. Au cours de ma maladie, cela m'a beaucoup tracassée : la possibilité d'infliger ma mort à un homme dont tout le paysage affectif a été façonné par la perte. J'ai eu peur pour moi, bien sûr, et le chagrin que j'ai imaginé pour Ruby m'a été insupportable, mais à bien des égards, c'est Leo qui m'inquiète le plus. Je pense que la plupart des gens voient en mon mari un homme à la force tranquille, doté d'un esprit vif et d'un puissant cerveau, mais ce n'est là que la partie visible de l'iceberg.

C'est au sein de notre petite famille que, pour la première fois, il a senti qu'il avait véritablement sa place quelque part.

— Oh, Leo, dis-je. Mon chéri, tu ne pouvais pas boire un whiskey, plutôt ?

Il secoue la tête.

— Je t'ai promis que j'arrêterais de boire. Je suis un homme de parole.

Je m'assieds à côté de lui sur le canapé, soulevant au passage un petit panache de poussière, et je lui prends la main pendant qu'il m'avoue avoir emmené John Keats au magasin qui reste ouvert tard dans la nuit pour acheter des cigarettes. Il a aussi acheté du chocolat vegan.

— C'était immonde, confie-t-il d'un air malheureux.

Je passe mon bras sous le sien. Tout son corps est tendu, comme pour se préparer à un assaut.

— Tu n'es pas obligé d'arrêter tout de suite l'alcool. Ni la viande ou les laitages.

Il est tout échevelé, il a de gros cernes sous les yeux et il faudrait qu'il se rase, mais, bon sang, qu'il est beau !

Je le regarde en essayant de lui communiquer que je l'aime profondément, complètement. Que je souhaite le protéger de ce qui pourrait m'arriver.

John Keats s'installe aux pieds de Leo en ronchonnant.

— Tout ira bien pour moi. Nous allons nous rendre à ce rendez-vous, le Dr Moru va me dire que je suis tirée d'affaire, et toi, tu vas rester assis là en l'accusant dans ta tête d'être amoureux de moi…

— Parce qu'il est amoureux de toi.

— Il n'est pas amoureux de moi. Bref, il va m'annoncer que le cancer a disparu, et que nous pouvons reprendre le cours de nos vies. Et nous irons chercher Ruby à la maternelle, nous l'emmènerons faire de la balançoire avant de rentrer à la maison, de la coucher, de dîner, de boire un verre de vin et ensuite, peut-être, de faire l'amour. Il n'y a que de bonnes choses devant nous.

Un blanc.

— Peut-être même que je rangerai la maison. Même s'il vaudrait mieux ne pas trop t'emballer là-dessus.

Il rallume le long briquet pour m'observer. D'un doigt, je caresse son visage, et il m'attire contre lui.

— Je suis désolé. J'étais plutôt confiant pour demain, et puis tu es allée te coucher, et j'ai juste…

Sa voix se brise.

32

— Ç'aurait été mal de se tourner vers le jambon ou le whiskey. Je t'ai fait une promesse.

— Chocolat vegan et nicotine jusqu'au bout ! Mais tu as promis de renoncer seulement si les nouvelles de demain étaient mauvaises. Est-ce que ça signifie que tu sais quelque chose que j'ignore ?

Il m'adresse un sourire furtif.

— Non, Emma. Ça signifie juste que je voulais… je ne sais pas. T'honorer.

Il me scrute, puis m'embrasse. Il a une abominable haleine de cendrier, mais là, dans ce froid cabanon, alors que notre avenir est crypté dans des dossiers de l'assurance maladie, je m'en fiche complètement. Mon mari embrasse comme un dieu. Dix ans, et ses baisers me donnent encore le frisson.

— Je t'aime, dit-il. Et désolé d'avoir paniqué. Ça n'aide pas vraiment.

Je pose ma tête sur son épaule, et je ne remarque que maintenant à quel point je suis fatiguée. Profondément, mortellement fatiguée – le genre de fatigue que j'ai ressentie quand j'étais enceinte de huit semaines et que j'aurais pu dormir sur une râpe à fromage.

Je note dans ma tête : Fatigue extrême. Ces quatre dernières années, depuis qu'un chef de clinique m'a annoncé d'un air désolé que j'avais un cancer qu'on appelle lymphome de type MALT, j'étudie mon corps comme le ferait un biologiste marin face à un micro-organisme dans son laboratoire. Et chaque fois que j'enregistre quelque chose de nouveau, ou de différent, le même petit interstice de peur s'ouvre dans mon bassin.

Au début, mon cancer a été considéré comme étant de bas grade, au point qu'on m'a expliqué qu'un traitement ne m'apporterait aucun bénéfice clinique. À l'époque, Leo et moi essayions d'avoir un enfant, et nous venions d'entamer un processus de FIV. Les oncologues qui me suivaient étaient heureux de nous laisser poursuivre notre démarche ; ils réévalueraient la situation si dans un an je n'étais toujours pas enceinte.

Je leur ai fait confiance quand ils m'ont dit qu'il n'y avait pour l'heure aucune raison d'entamer un traitement. Que la chimio ne serait sans doute pas nécessaire avant des années, que des radios trimestrielles décèleraient les moindres changements et qu'on aurait alors le temps d'agir – mais la peur me faisait toujours l'effet d'un coup de massue. Je me sentais cognitivement incohérente – en roue libre.

Des pensées et des désirs que je croyais endormis depuis longtemps ont commencé à me prendre en embuscade. La nuit, incapable de fermer l'œil, j'étais en proie aux regrets et aux fantasmes les plus fous en repensant à mes années universitaires, à mes vingt ans.

Et bien sûr, en repensant à lui.

J'ai commencé à faire des rêves très précis et réalistes dans lesquels nous nous retrouvions, je sentais sa peau, le parfum de ses cheveux. Voilà pourquoi lorsque cette idée m'a traversé l'esprit – *j'ai envie de l'appeler* –, je ne l'ai pas tout de suite rejetée.

Elle revenait sans cesse. *J'ai besoin qu'il sache que je suis malade. J'ai besoin de le voir.*

Quelques jours après le diagnostic, j'ai craqué et je l'ai appelé.

Nos deux premiers rendez-vous ont eu lieu dans un hôtel, à des kilomètres de Londres, le troisième, dans un boui-boui à deux pas d'Oxford Circus. Je tremblais dans un brouillard où se mêlaient le besoin et les hormones que je m'injectais quotidiennement. Chaque fois, je me disais que ce n'était rien, que personne n'en souffrirait. Il s'agissait simplement de la suite d'une conversation entamée dix-neuf ans auparavant. Mais bien entendu, ce n'était pas rien. Il n'y avait aucune solution qui n'implique la destruction d'une famille.

Finalement, j'ai accepté de couper les ponts une fois de plus.

Six semaines plus tard, j'avais entre les mains un test de grossesse positif. Je l'ai montré à Leo, et nous en sommes restés sans voix. Le lendemain, j'ai fait un nouveau test, puis un autre, et encore un autre, jusqu'à ce que je comprenne que les tests ne se trompaient pas. Envisager le cycle de la vie quand vous essayez depuis des années de tomber enceinte sans y parvenir est déjà fort difficile, alors quand vous voyez les choses à travers le prisme du cancer, c'est quasiment impossible.

C'était il y a quatre ans. Le début de Ruby.

La maladie n'a pas évolué de toute ma grossesse ni pendant les rudes prémices de la maternité. Mes radios thoraciques étaient toujours normales, et le reste aussi. Leo et moi étions tellement occupés à maintenir en vie un petit enfant que nous en oubliions parfois l'existence de mon lymphome.

Mais cela ne pouvait pas durer indéfiniment. L'année dernière, alors que Ruby était âgée de deux ans et demi, j'ai commencé à perdre du poids et à avoir des maux de ventre. Après une hémorragie gastrique, j'ai passé un scanner, et quelques jours plus tard, on me montrait une image d'un ulcère malin tapi dans mon estomac.

— Malheureusement, la maladie a progressé, m'a annoncé mon hématologue, le Dr Moru, qui n'affichait pas son sourire habituel.

Apparemment, je souffrais d'une forme agressive de lymphome non hodgkinien, et il fallait que j'entame un traitement sans tarder.

— Nous essayons d'avoir un deuxième enfant, ai-je commencé, mais il a levé une main pour m'arrêter.

— Vous pourrez y penser quand vous ne regarderez plus la mort en face.

D'ordinaire, ce n'est pas un homme sévère.

Aujourd'hui, plusieurs mois plus tard, alors que le traitement est terminé et que nous prions pour ma rémission, c'est la fatigue qui m'effraie le plus. Sa traction profonde, les ténèbres silencieuses en dessous.

Peut-être ne suis-je pas une survivante.

Leo verrouille l'abri et nous nous dirigeons lentement vers la porte de la cuisine. L'herbe est détrempée sous nos pieds, même s'il n'a pas plu depuis des jours. Le soleil ne va pas tarder à se lever.

Une fois à l'intérieur, nous refermons la porte sur le parfum de notre jardin nocturne, et Leo jette ses cigarettes de crise à la poubelle.

— Peux-tu me promettre quelque chose ? je lui demande.

Debout devant le frigo, il évalue son contenu avec une curiosité de façade alors que nous savons tous les deux ce qu'il cherche. Mon mari ne survivrait pas une semaine à un régime vegan.

— Tout ce que tu voudras, répond-il.

— Oh, Leo, vas-y, mange-le, ce jambon.

Il fronce les sourcils et ouvre le tiroir à légumes.

— Tu veux que je te promette quoi ? demande-t-il en s'obstinant à farfouiller dans des herbes plus très fraîches.

— Que si les nouvelles sont mauvaises, tu n'écriras pas ma nécrologie à l'avance.

Il se redresse et attrape le jambon sur l'étagère du haut du frigo.

— Bien sûr que non.

Il enroule une tranche pour en faire une espèce de cigare qu'il fourre dans sa bouche.

— Tu as peut-être l'impression qu'il faut le faire. Je ne sais pas… pour des raisons professionnelles, personnelles, les deux… Mais je refuse que quiconque écrive sur ma mort tant que je suis en vie. Surtout toi.

— Cela ne m'avait même pas effleuré l'esprit.

Je le scrute quelques instants.

— T'es sûr ?

— Oui !

Il a l'air assez contrarié.

— Désolée, chéri.

Je m'assieds soudain.

— Désolée. L'idée que tu m'imagines déjà morte… Ça m'est insupportable.

Leo referme le frigo.

— Je comprends.

Il s'agenouille devant moi.

— Je comprends.

John Keats nous observe d'un air dubitatif. Leo me caresse les cheveux. Il sait qu'il ne faut pas parler.

Je me retrouve à me demander, comme souvent ces dernières années, ce que l'on ressent au moment de mourir. Ce que l'on sait, si on a le sentiment de lâcher prise. Je ne crois ni aux tunnels ni à la lumière blanche, mais je pense qu'il existe un moment où l'on sait que c'est fini, où l'on cesse d'essayer.

Et c'est tout le problème : je ne veux pas cesser d'essayer. Je ne veux pas que ce soit fini pour moi.

Au bout d'un moment, Leo se lève et met la musique tranquille que nous diffusons toute la nuit pour John Keats. Le chien part se coucher à pas feutrés, rassuré, et Leo va le voir pour lui souhaiter bonne nuit.

— T'as pas intérêt à te réveiller avant 6 heures du mat, dit-il à John avant de lui donner ses petits biscuits secs du soir.

Puis il se redresse et me regarde.

— Ça te ferait du bien de danser ? demande-t-il.

Leo et moi nous connaissions à peine la première fois que nous sommes allés danser. L'idée de départ était de boire un verre dans un pub. Mais le verre en a appelé plusieurs autres, et, plus tard dans la nuit, il y a eu des spaghettis accompagnés de boulettes de viande dans un minuscule restaurant italien à côté de l'ancien appartement de Leo dans le quartier de Stepney Green, puis du rhum dans un bar rempli d'étudiants en fac dentaire qui venaient de terminer leurs examens. Nous avons sympathisé, et les étudiants nous ont entraînés dans un club de Whitechapel où les gens dansaient comme si la fin du monde était pour demain.

— Ça te va ? m'a-t-il crié dans l'oreille.

Leo. Trente-cinq ans, beau et tellement drôle, à sa manière discrète et précise.

— On peut aller dans un endroit moins fou, si tu veux… ?

— Jamais de la vie ! ai-je hurlé. J'adore !

Et c'était vrai. Tout était si simple avec Leo. Il était si simple. Prudent, peut-être blessé par le passé, mais franc et honnête au point de me faire regretter d'être sortie avec tous ces hommes hyperactifs ces dernières années, qui avaient un besoin d'attention, d'admiration. Leur bruit. Leo semblait ne rien requérir de moi – à part moi. J'ai serré fort sa main. Elle était fraîche et ferme, même dans cet espace souterrain surchauffé.

Et puis il a dit :

— OK, alors, on danse.

Avant de lancer :

— Je me débrouille pas mal.

« Je danse trop mal », ai-je décodé.

Mais, la vache, en fait, il dansait comme un dieu. J'ai toujours trouvé qu'il n'y avait rien de plus sexy au monde qu'un homme ayant le sens du rythme, et Leo, en jean slim et tee-shirt, avec ses lunettes et sa coupe de cheveux hasardeuse, était un fantasme ambulant. Il glissait tout bonnement à travers l'air, à travers les corps chauds autour de nous, comme s'il flottait. Je l'ai regardé avec émerveillement jusqu'à ce qu'il me prenne par la taille avec désinvolture et me transporte à travers la piste poisseuse comme si, moi aussi, j'étais le genre de danseuse pour qui les gens s'arrêtent afin de l'admirer.

— Moi, je pense qu'on va t'annoncer que tu es tirée d'affaire, dit-il à présent, tandis que nous dansons sans un bruit dans notre cuisine plongée dans le noir.

Sa voix est fatiguée mais rebelle.

— Il n'y a pas d'autre scénario possible.

Avant que nous allions nous coucher, je regarde comment va Ruby. Elle est pelotonnée dans un coin de son lit, à plat ventre, le bras autour de Canard. J'inhale le parfum de ma fillette endormie.

Nous n'avons absolument pas abandonné l'idée de concevoir un enfant. Trois années d'espoirs qui grandissent et sont anéantis, de rendez-vous sans fin avec de véritables médecins, avec des guérisseurs, et entre les deux, quelques hurluberlus. Nous avions fait tous les examens possibles, et pourtant personne n'a été en mesure de m'expliquer concrètement pourquoi j'étais dans l'incapacité de tomber enceinte. La seule chose sur laquelle tout le monde semblait s'accorder, au bout du compte, était qu'il était fort peu probable que je puisse concevoir naturellement – pour ne pas dire carrément impossible.

Finalement, nous avons contracté un emprunt pour nous payer une « FIV miraculeuse » au prix exorbitant à laquelle la belle-sœur de Leo avait eu recours. Et cela a fonctionné. Dans une autre partie de mon corps, peut-être qu'un cancer de bas grade était en développement, mais dans mon utérus, un enfant était en train de se former.

Une seconde chance, me dis-je à présent, en tendant la main pour vérifier le discret mouvement ascendant et descendant des côtes de ma fille. Je vous en prie, docteur Moru, donnez-moi une seconde chance demain, afin que je puisse aimer mon mari et ma fille comme j'ai promis de le faire.

Je renoncerai à lui si je suis tirée d'affaire. Même si c'est dur, je renoncerai à lui.

Chapitre 3

Leo

Quand Emma s'endort enfin, je retourne dans l'abri. Je reprends mon carnet, que je tiens entre deux doigts, comme s'il était contaminé.

Son instinct ne s'y est pas trompé : je suis bel et bien en train d'écrire sa nécrologie. Je griffonne des notes dans le métro tandis que des inconnus essaient de lire par-dessus mon épaule. Je veille tard pour écrire lorsque Emma est couchée et qu'il n'y a que moi, John Keats et une brèche noire de peur.

Je comprends pourquoi elle ne voudrait pas que je l'écrive, bien entendu, mais mes mots ne sont pas censés être une trahison. Ils sont censés être un hymne. Un hymne à cette femme que j'aime profondément, absolument.

Écrire ne m'a pas uniquement aidé à soigner mon état mental. Cela m'a rassuré quant au fait qu'il était impossible qu'Emma puisse être oubliée, ou du moins, négligée. Je trouve cela important.

Fais tout ce qui te semble nécessaire pour toi, m'a-t-elle dit lorsqu'elle a reçu son diagnostic. *Inscris-toi à un groupe de parole, va voir un psy. Cela sera aussi difficile pour toi que pour moi.*

Alors j'ai fait ce que je savais faire, et cela m'a aidé.

Lorsque je regagne notre lit, une de ses mains endormies est tendue de mon côté du lit, comme si son inconscient savait ce que je trafiquais, mais m'avait déjà pardonné.

Chapitre 4

Leo
Le lendemain

La nouvelle de la disparition de Janice Rothschild nous parvient via une dépêche peu après mon arrivée au bureau.

Je suis occupé à lire les nécrologies publiées dans des journaux concurrents lorsque Sheila, ma collègue, tape sur la sonnette de réception d'hôtel posée sur son bureau. *Ding !* Elle le fait systématiquement quand quelqu'un vient de mourir. Publiquement, nous condamnons tous cette pratique. Secrètement, ça nous amuse.

Ding ! Nous levons tous la tête.

— Oh, non ! s'écrie Sheila.

Elle a les yeux scotchés à son écran.

— Désolée, fausse alerte. Réflexe. Mais… Oh mon Dieu.

Elle prend son téléphone portable, vérifie quelque chose, puis retourne à son écran.

Nous attendons. Sheila fait tout à son rythme.

Quelques instants plus tard, elle s'adosse à son fauteuil et passe ses mains sur son visage.

— Janice Rothschild a disparu. Après les répétitions pour sa pièce. C'était il y a trois jours. Personne ne sait où elle se trouve.

— Ah bon ? s'étonne Kelvin, notre chef de rubrique. Quelle pièce ?

Même venant de Kelvin, qui n'est pas le roi de l'empathie, cette réaction est faiblarde. Janice Rothschild et son mari Jeremy comptent parmi les plus proches amis de Sheila, et il le sait. Nous le savons tous.

La réponse à sa question vient de Jonty, un autre collègue, dont l'empathie est au contraire trop développée.

— Elle prépare *Ils étaient tous mes fils*. J'ai des billets pour le mois de juillet. Quelle nouvelle atroce, Sheila ! Dis-moi que tu blagues ?

Sheila se masse les tempes. Elle les ignore tous les deux.

— C'est terrible, dis-je doucement. Sheila, je suis désolé.

Elle m'ignore également.

— Je… Oh, mon Dieu… marmonne-t-elle. Pauvre Jeremy. D'après la dépêche, elle semblait déprimée ces dernières semaines, mais je… je n'arrive pas à le croire. Elle allait toujours si… si bien.

Mon chef se souvient soudain de son travail.

— Très inquiétant, certes. Mais… euh… On a de la viande froide au frigo ?

Il entend par là une nécrologie rédigée à l'avance. Nos classeurs à tiroirs en contiennent des milliers, mais Janice Rothschild, qui a une cinquantaine d'années et ne souffre à notre connaissance d'aucun problème de santé, n'est même pas sur notre liste de « sait-on jamais ». En ce moment, on la voit dans une adaptation de *Madame Bovary* produite par la BBC, bon sang – je l'ai vue dimanche soir à la télévision. Emma est allée se coucher juste après le début – elle n'est pas une grande fan de Janice Rothschild. Je l'ai pour ma part trouvée excellente.

Sheila quitte son poste pour téléphoner à Jeremy.

Kelvin contacte le bureau photos.

— Peut-on avoir une sélection pour Janice Rothschild, s'il vous plaît ? Avec peut-être quelques clichés d'elle dans *Madame Bovary*… Quoi ? Ah, oui, pardon. Nous venons d'apprendre qu'elle a disparu. Je sais… un peu choquant. Bref, peut-on avoir aussi quelques photos d'elle avec son mari ? Au cas où ?

Jeremy Rothschild présente l'émission *Today* sur Radio 4 ; lui et Janice sont mariés depuis des décennies. Je consulte son compte Twitter. Pas un mot depuis soixante-douze heures. Tous les autres journalistes de la rubrique « Disparitions » font la même chose que moi. Comme un seul homme, nous allons sur le compte Twitter de Janice, silencieux depuis trois semaines. Jonty va préparer du thé.

— C'est une femme charmante, s'indigne-t-il. Si elle a mis fin à ses jours, je ne le supporterai pas.

Je mets mes écouteurs pour ne plus avoir à entendre mes collègues, et je passe quelques minutes à rechercher le hashtag #Janice-Rothschild. La nouvelle vient vraiment de tomber, car il y a à peine plus de cinq minutes de tweets. Je regarde une vidéo désopilante extraite d'un épisode de la série *Absolutely Fabulous* dans lequel elle a joué, et une autre très émouvante où on la voit surmonter son vertige chronique afin d'escalader une paroi rocheuse dans le cadre de l'émission caritative *Sport Relief*. Le temps qu'elle atteigne le sommet, tout le monde est en pleurs, y compris le caméraman.

Personne parmi ces premiers utilisateurs de Twitter ne semble connaître les raisons de sa disparition. En fouillant rapidement dans nos archives, je ne trouve qu'un seul indice potentiel : une photo d'elle quittant un service psychiatrique il y a dix-neuf ans, quelques semaines après avoir donné naissance à son fils. Depuis, plus rien. C'est l'une de ces femmes optimistes, toujours drôles – le genre que vous rêvez d'avoir comme amie quand vous la voyez en pleine joute verbale face à Graham Norton à la télévision. Jamais je n'aurais pu le deviner.

Sheila revient à son poste munie d'un grand paquet de bonbons. Elle dit ne pas avoir réussi à joindre Jeremy. Elle ne fait pas tourner les bonbons. Elle les mange, machinalement et en solo.

— Ne me demandez pas d'écrire sa nécro anticipée, dit-elle au bout d'un moment. Je ne crois pas qu'elle ait pu se suicider. Je ne m'implique pas là-dedans.

— Mais tu la connais si bien, tente Kelvin après un blanc. Ce serait un article vraiment personnel.

— C'est exactement pour cette raison que je ne le ferai pas, réplique Sheila d'une voix tranchante. Je refuse de condamner à mort une amie très chère et en parfaite santé.

Kelvin hoche la tête pour signifier son assentiment. Il est le chef de rubrique, et moi son bras droit, mais tout le monde sait que c'est Sheila qui dirige le service.

Kelvin me confie la nécrologie, et je me mets au travail. Je sais que mes confrères dans tous les autres journaux font la même chose, que cet article est une course contre la montre, que nous guettons l'annonce de la découverte d'un corps.

J'essaie de ne pas penser au fait que Sheila refuse de « condamner » son amie à mort. Est-ce ce que j'ai fait en écrivant la nécrologie d'Emma ?

Sur les écrans des téléviseurs de l'étage, quelqu'un de la police de Londres confirme qu'une femme d'une cinquantaine d'années portée disparue est effectivement recherchée. Ensuite, un acteur, qui ignore complètement où se trouve Janice, dit qu'il ignore complètement où se trouve Janice.

Sheila s'enfile des bonbons en non-stop tout en envoyant des textos. Et puis elle nous annonce qu'elle va sortir.

— Je dois trouver un endroit qui acceptera de me servir un brandy à 10 h 30 du matin. J'ai déjà reçu par mail des nécrologies de Janice écrites par des amateurs.

Les gens ont du mal à me croire quand je leur raconte que notre service est le plus joyeux de tout l'étage « Actualités ». Que souvent nos rires suscitent l'agacement de nos voisins. Pourtant, cela n'a rien d'étonnant, à bien y réfléchir. Les nouvelles quotidiennes et la politique sont des espaces perpétuellement moroses, alors que nous passons notre temps à célébrer la mémoire d'individus extraordinaires. De plus, la matière des journalistes spécialisés en nécrologie est la vie, pas la mort, et mon esprit se focalise toujours sur les qualités du portrait que je souhaite brosser : les couleurs, la lumière et les ombres, les textures changeantes. L'exercice est empreint d'une certaine tristesse, bien sûr, mais celle-ci reste modérée. Même la rédaction de nécrologies anticipées est supportable si l'existence du sujet a été longue.

Mais le genre de nécrologie qui m'occupe maintenant, le fait de se préparer à une mort qui ne devrait pas se produire – l'accident de voiture tragique avec une armée de journalistes campée devant l'hôpital, le diagnostic soudain de cancer en phase terminale ou une disparition inexpliquée –, voilà le pire aspect de notre travail.

Surtout quand vous attendez un rendez-vous avec l'hématologue de votre femme.

Vers midi, Sheila a enfin des nouvelles de Jeremy. Elle quitte presque immédiatement son bureau, qu'elle déserte un long moment.

— Rien de neuf à proprement parler, explique-t-elle à son retour. C'est l'un des acteurs de la pièce qui est à l'origine de la fuite. Il s'est déversé sur le sujet dans un pub. Comme s'il ne savait pas que la nouvelle se répandrait dans Londres comme une traînée de poudre. Toute une armada de journalistes est postée devant chez Jeremy. Il est furieux.

Plutôt me jeter sous un bus que de m'attirer la colère de Jeremy Rothschild. C'est un véritable trésor national, bien sûr, mais sa capacité à éviscérer les hommes politiques est déroutante. Il a aussi donné un coup de poing à un paparazzi un jour – même si ça, je peux comprendre.

— Il ignore complètement où se trouve Janice, nous confie Sheila en s'asseyant. Elle a quitté sa maison pour travailler il y a trois jours. Ils répètent à Camden, à la Cecil Sharp House. Apparemment, en temps normal, les producteurs lui envoient une voiture, mais ce jour-là, elle voulait conduire. Les répétitions se passaient bien. Elle avait l'air d'aller bien – et puis elle est partie aux toilettes et n'est jamais revenue. Ils ont mis un sabot à sa voiture avant de l'envoyer à la fourrière. Aucune image d'elle n'a été enregistrée par les caméras du métro.

— Mais c'est dans Camden, souligne Jonty. Il y a sûrement des caméras partout dans les rues ?

— Camden côté Primrose Hill. Près de Regent's Park. Quasi aucune caméra dans ce coin-là.

Kelvin me décoche un regard fort peu subtil, pour s'assurer que ma « viande froide » est prête à partir. Malgré moi, je hoche la tête. Sheila voit tout notre petit manège sans pourtant émettre d'objection. Elle sait que nous devons le faire.

— Ils vont la retrouver, soutient-elle. Et elle ira bien. Cette histoire de dépression, je n'y crois pas. J'ai dîné avec eux il y a quelques semaines. Elle a pas mal bu, mais moi aussi. On a chanté des morceaux de Queen jusqu'à 2 heures du matin. Ce n'était pas joli à voir. Elle était en forme.

— Rien qui indique un problème de couple ? demande Jonty. Tu ne penses pas qu'elle a pu le quitter, tout simplement ?

— Non, je ne pense pas, répond-elle.

Il y a une mise en garde dans sa voix. Mais Jonty passe à côté.

— Donc, il n'y a rien de fâcheux ? insiste-t-il.

— Rien, répond-elle sèchement.

Le sujet est clos.

Je la regarde ranger son bureau, jeter à la poubelle ce qui reste de son paquet de bonbons, puis hausser ses épaules qu'elle laisse ensuite tomber. Cela signifie qu'elle met de côté tous les sentiments qu'elle pourrait avoir au sujet de Janice en attendant d'en savoir davantage. Elle est l'une des rares personnes que je connaisse capable de faire cela.

Sheila a seulement une dizaine d'années de plus que moi, mais a déjà occupé des postes haut placés au MI5 et dans les services diplomatiques. Pour mon plus grand plaisir, elle m'a choisi moi pour aller boire des coups lorsqu'elle a rejoint notre équipe il y a quelques années, et nos déjeuners au pub du coin, le Plumbers' Arms, illuminent mes journées de travail. Sheila peut descendre trois pintes en une heure et demeurer malgré tout la personne la plus incisive à la ronde.

Personne ne sait vraiment comment ni pourquoi elle en est venue à travailler avec nous, mais j'ai le sentiment qu'un jour elle disparaîtra aussi rapidement et mystérieusement qu'elle est arrivée. Il y aura quelqu'un d'autre à son poste un matin, et je passerai le restant de mes jours à imaginer ce qu'elle est devenue. Je mettrais ma main au feu qu'elle sera à la tête d'un puissant cartel de la drogue quelque part. Qu'elle se déplacera en Humvee blindé et que présidents et monarques lui mangeront dans la main.

— Au fait, j'ai vu Emma, me lance-t-elle tandis que nous retournons tous à nos ordinateurs. Hier.

— Ah oui ?

Sheila a l'habitude de passer du coq à l'âne en un clin d'œil. Pendant les réunions d'équipe, nous avons tous du mal à la suivre.

— Je l'ai trouvée contrariée. Cela ne me regarde absolument pas, bien entendu, mais j'espère qu'elle va bien.

Emma ne m'a pas parlé de cette rencontre fortuite.

— Les résultats de son scanner la stressent, je réponds en improvisant, parce que je ne veux pas que l'une de mes collègues en sache plus sur ma femme que moi. On a rendez-vous avec son hématologue cet après-midi.

Alors que je commence à écrire un message à Emma pour vérifier qu'elle va bien, Sheila revient à la charge.

— Elle était à la gare de Waterloo.

— Ouais. Elle travaille à Plymouth deux jours par semaine, dis-je sans lever les yeux.

Sheila le sait. Nous avons évoqué les gros trajets qu'Emma est obligée de faire il y a quelques jours à peine.

— C'est bien pour cette raison que j'étais surprise de la voir à Waterloo. Les trains pour Plymouth ne partent pas de Paddington ?

J'arrête de composer mon message pour réfléchir.

— Eh bien, tu as raison. Hier, elle avait un déplacement professionnel dans le Dorset. D'où Waterloo.

Bizarrement, Emma n'a pas évoqué son voyage hier soir, alors j'ai oublié de lui demander comment ça s'était passé.

— Ah, formidable ! s'exclame Sheila.

Sa voix est amicale à présent, comme si nous étions au pub, rien que tous les deux.

— Où donc, dans le Dorset ? J'adore cette côte.

Non seulement cet interrogatoire est agaçant, mais en plus il ne ressemble pas du tout à Sheila.

— Là où son ami collecte des échantillons de phytoplancton. Je ne me souviens plus où exactement.

— Sans doute du côté de Poole Harbour, dit Sheila
en hochant la tête.

par une fine pince noire. Emma est belle. Même après

Je serai soumise à des contrôles tous les six mois,
poursuit le Dr Moru, mais à partir de maintenant, nous

— Oh, tout doux !

Il fait un signe à l'intention du barman, à qui il com-

and breakfast à Alnmouth et je marche et je cherche, je
cherche et je marche. Je dirige mes propres recherches
à Plymouth également – je n'abandonnerai pas. Je trouverai « mon crabe », comme le surnomme Leo. Un jour.

— Tu as raison.

Je harponne le dernier morceau de Tunworth que je
propose à Leo, qui le mange à même le couteau.

— Ça fait un bail que je n'ai pas mis les pieds là-bas.
On va voir quand je pourrai y retourner.

Je mange le dernier petit biscuit salé, même si je
n'ai plus faim.

— D'ailleurs, on pourrait peut-être y aller tous les
trois. Ruby ne survivrait pas à mes folles promenades,
mais vous pourriez faire des trucs de plage ensemble.

Leo engloutit le fromage, embrasse ses doigts.

— J'adorerais. Allez, on le fait. Et merde, on le fait
la semaine prochaine ! J'ai des jours à poser. Sinon je
vais les perdre.

— Je… Eh bien, peut-être. Faut d'abord que je fasse
un point côté boulot. Mais si ce n'est pas la semaine
prochaine, alors bientôt.

Il ne remarque pas mon moment de panique. Il est
bien trop heureux.

Gavés de fromage, nous allons chercher notre petite
fille et l'emmenons à Hampstead Heath, dans notre
coin préféré du parc en été, là où Londres dégringole
au loin vers un horizon poussiéreux, et où les herbes
hautes offrent des possibilités infinies d'aventures à une
enfant de trois ans. J'explique à Ruby que je n'ai plus
besoin d'aller à l'hôpital pour prendre mes médicaments

spéciaux, et elle me dit qu'elle est un scarabée qui s'appelle M. Cloris.

Leo prend plusieurs photos de nous, même s'il le fait depuis que j'ai reçu mon diagnostic. Sur le groupe Facebook « Lymphome », les gens déplorent tous que leur famille n'arrête pas de les prendre en photo, comme si le sous-entendu nous échappait. Mais comment pourrions-nous émettre la moindre objection ? Si nous mourons, ce sont eux qui resteront et qui ne pourront plus se raccrocher qu'aux images.

Plus tard, une fois Ruby couchée, nous nous installons dans le jardin avec une autre bouteille de vin, et Leo me fait part de son immense soulagement. Je me sens vivante, précieuse et plutôt belle, ce qui signifie que je dois être soûle. Leo gratte tout doucement sur son banjo, avant de lentement ployer sous l'épuisement. Un peu avant 22 heures, il dort à plat ventre dans l'herbe. Cela arrive souvent. Il s'est endormi avant 22 h 15 à notre mariage.

J'envoie des messages à mes amis et à mes collègues, au frère de Leo, à ses parents, et à mon ex-colocataire et plus ancienne amie, Jill. Allongée sur le dos, j'étudie le ciel en suivant le ballonnement orange de pollution lumineuse jusqu'à ce qu'il se dissipe dans l'espace noir d'encre où ne brille qu'une seule étoile. Les messages de soulagement font retentir mon téléphone. D'autres étoiles apparaissent, de plus en plus loin – des taches distantes.

Je pense à mon père, qui m'a montré la Grande Ourse juste avant d'être posté à Montserrat avec son commando des Royal Marines lors d'une éruption volcanique. À son retour, il m'a raconté que la mission

« Actualités », où des blocs géométriques de lumière filtrent à travers le toit de verre. Kelvin gigote, a du mal à croiser mon regard. Tout autour de nous, on entend les claviers, le murmure des conversations, les nouvelles qui vacillent en silence sur les écrans géants suspendus au plafond. Je me demande si je suis sur le point d'être viré et, le cas échéant, pour quelle raison. Pour être intolérablement moyen ? J'écris des nécrologies correctes, mais dénuées de la touche intellectuelle et scientifique de Sheila, ou de l'humour à la P. G. Wodehouse de Jonty.

— Très content pour Emma, lâche Kelvin après s'être éclairci la voix. Je n'ai pas peur de dire que je trouve ta femme fantastique.

Faut le reconnaître – au moins, il est honnête. Je ressors quelques phrases banales, essentiellement parce que je manque de mots pour exprimer mon soulagement. Il faudra qu'elle subisse des examens de temps à autre, bien sûr ; il y a toujours la possibilité que des tumeurs secondaires se sécrètent aux abords de son système lymphatique – mais les probabilités jouent en notre faveur. Les taux de rechute sont plutôt bas, et Emma est relativement jeune et en bonne santé.

Kelvin tripatouille son café.

— Nous avons écrit une nécro anticipée, finit-il par lâcher. Pour Emma. Nous ne l'avons pas sauvegardée dans notre base – afin que tu ne tombes pas dessus par hasard. Mais il nous fallait un texte. Nous l'avons préparée quand elle était en chimiothérapie.

Je déglutis en pensant aux derniers mois passés. Les repas auxquels elle ne touchait pas, les aphtes, les minuscules points courroucés sur sa peau. Ruby qui attrape une angine et Emma qui sanglote parce qu'elle n'a pas le droit de s'approcher de sa fille.

— Le sujet est certainement rebutant, ajoute Kelvin. Mais nous publierions une nécrologie, bien sûr, si elle mourait.

Emma est encore connue aujourd'hui pour sa série sur la BBC, un documentaire charmant en trois parties sur les écosystèmes côtiers en Grande-Bretagne, qui dépeint les changements subis par les habitats des créatures peuplant nos estuaires et nos rivages rocheux, nos plages et nos dunes. Quelqu'un du service recherche et développement de la BBC l'avait « découverte » alors qu'elle animait un atelier organisé par la British Ecological Society. Comme la plupart des gens, il avait été charmé par son esprit et son non-conformisme, et l'avait invitée afin de discuter avec elle d'idées d'émissions.

J'ai vu certaines des propositions ayant résulté de leur échange. Ma femme était décrite comme un NOUVEAU TALENT PLEIN DE BRIO. Emma a trouvé cela embarrassant, moi j'ai trouvé cela très drôle.

Un an plus tard, elle présentait une série en trois parties avec un naturaliste établi, qui, à mon avis fort subjectif, a été totalement éclipsé par sa prestation. Avant même la diffusion du dernier épisode, on lui a commandé une deuxième série. Les téléspectateurs adoraient le fait qu'elle garde son sens de l'humour, même accrochée telle une moule à une falaise tandis que des vagues se fracassaient en contrebas.

Emma n'est pas une célébrité, bien sûr, et à ce jour je ne la considère pas comme quelqu'un de connu. De son propre aveu, elle est une intello, une universitaire. Sa seule motivation en acceptant ce boulot de présentatrice était de partager avec d'autres son amour pour cet endroit magique où le monde terrestre s'arrête pour se fondre aux étendues inconnues de l'océan. Elle détestait être au centre de l'attention et détestait se prêter au jeu des interviews de promotion quand *Notre pays* en était à ses prémices. Encore aujourd'hui, elle refuse de participer aux fêtes organisées par les médias. Elle nous accuse tous d'être des vautours.

Mais de fait, alors qu'elle a disparu des écrans depuis longtemps, nous devons encore aujourd'hui nous arrêter dans la rue pour qu'elle puisse signer des autographes ou s'entretenir de l'écosystème des falaises avec des hommes mal à l'aise en société. On lui a même proposé de participer à l'émission de téléréalité *Danse avec les stars*. (Elle a décliné l'invitation.)

J'imagine que si elle mourait, la plupart des journaux écriraient une nécrologie.

— Maintenant que tout paraît aller, euh… bien, dit Kelvin, je me demande si tu aimerais jeter un coup d'œil à ce que nous avons écrit ?

— Il se trouve que j'ai moi-même déjà commencé quelque chose.

Kelvin semble dérouté.

— Ah bon ?

— Oui. Une sorte de projet personnel, en fait, mais je suis sûr que l'un de vous pourrait lui donner forme.

Silence. Puis Kelvin ajoute :

— Ça n'a pas dû être facile, avec le traitement contre le cancer en arrière-plan.

Son visage devient tout gris à cause de l'effort : voilà un sujet bien trop sensible pour lui.

— Mais je suis certain que quel que soit le texte de nécrologie que tu as écrit pour Emma, il sera plus personnel et honnête.

Je ris presque de l'ironie de la confiance qu'il m'accorde. Car en réalité, la nécrologie que j'ai écrite pour

Emma est remplie de blancs. Elle n'est absolument pas honnête.

À l'époque où elle était présentatrice, Emma avait une agente. Une femme zélée et fougueuse du nom de Mags Tenterden, qu'Emma vénérait. Mags était au beau milieu de négociations avec la BBC pour la troisième série quand, très soudainement, Emma a été éjectée de la grille de programmes, et remplacée par un vieux de la vieille. Il a vaguement été question de changements dans l'équipe des achats, mais aucune explication raisonnable quant au fait qu'Emma ait payé les pots cassés ne nous a jamais été fournie.

J'étais à ses côtés quand elle a reçu le coup de fil. Je ne pense pas pouvoir oublier un jour son visage.

Au début, je me suis demandé s'ils n'avaient tout simplement pas cherché à s'épargner l'instabilité potentielle d'une présentatrice atteinte d'un cancer de bas grade, enceinte de surcroît, mais il se trouve qu'Emma ne leur avait parlé de rien de tout cela.

Dans un acte d'une cruauté déroutante, Mags Tenterden a rayé Emma de sa liste de clients la semaine suivante. Je crois que cet abandon innommable a été la goutte d'eau, car dans les mois qui ont suivi, Emma a connu l'un de ses épisodes dépressifs les plus longs. Elle est allée passer trois semaines entières toute seule sur la côte du Northumberland, restant isolée sauf lors de mes visites le week-end. Il y avait occasionnellement des e-mails, d'étranges passages de prose abstraite sur les secrets de l'océan, mais la plupart du temps, elle était complètement fermée, même quand je venais la voir. « Je cherche juste des crabes, m'a-t-elle dit un soir dans son *bed and breakfast*. C'est tout ce que je suis en mesure de faire pour l'instant. Chercher des crabes. »

Habituellement, pour sortir de ce que j'ai toujours surnommé ses « épisodes », elle passe par ce qu'elle décrit comme un traitement d'attaque. Mais elle avait trop peur de prendre des médicaments avec un bébé dans le ventre. À son retour à Londres, elle m'a annoncé que cette fois-ci elle n'avait d'autre choix que d'être plus forte que sa crise.

À la naissance de Ruby, elle a commencé à aller mieux, mais ensuite, une dépression post-partum sévère s'est abattue sur elle. Je ne pense pas qu'elle s'en soit remise avant que Ruby commence à faire ses nuits à treize mois, et encore aujourd'hui, les baisses d'humeur continuent à apparaître et à disparaître. Sa tendance à tout garder ne va certainement pas en s'arrangeant.

Rien de tout cela ne figure dans l'article que j'ai écrit.

— Je suis sûr qu'elle serait flattée, dis-je à Kelvin. Mais elle m'a explicitement interdit d'écrire une nécro anticipée. Elle ignore que j'ai bossé sur un texte.

— Ah. Eh bien, je serais ravi que tu envoies tes notes à Jonty et Sheila.

— J'enverrai ça à Sheila. Ou peut-être à Jonty, j'ajoute en repensant à l'intérêt surprenant de ma collègue pour ma femme l'autre jour.

— Impeccable !

Kelvin regarde par-dessus son épaule. Le pauvre souhaite retrouver coûte que coûte son paisible écran d'ordinateur, moins exigeant, alors je le remercie d'avoir abordé le problème discrètement, et je le laisse partir.

travailler il y a trois jours. Ils répètent à Camden, à la Cecil Sharp House. Apparemment, en temps normal, les producteurs lui envoient une voiture, mais ce jour-là, elle voulait conduire. Les répétitions se passaient bien. Elle avait l'air d'aller bien – et puis elle est partie aux toilettes et n'est jamais revenue. Ils ont mis un sabot à sa voiture avant de l'envoyer à la fourrière. Aucune image d'elle n'a été enregistrée par les caméras du métro.

— Mais c'est dans Camden, souligne Jonty. Il y a sûrement des caméras partout dans les rues ?

— Camden côté Primrose Hill. Près de Regent's Park. Quasi aucune caméra dans ce coin-là.

Kelvin me décoche un regard fort peu subtil, pour s'assurer que ma « viande froide » est prête à partir. Malgré moi, je hoche la tête. Sheila voit tout notre petit manège sans pourtant émettre d'objection. Elle sait que nous devons le faire.

— Ils vont la retrouver, soutient-elle. Et elle ira bien. Cette histoire de dépression, je n'y crois pas. J'ai dîné avec eux il y a quelques semaines. Elle a pas mal bu, mais moi aussi. On a chanté des morceaux de Queen jusqu'à 2 heures du matin. Ce n'était pas joli à voir. Elle était en forme.

— Rien qui indique un problème de couple ? demande Jonty. Tu ne penses pas qu'elle a pu le quitter, tout simplement ?

— Non, je ne pense pas, répond-elle.

Il y a une mise en garde dans sa voix. Mais Jonty passe à côté.

— Donc, il n'y a rien de fâcheux ? insiste-t-il.

— Rien, répond-elle sèchement.

Le sujet est clos.

Je la regarde ranger son bureau, jeter à la poubelle ce qui reste de son paquet de bonbons, puis hausser ses épaules qu'elle laisse ensuite tomber. Cela signifie qu'elle met de côté tous les sentiments qu'elle pourrait avoir au sujet de Janice en attendant d'en savoir davantage. Elle est l'une des rares personnes que je connaisse capable de faire cela.

Sheila a seulement une dizaine d'années de plus que moi, mais a déjà occupé des postes haut placés au MI5 et dans les services diplomatiques. Pour mon plus grand plaisir, elle m'a choisi moi pour aller boire des coups lorsqu'elle a rejoint notre équipe il y a quelques années, et nos déjeuners au pub du coin, le Plumbers' Arms, illuminent mes journées de travail. Sheila peut descendre trois pintes en une heure et demeurer malgré tout la personne la plus incisive à la ronde.

Personne ne sait vraiment comment ni pourquoi elle en est venue à travailler avec nous, mais j'ai le sentiment qu'un jour elle disparaîtra aussi rapidement et mystérieusement qu'elle est arrivée. Il y aura quelqu'un d'autre à son poste un matin, et je passerai le restant de mes jours à imaginer ce qu'elle est devenue. Je mettrais ma main au feu qu'elle sera à la tête d'un puissant cartel de la drogue quelque part. Qu'elle se déplacera en Humvee blindé et que présidents et monarques lui mangeront dans la main.

— Au fait, j'ai vu Emma, me lance-t-elle tandis que nous retournons tous à nos ordinateurs. Hier.

— Ah oui ?

Sheila a l'habitude de passer du coq à l'âne en un clin d'œil. Pendant les réunions d'équipe, nous avons tous du mal à la suivre.

— Je l'ai trouvée contrariée. Cela ne me regarde absolument pas, bien entendu, mais j'espère qu'elle va bien.

Emma ne m'a pas parlé de cette rencontre fortuite.

— Les résultats de son scanner la stressent, je réponds en improvisant, parce que je ne veux pas que l'une de mes collègues en sache plus sur ma femme que moi. On a rendez-vous avec son hématologue cet après-midi.

Alors que je commence à écrire un message à Emma pour vérifier qu'elle va bien, Sheila revient à la charge.

— Elle était à la gare de Waterloo.

— Ouais. Elle travaille à Plymouth deux jours par semaine, dis-je sans lever les yeux.

Sheila le sait. Nous avons évoqué les gros trajets qu'Emma est obligée de faire il y a quelques jours à peine.

— C'est bien pour cette raison que j'étais surprise de la voir à Waterloo. Les trains pour Plymouth ne partent pas de Paddington ?

J'arrête de composer mon message pour réfléchir.

— Eh bien, tu as raison. Hier, elle avait un déplacement professionnel dans le Dorset. D'où Waterloo.

Bizarrement, Emma n'a pas évoqué son voyage hier soir, alors j'ai oublié de lui demander comment ça s'était passé.

— Ah, formidable ! s'exclame Sheila.

Sa voix est amicale à présent, comme si nous étions au pub, rien que tous les deux.

— Où donc, dans le Dorset ? J'adore cette côte.

Non seulement cet interrogatoire est agaçant, mais en plus il ne ressemble pas du tout à Sheila.

— Là où son ami collecte des échantillons de phytoplancton. Je ne me souviens plus où exactement.

— Sans doute du côté de Poole Harbour, dit Sheila en hochant la tête.

Quoi ? Bon sang, elle s'y connaît en phytoplancton, en plus de tout le reste ?

— C'était assez tard dans la matinée, ajoute-t-elle en retournant à son écran.

Elle m'adresse ensuite un drôle de sourire – une espèce de témoignage de sympathie –, avant de regarder de nouveau son écran.

Jonty lève les yeux de son bureau. Lui aussi a remarqué.

Qu'est-ce qu'elle mijote ? Sheila et moi discutons souvent d'Emma au pub, dans des discussions plus générales sur la vie de famille, mais là, c'est autre chose. J'ai l'impression d'entrapercevoir l'interrogatrice qu'elle a dû être jadis. (Impossible qu'elle ait occupé un emploi de bureau au MI5.) Elle est polie et amicale, mais il y a dans ses propos un sous-entendu qui ne me plaît pas et qui m'échappe.

— Elle m'a plus ou moins expliqué que le phytoplancton migrait quotidiennement vers les eaux profondes, finis-je par dire. J'imagine qu'elle attendait que cela se produise.

Je n'ajoute pas qu'Emma a du mal à être ponctuelle en ce moment – ce qui est parfois chez elle un signe avant-coureur de dépression –, mais peu importe. La conversation semble être parvenue à son terme.

À 15 heures, je me lève pour prendre le chemin de l'hôpital, et personne ne sait quoi me dire.

— Courage, me lance Sheila quand je m'en vais. Je penserai à vous.

Chapitre 5

Leo

Je n'aime pas entendre les gens se plaindre de notre système de santé, mais tandis que nous patientons quarante, cinquante, soixante-cinq minutes dans le cabinet du Dr Moru, je bascule dans la fureur. J'essaie de lire la nécrologie d'un ex-député que l'un de nos contributeurs de Westminster m'a envoyée, mais je suis trop angoissé et en colère pour me concentrer. Dans la salle d'attente, un téléviseur silencieux accroché en hauteur nous montre qu'il ne se passe absolument rien devant chez Jeremy et Janice Rothschild, une belle maison mitoyenne de style géorgien dans le quartier de Highbury.

Assise à côté de moi, Emma consulte également son téléphone sans dire un mot.

Elle a pratiquement cinq centimètres de cheveux maintenant. Elle les a toujours portés courts – courts et ondulés, juste au niveau des mâchoires –, mais il faudra plusieurs mois encore avant qu'ils n'atteignent à nouveau cette longueur. Aujourd'hui, ils sont retenus par une fine pince noire. Emma est belle. Même après des mois de médicaments toxiques, après avoir été bombardée par des rayons tueurs, après d'innombrables analyses de sang, coups de téléphone et phases de terreur silencieuse, elle est toujours belle.

Je me penche pour le lui dire, mais mon regard est attiré par son téléphone.

— Putain, c'est quoi, ça ? je murmure.

Elle est sur Amazon, et regarde les cercueils.

— Je veux un cercueil en osier, m'explique-t-elle en murmurant aussi. Si je meurs. Et un enterrement naturel.

Stupéfait, je fixe les yeux sur son téléphone. Le cercueil en osier qu'elle regarde vaut moins de 500 livres sterling et est présenté dans un bois ensoleillé parsemé de jacinthes sauvages. Des fleurs des champs ornent son couvercle.

— Emma, non ! Arrête !

— À l'intérieur, il est tapissé de coton bio, ajoute-t-elle, sur la défensive. De toute façon, ça va aller. Je me renseigne, c'est tout.

— Emma, je murmure en me frottant le front. Je t'en prie, ne fais pas ça.

— On meurt tous un jour. Quand ça arrive, mieux vaut que tout soit bien en ordre.

— Je… D'accord. Fais ce que tu as à faire.

Un vide chaud s'ouvre dans ma poitrine. Je pourrais vraiment la perdre.

Emma, s'apercevant sans doute de mon malaise, range son téléphone et glisse sa main dans la mienne. Mais je n'en peux plus. Je me dirige vers la réception, à deux doigts d'exploser. C'est à ce moment précis qu'on appelle Emma.

Chapitre 6

Emma

Le problème quand on ment à son mari, c'est que cela change tout sans rien changer du tout.

J'aime Leo. Pas à mi-temps ni de façon conditionnelle. C'est l'amour, le vrai, un amour essentiel, tout aussi constitutif de mes fonctions biologiques que mon foie ou ma rate. J'adore ses « leonismes » : les drôles de snacks qu'il se prépare, sa façon méticuleuse de plier ses vêtements propres, les heures qu'il passe à essayer de jouer en vain les premières mesures de *The Way It Is* de Bruce Hornsby sur le vieux piano de ma grand-mère. La manière qu'il a de me regarder à l'autre bout de son long nez, au lit, quand il invente de petits poèmes salaces qu'il débite comme s'il s'agissait du bulletin météo.

Je ne pense pas exagérer en disant qu'il m'a sauvé la vie.

Quand j'étais enceinte de Ruby, des amis m'ont prévenue que la parentalité éroderait notre grande histoire d'amour. J'ai compris ce qu'ils voulaient dire à l'arrivée de notre fille : le chaos, le manque de sommeil, la sensation d'être en position de faiblesse – en permanence, pour tout –, la perte des conversations entre adultes ou des moments d'intimité. Pourtant, je suis sortie de cette première année avec une certitude absolue : Leo était le meilleur homme que j'aie jamais connu. Nous avions survécu à un diagnostic, à une grossesse, à la dépression postnatale et, malgré tout, nous marchions toujours tranquillement, au même rythme. Lorsque nous n'étions pas épuisés, nous nous payions toujours de bonnes tranches de rigolade au lit avant de nous endormir. Nous nous embrassions toujours comme si nous étions en train de tomber amoureux.

Plus que tout, je voulais lui dire la vérité ; lui dire à quel genre de femme il était marié.

Mais la raison pour laquelle cela m'était impossible était la même que toujours. Jamais Leo n'accepterait la vérité, ne pourrait l'accepter. Une petite poignée d'hommes en seraient capables, mais pas mon mari.

Et même s'il était une personne différente, avec un passé moins compliqué – s'il était du genre à pouvoir pardonner ce que j'ai fait –, jamais il ne me pardonnerait d'avoir tenté de dissimuler la vérité. On a menti à Leo dès sa naissance, et aujourd'hui, la malhonnêteté, quelle qu'en soit la forme, lui est intolérable. L'année dernière, il a renvoyé notre nounou parce qu'elle avait prétendu aller au parc avec Ruby, alors qu'elle l'emmenait chez son petit ami. Avant que je sois rentrée à la maison le soir, il avait payé les services d'un consultant en ressources humaines pour vérifier que le mensonge de la nourrice constituait bien une lourde faute professionnelle et l'avait virée de chez nous.

Il a fait ce qu'il fallait : nous ne pouvions confier Ruby à quelqu'un en qui nous n'avions pas confiance. Mais l'intensité de sa colère a anéanti en moi tout espoir de pouvoir un jour lui dire la vérité.

Le Dr Moru nous l'annonce avant même que nous ayons franchi le seuil de son bureau :

— C'est une bonne nouvelle ! claironne-t-il, rayonnant.

Après quoi, sans la moindre réserve professionnelle, il me serre dans ses bras.

— Je vais bien ? Je vais bien ?

— Vous allez bien. Pour l'instant.

Leo murmure « Oh, Dieu merci ! » avant de déloger le Dr Moru et de m'attirer tout contre lui.

— Rien à signaler sur le PET-scan, et la biopsie de contrôle paraît bonne. Vos analyses de sang sont normales, explique le médecin tout en s'installant tranquillement à son bureau, comme s'il ne venait pas d'enlacer une patiente.

Il se met à parler des mois à venir mais finit par s'arrêter parce que Leo est en train de sortir des mouchoirs en papier de la boîte sur son bureau et de les enfoncer dans ses yeux.

Je tiens la main de mon mari le temps qu'il récupère. Je sais qu'il a eu peur, bien sûr, mais l'étendue réelle de son angoisse, qui m'apparaît désormais très clairement, me fend le cœur.

— Je suis désolé, s'excuse-t-il de sa voix normale, comme si des larmes ne ruisselaient pas sur ses joues. Je vous en prie, faites comme si je n'étais pas là.

Je serai soumise à des contrôles tous les six mois, poursuit le Dr Moru, mais à partir de maintenant, nous pouvons nous permettre d'être optimistes quant à notre avenir.

— Vous devriez écrire au sujet de votre expérience sur votre page, me lance-t-il joyeusement.

Il a ouvertement admis m'avoir cherchée sur Facebook.

— Vos fans adoreraient !

Dans les années qui ont suivi mon diagnostic, j'ai lu un nombre incalculable de mémoires de cancéreux. Certains ont été écrits depuis le rivage tout chaud de la survie, d'autres se terminent prématurément sur les mots d'un proche endeuillé. Certains parlent de guérison et de développement personnel, d'autres de chagrin et de souffrance, mais tous ces témoignages sans exception parlent d'amour. Expliquent qu'à l'approche de la fin de notre vie, nous nous tournons vers les choses et les gens qui comptent le plus pour nous afin de pouvoir affronter la mort avec sang-froid et courage.

Mon expérience du cancer contraste honteusement avec ces récits : elle a commencé il y a quatre ans avec le retour de flamme d'une obsession qui pourrait avoir raison de notre couple. Elle s'est caractérisée par la peur d'être démasquée et un profond regret. Jamais je ne pourrais la coucher sur papier, ni l'évoquer sur Facebook ou ailleurs.

Nous n'allons pas tout de suite chercher Ruby à l'école. À la place, nous nous arrêtons pour boire un verre dans un pub de South End Green. Je commande une planche de fromages à laquelle nous faisons un tel sort que les autres clients doivent être interloqués.

Je ne peux m'empêcher de sourire en imaginant le petit prélèvement de moi consigné quelque part sur une lame histologique, dénué de cellules invasives, enregistré dans une base de données et désormais oublié. Même sur les belles images cellulaires dont nous disposons aujourd'hui, le lymphome B paraît maléfique.

— Qu'est-ce que tu vas faire ? me demande Leo en me souriant.

Il est tellement heureux. Je suis tellement heureuse.

Je lui demande de préciser sa question.

— Tu as dit que si tu vainquais cette saloperie de cancer, tu avais plein de projets. Qu'il y avait plein de choses que tu voulais faire.

Je réfléchis un moment. À vrai dire, je veux simplement me consacrer à l'aimer, à aimer Ruby. C'est ce que je lui réponds.

Il m'embrasse, encore et encore. Je remarque une femme d'un certain âge attablée dans un coin, qui nous sourit. Je lui rends la pareille. C'est mon mari, ai-je envie de lui dire. Les femmes d'un certain âge sourient toujours à Leo. Je crois que c'est à cause de ses cils incroyablement longs. Peut-être aussi de la façon qu'a sa bouche de se plisser naturellement vers le bas, comme s'il essayait de ne pas rire.

— J'aime ton projet. Mais, et tes crabes ? Tu ne voulais pas leur mettre le grappin dessus ?

Je souris.

— Carrément ! Je vais aller dans le Northumberland pour trouver la colonie, maintenant que je ne suis plus tributaire de l'hôpital. Ça devrait être facile.

— Oh, tout doux !

Il fait un signe à l'intention du barman, à qui il commande deux autres verres de vin.

Il y a pratiquement vingt ans de cela, quand j'étais en premier cycle universitaire, j'ai trouvé un crabe mort sur une plage du Northumberland. Je l'ai photographié, car j'ai senti qu'il n'était pas banal, mais la promenade sur le sable a pris une tournure inattendue et j'ai fini la journée à l'hôpital. Cinq années se sont écoulées avant que je retrouve et développe la pellicule.

Quand j'ai enfin tenu la photo dans mes mains, j'étais en master de biologie marine à l'université de Plymouth. Je l'ai tout de suite montrée à l'une de mes tutrices, spécialiste des décapodes.

Elle l'a étudiée un bon moment avant d'ôter ses lunettes et de s'écrier :

— Mon Dieu !

Un crabe de la famille des grapsidés, originaire du Japon, avait probablement envahi l'Europe via le ballast d'un porte-conteneurs japonais. Le premier avait été découvert à La Rochelle en 1993. Dans les années qui avaient suivi, ce crabe s'était répandu le long des côtes françaises et espagnoles, et avait fini par envahir les eaux scandinaves au nord.

— Mais il n'a pas encore atteint la Grande-Bretagne, m'a-t-elle expliqué. À moins que tu n'aies découvert le premier il y a cinq ans.

Ce crabe s'appelait *Hemigrapsus takanoi*.

— Sauf que celui-ci ne possède pas vraiment les caractéristiques habituelles.

Elle m'a montré qu'*Hemigrapsus takanoi* avait des poils – des *setae* – sur les pinces, et que sa carapace était parsemée de points colorés. Il avait aussi trois épines distinctes.

— Tandis que le tien en possède quatre. Regarde ! Quatre épines ! Les poils recouvrent les pinces, et les points de couleur sont rouges, ce que je n'ai jamais vu jusqu'à présent. Cette découverte pourrait être vraiment importante.

J'ai été en copie de nombreux e-mails que ma tutrice a échangés avec des confrères spécialistes des décapodes à travers le monde. Une part très importante de leurs propos dépassait mon entendement, mais tous semblaient s'accorder sur une chose : manifestement, sans le chercher, j'étais tombée sur une nouvelle forme, un nouveau phénotype d'*Hemigrapsus takanoi*. Un phénotype tellement distinct qu'il était en passe de devenir une nouvelle espèce – si ce n'était déjà fait.

Un sacré truc pour une étudiante en master.

Je suis retournée sur la côte du Northumberland dans la foulée et, n'y trouvant rien, j'y suis retournée, encore et encore. Au fil des ans, j'ai dû y aller quarante, peut-être même cinquante fois, passant au peigne fin les sables d'Alnmouth, de Boulmer et au-delà. Ma tutrice a suggéré l'idée que, s'il s'agissait bel et bien d'une nouvelle espèce, elle n'avait pu évoluer que dans l'isolement complet, à distance des autres *Hemigrapsus takanoi* de la mer du Nord. Alors j'ai ratissé chaque crique lointaine, chaque saillie battue par les vagues, chaque rivage rocheux inaccessible entre High Hauxley et Berwick – mais je n'en ai jamais trouvé un autre.

J'y vais encore. Quand mon moral est au plus bas, c'est ce que je fais. Leo a toujours encouragé ces excursions. Je réserve une chambre dans un minuscule *bed and breakfast* à Alnmouth et je marche et je cherche, je cherche et je marche. Je dirige mes propres recherches à Plymouth également – je n'abandonnerai pas. Je trouverai « mon crabe », comme le surnomme Leo. Un jour.

— Tu as raison.

Je harponne le dernier morceau de Tunworth que je propose à Leo, qui le mange à même le couteau.

— Ça fait un bail que je n'ai pas mis les pieds là-bas. On va voir quand je pourrai y retourner.

Je mange le dernier petit biscuit salé, même si je n'ai plus faim.

— D'ailleurs, on pourrait peut-être y aller tous les trois. Ruby ne survivrait pas à mes folles promenades, mais vous pourriez faire des trucs de plage ensemble.

Leo engloutit le fromage, embrasse ses doigts.

— J'adorerais. Allez, on le fait. Et merde, on le fait la semaine prochaine ! J'ai des jours à poser. Sinon je vais les perdre.

— Je… Eh bien, peut-être. Faut d'abord que je fasse un point côté boulot. Mais si ce n'est pas la semaine prochaine, alors bientôt.

Il ne remarque pas mon moment de panique. Il est bien trop heureux.

Gavés de fromage, nous allons chercher notre petite fille et l'emmenons à Hampstead Heath, dans notre coin préféré du parc en été, là où Londres dégringole au loin vers un horizon poussiéreux, et où les herbes hautes offrent des possibilités infinies d'aventures à une enfant de trois ans. J'explique à Ruby que je n'ai plus besoin d'aller à l'hôpital pour prendre mes médicaments spéciaux, et elle me dit qu'elle est un scarabée qui s'appelle M. Cloris.

Leo prend plusieurs photos de nous, même s'il le fait depuis que j'ai reçu mon diagnostic. Sur le groupe Facebook « Lymphome », les gens déplorent tous que leur famille n'arrête pas de les prendre en photo, comme si le sous-entendu nous échappait. Mais comment pourrions-nous émettre la moindre objection ? Si nous mourons, ce sont eux qui resteront et qui ne pourront plus se raccrocher qu'aux images.

Plus tard, une fois Ruby couchée, nous nous installons dans le jardin avec une autre bouteille de vin, et Leo me fait part de son immense soulagement. Je me sens vivante, précieuse et plutôt belle, ce qui signifie que je dois être soûle. Leo gratte tout doucement sur son banjo, avant de lentement ployer sous l'épuisement. Un peu avant 22 heures, il dort à plat ventre dans l'herbe. Cela arrive souvent. Il s'est endormi avant 22 h 15 à notre mariage.

J'envoie des messages à mes amis et à mes collègues, au frère de Leo, à ses parents, et à mon ex-colocataire et plus ancienne amie, Jill. Allongée sur le dos, j'étudie le ciel en suivant le ballonnement orange de pollution lumineuse jusqu'à ce qu'il se dissipe dans l'espace noir d'encre où ne brille qu'une seule étoile. Les messages de soulagement font retentir mon téléphone. D'autres étoiles apparaissent, de plus en plus loin – des taches distantes.

Je pense à mon père, qui m'a montré la Grande Ourse juste avant d'être posté à Montserrat avec son commando des Royal Marines lors d'une éruption volcanique. À son retour, il m'a raconté que la mission s'était bien déroulée. Pourtant, il n'a pas semblé vouloir reprendre nos discussions d'astronomie. Je le trouvais souvent les yeux rivés vers le ciel, mais il parlait rarement.

Je rentre pour vérifier que Ruby respire bien, et je ressors avec une couverture pour Leo. (J'ai dû faire la même chose le soir de notre mariage, quand je l'ai trouvé endormi dans un coin pendant que nos invités dansaient.)

Ce n'est qu'à ce moment-là, alors que je n'ai plus aucune autre tâche à accomplir, que j'ai le courage de repenser sans détour au coup de téléphone.

Il m'a arrêtée net à Waterloo hier matin, un café pas bu à la main, tandis que les banlieusards déferlaient autour de moi. Sa voix était lointaine, comme s'il m'appelait depuis une montagne à des milliers de kilomètres de moi.

Je lui ai demandé de se répéter, mais il savait que je l'avais entendu.

Je n'ai pas réussi à quitter la gare de Waterloo, encore moins à rejoindre Poole Harbour. Le panneau des départs n'a cessé de se mettre à jour tout au long de la matinée, l'heure de pointe est passée, et moi, je suis restée plantée au milieu de tout ça, immobilisée.

Je ne suis parvenue à sortir de la gare que lorsque j'ai téléphoné à Jill.

— La situation va peut-être s'emballer. Tu devrais te tenir prête.

Alors j'ai regagné la maison, à la hâte, avant que Leo soit rentré du travail, pour vider mon dossier personnel.

Juste au cas où.

J'ai fourré le contenu du dossier sous une pile de partitions de ma grand-mère, dans le coin de la salle à manger qui se trouve à l'opposé de la porte. Un endroit où Leo n'ira jamais regarder.

Non qu'il aurait l'idée de regarder, bien sûr.

Environ trente-six heures plus tard, je suis une femme sans cancer, et assise en silence dans la douce obscurité de mon jardin, je m'autorise à relire les messages qu'il m'a envoyés après le coup de fil et dont j'ai fait des captures d'écran avant de les effacer. La photo est enfouie dans les profondeurs de mon téléphone.

Je ne vais pas lâcher l'affaire comme ça, a-t-il écrit. *Cela n'arrivera pas. On doit se voir. En personne.*

Et puis, comme je n'ai pas répondu : *Je suis sérieux. Je viendrai sonner chez vous s'il le faut.*

La vieille dame qui vit juste à côté se brosse les dents à la fenêtre. Elle contemple le sombre enchevêtrement d'arbres qui se déploie dans nos jardins, perdue dans des pensées sur une autre époque, une autre vie peut-être.

Je ne peux pas, je ne dois pas le voir. Je le sais. C'est bien trop risqué.

Et pourtant, quelques minutes plus tard, je me retrouve à lui répondre : *D'accord. Voyons-nous.*

Chapitre 7

Leo

Mon chef de rubrique, Kelvin, est un homme timide. Nos réunions se tiennent sans qu'aucun de nous quitte son bureau, pour plus de sécurité, et nos entretiens annuels se font par voie numérique. Il ne s'en sortirait pas bien en face à face.

C'est pour cette raison que je suis étonné quand il me suggère « une petite discussion dans la matinée ». Je me retourne pour lui demander quand et où, parce qu'il est assis juste à côté de moi, mais il serre la mâchoire et pianote rapidement sur son clavier. Je lui suggère donc par écrit que nous nous retrouvions à l'espace café dans cinq minutes.

Nous nous rendons dans l'atrium au centre de l'étage « Actualités », où des blocs géométriques de lumière filtrent à travers le toit de verre. Kelvin gigote, a du mal à croiser mon regard. Tout autour de nous, on entend les claviers, le murmure des conversations, les nouvelles qui vacillent en silence sur les écrans géants suspendus au plafond. Je me demande si je suis sur le point d'être viré et, le cas échéant, pour quelle raison. Pour être intolérablement moyen ? J'écris des nécrologies correctes, mais dénuées de la touche intellectuelle et scientifique de Sheila, ou de l'humour à la P. G. Wodehouse de Jonty.

— Très content pour Emma, lâche Kelvin après s'être éclairci la voix. Je n'ai pas peur de dire que je trouve ta femme fantastique.

Faut le reconnaître – au moins, il est honnête. Je ressors quelques phrases banales, essentiellement parce que je manque de mots pour exprimer mon soulagement. Il faudra qu'elle subisse des examens de temps à autre, bien sûr ; il y a toujours la possibilité que des tumeurs secondaires se sécrètent aux abords de son système lymphatique – mais les probabilités jouent en notre faveur. Les taux de rechute sont plutôt bas, et Emma est relativement jeune et en bonne santé.

Kelvin tripatouille son café.

— Nous avons écrit une nécro anticipée, finit-il par lâcher. Pour Emma. Nous ne l'avons pas sauvegardée dans notre base – afin que tu ne tombes pas dessus par hasard. Mais il nous fallait un texte. Nous l'avons préparée quand elle était en chimiothérapie.

Je déglutis en pensant aux derniers mois passés. Les repas auxquels elle ne touchait pas, les aphtes, les minuscules points courroucés sur sa peau. Ruby qui attrape une angine et Emma qui sanglote parce qu'elle n'a pas le droit de s'approcher de sa fille.

— Le sujet est certainement rebutant, ajoute Kelvin. Mais nous publierions une nécrologie, bien sûr, si elle mourait.

69

Emma est encore connue aujourd'hui pour sa série sur la BBC, un documentaire charmant en trois parties sur les écosystèmes côtiers en Grande-Bretagne, qui dépeint les changements subis par les habitats des créatures peuplant nos estuaires et nos rivages rocheux, nos plages et nos dunes. Quelqu'un du service recherche et développement de la BBC l'avait « découverte » alors qu'elle animait un atelier organisé par la British Ecological Society. Comme la plupart des gens, il avait été charmé par son esprit et son non-conformisme, et l'avait invitée afin de discuter avec elle d'idées d'émissions.

J'ai vu certaines des propositions ayant résulté de leur échange. Ma femme était décrite comme un NOUVEAU TALENT PLEIN DE BRIO. Emma a trouvé cela embarrassant, moi j'ai trouvé cela très drôle.

Un an plus tard, elle présentait une série en trois parties avec un naturaliste établi, qui, à mon avis fort subjectif, a été totalement éclipsé par sa prestation. Avant même la diffusion du dernier épisode, on lui a commandé une deuxième série. Les téléspectateurs adoraient le fait qu'elle garde son sens de l'humour, même accrochée telle une moule à une falaise tandis que des vagues se fracassaient en contrebas.

Emma n'est pas une célébrité, bien sûr, et à ce jour je ne la considère pas comme quelqu'un de connu. De son propre aveu, elle est une intello, une universitaire. Sa seule motivation en acceptant ce boulot de présentatrice était de partager avec d'autres son amour pour cet endroit magique où le monde terrestre s'arrête pour se fondre aux étendues inconnues de l'océan. Elle détestait être au centre de l'attention et détestait se prêter au jeu des interviews de promotion quand *Notre pays* en était à ses prémices. Encore aujourd'hui, elle refuse de participer aux fêtes organisées par les médias. Elle nous accuse tous d'être des vautours.

Mais de fait, alors qu'elle a disparu des écrans depuis longtemps, nous devons encore aujourd'hui nous arrêter dans la rue pour qu'elle puisse signer des autographes ou s'entretenir de l'écosystème des falaises avec des hommes mal à l'aise en société. On lui a même proposé de participer à l'émission de téléréalité *Danse avec les stars*. (Elle a décliné l'invitation.)

J'imagine que si elle mourait, la plupart des journaux écriraient une nécrologie.

— Maintenant que tout paraît aller, euh... bien, dit Kelvin, je me demande si tu aimerais jeter un coup d'œil à ce que nous avons écrit ?

— Il se trouve que j'ai moi-même déjà commencé quelque chose.

Kelvin semble dérouté.

— Ah bon ?

— Oui. Une sorte de projet personnel, en fait, mais je suis sûr que l'un de vous pourrait lui donner forme.

Silence. Puis Kelvin ajoute :

— Ça n'a pas dû être facile, avec le traitement contre le cancer en arrière-plan.

Son visage devient tout gris à cause de l'effort : voilà un sujet bien trop sensible pour lui.

— Mais je suis certain que quel que soit le texte de nécrologie que tu as écrit pour Emma, il sera plus personnel et honnête.

Je ris presque de l'ironie de la confiance qu'il m'accorde. Car en réalité, la nécrologie que j'ai écrite pour

Emma est remplie de blancs. Elle n'est absolument pas honnête.

À l'époque où elle était présentatrice, Emma avait une agente. Une femme zélée et fougueuse du nom de Mags Tenterden, qu'Emma vénérait. Mags était au beau milieu de négociations avec la BBC pour la troisième série quand, très soudainement, Emma a été éjectée de la grille de programmes, et remplacée par un vieux de la vieille. Il a vaguement été question de changements dans l'équipe des achats, mais aucune explication raisonnable quant au fait qu'Emma ait payé les pots cassés ne nous a jamais été fournie.

J'étais à ses côtés quand elle a reçu le coup de fil. Je ne pense pas pouvoir oublier un jour son visage.

Au début, je me suis demandé s'ils n'avaient tout simplement pas cherché à s'épargner l'instabilité potentielle d'une présentatrice atteinte d'un cancer de bas grade, enceinte de surcroît, mais il se trouve qu'Emma ne leur avait parlé de rien de tout cela.

Dans un acte d'une cruauté déroutante, Mags Tenterden a rayé Emma de sa liste de clients la semaine suivante. Je crois que cet abandon innommable a été la goutte d'eau, car dans les mois qui ont suivi, Emma a connu l'un de ses épisodes dépressifs les plus longs. Elle est allée passer trois semaines entières toute seule sur la côte du Northumberland, restant isolée sauf lors de mes visites le week-end. Il y avait occasionnellement des e-mails, d'étranges passages de prose abstraite sur les secrets de l'océan, mais la plupart du temps, elle était complètement fermée, même quand je venais la voir. « Je cherche juste des crabes, m'a-t-elle dit un soir dans son *bed and breakfast*. C'est tout ce que je suis en mesure de faire pour l'instant. Chercher des crabes. »

Habituellement, pour sortir de ce que j'ai toujours surnommé ses « épisodes », elle passe par ce qu'elle décrit comme un traitement d'attaque. Mais elle avait trop peur de prendre des médicaments avec un bébé dans le ventre. À son retour à Londres, elle m'a annoncé que cette fois-ci elle n'avait d'autre choix que d'être plus forte que sa crise.

À la naissance de Ruby, elle a commencé à aller mieux, mais ensuite, une dépression post-partum sévère s'est abattue sur elle. Je ne pense pas qu'elle s'en soit remise avant que Ruby commence à faire ses nuits à treize mois, et encore aujourd'hui, les baisses d'humeur continuent à apparaître et à disparaître. Sa tendance à tout garder ne va certainement pas en s'arrangeant.

Rien de tout cela ne figure dans l'article que j'ai écrit.

— Je suis sûr qu'elle serait flattée, dis-je à Kelvin. Mais elle m'a explicitement interdit d'écrire une nécro anticipée. Elle ignore que j'ai bossé sur un texte.

— Ah. Eh bien, je serais ravi que tu envoies tes notes à Jonty et Sheila.

— J'enverrai ça à Sheila. Ou peut-être à Jonty, j'ajoute en repensant à l'intérêt surprenant de ma collègue pour ma femme l'autre jour.

— Impeccable !

Kelvin regarde par-dessus son épaule. Le pauvre souhaite retrouver coûte que coûte son paisible écran d'ordinateur, moins exigeant, alors je le remercie d'avoir abordé le problème discrètement, et je le laisse partir.

Emma a fait deux fausses couches quand nous essayions d'avoir un enfant. Lorsque nous sommes rentrés de l'hôpital la deuxième fois, je l'ai mise au lit et je suis descendu préparer du thé. À mon retour, des larmes coulaient en silence sur ses joues, et John Keats enfonçait sa gentille truffe contre sa cicatrice d'appendicite.

— Je vais bien, lui disait-elle. Parfaitement bien, John, ne t'inquiète pas pour moi.

Même le chien ignore ce qui se passe dans son paysage intérieur. J'ai le droit d'y entrer, son amie Jill aussi, et c'est tout.

Voilà pourquoi j'hésite à taper les notes que j'ai prises pour sa nécrologie anticipée et à les envoyer à Jonty. Même si cela va à l'encontre de tout ce que je sais de la mission d'un auteur de nécrologies, je sens qu'il est de mon devoir de garder la vraie Emma pour moi tout seul. Pourquoi ne pas donner aux autres la version d'elle qu'ils adorent déjà ? La présentatrice télé hilare, qui gesticule tel un moulin et adopte des chiens qui s'appellent Homme-Grenouille ou Jésus trouvés dans des refuges, la petite-fille de Gloria Bigelow, une dame au langage fleuri qui fumait comme un pompier et fut l'une des premières femmes députées de ce pays ?

Il y a déjà beaucoup de parts d'Emma que l'on peut partager avec les autres.

J'envoie un e-mail à Kelvin pour lui dire que finalement j'ai décidé d'écrire la nécrologie anticipée d'Emma.

73

Au cours des semaines suivantes, en repensant à cet après-midi, à ces derniers instants avant que l'univers ne change d'axe de rotation, je m'envierais ce fantasme – cette croyance que j'étais l'une des deux seules personnes à connaître le monde intérieur d'Emma.

Cette croyance que je la connaissais tout court.

Chapitre 8

Leo

Emma a une vieille copine d'université, Jill, qu'elle retrouve une fois par mois pour dîner. Elles ont étudié la biologie marine et ont habité ensemble à St Andrews, et même si leur amitié m'a toujours semblé légèrement factice, Emma est farouchement loyale envers Jill.

Je suis rarement invité à leurs dîners, et tant mieux sans doute, car même si j'apprécie Jill, je ne la comprends pas vraiment. C'est l'une de ces personnes qui, au lieu de s'exprimer dans un anglais normal, parlent comme on écrit, ce qui rend la conversation assez pénible – on a l'impression de jouer dans une pièce dont on n'a pas reçu le texte. Et puis à mon sens, l'humour pince-sans-rire de Jill a quelque chose d'agressif, même si Emma semble la trouver désopilante.

En dépit de toutes ces réserves, je pense que Jill et moi pourrions très bien nous entendre si, il y a trois ans, elle ne s'était pas présentée sur le pas de notre porte pour s'installer chez nous.

Elle est arrivée le jour où Ruby était censée naître. Elle a tout bonnement remonté l'allée de notre jardin avec un gros sac de week-end et une boîte de truffes au chocolat noir tandis que j'escortais une Emma à la démarche dandinante à un brunch. (Je déteste particulièrement les truffes au chocolat noir, bien que j'aie conscience que cette remarque n'apporte rien à l'histoire.)

— Bien le bonjour à tous les deux, nous a-t-elle lancé, comme si nous l'avions attendue. Je vais m'installer pendant que vous sortez. Je vais commencer par m'acquitter de menues tâches manuelles.

Emma a pris ma main pour me guider vers la rue.

— Je t'ai dit que je voulais qu'elle vienne nous aider, m'a-t-elle dit doucement. À la naissance du bébé.

Ce qu'elle m'avait dit, c'était qu'elle s'inquiétait pour sa santé mentale après l'accouchement, et qu'elle voulait avoir Jill en soutien si jamais les choses tournaient mal. Jamais il n'avait été question que Jill emménage chez nous.

Jill est restée deux semaines après la naissance de Ruby. Et donc, en état de choc, épuisés, nous avons dû faire de la place à une tierce personne dans un espace déjà minuscule. Au bout du compte, je crois qu'Emma aussi a regretté de l'avoir invitée – quand la dépression post-partum a déferlé sur elle comme un char d'assaut, c'est à moi qu'elle s'est raccrochée, pas à Jill.

Finalement, j'ai mis tout cela sur le compte de l'expression intense d'une amitié que je ne pouvais pas – ou ne voulais pas – comprendre. Voulu y voir un geste de sympathie envers Jill, peut-être, qui apparemment avait elle-même désiré avoir un bébé. Peut-être avaient-elles fait un pacte lorsqu'elles étaient jeunes femmes. Quoi qu'il en soit, ce n'était pas le moment de lancer un débat avec Emma. Jill a fini par rentrer chez elle, et moi je n'ai rien dit.

Leur rendez-vous mensuel est ce soir, alors je me suis retiré dans notre minuscule bureau pour travailler sur la nécrologie anticipée d'Emma. Il va me falloir du temps pour transformer les bribes chargées de chagrin de mon carnet en quelque chose de publiable, mais j'ai du whiskey et des biscuits à la figue, et au moins deux heures avant le retour d'Emma.

Notre maison est gainée dans un épais voile de lierre, qui est à coup sûr en train d'endommager le bâtiment, mais Emma refuse d'y remédier. À travers le feuillage qui réduit de plus en plus le cadre de notre fenêtre, j'aperçois un ciel mauve soyeux, rapidement déserté par la lumière.

Je relis mon incipit en faisant rouler l'une des billes de Ruby sur mon bureau.

Emma Bigelow, écologiste marine et présentatrice pour la télévision, décédée à l'âge de ??, recueillait avec ferveur les chiens abandonnés, et on lui attribue largement d'avoir mis les écosystèmes côtiers britanniques sur la carte des zones à préserver dans l'esprit du grand public.

Lauréate de prix et titulaire de bourses jusque-là exclusivement attribuées à des hommes depuis des décennies, elle était un modèle pour les femmes dans le domaine de la biologie marine. « Bien meilleure qu'une vingtaine d'adorateurs de corvidés insipides

*animant généralement ce genre d'émissions » (*The
Times, *octobre 2014), Bigelow a présenté deux saisons de* Notre pays, *une série documentaire populaire
de la BBC, entre 2013 et 2015. Un compte Instagram
anonyme a été créé après la première saison, dédié
aux vidéos où on la voit gesticuler et faire des mou-
linets avec ses bras – sa marque de fabrique. Une
initiative qui a ravi Bigelow.*

*Après deux saisons, Emma Bigelow est retournée
enseigner à l'université de Plymouth et à University
College London. « Je tiens plus du tunicier que de
l'être humain, a-t-elle déclaré à l'époque. Je suis
donc ravie de retrouver les zones intertidales, même
si les repas gratuits me manqueront. »*

Je me suis gardé de préciser que c'est ce qu'elle m'a
dit à travers un flot de larmes – et que lorsque je l'ai
vue dans cet état, je me suis mis à courir dans tous les
sens en tambourinant sur ma poitrine et en menaçant de
poursuivre la BBC pour licenciement abusif.

*Fille de militaire, Emma Merry Bigelow a connu
une enfance nomade, entre Plymouth, Taunton et
Arbroath. Son père était aumônier pour les Royal
Marines, et sa mère, morte peu de temps après lui
avoir donné naissance, était diplômée en lettres clas-
siques.*

J'arrête de lire.
Ce que j'ai écrit ne me satisfait pas.
Les bons auteurs de nécrologies donnent l'impression
de connaître le défunt : on nous paie pour ça. Mais nous

autres, qui passons notre vie à les lire – à en discuter sur des forums ultra-pointus, à aller à des conférences consacrées au sujet et à lire des ouvrages, des articles et autres recueils spécialisés –, savons faire la différence. Si je ne l'avais pas écrit moi-même, j'aurais parié que l'auteur de ce texte n'a jamais rencontré Emma. Aucun aspect de sa magie unique ne se retrouve dans ces lignes.

Tout en réfléchissant à comment corriger au mieux le tir, je dresse une liste de détails que je dois vérifier.

Est-ce qu'Emma est allée directement en master après sa licence ?

Quels ont été les déplacements exacts d'Emma quand elle était enfant ? (Je sais que son père a servi dans différents commandos des Royal Marines, mais j'ignore lesquels, et quand.)

Comment sa mère est-elle morte précisément ?

John Keats est assoupi dans le fauteuil à oreilles derrière moi alors qu'il n'a pas le droit de monter sur les meubles. Je le regarde qui dort, une patte agitée de soubresauts à la manière d'un œil fatigué, et je délibère sur la pertinence de tout simplement envoyer ma liste de questions à Emma par texto, en accompagnant ma demande d'une bafouille contrite qui met tout sur le dos de Kelvin.

En quelques secondes, je rejette cette idée. Emma a rouvert la porte de la vie – la dernière chose dont elle ait besoin, c'est qu'on lui rappelle sa mortalité. Rien que ce matin, elle est allée courir, et après, elle m'a envoyé une photo de son visage rougeaud et luisant. JE SUIS VIVANTE ! VIVANTE, PUTAIN ! a-t-elle écrit.

Et puis j'ai bien trop honte d'avouer que je ne sais pas précisément comment sa mère est morte. Elle m'a simplement parlé de complications liées à l'accouchement, et je ne me suis jamais senti de creuser pour obtenir des détails qu'elle ne m'a pas offerts. Emma a un dossier en plastique rempli de trucs importants qui s'appelle DOSSIER DE TRUCS IMPORTANTS. Je n'ai jamais regardé ce qu'il contenait, mais j'imagine qu'on y trouve exactement la même chose que dans ma boîte à archives : certificat de naissance, diplôme, lettres, etc. La chemise se trouve tout en haut de son classeur à tiroirs qu'elle ferme à clé, mais je tente quand même de l'ouvrir en donnant un petit coup de coude. Cela pourrait être un moyen beaucoup plus simple de parvenir à mes fins.

La porte s'enroule doucement vers le haut. Elle produit un son infime, qui suffit tout de même à réveiller le chien. Lui et moi regardons tous les deux à l'intérieur.

Je ne sais plus quand j'ai vu l'intérieur de ce meuble pour la dernière fois. Emma ne manque jamais de le verrouiller car elle est terrifiée à l'idée qu'un voleur file avec ses recherches non numérisées sous le bras. Quand nous partons à l'étranger, c'est elle qui descend ici pour récupérer son passeport : *Toi, tu oublierais de le refermer*, dit-elle toujours. Et elle a absolument raison.

Je me demande si elle est en train de sombrer dans l'un de ses épisodes. Cela ne lui ressemble pas d'oublier de fermer son meuble à clé.

Après quelques secondes de réflexion, j'attrape le dossier, qui s'ouvre en émettant un petit bruit sec.

John Keats semble inquiet, alors je lui mets un air de *jungle* qui se trouve dans nos favoris sur Spotify. Le morceau s'intitule *Ghosts of my Life*, par un certain Rufige Kru.

Le dossier est pratiquement vide.

Il contient quelques documents récents : son doctorat, une lettre de remerciements d'une association caritative à qui elle envoie de l'argent depuis dix ans, la dernière version papier du permis de conduire d'Emma avant qu'il ne devienne obsolète. Une photo d'elle et de son père devant un immense navire, un vieux badge de travail. Mais rien d'autre.

Le chien me regarde toujours.

Ce placard est rarement ouvert, mais j'ai suffisamment vu cette chemise. Généralement, elle déborde, comme ma boîte à moi – la vie est curieusement remplie de papiers à l'importance vitale qu'on n'utilise en réalité jamais. Les dossiers qui nous servent à les stocker se dilatent et grossissent tellement qu'on dirait qu'ils vont exploser : ils ne mincissent pas au point de pratiquement disparaître.

Je sors son badge professionnel, toujours attaché à un cordon bien élimé.

EMMA BIGELOW, est-il écrit. SCIENCES BIOLOGIQUES ET MARINES. Je souris en voyant sa photo. Même en affichant l'expression impassible requise, ma femme est à la fois subversive, belle et amusée.

Je recule pour avoir un meilleur aperçu de ce que contient le placard. Elle a dû déplacer les papiers sur une autre étagère.

Sauf que non. Tout le reste est étiqueté et a sa raison d'être. Je pourrais ouvrir tous les classeurs à levier devant moi, mais à quoi bon ? Je ne pense pas qu'elle ait perforé son acte de naissance.

Je vais à l'étage pour examiner les tas de bric-à-brac dans notre chambre, mais il n'y a pas de papiers.

Ils ne se trouvent pas non plus parmi le bazar qui encombre le palier.

Ni dans les boîtes vides qu'elle a commencé à utiliser pour ranger les papiers divers et variés, et qui forment une pile au milieu de l'escalier.

Je sais que les documents étaient là il y a quelques semaines, quand nous sommes allés à Paris pour fêter la fin de la chimio d'Emma. Je me trouvais à côté d'elle dans le bureau quand elle a sorti son passeport. Et je me souviens avoir souri en voyant l'état de la chemise, qui était encore plus remplie que ma boîte.

J'aurais remarqué ces papiers si elle les avait sortis : la maison n'est pas grande. J'aurais dû les déplacer pour poser une tasse de thé, ou pour empêcher Ruby de les maculer de peinture, de colle pailletée ou de crottes de nez. Quelque chose dans leur absence me paraît louche. Je ne le sais pas encore, mais c'est à ce moment-là que je me mets à espionner Emma.

Je descends dans la salle à manger – un océan de papiers. Tous à la grand-mère d'Emma. Elle est morte depuis des années, mais Emma n'a toujours pas trié ses affaires. Il y a à peine un peu plus d'un mètre carré disponible au sol. Tout le reste est occupé à hauteur de genou.

Je me hisse d'un bout de plancher vide à un autre. Aucune pile de papiers relatifs à Emma. Il y a essentiellement des partitions de musique, des études pour violon et des relevés bancaires jaunis qu'on aurait dû jeter depuis des lustres. La plupart des documents sont entassés dans des sacs de courses des années 1980 – « Sainsbury's » écrit en lettres orange sur fond blanc, « Tesco » avec d'épaisses bandes bleues. Tout est recouvert d'une couche de poussière importante.

Tout, sauf le vieux sac Marks & Spencer dans un coin, que je vois après avoir enjambé des empilements pour atteindre la parcelle de sol libre à l'autre bout de la pièce. Il date aussi des années 1980, de l'époque où leurs sacs étaient vert pétant, et que « St Michael » était écrit en cursives dorées. Et bien que le sac soit essentiellement poussiéreux, il présente plusieurs traces brillantes à l'endroit où la poussière a été délogée par les doigts de quelqu'un. Ces derniers jours, à en juger par ce que je vois.

Je m'arrête. Cette mission commence à dépasser son objectif premier, qui était de trouver des faits.

Mais ce sac.

Il est à l'autre bout de la pièce, à moitié en dessous du vieux bureau de la grand-mère d'Emma. Un pare-feu en cuivre le cache de la vue de quiconque regarderait depuis le seuil. Je n'arrive à le voir que parce que je me suis hissé jusqu'ici.

Mettre quelque chose dans ce sac, dans ce coin, ce serait délibérément cacher cette chose. Pourquoi Emma voudrait-elle cacher quelque chose ?

Je tends le bras et j'attrape le sac.

La première chose que je vois est son certificat de master de l'université de Plymouth. Le papier suivant est le courrier qu'elle a reçu l'année dernière de la police du Berkshire parce qu'elle avait roulé à 65 km/h dans Slough, alors que c'était limité à 50. Un sourire se dessine furtivement sur mes lèvres. Ce courrier l'avait mise en rage – je suis étonné qu'elle l'ait gardé, mais je sais aussi à quel point elle trouve difficile de jeter quoi que ce soit. Elle est vraiment la petite-fille de sa grand-mère à cet égard – cette manie à toutes les deux d'entasser compulsivement.

Après, vient la carte d'au revoir que son équipe et ses collègues de la BBC lui ont écrite après son licenciement mystérieux. *Tu vas tellement nous manquer ! Plus jamais je ne regarderai un buffet de petit déjeuner de la même façon ! J'espère vraiment que nous pourrons retravailler ensemble très bientôt !*

Ensuite, il y a le passeport de Ruby, et deux autres qui doivent être à Emma. L'un est valide, l'autre a expiré et a été rogné dans le coin par les services administratifs.

J'ouvre celui qui n'est plus valide en me réjouissant à l'avance de découvrir un vieux cliché d'identité que je n'ai peut-être jamais vu, tout cela pour constater que la page avec le nom et la photo a été arrachée. Je feuillette le passeport sans trouver le moindre tampon. Je reviens à la page manquante. Ça a été fait n'importe comment, la déchirure est bien visible, signe peut-être d'une action effectuée à la va-vite.

Je regarde la page de la photo de l'autre passeport : celui-ci lui appartient clairement. EMMA MERRY BIGELOW.

Je regarde celui qui a expiré. Est-il à Emma ? Le cas échéant, pourquoi l'aurait-elle déchiré ?

Lentement, timidement, le malaise commence à s'immiscer dans mes veines. Une grande part de moi demeure relativement convaincue qu'il existe une explication sensée pour ce sac de documents dissimulé, mais j'ai du mal à me la figurer.

Je parcours rapidement une pile qui témoigne des réussites d'Emma – lettres d'acceptation de revues universitaires, un prix, une bourse et des nominations pour des chaires universitaires.

Viennent ensuite des documents relatifs à ses études. J'en extrais une feuille ayant pour en-tête le cimier de l'université de St Andrews. Mais il s'agit d'une lettre, pas d'un certificat de diplôme.

Je commence à lire. *Chère Em...* Je m'arrête.

En partie parce qu'une trace de marqueur noir barre presque tout son nom, ce qui me surprend, mais surtout parce que j'ai le sentiment que c'est ici que se trouve la limite. D'un côté, il y a la confiance en Emma, de l'autre, la surveillance.

Après une seconde, je poursuis ma lecture.

J'ai essayé de vous contacter par téléphone, en vain.

Je ne peux que réitérer ce que j'ai dit à votre grand-mère : je vous encourage de tout cœur à poursuivre vos études de biologie marine, même si vous vous sentez dans l'incapacité de le faire dans l'immédiat. Nous serions ravis de vous accueillir à nouveau lors de la prochaine année universitaire (voire l'année suivante, si septembre prochain vous semble trop tôt).

Je dois ajouter que j'ai été profondément attristé en entendant votre grand-mère décrire vos problèmes de santé mentale. Je ne peux qu'imaginer que les études universitaires doivent manquer cruellement d'attrait à vos yeux en ce moment. Mais nous sommes nombreux ici, au département, à être convaincus

qu'une excellente carrière dans la biologie marine
vous attend, et nous ferons tout notre possible pour
vous aider à réintégrer le cursus.

Mes collègues et moi vous souhaitons un prompt
rétablissement. Je vous en prie, n'hésitez surtout pas
à me contacter par téléphone ou par mail à tout
moment si vous souhaitez discuter – maintenant ou
à tout autre moment de l'année universitaire.

Bien cordialement,
Dr Ted Coombes
Faculté de biologie

Dans la foulée, je tombe sur un autre papier à en-tête
de St Andrews. Je lis le courrier – également biffé par
un marqueur, comme si Emma n'avait pu tolérer de
voir son nom écrit là.

C'est une lettre officielle qui la radie de l'université,
en prenant acte du fait qu'elle arrête définitivement sa
licence. On lui demande de détruire sa carte d'étudiante
avant de lui souhaiter une bonne continuation. Elle est
datée de novembre 2000, ce qui, d'après mes calculs,
correspond au premier trimestre de sa troisième et dernière année.

Le chien se tient sur le seuil de la salle à manger et
m'observe.

J'essaie de réfléchir.

Parmi les amas d'affaires échoués sur notre palier
se trouve une photo d'Emma le jour de la remise des
diplômes. J'adore cette photo : son air solennel et sa
posture défensive, le sourire que l'on devine au coin
de ses lèvres. Il n'y a jamais eu aucun doute quant au

fait qu'il s'agisse d'un cliché d'elle pris à St Andrews pour la remise des diplômes.

Je pose les papiers et je vais à l'étage pour trouver cette photo. Je mets rapidement la main dessus, mais contrairement à la mienne, il n'y a aucune information dessus, aucun panneau en carton portant le nom de l'université ou du département. Juste Emma, mon adorable Emma, vêtue d'une toge noire dont la capuche bleu clair est bordée de brocart doré. Pas de toque sur la tête.

Après une longue attente, je redescends dans le bureau pour effectuer une recherche sur Internet. Je finis par trouver le descriptif des toges des étudiants de premier cycle à St Andrews.

La page charge doucement. Dehors, une bourrasque secoue le feuillage, et des poings de lierre frappent au carreau. La maison, chaude et surchargée, craque et soupire le temps que l'image pixélisée devienne plus nette.

Les étudiants de licence scientifique à St Andrews portent une capuche violette bordée de fourrure blanche. Je passe en revue les autres catégories – arts, postdoctorat, sciences de l'éducation –, mais aucune n'est associée à une capuche bleu clair bordée de doré. Je regarde encore et encore, jusqu'à ce que je doive me rendre à l'évidence : Emma n'a pas obtenu son diplôme dans cette université.

J'ai l'impression qu'on m'enlève une étagère logée dans mon ventre.

John Keats, qui me regarde toujours, agite la queue contre le fauteuil ; un petit coup pour m'assurer de son soutien, ou peut-être une mise en garde – allez savoir. Je m'agenouille devant lui, je regarde ses yeux profonds ambrés, et je lui dis qu'il y a certainement eu un malentendu, même si je ne vois pas comment cela serait possible.

Deux whiskeys et six biscuits à la figue plus tard, je retourne aux papiers qui se trouvent dans la salle à manger. Plus rien ne peut excuser mon comportement, mais j'ai de l'alcool dans le sang et je suis trop perturbé pour m'en soucier.

Je ressors la pile de documents, que j'ouvre au hasard. L'excitation de mal agir me rend rapide et efficace : me revoilà dans la peau de l'homme qui farfouille dans les papiers personnels de ses parents, il y a des années de cela, farouchement déterminé à trouver la vérité.

Je lis une lettre adressée au père d'Emma par le bureau de l'archidiacre de la Royal Navy expliquant qu'ils lui laissent une dernière chance de leur écrire avant d'être dans l'obligation d'entamer une procédure de licenciement.

Je relis plusieurs fois le courrier, que je ne comprends pas plus que ceux de l'université. Le père d'Emma est mort au Zaïre avant même que cette lettre ait été écrite.

En haut, j'entends ce qui ressemble à des pas d'enfant sur un plancher grincheux, alors je remets les documents dans le sac Marks & Spencer. Mais un plus petit bout de papier – une carte de correspondance de la BBC – virevolte par terre. Dessus, un mot écrit à la main : *Hé ma poupée, désolé de t'avoir ratée ce matin. Appelle-moi. Je ne veux pas que ça se termine comme ça… Bisous Robbie*

Je le range dans le sac, avant de replacer celui-ci sous le bureau.

Dans la cuisine, je bois un autre whiskey. Tout paraît calme dans la chambre de Ruby, mais mes pensées affluent trop vite ; je n'arrive pas à poser les choses pour réfléchir, encore moins à comprendre ce que je viens de voir.

Sans réellement tenter de m'en dissuader, je me rends dans notre chambre sur la pointe des pieds et j'allume l'ordinateur portable d'Emma. Nous nous servons en permanence de nos ordinateurs portables respectifs, mais jusqu'à présent je ne l'ai jamais utilisé – jamais je ne l'aurais fait – en vue de l'espionner. Je ne sais même pas ce que je cherche. Je veux juste trouver quelque chose qui calmera cette angoisse insidieuse.

Quatorze onglets sont ouverts, ce qui est du Emma tout craché. La grande majorité concerne des sujets comme la structure génétique de la population de crustacés décapodes au drôle de nom, mais il y en a trois autres : sa boîte mail, Facebook, et ce qui semble être une querelle avec eBay au sujet d'un colis qui n'est jamais arrivé.

Je ne peux vraiment me résoudre à consulter ses e-mails, pas encore. Cela me paraît être la trahison ultime, en deuxième position derrière le fait de fouiller dans son téléphone.

Facebook est ouvert, sur sa page « Fans ». Elle a plus de 3 000 likes. Il ne s'y passe rien, et alors que je m'apprête à refermer son ordinateur, une notification apparaît avec un message d'un certain Iain Nott : Je vous ai envoyé 4 messages et pas de réponse marre des bonnes femmes de la télé qui se croient supérieures ça vous aurait vraiment coûté beaucoup de répondre ?

Immédiatement pris de colère, j'ouvre le message pour rédiger une réponse assassine. Mais ce faisant, j'ouvre par inadvertance sa boîte de réception.

Je détourne presque les yeux, pour la même raison qui faisait que je ne voulais pas consulter ses e-mails, mais c'est plus fort que moi. Sa boîte regorge de messages écrits par des hommes.

Je vois la première ligne de chaque message.

Mikey Vaillant : je te regarde sur iPlayer, petite garce. T'es

Erik Sueno : T TELLEMENT BONNE QUE J'AI ENVIE DE

Charlie Rod : Voici mon numéro, appelez-moi, s'il vous plaît, j'aimerais vraiment

Iqbal Al-Jasmi : Salut meuf

Skinny McSkinnyface : salope

Robbie Rosen : Hé ma poupée, je pensais à toi,

Je contemple l'écran pendant un long moment.

Tout d'abord, je veux savoir si ce Robbie est le même que celui qui a écrit le petit mot. C'est sûrement le cas – « Hé ma poupée » –, ce n'est pas vraiment comme ça que des inconnus vous abordent. Qui est cet homme ?

Et j'aimerais aussi savoir pourquoi elle ne m'a pas parlé de tous ces messages. Quand je lui ai posé la question la semaine dernière, elle m'a dit qu'elle en avait reçu deux ces derniers jours, mais il y en a six, ici – six –, et encore, ce ne sont que ceux du jour.

Je suis écartelé entre la fureur que je ressens à l'égard de ces hommes et le choc qu'Emma ne m'en ait pas parlé. Pourquoi garderait-elle pour elle ce genre de choses ?

Pourquoi garderait-elle pour elle une seule des choses que j'ai découvertes ce soir ?

Je suis pris d'un léger vertige. J'efface tous les messages du jour, mais chaque message que j'efface est remplacé par un autre d'un jour précédent. J'arrête, je rabats son écran d'un coup sec et je me dirige au rez-de-chaussée, où je me sers un dernier whiskey.

Mon esprit envisage un millier de scénarios, saute de la photo de fac aux hommes pervers, au passeport, des papiers qu'elle a dissimulés au mot écrit à la main par un type de la BBC. Un peu comme les messages Facebook d'Emma, chaque fois que j'ai le sentiment d'avoir trouvé une explication à une découverte, une autre réclame un éclaircissement, et mon cerveau n'arrive pas à suivre.

Je m'assieds et je bois, jusqu'à ce que j'entende un craquement dans la chambre de Ruby.

— Papa ? Papa… ?

Chapitre 9

Emma

Je téléphone à Jill en rentrant chez moi, pour lui apprendre que nous venons de dîner ensemble toutes les deux.

— Je vois. Et qu'avons-nous mangé ?

On dirait qu'elle parle la bouche pleine. Jill a pris pas mal de poids ces dernières années. Cela m'inquiète, mais je ne pourrai jamais aborder le sujet – nous faisons toutes les deux comme si cela n'existait pas.

— Ce que tu es en train de manger. C'est notre menu de ce soir.

— Je ronge un vieil os de poulet, comme un chien.

— Parfait.

Je serre mon gilet contre moi. Il fait froid pour un soir de juin : un vent agressif s'engouffre brusquement entre les maisons de Hampstead Village, s'enfonce dans de petites allées tortueuses.

— On n'a qu'à dire qu'on est allées dans ce resto qui sert du poulet à King's Cross.

— Le truc à gaufres ?

— Oui, parfait.

— Serait-ce trop te demander qu'on y aille pour de vrai ensemble ? me demande-t-elle. Bientôt ? Je ne t'ai pas vue depuis le bas Moyen Âge.

— Quoi ? On est allées voir un film ensemble il y a deux semaines !

— Très bien. Début de l'époque Tudor, si tu préfères.

— Époque Stuart à la rigueur.

Jill éclate de rire.

— T'es pas commode, Emma.

— Tu peux parler !

Le bus 268, secoué par le vent, descend lentement Heath Street en émettant une plainte stridente. Je serre mon sac à main contre moi pour me réchauffer et je note dans ma tête d'organiser un vrai dîner la semaine prochaine.

— Comment ça va, au boulot ? je lui demande.

Jill est désormais consultante pour des compagnies de pêche en haute mer et déteste son patron.

Il y a un blanc, le temps qu'elle avale son poulet. Quelqu'un au volant d'une voiture de sport ridiculement onéreuse remonte la colline en faisant vainement vrombir son moteur.

— J'ai toujours l'intention de démissionner un jour. Mais ce n'est rien. Ça va, toi ?

— Je… Non. Ça ne va pas.

— J'en déduis que tu es allée le voir ?

— Oui.

— Et ?

J'hésite. Je ne veux en parler à personne, pas même à ma plus vieille amie, mais Jill me soutient depuis le début. Quand nous n'étions encore que deux étudiantes à St Andrews, la tête remplie de rêves idiots et sans un sou en poche, elle m'a sauvée. Au fil des années qui ont suivi, elle était là. Et puis, quand je me suis mise dans de sales draps au cours d'un voyage dans le Northumberland il y a quatre ans, non seulement elle m'a couverte auprès de Leo, mais elle a fait treize heures de route pour venir à mon secours. Quel que soit le fossé dans lequel je tombe, Jill est toujours là pour m'aider à en sortir.

La moindre des choses est que je lui parle de ce soir.

— Aussi difficile qu'attendu. Pire, sûrement. Un échange maladroit de banalités, suivi d'une discussion très gênante au sujet de sa femme.

À l'autre bout du fil, j'entends Jill inspirer.

— Vraiment ? Qu'a-t-il dit à son sujet ?

— *Grosso modo*, il m'a cuisinée. L'idée que j'aie été en contact avec elle l'obsédait. Je lui ai dit que je ne le ferais même pas en rêve, mais je ne suis pas certaine qu'il m'ait crue.

Je tends la main devant moi. Elle tremble de nouveau.

— Qu'est-ce qui te porte à croire qu'il ne t'a pas crue ? Il était en colère ?

Je réfléchis à sa question pendant quelques instants. Il n'était pas en colère à proprement parler, mais, assise en face de lui, j'ai éprouvé de la peur. Il était véhément, dans tous ses états – j'ai eu le sentiment de subir un interrogatoire, pas juste de discuter. J'avais mes propres angoisses quant à la situation, mais je n'ai pas osé les formuler.

J'essaie d'expliquer les choses à Jill, mais c'est difficile à exprimer.

Tap, tap, tap. Mes bottines battent le pavé. Un emballage de chocolat glisse discrètement vers le bas de la colline. Je quitte Heath Street pour remonter une étroite allée pentue.

— Je suis tellement désolée, déplore Jill d'une voix peinée. J'espérais que ce serait plus positif.

Je soupire.

— C'est ma faute. Je n'aurais jamais dû accepter de le retrouver.

— Mais comment aurais-tu pu refuser ? Tu te fais un sang d'encre. Oh, Emma. Je trouve ta situation insupportable.

— Tu es un ange. Merci. Moi aussi, je trouve cela insupportable… Je n'ai pas pu lui poser une seule des questions que je voulais lui poser.

— Mais est-ce que cela a servi ? demande-t-elle, après un silence plein de tact. Est-ce que cela t'a aidée, je veux dire ?

— Non.

Ma réponse est ferme, mais j'ajoute ensuite :

— Peut-être.

Puis :

— Non.

Puis :

— Et merde, j'en sais rien ! J'ai l'impression d'être folle. Je vais essayer de décrocher un rendez-vous d'urgence avec ma psy demain.

— Bon, je suis là, si jamais ta psy n'a pas de créneau à te proposer, me dit-elle comme je m'y attendais. Pourquoi on ne se retrouverait pas pour déjeuner près de ton boulot demain ? Il faut que je passe quelques heures à la British Library, je serai même dans le coin.

— Oh, c'est très tentant. Mais je ne peux pas. J'ai rendez-vous avec l'un de mes étudiants en doctorat de 12 h 30 à 14 heures.

— Annule, me lance-t-elle du tac au tac. Tu as besoin d'un espace pour élaborer tout ça, Emma. Ce rendez-vous avec lui, c'est un sacré truc.

Je lui promets d'y réfléchir. J'accorde une grande valeur à la compagnie de Jill – rien de tel qu'une soirée sur son canapé avec une bouteille de vin en écoutant des ballades rock à fond pour se requinquer. Le problème est que toute notre relation a été modelée par le naufrage catastrophique de mes vingt ans, et quand je suis avec elle, il m'est impossible de me cacher. Parfois, je n'ai aucune envie de m'attarder dans toute cette souffrance ; je préfère faire comme si elle n'était pas là.

— Ce qui est principalement ressorti de cette soirée, c'est qu'on est dans une impasse. Il était peut-être sens dessus dessous, mais il a très clairement laissé entendre qu'il n'y aurait aucun « arrangement » avec moi. Abstraction faite de toutes les raisons habituelles pour lesquelles ce serait une trahison, et il ne veut plus trahir sa femme. Tout ce qu'il voulait, c'était savoir si j'avais été en contact avec elle.

— Oh, Emma.

— Je pense qu'il va probablement couper une nouvelle fois le contact.

— Hum, dit-elle tout bas. Je n'y mettrais pas ma main à couper.

— Non, sérieusement. Je crois que c'est fini. Pour de bon, cette fois-ci. Ce qui signifie que je vais devoir à nouveau rester les bras croisés. Y penser chaque jour qui passe, bon sang, sans jamais vraiment tourner la page. Mais au moins, je sais, Jill. Au moins, je peux continuer à aimer ma famille.

Notre appel se termine peu de temps après, parce que je ne peux pas arriver à la maison dans cet état. Je ne pense pas que Leo soit très fan de Jill, mais il n'empêche – il sait que jamais je ne rentrerais à la maison en larmes après un dîner avec elle.

Si vous êtes un organisme qui vit en zone intertidale, votre existence est faite d'extrêmes : soleil torride ou submersion glaciale ; stress salin, grosses vagues, vents côtiers déchaînés. C'est l'un des environnements les plus périlleux dans la nature, nous a expliqué Ted, mon tuteur, lors de notre tout premier séminaire. Si vous trouvez que vous en bavez, imaginez la vie d'une bernique !

Ni Jill ni moi n'avons jamais oublié cette tirade. Je ne peux m'empêcher de sourire quand, quelques minutes plus tard, elle m'envoie ce texto : Accroche-toi, petite bernique ! Suivi d'un autre message : Mener de front deux existences parallèles est une tâche herculéenne pour la plupart des gens, surtout quand on vient juste de terminer des mois de traitement contre le cancer. Mais toi, mon amie, tu es plus coriace que tu ne le penses.

Elle m'envoie un troisième message lorsque je prends la ruelle qui coupe jusqu'à ma rue. Et je suis là si jamais tu te sens moins coriace.

J'efface ce message ainsi que tous les autres de ce soir. Pour plus de sécurité, je vais dans mes contacts et je renomme l'homme qui m'a une fois de plus brisé le cœur. Désormais, il s'appellera « Sally ».

Je l'aperçois dès que j'émerge de la ruelle.

Une silhouette masculine. L'homme se tient dans la rue devant notre petite maison mitoyenne, qu'il observe.

Je m'arrête net. Chez nos voisins, tout est éteint, alors que Leo, comme à son habitude, a laissé les lumières allumées dans toutes les pièces. Mais, si j'oublie les lumières, je sais d'instinct qu'il est là pour nous. Pour moi.

Je regagne la ruelle et regarde autour de moi en agrippant mon sac. Il porte une casquette de base-ball, et ses cheveux plutôt longs débordent sur sa nuque. Grand. Élancé, dirais-je, même si c'est difficile à dire avec sa parka légère. Je ne vois qu'un côté de son visage, et il fait trop sombre pour distinguer les détails – mais je ne pense pas qu'il s'agisse de quelqu'un que je connais, quelqu'un ayant une bonne raison de venir traîner devant ma maison à cette heure indue.

Je recule de nouveau et, les doigts gourds, je sors mon téléphone pour appeler Leo. Est-il en sécurité à l'intérieur ? Ruby ? Je regarde une dernière fois autour de moi avant d'appeler. Juste à ce moment-là, l'homme se retourne et entre dans une petite voiture garée à côté de la mienne.

Il s'en va, tourne à gauche pour descendre Frognal Rise.

J'attends un bon moment, mais il ne revient pas.

Je repense à l'homme devant mon labo à Plymouth. Même carrure, même casquette de base-ball rabattue sur le visage. La peur s'insinue dans ma poitrine.

Est-ce la même personne ?

Je parcours mon Rolodex mental des hommes qui m'ont envoyé des messages sur Facebook ces derniers temps, mais voilà plusieurs jours que je n'ai pas consulté ma messagerie et, de plus, aucun de ces types ne met sa vraie photo.

Après une longue attente, je quitte la ruelle et me précipite vers la maison, le cœur serré.

Lorsque j'arrive devant mon portail, je vois que quelque chose de jaune est accroché à celui de mes voisins directs. Quelque chose d'anguleux, de fixe – je m'arrête en pleine rue. C'est un panneau « À vendre ».

Bon sang, mais c'est bien sûr ! Ils nous ont dit le mois dernier qu'ils mettaient leur maison en vente.

Je m'autorise à sourire. Cet homme ne faisait que regarder un bien repéré sur Internet. Rien de plus. Il y a des millions d'hommes coiffés d'une casquette de baseball dans le monde. Le type chelou de Plymouth, à des centaines de kilomètres d'ici, n'a rien à voir avec cet homme-ci – cet homme parfaitement innocent qui pourrait parfaitement devenir un jour mon nouveau voisin.

Après avoir rangé mon téléphone dans mon sac, je reste plantée en bas des marches qui mènent à notre minuscule jardin de devant, en attendant de reprendre mon souffle. Toute une ribambelle de gens vont sans doute venir voir la maison ces prochains jours, avant que les visites ne commencent. Mieux vaut que je m'y habitue.

Et puis soudain, je me rends compte – peut-être parce que je me suis déjà préparée à la menace, peut-être parce que c'est vraiment inhabituel – que la lumière de notre salle à manger est allumée elle aussi, en plus de toutes les autres. Leo y est allé.

Mon cœur se remet à battre la chamade. Pourquoi ?

Parce qu'il avait besoin de retrouver quelque chose à lui.

Parce que Ruby y est allée avant de se coucher.

Pour une raison parmi un million d'autres qui n'implique pas qu'il ait escaladé les piles d'affaires de mamie afin de trouver les papiers que j'ai cachés la semaine dernière et dont l'absence n'a pu le frapper puisqu'il ne connaît même pas leur existence.

Mais je me rends compte à présent que je dois les sortir de là. De la maison. D'ailleurs, je n'aurais jamais dû les garder sous notre toit : même avec mon placard fermé à clé, mieux valait ne pas prendre de risque.

Il va falloir que je vienne à bout de cette manie d'entasser les choses. Je pense que Leo a raison.

Demain matin, avant que Leo et Ruby descendent, je vais mettre tous les papiers dans mon sac et les emmener au bureau. Je les rangerai dans mon tiroir que je fermerai à clé jusqu'à ce que je parvienne à me résoudre à tout balancer, chose que j'aurais dû faire depuis des années. Ces reliques idiotes, ces testaments aux derniers instants de mon ancienne vie : ils pourraient détruire tout ce qui m'est cher à présent. À quoi bon les avoir gardés ?

Lorsque j'ouvre la porte d'entrée, j'entends que Leo parle à Ruby, qui, depuis peu, se présente au rez-de-chaussée à 22 heures en affirmant ne pas avoir fermé l'œil depuis l'heure du coucher. (C'est faux.) J'imagine ma petite fille, les joues roses à cause du sommeil dans lequel elle prétend ne jamais avoir été plongée, en train de négocier âprement avec son papa adoré.

Ruby est au centre de mon univers. Je pourrais mourir pour elle, immédiatement, sans discussion. Mais je me rends compte que cela ne change rien à l'aune de mon rendez-vous de ce soir. De ces papiers profondément enfouis dans les étendues d'archives désordonnées de ma grand-mère.

Il est toujours là. Il sera toujours là, et il n'y aura jamais aucune résolution, pour moi, parce qu'il est l'amour de ma vie.

L'amour de mon autre vie, dois-je me rappeler avec lassitude, mais ce refrain commence à perdre de sa force, et mon cœur le sait.

Chapitre 10

Leo

La première fois que je l'ai vue, Emma était assise de l'autre côté de l'allée centrale de l'église de Falmouth aux obsèques de sa grand-mère. Je me rappelle l'avoir entendue massacrer les chants liturgiques sans que cela ait l'air de la perturber, son rire lorsqu'elle a relaté que sa grand-mère avait une prédilection pour les beaux jeunes hommes. Ses cheveux, courts et bouclés, étaient glissés derrière ses oreilles, et dans son manteau de feutre jaune, elle était comme un flambeau lumineux dans cette église remplie de noir hivernal.

Après la mise en bière de Gloria, Emma s'est détachée du groupe pour aller regarder les yoles de course traverser l'estuaire de la Fal à toute vitesse. Un vent fort de nord-est soufflait, enjambait les collines derrière St Mawes, et elle lui faisait face sans ciller tandis qu'il s'engouffrait dans ses cheveux en les ramenant sur son visage ou en les chassant de celui-ci. J'ai songé au manteau jaune que Jess, mon ex, avait acheté un jour dans l'idée de pimenter sa garde-robe – une tentative qui n'avait jamais vraiment marché. Je me suis souvenu de la nuit où elle m'avait demandé si je l'aimais encore. Je lui avais répondu que oui, avant de la réveiller à 1 heure du matin pour lui dire qu'en fait, désolé, mais non.

J'ai regardé cette femme, qui portait le manteau jaune à la perfection, en espérant qu'elle ne souriait pas en pensant à un amant.

Et puis je m'en suis voulu, parce que c'était l'enterrement de sa grand-mère.

Le problème, c'était que j'étais tombé amoureux d'Emma avant même de l'avoir rencontrée en chair et en os.

Je peux couvrir n'importe quel type de nécrologie, mais les hommes politiques sont ma spécialité. En grande partie parce que j'ai travaillé quelque temps au service politique avant de passer aux nécrologies, et que par conséquent on est parti du principe que ma connaissance de Westminster, c'était du lourd. (Elle est correcte.)

Il s'avère que nous avons appris la mort de Gloria Bigelow par un entrepreneur de pompes funèbres, ce qui ne se produit généralement que lorsque les défunts n'ont pas beaucoup de famille. J'avais entendu parler d'elle. Elle avait été l'une des rares femmes députées dans le Londres des années 1950, et elle était connue pour ses diatribes, mais elle s'était retirée de la vie politique depuis tellement longtemps que personne n'avait pensé à écrire sa nécrologie anticipée.

J'ai téléphoné à la petite-fille de Gloria, Emma, pour glaner quelques informations. Nous avons discuté pendant plus de deux heures. À la fin du coup de fil, j'étais grisé.

Elle m'a convié à l'enterrement, ce qui, une fois de plus, n'a rien d'habituel – et d'ordinaire, nous déclinons invariablement ces invitations, surtout quand les obsèques ont lieu à l'extrême sud du pays, en Cornouailles, bon sang –, mais j'ai accepté, parce qu'il fallait à tout prix que je la rencontre. Je suis même allé à Soho à 21 heures pour me faire couper les cheveux chez l'un de ces coiffeurs pas chers qui ferment tard.

Je suis arrivé en retard à la cérémonie – j'ai tout juste réussi à passer la porte devant le cercueil –, alors je n'ai pas eu l'occasion de parler à Emma avant la réception à l'hôtel Greenbank, où je me suis débrouillé pour la retrouver devant le buffet.

— Bonjour ! Emma Bigelow, s'est-elle présentée en me tendant la main.

Allez savoir pourquoi, je me suis présenté comme étant Gloria.

— Vraiment ?

Sa main est restée en suspens au-dessus des sandwichs œufs-mayonnaise.

— Je croyais que vous étiez Leo.

— Ha, merde. Oui. Leo.

Elle a ri.

— Ma grand-mère aurait parfaitement été capable de mettre en scène sa mort et de venir déguisée à son propre enterrement.

— C'est vrai ?

— Absolument. Ce serait tout à fait son genre.

J'ai pris une bouteille de rouge et j'ai rempli son verre, déterminé à la faire rester.

Elle est restée, mais je n'étais pas le seul à vouloir lui parler. Je me suis attardé un long moment à ses côtés, l'observant pendant qu'elle discutait avec des hommes politiques, des amis, et même, à ma grande surprise, un ancien Premier Ministre.

— Mamie a couché avec lui deux ou trois fois, m'a expliqué Emma tandis que l'intéressé s'éloignait.

Je l'ai regardée fixement.

— Elle le détestait, détestait sa politique, mais c'était une bête de sexe. Elle n'a pas pu lui résister.

— Je ne vous crois pas, ai-je dit après un blanc. Non, vous me charriez.

Au bout d'un moment, elle a ri.

— OK. Comme vous voulez.

Un homme à la barbe somptueuse est venu voir Emma pour lui parler du temps où il dirigeait l'orchestre amateur dans lequel Gloria avait joué pendant plus de vingt ans.

— Elle était terrible, s'est-il remémoré affectueusement. Elle n'arrêtait pour ainsi dire jamais de parler. Ne travaillait jamais son instrument. Mais elle jouait bien. Même si j'avais voulu la virer, je n'aurais pas pu le faire.

Emma a hoché la tête avec fierté.

— Ma grand-mère était terrible à bien des égards.

Adossé au mur, je les ai écoutés parler, compilant dans ma tête une liste d'adjectifs que j'emploierais si j'écrivais la nécrologie d'Emma. Impressionnante et hypnotique, ai-je finalement choisi. C'était une force de la nature.

À un moment donné, je suis allé aux toilettes, et j'ai vu dans le miroir que ma langue était tachée de violet. J'ai essayé de la nettoyer en grattant.

— Emma. Emma, ai-je dit à mon reflet. J'aimerais vous inviter à boire un verre.

Bien sûr, je n'ai rien dit de tel, mais nous avons bavardé pendant des heures, bien après le départ des autres convives. Autour de nous, les employés de l'hôtel ont commencé à dîner, et sous le soleil hivernal, les eaux de l'estuaire se sont parées d'un éclat flamboyant.

Elle habitait à Plymouth, mais elle avait prévu de rester dans la région encore une semaine : elle était spécialisée en écologie marine et avait accepté d'aider un collègue sur une étude consacrée aux anses estuariennes. Quelque chose en lien avec des matières en suspension et des composés géochimiques dans les criques de la rivière Fal.

Je n'y comprenais rien, mais j'aimais bien l'imaginer en combinaison Hazmat, en train de prélever des échantillons dangereux dans une rivière mortelle avant de les stocker dans des cryoconservateurs hermétiques.

Lorsque je lui en ai fait part, elle a éclaté de rire et m'a dit qu'elle serait plus probablement équipée de bottes et de mitaines.

— Mais j'essaierai de mettre la main sur une combinaison spatiale, si vous préférez.

Elle me draguait, me suis-je rendu compte.

J'ai manifesté un intérêt si insatiable pour l'écologie côtière au fil de la soirée qu'Emma m'a invité à une promenade dans les criques qu'elle animait le lendemain matin. C'était à Devoran, un village voisin doté d'un vieux quai et, je cite, d'une « faune fascinante ».

Autour de nous, les mâts des bateaux cliquetaient sous le ciel qui s'assombrissait. J'avais mon billet de train pour rentrer à Londres cette nuit-là, et aucun point de chute en Cornouailles, mais j'ai accepté.

— Je loge dans une yourte, m'a annoncé Emma quand le personnel de l'hôtel a fini par nous pousser vers la sortie en allumant des lumières vives.

J'ignorais complètement ce qu'elle sous-entendait – si sous-entendu il y avait. (En fait, je ne savais même pas ce qu'était une yourte. Je ne connaissais pas le penchant des classes moyennes pour le « glamping » et je n'avais jamais mis les pieds en Asie centrale.)

— Mon chien loge avec moi. Il s'appelle Homme-Grenouille.

Nous avons marché le long de la petite jetée de l'hôtel. L'air était terriblement froid à présent, et l'eau d'un noir profond. J'ai essayé d'imaginer à quoi pouvait bien ressembler un chien qui s'appelle Homme-Grenouille.

— J'ai adoré discuter avec vous, m'a-t-elle lancé, avec une timidité soudaine dans la voix qui m'a poussé à me demander si « impressionnante » la décrivait si bien que cela.

— Moi, ça m'a plu moyennement, ai-je répondu en haussant les épaules.

Elle a souri.

J'ai souri.

Elle a serré son manteau jaune tout contre elle.

— On se voit sur le quai de Devoran demain à 10 heures, a-t-elle lancé avant de partir.

J'ai pris une chambre au Greenbank, qui était à l'époque bien au-dessus de mes moyens, et allongé dans mon lit j'ai rejoué dans ma tête les anecdotes d'Emma sur son travail, sur sa grand-mère. Le lendemain, je me suis fait porter pâle au bureau pour me joindre à la promenade dans la nature. Personne d'autre ne s'est présenté. Il n'y avait qu'Emma, moi et Homme-Grenouille, un terrier hyperactif.

En jupe longue et bottes en caoutchouc, Emma a longé des vasières argentées, faisant crépiter sous ses pieds des vésicules d'algues humides tandis que les cris des échassiers émaillaient ses commentaires. Elle a cueilli des hémérocalles et des épinards de mer pour que j'y goûte, tout en fredonnant faux à mi-voix. Elle m'a parlé de vers à boue et de sabelles de vase, de polluants et de déchets, d'algues et d'échassiers. Elle avait apporté de la soupe dans une Thermos, ce qui tombait bien, car je n'avais pas anticipé le déjeuner. (Encore aujourd'hui, ce genre de choses continue à l'agacer.)

Il m'a fallu des heures pour me rendre compte qu'elle n'avait prévu que deux gobelets pour la soupe. Aucune affiche pour une « Balade nature » n'était placardée sur l'arbre tout en haut du quai, alors qu'il y avait dessus des affiches pour à peu près tout ce qu'on pouvait imaginer. Malgré tout, je n'arrivais pas vraiment à croire qu'elle avait pu inventer cette histoire de promenade pour que nous ayons l'occasion de nous revoir.

Et pourtant – et pourtant – « Mais y a jamais eu de balade nature ! s'est-elle exclamée quand je lui ai demandé si elle organisait souvent ce genre de sorties. J'avais juste envie de te revoir ! » Elle a ri en me regardant, et a sorti l'une de ses mains de sa mitaine. Elle est restée contre elle.

— C'était sournois, ai-je fini par dire.

J'ai croisé les bras et je l'ai regardée fixement.

Hors de question que je touche cette main. Pas encore.

Nous sommes restés assis en silence sur le banc, à siroter notre soupe, jusqu'à ce que les ombres s'allongent et que l'air froid devienne piquant. Nous sommes ensuite allés dans sa yourte, où elle avait un sèche-cheveux, un fer à lisser et un frigo pour garder au frais du gin tonic. (« Je ne suis pas ici en retraite spirituelle », a-t-elle sorti quand elle a surpris mon regard étonné.) Elle m'a raconté que son père était mort avant qu'elle aille à l'université, m'a parlé des années où elle avait vécu chez sa grand-mère à Hampstead. Elle s'est assise à côté de moi sur le canapé, en me regardant souvent droit dans les yeux, son visage à quelques centimètres seulement du mien.

Nous avons parlé jusqu'à ce que je ne puisse y résister plus longtemps. J'ai tendu le bras et mon doigt a caressé son visage jusqu'à son cou. Elle frissonnait.

Nous sommes restés assis dans un silence complet, à nous regarder.

— La vache. T'es adorable.

— C'est vrai, ai-je admis.

Si quelque chose ne se passait pas rapidement, la crise cardiaque me guettait.

Elle a détourné les yeux.

— Le hic, c'est que moi… je ne suis pas adorable.

J'ai réfléchi à sa phrase pendant quelques instants.

— Permets-moi d'en douter.

Elle m'a étudié un long moment.

— Oh, a-t-elle fini par dire, comme en proie au doute.

— Je vais être sincère avec toi, Emma. Je ne serais pas ici, dans une yourte, dans un champ, au beau milieu de la nuit, sans nulle part où aller, pendant que mon

110

chef m'envoie des messages pleins de sous-entendus au sujet de mon intoxication alimentaire, si je ne te trouvais pas adorable.

— Oh. Ben, c'est sympa. Mais, tu vois, le hic, c'est que…

— Le hic ?

Elle a soupiré.

— Il y a un hic. Rien d'énorme. Bon, un hic de taille moyenne.

— T'es en couple ?

— Non ! Bien sûr que non !

J'ai balayé la yourte des yeux. Elle regorgeait de livres, de pots et de ce qui ressemblait à du matériel de laboratoire. Homme-Grenouille m'observait. Comment une femme aussi intelligente, aussi drôle et aussi belle pouvait-elle ne pas être en couple ?

— T'es sûre ? ai-je demandé.

Elle a pris ma main qu'elle a posée sur sa joue, fermant les yeux quelques instants pendant que mes doigts touchaient sa peau.

— J'en suis sûre, oui. C'est juste que je… que je… Je suis compliquée.

J'ai ri.

— Ça tombe bien, moi, je suis très simple.

Elle a ri à son tour.

— Tu me plais, m'a-t-elle dit avant de se pencher vers moi pour m'embrasser.

La tendresse de ce baiser. L'impression que tout changeait, quand nous nous sommes allongés sur le lit, que nous avons ôté nos vêtements, d'abord lentement, puis de plus en plus vite.

Dans les mois qui ont suivi, il m'est arrivé de repenser à cette conversation. Je me suis demandé ce qui avait poussé cette femme, d'apparence si ouverte et disposée à aimer, à se décrire comme compliquée. Qu'avait-elle essayé de me dire ? Je lui ai posé la question à plusieurs reprises, mais elle s'est contentée de me répondre qu'elle avait la fâcheuse tendance à saboter ses relations. « Je ne saboterai pas celle-ci, en revanche », m'a-t-elle assuré. Et je l'ai crue.

Comment ne pas la croire ? Elle me répétait en permanence qu'elle était follement amoureuse de moi. Elle voulait s'installer à Londres pour être davantage en ma compagnie. Même si sa carrière était attachée à la côte et qu'elle était prof à l'université de Plymouth, elle s'est arrangée pour décrocher un second poste à l'UCL, enseignant l'écologie estuarienne et côtière à des étudiants de troisième cycle spécialisés en préservation des milieux aquatiques. Elle a concentré son emploi du temps à Plymouth sur deux jours, ce qui l'a obligée à faire de longs trajets en train ou en voiture. Tout ça pour moi.

Elle a suggéré que nous vendions nos appartements de Stepney Green et de Plymouth, pour élire domicile dans la maison de sa grand-mère. Elle parlait d'avoir des enfants. Et c'est elle qui m'a demandé en mariage, un soir, dans un restaurant turc de Haringay, autour d'une bouteille de piquette achetée dans l'épicerie du coin ouverte 24 heures/24.

— Épouse-moi, a-t-elle bafouillé au moment où j'enfournais une grosse fourchette d'ali nazik dans ma bouche.

J'ai arrêté de mâcher.

— Quoi ?

— Leo ! Tu peux pas dire : « Quoi ? » Je viens de te demander en mariage.

J'ai avalé mon verre d'eau pour faire descendre l'aubergine.

— Et toi tu peux pas me demander comme ça de t'épouser alors que je suis en train de manger du kebab d'agneau.

— Pourquoi ?

— Parce que !

— Eh ben, je viens de le faire, pourtant.

Assis l'un en face de l'autre, nous nous sommes toisés un bon moment.

— T'es sérieuse ? ai-je fini par lui demander.

J'étais toujours le premier à craquer. Je le suis toujours.

Elle s'est mise à rire.

— Oui ! Je voulais juste me débarrasser du sujet.

J'ai pris mon verre de vin.

— Tu voulais « juste te débarrasser du sujet » ?

Elle se gondolait de rire.

— Oui. Je… désolée.

Et ensuite, moi aussi, j'étais plié en deux. Impossible de boire mon vin.

— T'es incroyable. C'est vraiment en train de se passer ?

— J'en ai bien peur. Je t'aime plus que tout au monde, Leo. Je n'aurais jamais cru vouloir me marier un jour, et pourtant… J'ai désespérément envie de pouvoir t'appeler « mon mari ». Alors je t'en supplie, dis-moi oui.

— Oui, ai-je répondu tout bas, et la joie s'est répandue en moi tel un lever de soleil. Oui.

Elle s'est mise debout, s'est assise sur mes genoux et m'a embrassé avant d'enfouir son visage dans mon cou.

— Désolée. Ça manquait de raffinement, a-t-elle murmuré. Mais je ne pouvais pas attendre une minute de plus. Je t'aime. Je t'aime. Je t'aime tellement, Leo.

Elle m'a offert une bague en plastique et nous avons continué à manger notre agneau froid et à boire notre vin tiédasse. Jamais dans ma vie je n'avais été aussi heureux.

Rien n'éveillait en moi le moindre soupçon. Aucun signe de secret gardé ou d'information non divulguée. Lorsqu'elle a plongé dans son premier épisode, je n'avais aucune raison d'imaginer autre chose qu'une dépression passagère. Et comment ne pas être déprimée quand on a perdu ses deux parents avant la fin de ses études ?

Nous sommes allongés tous les deux dans notre lit, des heures après qu'elle est rentrée de son dîner avec Jill. Emma dort profondément, tandis que moi, je suis réveillé et très tendu. Je repense à cette première conversation, à cette mise en garde que j'étais trop aveuglé par l'amour pour entendre. Pourquoi n'ai-je pas été réceptif ? Ou du moins, pourquoi ne l'ai-je pas interrogée davantage ?

Une part de moi espère encore qu'il s'agit d'un malentendu – une réaction excessive de ma part, peut-être –, mais mon instinct me souffle le contraire. Mon instinct pense : elle a caché des papiers dans un endroit où elle croyait que tu n'irais jamais regarder. Et au moins la moitié de ces papiers t'ont semblé n'avoir ni queue ni tête. Tout un tas de mecs la harcèlent sur Facebook et elle ne t'en a rien dit. Rien de tout cela ne paraît innocent.

Ruby est descendue avant que j'aie eu le temps de retourner fouiller dans le sac en plastique vert, puis Emma est rentrée de son dîner.

Que contient-il d'autre, ce sac ? Qu'est-ce que j'ignore encore au sujet de ma femme ?

Le doute plane tel le mauvais temps en pleine mer. Soit j'accepte de pénétrer illégalement dans ses zones d'ombre, soit j'observe et j'attends, en espérant que le vent changera de direction.

Aucune de ces deux solutions ne me paraît satisfaisante.

Chapitre 11

Leo

Ruby applique du jus de pomme sur les cheveux naissants et clairsemés de sa mère pour sculpter de toutes petites pointes.

— Je transforme maman en monstre, m'explique-t-elle. Un méchant monstre qui est dangereux et empoisonné.

— Je vois ça. En fait, ça lui va vraiment bien.

Puis, l'air de rien, je lance à Emma :

— À St Andrews, les élèves de licence portent du violet à leur remise des diplômes, pas du bleu.

Nous avons emmené Ruby à un concert de Tom Jones en plein air à Kenwood House, avec mon frère Olly et sa famille. Olly et Tink ont deux jeunes garçons ingérables. Oskar se fait enguirlander en norvégien par sa mère pour avoir escaladé l'échafaudage de la sono qui se dresse au milieu du public. Les agents de sécurité de Kenwood House sont en train d'intervenir. Son frère cadet, Mikkel, a disparu, alors Olly et moi courons partout en l'appelant. Les agents de sécurité de Kenwood House sont aussi sur le coup.

Je viens de faire un arrêt sur notre couverture de pique-nique pour vérifier que Mikkel n'était pas revenu, mais je n'y ai trouvé qu'Emma et Ruby occupées à manger de la quiche en chantant l'air du générique de *Sesame Street*.

Emma me regarde en fronçant les sourcils sous les mains de Ruby.

— Pardon ? Quoi, St Andrews ?

— À St Andrews, la toge des étudiants de licence est violette, pas bleue, je répète, un peu essoufflé.

Je m'accroupis. Je la regarde tout en balayant les environs des yeux pour tâcher de repérer Mikkel.

— Je ne comprends pas, dit Emma.

Voilà trois jours que je suis tombé sur sa pochette de trucs importants dans un coin de la salle à manger.

Depuis, chaque soir, au moment de la rejoindre dans le lit conjugal, j'ai ouvert la bouche pour lui parler les yeux dans les yeux. Mais chaque soir, au même moment, elle s'est pelotonnée contre moi en glissant une main endormie autour de ma taille et, pris de peur, je n'ai osé éventrer la nuit – et probablement nous, dans la foulée – à coups de marteau-piqueur.

Mais voici le problème : Emma ne m'a pas raconté un petit mensonge de rien du tout, et je n'ai pas mal interprété ce que j'ai vu. Elle m'a délibérément trompé sur ses études universitaires. Pourquoi a-t-elle agi de la sorte ? Qu'est-ce qui pourrait pousser quelqu'un à se comporter ainsi ? Si je n'avais découvert que cela, je serais étonné. Voire un peu choqué. Mais il n'y a pas que cette histoire d'université. C'est tout l'ensemble.

Ruby essaie de peigner les piquants sur la tête de sa mère avec ses doigts gluants, et Emma grimace.

— Ça fait mal !

— Escuze-moi, dit Ruby avec gravité avant de reprendre son activité.

Quand elle saura prononcer correctement ce mot, je serai triste.

Emma attrape doucement Ruby et la met sur ses genoux.

— Tu es un tyran. Fais-moi un bisou maintenant.

Emma essaierait-elle de détourner mon attention ?

Au loin, j'aperçois mon frère qui traîne Mikkel à travers la foule de gens en train de pique-niquer. Heureusement, il se dirige vers l'échafaudage de la sono et le tohu-bohu provoqué par son fils aîné.

— C'est la photo de ta remise de diplôme qui m'a mis la puce à l'oreille, dis-je d'un ton maussade. Dessus, tu portes une toge bleue et dorée. Alors qu'à St Andrews les toges sont violettes avec de la fourrure blanche. J'ai remarqué ça l'autre soir et, depuis, ça me perturbe un peu.

Emma propose à Ruby un Tupperware rempli de gressins et une pâte verte dans laquelle les tremper.

— Ah bon ? Eh bien, elles n'étaient certainement pas violettes à mon époque. J'ai porté ce que le magasin de vêtements universitaires m'a dit de porter.

Ruby introduit délicatement un gressin dans mon oreille.

— Pardon, Leo, mais je ne comprends pas. C'est quoi, le problème, avec ma photo de remise de diplôme ?

— Eh bien, je… Quand est-ce que tu as obtenu ton diplôme à St Andrews ?

— Enfin, tu le sais bien ! En 2001.

La première partie du concert est terminée, et les cascades d'enceintes de part et d'autre de la scène déversent du funk pendant que des hommes en noir préparent la scène pour sir Tom Jones. Olly, Tink et, Dieu merci, leurs deux garçons se dirigent vers nous. La foule est amassée devant les toilettes ou au bar, ceux qui restent remballent leur pique-nique, prêts à se lever pour danser.

— J'ai failli ne pas y arriver, dit-elle soudain. Au cours de ma deuxième année, j'ai complètement disjoncté à cause de la mort de mes parents. J'ai presque laissé tomber la fac. Mais j'ai réussi à inverser la tendance avant qu'on ne me vire du campus *manu militari*.

Il y a un blanc. J'essaie de déterminer si je la crois. Derrière elle, le ciel se déploie en bandes bleu clair et magenta.

— Et pour ce qui est des toges, je n'en ai pas la moindre idée, Leo. Leurs couleurs changent sûrement au fil des ans ?

Ses propos tiennent la route. Si j'avais eu plus de temps pour fouiller dans sa pochette de trucs importants, j'aurais peut-être trouvé une autre lettre de St Andrews stipulant qu'ils acceptaient de la reprendre. Et je pourrais appeler l'université, et pourquoi pas le magasin de vêtements universitaires, pour demander si la couleur des toges des étudiants en licence de sciences a changé au fil des ans. Bon sang, si je le voulais vraiment, je pourrais téléphoner à Jill pour lui demander si Emma est bien allée au bout de son cursus.

Mais la vérité est déconcertante : je n'ai pas envie de le faire. Et si je découvrais qu'elle m'a mené en bateau ? Maintenant, alors que je lui ai donné l'occasion de rétablir la vérité.

J'ai découvert par hasard que j'avais été adopté. Quelques semaines après notre rencontre, tout fier, j'ai emmené Emma à Hitchin afin de lui présenter mes parents, et pendant le repas, je me suis rendu dans la chambre d'amis pour chercher une vieille photo ou un bibelot, je ne sais plus exactement. Comme la chambre de papa et maman était en train d'être retapissée, la pièce était remplie de cartons qui, d'ordinaire, étaient rangés sous leur lit. J'ai vu une pochette intitulée Leo – affaires de bébé. Je l'ai ouverte, parce que, après tout, pourquoi ne l'aurais-je pas fait ? Je m'attendais à y trouver des photos, peut-être un bracelet d'hôpital, une enveloppe en carton contenant des cheveux souples de bébé.

Au lieu de quoi je suis tombé sur mon certificat de naissance, avec le nom ANNA WILSON en face de « mère », et INCONNU en face de « père ». Mes parents, assis au rez-de-chaussée, s'appelaient Jane et Barry Philber.

Jamais je n'oublierais les autres éléments contenus dans la pochette : les papiers d'adoption, la correspondance sans fin avec l'administration locale, et, le choc, une lettre émanant d'une agence demandant si ma mère biologique pouvait me contacter. On leur a dit non, était-il écrit sur le document.

On leur a dit non.

Je me souviens du bruit de la camionnette du glacier qui se garait devant le parc, du tic-tac chaleureux de l'horloge de mes parents. Je me souviens d'avoir reconnu la fureur parmi la masse gluante de pensées qui m'ont traversé l'esprit tandis que je réfléchissais à la tâche qui m'attendait. Je ne voulais pas démolir mes fondations et commencer à creuser. Je voulais que Jane et Barry Philber soient ma maman et mon papa.

Avec le recul, cependant, j'en suis venu à comprendre que le plus terrible dans cette journée a été la sensation de savoir qui m'a ébranlé tandis que je lisais avidement les papiers d'adoption. Jamais il ne m'avait traversé l'esprit que je puisse ne pas être complètement de cette famille, et pourtant – en mon for intérieur, dans mon système nerveux, quelque part, partout – je savais. Ces papiers ne faisaient que légitimer le sentiment de ne pas être à ma place qui m'avait toujours habité.

J'ai roulé sur l'autoroute avec Emma à mes côtés dans un silence fracassant.

— Tu méritais mieux, Leo, m'a-t-elle dit une fois à Londres.

Elle avait les larmes aux yeux quand elle a enlacé mon corps tendu.

— Tellement mieux.

— Où est Tom Jones ? demande Oskar en s'écrasant sur la couverture de pique-nique.

Il s'oppose farouchement à la discipline, surtout quand des agents de sécurité sont impliqués dans l'affaire.

— Tonton Leo, tu m'apprends une de ses chansons ?

Je souris.

— Désolé, dis-je à Emma.

J'ouvre la glacière.

— Ce que tu dis tient parfaitement la route.

Elle hausse les épaules, comme pour signifier que cela n'a aucune espèce d'importance.

— Je crois que je vais t'apprendre *Sex Bomb*, dis-je à un Oskar consterné. Et je vais apporter une bière à tes parents, parce qu'ils vont en avoir besoin après ton comportement minable.

Mon frère s'assied à côté de moi. Il est en colère. Je lui passe une bière sans dire un mot, avant de poser une main sur son épaule. Oskar se rue vers la bière, ce qu'Olly trouverait drôle en temps normal, mais aujourd'hui, il se contente de récupérer rageusement la canette.

— Sérieux, Oskar, pousse pas le bouchon.

Emma et moi restons assis en silence pendant qu'Olly et Tink se chamaillent pour déterminer qui est responsable de ce qui vient de se produire.

Ruby grimpe sur mes genoux.

— Je t'aime, papa. Sauf quand tu pues.

— Je t'aime aussi.

Je souris et je dépose un baiser dans ses cheveux.

— Sauf quand tu pues. Mais tu t'es bien comportée cet après-midi. Merci.

— Sérieux ? lance sèchement Olly en se retournant.

Il s'adresse à moi.

— Sérieux quoi ?

— T'es vraiment en train de féliciter ton enfant docile alors que les miens se comportent une fois de plus comme des délinquants ?

Il ne plaisante pas. Voilà des années qu'Oskar et Mikkel poussent leurs parents à bout. Je crois bien que cette fois-ci mon frère a fini par vriller.

— Olly, dis-je en choisissant mes mots. Olly, Ruby a trois ans. Elle est restée ici sans se plaindre ni s'enfuir. Tu te souviens sûrement comment c'était, quand les garçons avaient trois ans. Tu te souviens sûrement que c'est un sacré exploit. Ce n'était pas un commentaire sur toi ni sur tes enfants.

— D'accord.

Il est furieux.

— Si tu le dis.

— Si tu le dis ? Olly ! Arrête ! Je n'ai rien fait !

— Arrête de me provoquer et de jouer les innocents. C'est blessant.

Ni une ni deux, Emma intervient.

— Olly, arrête de te comporter comme un connard, dit-elle très fort.

Nous nous tournons tous les deux. Elle regarde mon frère droit dans les yeux, les joues de plus en plus rouges.

— Pardon ?

Olly ne s'y attendait pas.

— J'ai dit : arrête de te comporter en connard.

Emma continue de le regarder droit dans les yeux. Elle baisse d'un ton.

— Leo vient de traverser en courant la moitié de Hampstead Heath à la recherche de Mikkel, qu'il aime, et qu'il n'a jamais jugé de sa vie, tout comme il ne vous a jamais jugés en tant que parents. Tu le sais bien, Olly, alors arrête de te servir de lui comme d'un bouc émissaire.

Tout le monde se tait, y compris Ruby. Oskar observe son père d'un air fasciné.

Après un silence calculé, Olly hoche la tête.

— Tu as raison.

Je n'en crois pas mes oreilles.

Il se tourne vers moi.

— Désolé, mec. J'ai déconné.

— Des excuses, murmure Emma quelques minutes plus tard, profitant qu'Olly et Tink s'adressent à leurs garçons. Tu es plus que capable de mener tes propres combats. Mon intention n'était pas de te rabaisser.

J'étudie son visage.

— T'aurais fait quoi, s'il n'avait pas battu en retraite ? Tu lui aurais flanqué un crochet du droit ?

Elle hausse les épaules.

— Si nécessaire, oui. Je ne laisserai ni Olly ni qui que ce soit d'autre te traiter comme ça.

En entendant ses mots, je ris. Emma m'a toujours défendu férocement – c'en est parfois comique. Je passe un bras autour d'elle, tandis que les entrelacs de guirlandes lumineuses se mettent à luire et que le public commence à scander le nom de sir Tom Jones.

— Tu es la meilleure personne que je connaisse, dis-je à ma femme.

Et je le pense vraiment.

Ruby s'allonge sur nos genoux et nous dit qu'il est temps de faire dodo. Je choisis de croire ce qu'Emma m'a raconté au sujet de sa photo de diplôme. Je choisis de croire qu'il existe une explication parfaitement raisonnable au fait qu'elle ait déplacé les papiers dans la salle à manger, et que les choses que j'ai trouvées dérangeantes l'étaient uniquement parce que je les prenais en dehors de leur contexte.

Ma femme est tout ce que j'ai toujours cru qu'elle était. Elle m'aime, je l'aime, et m'autoriser à aller chercher des zones d'ombre serait trahir tout ce qui est bien dans la vie que nous avons créée ensemble.

Chapitre 12

Emma

— C'est l'heure de la glace ! crie Ruby pendant que je fouille parmi des moutons de poussière et de cheveux sous un trampoline.

Je l'ai emmenée au club de gym pour la matinée, mais c'est surtout moi qui me suis retrouvée à sauter de haut en bas pendant qu'elle claironnait ses commentaires. Et voilà que Canard est passé entre les ressorts d'un trampoline.

— OK ! je crie.

Au-dessus de moi, un énorme père saute sur le trampoline et je suis obligée de m'aplatir contre le sol. Rapidement, je récupère Canard et je m'extrais en roulant façon commando.

— OK. Glace.

Ruby saisit Canard et embrasse fort son bec doux comme du velours.

Sans que je les y aie invités, les murmures au sujet de Leo s'élèvent de nouveau en moi tandis que je guide ma fille jusqu'à l'étagère à chaussures. Je ne suis pas sûre qu'il ait gobé mes histoires de tenue universitaire, mais, prise de court, je n'ai pas trouvé mieux.

Qu'est-ce qui t'a mis la puce à l'oreille ?

J'ai cru pendant un instant terrible qu'il avait trouvé mes papiers dans la salle à manger, alors j'ai improvisé un bobard comme quoi j'avais été à deux doigts de quitter St Andrews, et puis finalement, non. Mais Leo est un homme d'honneur, à un point quasi pathologique – c'est l'une des nombreuses choses que j'admire chez lui –, et même s'il avait trouvé par miracle cette pile de papiers, il ne les aurait pas lus.

Ruby tend les pieds pour que je lui mette ses chaussures, mais comme je suis trop fatiguée, elle doit les mettre toute seule.

J'ai toujours eu l'intention d'en parler à Leo. Le premier soir, quand nous étions tous les deux dans la yourte de mon ami Casey, je voulais plus que tout lui raconter. Mais, allongée à son côté plus tard, je me suis retenue. Je me suis retenue, et je me suis promis d'attendre quelques semaines encore.

Et puis Leo a découvert que ses parents l'avaient adopté. Quelques jours plus tard, lors d'une conversation téléphonique explosive, la situation s'est corsée : Jane a avoué que la mère biologique de Leo était morte d'une maladie cardiaque deux ans auparavant. Il ne pouvait même pas la rencontrer.

Tandis que je l'aidais à traverser cette période difficile, il m'est clairement apparu que je ne pouvais pas lui parler de mon passé. Pas à ce moment-là, alors qu'il devait déjà affronter tant de choses. Et peut-être jamais. J'ai commencé à voir une psy, qui, à ce jour, demeure la seule personne en dehors de Jill à tout savoir. Elle m'a encouragée à réévaluer la situation une fois que les choses se seraient calmées dans la vie de Leo. Nous nous sommes accordées sur le fait que la fin de l'année paraissait le bon moment.

Et donc, neuf mois plus tard, j'ai regardé sincèrement mon petit ami – devenu mon fiancé –, et j'ai su, avec une certitude cristalline, que je ne pouvais pas lui dire. Pas parce que trop de temps avait passé. Mais parce que je le connaissais alors suffisamment pour savoir qu'il ne le supporterait pas, même en y mettant vraiment du sien. Je ne parle pas uniquement de mes révélations, mais du fait que je lui aie caché la vérité. Ce fait, pour Leo, à cause du manque d'honnêteté de ses parents, serait la trahison ultime.

J'ai été virée de St Andrews à l'automne 2000, à vingt ans, et je n'ai repris mes études qu'à vingt-trois ans. J'ai alors choisi l'Open University. Ils n'enseignaient pas la biologie marine, mais je me suis satisfaite de la biologie tout court – cette matière suffirait à m'ouvrir les portes d'un master quelque part. Je n'avais pas envie de faire les choses que j'avais adorées la première fois : la semaine d'intégration, la cité U, les grandes discussions politiques à deux balles tard le soir pendant que dans un coin quelqu'un pleurait Jeff Buckley à chaudes larmes.

Je n'avais pas envie de la compagnie d'autres humains, en dehors de celle de ma grand-mère. J'étudiais seule, soit à la British Library, soit dans mon lit, et quand j'ai eu terminé mon cursus, j'ai réservé une cérémonie de remise des diplômes à Birmingham, parce que mamie m'avait dit qu'elle n'y était pas allée depuis des lustres et adorerait passer une soirée là-bas. Sauf que le jour de la remise des diplômes venu, elle a été malade, alors j'y suis allée seule. Mais j'ai tout de même balayé du regard l'assemblée quand j'ai quitté l'estrade avec mon certificat, comme une voyageuse solitaire dans le hall d'arrivée d'un aéroport : cet espoir absurde auquel nous nous accrochons, en tant qu'humains, qui nous pousse à croire que nous ne sommes pas seuls, même quand tout tend à nous prouver le contraire.

Pendant un quart de seconde j'ai vraiment cru le voir dans les gradins sur le côté – papa –, une tête avec des cheveux coupés très court, un visage dans l'ombre. Mais c'était le père de quelqu'un d'autre, assis à côté de la mère de quelqu'un d'autre, en train d'applaudir quelqu'un qui n'était pas moi.

J'ai bu l'unique verre qui m'était alloué pour fêter l'événement dans la salle de réception au dernier étage du Birmingham Symphony Hall, avec une dame du bureau des anciens. Elle m'a demandé quels étaient mes projets à présent. J'ai descendu mon vin et je lui ai confié que ma première étape serait de changer de nom.

Elle a levé son verre.

— Bravo !

Et puis :

— Pardon ?

— Je vais changer de nom, ai-je répété.

C'était la première fois que je buvais de l'alcool depuis longtemps. J'ai remarqué que quelqu'un avait balancé la moitié d'un burger dans le pot de fleurs à côté de nous.

— Je vais m'appeler Emma Merry Bigelow. Bigelow, c'est le nom de ma grand-mère, et elle est féroce.

Et Merry[1]… eh bien, j'aimerais être plus joyeuse. Je ne veux plus jamais repenser à mon ancien nom. Bon, eh bien, je vous souhaite une excellente journée. C'était sympa de votre part de venir.

Et je suis partie, j'ai traversé un centre de congrès désert pour rejoindre un canal, puis j'ai erré pendant des heures le long de ses eaux immobiles, rafraîchie par les feuilles de bouleau qui, aériennes, éventaient le sentier.

Mon téléphone sonne alors que je traverse le parking du club de trampoline avec Ruby. Ma fille remarque que mes mains s'agitent pour décrocher, mais ne dit rien.

C'est la mère de Leo. Elle m'appelle souvent quand celui-ci n'a pas répondu assez vite à son goût à ses SMS, et c'est toujours le mercredi, parce qu'elle sait que je ne travaille pas le mercredi.

— Jane ! je m'écrie, la main sur la poitrine.

Il faut que j'essaie de me calmer. Quand il a dit « pas de contact », il le pensait vraiment.

— Oh, Emma, bien. Comment ça va ? Je voulais juste te dire que Barry a la grippe depuis dimanche, poursuit-elle sans prendre le temps d'écouter ma réponse. La vraie grippe, il est vraiment mal fichu.

Sa voix est crispée, alors je sais tout de suite quel est le véritable objet de son appel.

Je cale le téléphone contre mon épaule et j'attache Ruby dans la voiture, en articulant silencieusement à l'intention de ma fille que oui, nous allons chercher une

---

1. L'adjectif *merry* signifie « joyeux » en anglais. *(Toutes les notes sont de la traductrice.)*

glace. Au-dessus de nous, le ciel pâle est tourmenté ; la brise, piquante, promet plus de pluie.

Je m'installe derrière le volant à la fin de l'appel, et à ce moment-là, mon téléphone vibre.

— Bon sang, Jane, je soupire en le prenant.

— Bon sang, Jane, soupire Ruby à l'arrière.

Ce n'est pas Jane.

Il faut qu'on se revoie, dit un message sur mon écran.

J'attends quelques instants avant d'ouvrir le texto.

Pitié, ajoute-t-il dans un autre message.

— Maman, maman ! Glace !

Je farfouille autour de moi et je trouve à Ruby un exemplaire de la revue *L'Expert marin*.

— Tiens, lui dis-je en lui tendant le magazine. Je crois qu'il faut que tu apprennes des choses sur les congres.

— D'accord, répond Ruby, mais uniquement parce que je l'ai prise par surprise.

J'ai peut-être trente secondes avant de devoir rouler en direction d'une glace.

On était d'accord sur le fait qu'il n'y avait plus rien à dire, j'écris. Pourquoi devrait-on se voir ?

Il commence à taper une réponse. Je patiente.

Il répond : J'irai dans le Northumberland la semaine prochaine. J'ai du tri à faire dans le cottage. On pourrait se retrouver là-bas, si l'idée d'un rendez-vous à Londres est trop stressante.

Je ferme les yeux. Oui. Non. Oui. Non.

J'ai une conférence à Newcastle la semaine prochaine. Ce serait facile. Moins d'une heure de route.

Mais Leo. Ruby. Ma promesse.

Chapitre 13

Leo

— Leo, on peut se parler ? me demande-t-on.

En levant les yeux, je vois que c'est Jim McGuigan, notre rédacteur en chef, qui se laisse tomber avec désinvolture sur la chaise de Kelvin. C'est un homme à l'énergie déconcertante.

Le reste de l'équipe est parti déjeuner.

— Bien sûr.

Je sauvegarde mon travail. J'écris la nécrologie d'un agent double de la guerre froide dont nous avons appris la disparition grâce à un lecteur. Il est mort récemment à Moscou après avoir pris sa retraite des renseignements pour monter un business juteux d'importation de spécialités anglaises comme les Jaffa Cakes et le Yorkshire Tea.

— C'est au sujet d'un article que tu as écrit. Sur Janice Rothschild.

— Ah ?

Patrick, l'homme charmant qui dirige la rubrique « Justice et Société », arrête de taper à l'ordinateur pour écouter notre conversation. Jim me fait signe de le suivre dans la salle de réunion de l'autre côté du couloir pour plus de discrétion.

Je m'exécute.

La rédaction de l'un des suppléments du week-end m'a demandé d'écrire un court papier sur Janice, qui a été publié il y a quelques jours de cela – rien qui s'apparente à une nécrologie, bien entendu, une simple rétrospective de sa vie et sa carrière. Il est encore question d'elle partout aux infos, elle n'a été aperçue nulle part, et la police semble être dans l'impasse. Les lecteurs veulent en savoir plus sur son parcours.

Au service nécrologie, nous recevons sans arrêt des plaintes, principalement parce que les familles en deuil croient fréquemment que c'est notre rôle d'alimenter la machine à propagande de leurs êtres chers. Lorsque nous n'écrivons pas d'hagiographie larmoyante et publions à la place un portrait fidèle du défunt – délits, sectarisme, abus sexuels, etc. –, ils ont tendance à nous adresser des courriers courroucés. Mais l'article sur Janice que j'ai écrit la semaine dernière est explicitement positif, et a été bien accueilli sur Internet. Je suis étonné d'apprendre que quelqu'un le désapprouve.

— En fait, c'est Jeremy Rothschild qui s'est plaint, m'explique Jim, tandis que je m'assieds à la table de réunion déserte. Ça l'a contrarié que tu évoques la sortie de l'hôpital psychiatrique de Janice après la naissance de leur fils.

Je fronce les sourcils.

Il me rend la pareille, avec l'aplomb du chef d'équipe confirmé.

L'une des premières choses que j'ai faites lorsque j'ai écrit ce papier a été de me pencher sur l'article dans nos archives. Il n'y avait pas grand-chose – quelques photos de Jeremy et de Janice quittant un service psychiatrique mère/enfant, sous-titrées d'une légende qui expliquait exactement cela. Le journal qui avait publié ces photos n'avait aucun scrupule, mais jouissait de la protection d'une armée d'avocats, et la rédaction avait eu l'intelligence de ne pas émettre de conjectures. Les photos suffisaient à suggérer que Janice avait été en situation de souffrance psychiatrique après l'accouchement.

Bien entendu, j'en ai parlé dans mon article. J'aurais fait preuve de négligence en ne mentionnant pas un problème de santé mentale antérieur alors que Janice a disparu des radars. Sans compter que ces photos sont dans le domaine public – elles ne sont pas vraiment secrètes. Je suis pratiquement sûr que d'autres journaux les ont trouvées et ont écrit à leur sujet.

C'est ce que j'explique à Jim.

Il hoche la tête comme pour me signifier qu'il comprend, mais dit :

— Ces photos l'ont anéantie à l'époque. Les ont anéantis tous les deux. Jeremy a trouvé cette inclusion indélicate à un moment pareil.

Je n'arrive pas à croire que de tels propos puissent sortir de la bouche d'un rédacteur en chef.

— T'es en train de me dire que tu aurais voulu que j'étouffe cette histoire ? je lui demande après un blanc.

Jim semble en proie à un conflit intérieur. Il finit par secouer la tête.

— Non. Bien sûr que non. Honnêtement, je suis aussi surpris que toi. J'imagine qu'il doit aller vraiment mal. Il ne pense pas de façon rationnelle. Mais c'est un bon ami.

Évidemment. Ils sont probablement membres du même club très sélect – eux et le reste de l'élite journalistique moderne. Je remarque que mes chaussures sont vraiment usées. Jim porte de très beaux souliers style richelieu.

— J'ai été franc avec lui. Je lui ai dit qu'il était hors de question de retirer l'article ou de présenter des excuses. Mais je pense vraiment que quelqu'un d'autre devrait écrire la nécrologie, s'il apparaît que Janice nous a… quittés.

Je souris, furtivement. Les auteurs de nécrologies sont probablement les seules personnes sur Terre à ne pas avoir peur de dire d'une personne qu'elle est morte. Ça peut être assez drôle de regarder les autres tourner autour du pot en employant des formules comme « la disparition » ou « la perte d'un être cher ».

— Nous n'avons rien fait de mal, poursuit Jim. Tu n'as rien fait de mal. Si c'est la vérité, nous le publions. Mais Jeremy est un ami, et il se fait un sang d'encre au sujet de sa femme, alors je n'ai pas envie de remuer le couteau dans la plaie en te confiant la nécrologie. C'est tout.

— OK, finis-je par dire. Mais je suis étonné. Parce que bon, déjà, nous ne signons pas nos textes. Il ne saurait pas qui l'a écrit.

— Oh, détrompe-toi. Tes nécrologies se distinguent par leur brio, Leo.

Dans un métier où les retours positifs n'existent pas du tout, c'est de loin le plus grand compliment qu'on m'ait jamais fait. J'essaie de ne pas afficher un sourire béat.

— Très bien. Je la confierai à Sheila.

Cependant, cela me perturbe. Comment Jeremy Rothschild, qui incarne la rigueur et l'impartialité journalistiques, peut-il s'opposer à ce que nous évoquions une partie de la vie de Janice qui est déjà connue ? Nous sommes un journal national ! Je triture une petite peluche sur mon pull, en regrettant de ne pas avoir utilisé le peigne anti-bouloches qu'Emma m'a donné la semaine dernière.

— Formidable ! Merci !

Nous nous levons et retournons au service nécrologie.

Le regard de Jim se promène sur le tableau blanc désordonné aux allures de « Pinterest de la mort » au-dessus de mon bureau, sur mon écriture en pattes de mouche. À côté de l'un des noms de ma liste de NÉCROLOGIES À ÉCRIRE, on peut lire les mots : *Merde, pas encore mort, visiblement !* – dans mon écriture aussi. Il semble s'attarder sur ce détail.

— Continue comme ça, lance-t-il d'un ton indécis, avant de quitter notre petit coin de chaos et de mort.

Je vais boire une bière au Plumber's. Il y a plein de collègues à moi, qui regardent leur téléphone et font semblant de ne pas remarquer la présence des autres. Parfois, je me demande si le journalisme a tant changé que ça, ou si, dans le fond, nous sommes toujours dans Fleet Street, à nous soûler à mort en attendant une piste.

Je téléphone à Emma, mais elle ne décroche pas. Je suis pris d'une poussée furtive d'angoisse car cette histoire de remise des diplômes pointe à nouveau le bout de son nez. Je parviens cependant à la faire dévier. Je peux toujours appeler l'université de St Andrews, ou même Jill, si je veux creuser davantage. À la place, j'ai choisi de faire confiance à ma femme.

Je vérifie rapidement sur Twitter qu'aucune mort n'est passée à travers les mailles de notre filet.

Et puis Twitter disparaît, et le nom d'Emma prend le contrôle de mon écran de téléphone.

— Coucou ! crie-t-elle quand je décroche. Désolée ! Je suis chez Milk avec Ruby !

Milk est le café familial du coin. C'est peut-être l'endroit que j'aime le moins sur Terre, mais ils sucrent leurs glaces avec une substance au nom étrange, qui déculpabilise tous les parents bobos. Ils disposent aussi d'un coin bricolage pour enfants, et Ruby, contrairement à ses parents, adore bricoler.

— Merci de me rappeler.

Un touriste dans la rue s'arrête pour photographier les mots « Cask Ales[1] » écrits sur la vitrine, comme s'il venait de découvrir une authentique taverne du XVIe siècle juste là, dans Lower Belgrave Street.

— TOUT VA BIEN ? crie Emma.

— Bof. Jeremy Rothschild s'est plaint à mon sujet. Il n'a pas aimé un article que j'ai écrit sur Janice pour le supplément du week-end, et on m'a demandé de ne pas m'occuper de sa nécrologie.

Comme Emma ne réagit pas, j'ajoute :

— Enfin, je m'en fous de ne pas m'occuper de sa nécrologie. C'est plus pour le principe. J'ai eu

---

1. Bière typiquement britannique.

l'impression que mon rédac chef me chiait dessus pour satisfaire son pote. Et ça ne m'a pas plu.

Emma crie quelque chose à Ruby. Avant de me dire :

— Excuse-moi, je n'ai pas bien entendu. Une plainte de qui ?

— Jeremy Rothschild, je répète le plus bas possible. Évidemment, elle ne m'entend pas.

— Pardon, chéri, qui ?

— Jere… Bon, écoute, ce n'est pas grave.

— Attends, t'as dit Jeremy Rothschild ?

— Oui.

— Putain, c'est pas vrai ?

Elle a l'air en colère.

C'est parti. Je souris déjà, et je décide de ne pas commander une seconde pinte.

— J'ai parlé franchement du problème de santé mentale rencontré par Janice après la naissance de leur fils. Cela ne lui a pas plu. Il a trouvé cela indélicat.

— Tu te fous de moi !

— Non.

Un long silence s'ensuit.

Et puis :

— Leo. Je t'en prie, ne renonce jamais à être le genre de personne qui veut dire la vérité. Jeremy Rothschild m'a tout l'air d'être l'archétype même du mec égocentrique.

Je bois une autre gorgée de bière tout en lissant mon pantalon. Je ne mets pas de costume pour aller travailler, mais même dans ce pantalon dockers qui n'a rien de chic, je ne me sens pas dans ma zone de confort.

— Hum. Bon, c'était comment, le trampoline ?

— Bien.

Emma ne crie plus. Le café paraît moins bruyant.

— Écoute, Leo, ta mère m'a téléphoné.

— Mince. Pourquoi ?

J'ai découvert il y a près de dix ans que j'avais été adopté, et la relation que j'entretiens avec mes parents demeure compliquée aujourd'hui. Les premiers mois, je ne leur ai pas adressé la parole. J'avais le sentiment que si nous devions nous remettre de cette révélation, j'allais avoir besoin de temps loin d'eux. Alors je leur ai demandé de me laisser un peu d'air – un mois ou deux, pas plus, rien de définitif –, mais maman ne respectait pas mon espace. Elle m'écrivait et m'envoyait des messages en permanence.

Ma mère est une personne très intelligente, et jusqu'à ce moment-là, je la croyais également robuste. Mais mon silence l'a cassée. Elle a été victime d'un dénuement affectif dont elle ne s'est toujours pas remise.

Pour le bien de Ruby, je me suis efforcé de me rabibocher avec elle. Mais cette histoire est toujours là, entre nous. C'était mon droit de savoir qui j'étais, et je ne comprends pas comment mes parents ont pu envisager les choses autrement.

— Elle m'a téléphoné afin de me dire que ton père avait la grippe, m'explique Emma avant de marquer un temps d'arrêt afin de voler au secours d'un enfant dont Ruby essaie d'écraser la main. La vraie grippe, ajoute-t-elle quand elle revient. Il est très malade.

— Pauvre papa.

Je soupire.

— Mais je ne peux pas m'empêcher de penser que c'est encore une façon de me tester.

Maman a commencé à me lancer de petits défis ces derniers temps, pour voir comment je réagissais. Le mois dernier, c'était un message via Emma pour me dire que sa retraite n'était plus versée, et que personne n'était en mesure de lui expliquer pourquoi. Cela m'a mis hors de moi, vraiment, parce que je me fais du souci pour eux – évidemment ! –, mais ce qui l'intéressait, c'était de voir si j'allais proposer mon aide.

— Sûrement, mais il n'empêche que tu devrais l'appeler. Tu pourrais faire un saut là-bas pour les aider un jour ou deux ? Il est tombé malade dimanche. Si tu attends la semaine prochaine, il ne sera plus contagieux.

— Pouah.

— Leo, dit-elle doucement. Ruby n'a pas d'autres grands-parents. Et ce sont des gens bien, même s'ils ont commis une erreur.

— Oui, je sais. D'accord, je vais l'appeler. Tu pourras gérer l'école ?

Elle commence à dire que oui, et puis s'arrête.

— Oh, attends. J'ai ma conférence à l'université de Newcastle la semaine prochaine. Désolée, j'aurais dû vérifier mon agenda avant de t'appeler.

Nous échangeons un petit moment à ce sujet, et finalement Emma propose d'emmener Ruby avec elle à Newcastle. Elle n'intervient que lundi matin et jeudi à l'heure du déjeuner ; elle pourra emmener Ruby sur les plages du Northumberland mardi et mercredi. Ruby n'est jamais vraiment allée sur la « plage à crabes de maman », et de mon côté, hors de question que je l'emmène dans une maison touchée par la grippe.

— Mais t'es sûre ? Tu ne pourras pas vraiment chercher des crabes avec Ruby.

— Non, mais on pourra patauger dans des mares et construire des châteaux de sable.

Emma est obligée de parler plus fort, car visiblement des bébés hurleurs ont envahi le café.

— D'accord. Pourquoi pas ? Et puis on pourra y aller ensemble pendant les vacances d'été, comme on a dit.

— Marché conclu ! crie-t-elle. Je vais réserver les billets d'avion pour Ruby et moi tout à l'heure.

Après le coup de fil, je décide de lui envoyer un message sur WhatsApp. Je veux la remercier de m'avoir remonté le moral.

Elle est en ligne et rédige un message pour moi, alors j'attends de voir ce qu'elle a à me dire avant de lui écrire.

Salut ! J'ai parlé à Leo. Je viens dans le Northumberland la semaine prochaine, alors oui, on peut se voir. On s'organisera quand j'aurai réservé mes billets.

Je commence à répondre : Je crois que ce message ne m'était pas adressé ! Mais je m'arrête avant d'appuyer sur « Envoyer ». À qui ce message s'adressait-il ?

À quelqu'un de l'université de Newcastle ? Ou peut-être à Susi, son amie de lycée en Écosse ? Susi n'habite-t-elle pas dans la région du Tyneside, maintenant ?

Mon téléphone vibre. Désolée ! C'était pour Susi, pas pour toi !

Je retourne au bureau.

L'après-midi passe dans un brouillard de nombre de mots et d'Emma, de coups de fil et d'Emma. Je termine la nécrologie de l'agent double avant de m'atteler à celle d'une femme qui a été la chorégraphe de l'équipe olympique britannique de natation synchronisée pendant trois décennies. Je découvre également que l'un des militaires au sujet desquels j'ai écrit la semaine dernière – nous les surnommons les Moustaches – a menti sur sa croix militaire. Je décide que je n'ai pas l'énergie de l'annoncer à sa famille, qui est déjà bien assez pénible comme cela. Je me contente de laisser sa nécrologie en suspens.

Je repense à WhatsApp.

Elle écrivait à une vieille amie, me dis-je. Le sujet est clos.

Sauf que ce n'est pas l'impression que j'ai eue en lisant son message.

Plus tard, quand je vais me coucher, Emma se précipite aux toilettes.

— Code marron ! murmure-t-elle.

Pour des raisons qui me déplaisent, je vais sur WhatsApp, et je vois qu'elle est en ligne. Et qu'elle n'est pas en train de m'écrire à moi.

Je reste dans le lit sans bouger. Ma lassitude s'étend radialement vers l'inquiétude. Pourquoi est-ce que j'agis de la sorte ? C'est quoi, mon problème ? Emma va bien ! Elle est en rémission – j'ai prié pour ça ! Et voilà que je rôde sur WhatsApp, bon sang, à 23 heures, parce que je me suis mis en tête qu'elle prévoyait une partie de jambes en l'air clandestine à Newcastle ? Pendant un déplacement professionnel, accompagnée de notre fille ? Sérieux ?

Énervé, je saute hors du lit et je descends furieusement l'escalier. Cette femme vient juste de survivre à un cancer ! Je dois mettre un terme à tout cela, une bonne fois pour toutes – même si je perçois la faille dans ce que je m'apprête à faire, la faiblesse impardonnable.

Je m'aperçois que le vieux sac de courses vert a disparu de la salle à manger alors que j'ai traversé la moitié de la pièce, mais je me fraie malgré tout un chemin jusqu'à la petite clairière devant la pile, au cas où mes yeux m'induiraient en erreur. À l'endroit où se trouvait le sac, un nouveau bout de sol est visible.

John Keats traîne la patte jusqu'à moi en remuant la queue.

— Salut, mec ! dis-je à son intention, mais ma voix, comme tout le reste, cloche.

— Qu'est-ce que tu fabriques ?

Emma passe la tête dans la pièce.

— Je cherchais mon book de nécrologies.

Je passe ostensiblement en revue la pièce où les choses s'entassent de façon chaotique, même si jamais je ne rangerais quoi que ce soit ici, et qu'Emma le sait bien.

— Quelle drôle d'idée de chercher un truc pareil à cette heure-ci !

Elle se démaquille les yeux avec un disque de coton.

— Je sais. Mais Kelvin fait une compilation de nos meilleures nécrologies, et… ça m'a paru plus simple d'utiliser ma collection personnelle.

— Je vois. Au fait… je viens de réserver les billets pour Newcastle. Ruby va exploser de joie !

Je sens quelque chose dans mon ventre. Bien sûr. Son passeport. Il se trouvait dans le sac de courses. Celui de Ruby aussi.

Le sac réapparaîtra demain, et moi, je dois cesser de me comporter de la sorte.

Chapitre 14

Emma

L'aube.

Il est devenu rare que je pleure en me réveillant, mais aujourd'hui, cela se produit avant que j'aie l'énergie de mobiliser mes défenses. Je pleure en silence, les mains appuyées contre mes yeux.

Il n'est pas là et ne le sera plus jamais. Plus jamais je ne me réveillerai à son côté.

Et le pur chagrin de cette réalité, le poids immobile – aujourd'hui, c'est trop pour moi.

Après que je l'ai surpris alors qu'il essayait de retrouver mes papiers dans la salle à manger hier soir, Leo n'a pas arrêté de se retourner dans le lit. Feignant le sommeil, je me suis interrogée sur ce qu'il avait vu, ce qu'il savait.

Que se passerait-il s'il me demandait des comptes ? Que lui dirais-je ?

Parfois, je ne sais plus qui je suis ; où se trouve la frontière entre réalité et désir. Parfois, j'imagine que mon mari me réclame la vérité, et que je suis incapable de lui répondre parce que je ne sais plus.

Quand enfin il s'est endormi, je suis allée récupérer mes papiers dans leur cachette temporaire, sous le lit de Ruby. Je n'aurais jamais dû les mettre dans la salle à manger la semaine dernière. J'aurais dû les emporter immédiatement loin de la maison, et bon sang, j'aurais dû veiller à fermer le placard afin que Leo n'aille pas les chercher ailleurs.

C'est comme ça que les criminels se font prendre. Ils commettent des erreurs sous le coup de la pression.

Pendant que Ruby dormait, j'ai récupéré, les uns après les autres, des papiers relatifs à mon diplôme, à la mort de mes parents, à lui, les documents de la police. J'ai récupéré le petit mot – « Chérie, faut que tu remettes de l'ordre dans ta vie » – que Jill m'a écrit il y a quatre ans, après ma disparition, quand elle est allée dans le Northumberland pour venir à mon secours. J'ai enlevé tout ce qui était susceptible de laisser entendre à Leo que j'étais une autre personne que son épouse aimante et fidèle, et je me suis maudite de ne pas avoir été assez forte pour me débarrasser de tout cela plus tôt. C'était une chose d'entasser du bric-à-brac partout dans la maison, mais laisser ces documents ? C'était un acte sentimental, superstitieux, complètement idiot. Les garder ne me reliait pas aux pertes insupportables de cette époque de ma vie. Les garder me menaçait juste de perdre la magnifique famille que j'ai à présent.

Plus tard, au travail, je reçois un appel d'un numéro inconnu. Je suis en compagnie de mes étudiants de troisième cycle spécialisés en géorisque côtier, et nous parlons des inondations liées aux marées et aux crues dans l'estuaire de la Tamise. Dehors, il fait chaud, et les fenêtres sont ouvertes, alors difficile d'imaginer des pluies diluviennes et des plaines submergées.

Quand je remarque que mon téléphone clignote dans mon sac, je prends congé quelques instants et je vais dans le couloir.

— Allô ?

Plus de tonalité.

Je consulte ma liste d'appels en absence. Il y en a trois, tous datent d'il y a moins d'une heure, et tous ont été émis par un numéro inconnu.

— Oh, fait chier ! je peste contre mon téléphone, mais ma voix manque d'assurance.

J'ai toujours trouvé qu'il y avait quelque chose de légèrement malveillant dans les appels en absence de numéros masqués. Mais quand le sujet a été abordé lors d'un dîner chez un ami l'année dernière, j'ai découvert que, sur ce coup-là, j'étais *grosso modo* seule. Pour Leo et la plupart de nos amis, l'idée qu'un inconnu tente en vain de les joindre ne les dérangeait absolument pas : il n'y avait que moi et Stef, un copain de boulot, qui trouvions cela perturbant.

Peut-être que cela ne concerne que ceux parmi nous qui ont quelque chose à cacher. Stef a eu plusieurs aventures extraconjugales.

Avant de retrouver mon groupe, je jette un coup d'œil par la fenêtre en direction de la place ostensiblement déserte depuis que la plupart des étudiants de premier cycle sont rentrés chez eux pour l'été. Deux personnes mangent un sandwich sur des bancs, une fille au téléphone arpente la place.

Et un homme semble regarder fixement la fenêtre devant laquelle je me trouve. Je ne le connais pas. Il est négligé. Ce pourrait très bien être un étudiant, mais quelque chose chez lui me déplaît.

Son couvre-chef. Il porte une casquette de base-ball. Comme le type à Plymouth. Comme le type devant chez nous.

Je jette un coup d'œil dans le couloir. Personne d'autre que moi ne se trouve devant une fenêtre. C'est bien moi qu'il regarde.

Ma peau se hérisse. Une sensation de froid envahit ma poitrine. Est-ce qu'il me regarde ?

Quand je pars retrouver mes étudiants, il s'éloigne. Je le vois se diriger vers Gower Street, et il ne revient pas.

Je suis plus vigilante que d'ordinaire lorsque je quitte le bâtiment à la fin de la journée, mais je ne suis entourée que du flot silencieux de gens désertant le quartier de Bloomsbury, les yeux scotchés à leur téléphone. Personne ne parle. Tout me semble clocher un peu.

Je n'ai pas envie d'être ici. J'ai envie d'être au bord de l'océan.

Dans un lieu vaste et éthéré, où le soleil ride la surface de la mer.

La semaine prochaine. La semaine prochaine dans le Northumberland, avec son vaste ciel et ses marées joyeuses. Avec Ruby, avec la mer – plus proche, peut-être, de lui.

Encore quatre jours.

Chapitre 15

Emma

Ruby et moi partons pour l'aéroport lundi. Ma fille, inspirée par un livre lu en classe, s'est mis en tête que nous allions séjourner dans une plantation de thé à Darjeeling. Elle enveloppe Canard dans de la mousseline en le prévenant que les journées seront chaudes, mais les nuits, plutôt fraîches.

Nous sommes assises côte à côte dans le métro. Pendant qu'elle fait cours à son doudou sur les conditions climatiques dans la vallée du Rangbhang, je sors mon téléphone. Il n'est que 8 h 30 et je suis déjà épuisée.

Je compose son numéro.

— Emma ?

— Bonjour.

Je me concentre sur la couverture du magazine *Le Biologiste marin* que j'essaie de lire depuis tout à l'heure. Un banc de minuscules poissons tuyaux flotte calmement dans l'épave d'un navire.

— Bonjour.

Il parle soudain tout bas.

— Le moment est mal choisi ? Tu n'es pas seul ?

J'enroule le magazine.

— Non.

Il soupire.

— Je suis seul. C'est juste que je n'ai pas l'habitude qu'on se parle librement.

— Je vois.

Il y a un blanc, alors je continue.

— Écoute, je sais que tu es débordé. Mais tu n'as pas répondu à mes messages, et je suis en route vers le nord. D'abord Newcastle pour une conférence cet après-midi, puis le Northumberland pour deux nuits. Tu es toujours à Alnmouth ? On se voit toujours ?

— Je suis toujours à Alnmouth. Et j'ai très envie de te voir, oui.

— J'ai loué un cottage pour les nuits de mardi et mercredi. C'est à deux minutes de chez toi. La ruelle qui longe le bureau de poste ? Le numéro 15.

— OK.

— Viens quand Ruby dormira. Quand tu veux à partir de 20 heures. Le soir qui t'arrange.

J'enroule encore plus le magazine.

— On reprend l'avion jeudi après-midi.

— D'accord, dit-il après un silence. Je viendrai mardi soir. Mais Emma, je…

J'attends. Ruby est toujours occupée à discourir sur les plantations de thé.

— Bon, écoute, je t'en parlerai quand on se verra. Je n'ai pas envie de faire ça par téléphone, dit-il.

— Tu es sûr ? Du nouveau ? Tu vas bien ?

— On se voit mardi, conclut-il avant de mettre un terme à notre conversation.

Je ferme les yeux en me répétant que tout ira bien. J'ai survécu à vingt années d'échanges semblables avec lui, après tout.

Chapitre 16

Leo

Lorsque la reine mourra, un plan mondial baptisé opération London Bridge sera activé par son secrétaire personnel. Premiers ministres et présidents auront la primeur de l'information, mais la presse internationale ne tardera pas à l'apprendre. Au journal, nous avons déjà douze jours de reportages dans les tuyaux. La BBC a déjà enregistré des émissions de télévision, et tous les deux ou trois mois l'équipe fait des exercices d'urgence en vue de se préparer. Les forces armées sont sur le qui-vive, les stations de radio locales dans les villages sont prêtes. Elles attendent juste le signal.

Les gens qui écrivent des nécrologies, quant à eux, doivent être en état d'alerte pour à peu près tout le monde. Quand un chanteur annule sa tournée dans les stades, vous pouvez être sûr que je vais écrire sa nécro-logie anticipée – et s'il était en train de perdre la bataille contre une dépendance ? Nous avons des taupes dans le milieu politique et financier, dans celui du théâtre, du cinéma, de l'église, j'en passe. En gros, si vous n'avez pas l'air en forme, nous allons écrire quelque chose sur vous.

Mais il y a toujours quelqu'un qui passe à travers les mailles du filet. Quelqu'un pour qui nous n'étions pas prêts. Aujourd'hui, c'est Billie Roland, célèbre pour avoir été la maîtresse de la moitié du cabinet ministériel au début des années 1980. Crise cardiaque au milieu de la nuit – il a fallu trois jours avant que son fils n'entre chez elle et ne la découvre.

J'ignore pourquoi nous n'avons rien écrit à l'avance. Je sais juste qu'elle a eu une vie vertigineusement remplie et passionnante, et que nous sommes déplorablement largués. Tout le monde à part Sheila est en congé, nous avons dû revoir l'intégralité de la page nécrologie de demain, et le poète qui était censé nous envoyer avant midi un texte sur un ami à lui a disparu dans la nature. Je mène une course contre la montre pour avoir un papier d'une demi-page sur Billie prêt à partir à l'impression à 16 heures dernier carat.

Par conséquent, absolument rien ne saurait justifier que je recherche sur Google l'équipe de production qui a travaillé sur la série documentaire d'Emma à la BBC. Je me raconte que c'est pour que l'un de ses anciens collègues dise quelque chose à son sujet dans sa nécrologie anticipée, mais en réalité je souhaite uniquement identifier ce Robbie.

Hé ma poupée, désolé de t'avoir ratée ce matin. Appelle-moi. Je ne veux pas que ça se termine comme ça... Bisous Robbie.

Non que je pense qu'il s'agisse du message qu'un amant aurait laissé sur un oreiller avant de partir – Emma n'aurait jamais une liaison avec quelqu'un qui la surnomme « Ma poupée » –, mais il y a quelque chose, là. Un lien que je ne connais pas. Et je ne peux m'empêcher de penser qu'il y a une raison à mon ignorance.

Je place mon écran de sorte que les gens qui passent ne le voient pas, et je consulte la liste de l'équipe de production sur le site d'IMDb. Je le trouve tout de suite : Robbie Rosen, l'assistant de prod de la série. Moins de trente secondes plus tard, je découvre via Twitter qu'il occupe le même poste à présent à Glasgow, pour la BBC Écosse. Son profil dit : le gin et le thé, mes chats, les blagues dans *Friends* et occasionnellement des trucs de télé. Il a l'air d'avoir seize ans et est bien maquillé.

J'esquisse un petit sourire. Emma n'a jamais eu de liaison avec ce garçon. Mais il n'empêche, ce petit mot n'est pas resté dans sa pochette sans raison. Elle voulait s'en souvenir, pouvoir le regarder de temps en temps.

Pourquoi ? Qui est-il ?

À contrecœur, je m'arrache à sa page Twitter pour terminer la nécrologie de Billie Roland.

Une demi-heure plus tard, c'est bouclé, et mon esprit retourne à Robbie Rosen de la BBC Écosse.

Le département de recherche sur la fin de vie de l'université de Glasgow organise une conférence sur la mort jeudi. Je ne me suis pas inscrit car il n'y avait aucun intervenant notable, mais depuis, la présence de Di Sampson, qui écrit littéralement les meilleures nécrologies au monde, a été confirmée. Je sais que si j'appelle, on me trouvera une place.

… Pour quelle raison ? je me demande. Pour pouvoir faire un saut dans les locaux de la BBC Écosse ensuite ?

Pour interroger un pauvre gamin au sujet d'une émission sur laquelle il a travaillé il y a cinq ans ?

À l'étage, une clameur enthousiaste et des applaudissements retentissent. Je lève les yeux mais je ne vois personne ; ils sont sans doute quelque part dans les bureaux de la rédaction.

En revanche, je vois Sheila qui me regarde.

— Leo. Tout va bien ?

— Oui… ?

Elle retourne à son écran, mais m'envoie un message instantané : T'as le visage un peu rouge.

Je réponds : parce qu'il fait trop chaud. Il fait près de 30 °C dehors. Londres étouffe et a soif.

Je suis là, si jamais tu as besoin de parler, écrit-elle.

Je lève de nouveau les yeux vers elle. Elle me regarde, calmement, comme lorsqu'elle m'a posé toutes ces questions au sujet d'Emma. Je me demande si elle procédait de la même manière pendant ses interrogatoires. C'est carrément déstabilisant.

Après m'avoir longuement scruté, elle mime : *bière ?*

Je secoue la tête car il n'est même pas encore 11 heures, alors elle m'envoie un autre message.

Tu es sûr ? Tu m'as l'air d'un type qui en a gros sur la patate.

J'écris : Sheila. Tu me sembles bizarrement convaincue que je traverse une crise. Y a-t-il quelque chose dont il faut que nous parlions ?

Pendant une seconde – juste une seconde –, elle marque un temps d'arrêt. Elle sait quelque chose à propos d'Emma, me dis-je.

Je la regarde de nouveau.

156

Quoi ? j'articule silencieusement. Je n'ai pas vraiment envie de poser la question.

Sheila se met à pianoter.

Rien. Mais je sais que Kelvin t'a demandé d'écrire une nécro pour Emma, et si c'est ce qui t'occupe, je pense que tu vas ressentir toutes sortes de choses déplaisantes.

Et puis : Désolée. En fait, j'essayais juste de t'aider. Tu sais que ce n'est pas mon fort.

Je me rends compte que je suis plus ou moins en apnée.

Il faut que je mette un terme à cela. Peu importe ce qui est arrivé à mes parents, mon adoption : c'est du passé. Cette situation avec Emma est mon présent, et je dois l'affronter comme le ferait un adulte opérationnel. Il faut que je lui parle, pour de vrai – et sans tarder.

Et tant qu'à faire, il faut que j'arrête d'interpréter tout ce que dit Sheila. Elle a rencontré Emma deux fois ; elles n'ont aucun contact en dehors de moi, aucun ami en commun. Sheila a simplement vu Emma à la gare de Waterloo, l'endroit lui a semblé inattendu, et elle s'est montrée indiscrète.

Je lui réponds de ne pas s'inquiéter – j'ai juste chaud, vraiment –, avant d'aller me servir un verre d'eau.

… Et pourtant, je n'arrive toujours pas à lâcher l'affaire. Tandis que je traverse la salle de rédaction, je repense aux papiers d'Emma, qui n'ont pas refait surface dans le sac de courses vert. J'ai fouillé la maison pour retrouver la lettre de l'université : disparue. La lettre au sujet de son père : disparue. Le mot signé *Robbie bisous* : disparu. J'ai commencé à passer en revue les quelques papiers restants dans le placard, mais j'ignorais ce que je cherchais, ce qu'elle aurait pu enlever. Et plus je fouillais, plus j'étais attiré tout au fond de la sombre chanson du passé, dans la chambre d'amis de mes parents ce jour-là.

Nous sommes Emma et Leo. Nous sommes un bon couple. Un couple formidable. Tellement génial que nos amis nous trouvent agaçants. Nous ne sommes pas ce couple dont la relation est minée par les secrets.

N'est-ce pas ?

Je prends à cet instant la décision d'aller à Glasgow, d'aller parler à Robbie Rosen.

L'information, c'est le pouvoir, nous disons-nous, sauf que voilà encore un autre mensonge. Je suis déjà complètement largué.

Je décroche mon téléphone pour appeler l'université de Glasgow. Je vais sur le site d'EasyJet pour réserver un vol. J'envoie un message à mon amie de fac, Claire, qui travaille à la BBC Glasgow, et je lui demande si elle serait disponible pour un café jeudi après-midi. Elle me répond tout de suite : OUI ! Génial ! Tu peux me retrouver à la BBC ? Je t'inscrirai sur la liste des visiteurs à l'accueil !

Finalement, je me connecte à un compte mail que j'ai depuis des années, qui remonte à l'époque où mes méthodes journalistiques étaient moins scrupuleuses. Ce n'est pas mon vrai nom. J'envoie un courriel à Robbie Rosen pour lui demander s'il est disponible jeudi afin que nous discutions rapidement d'Emma Bigelow, parce qu'elle a été malade récemment et que je dois préparer une nécrologie anticipée. Quarante minutes plus tard, il me répond qu'il est disponible.

C'est aussi simple que ça.

Chapitre 17

Emma

Quelque chose en moi se brise quand Leo est triste. Je n'ai de cesse de trouver une solution au problème qu'il rencontre ; je ne recule devant pratiquement rien. Mais bien sûr, mes tentatives échouent systématiquement – cela le rend fou, c'est tout. Ce sont sans doute les seules fois où il perd son sang-froid.

Heureusement, Leo n'est pas du tout comme moi. Lorsque j'ai un problème, il me fait confiance pour le résoudre comme bon me semblera. Pas une seule fois il n'a remis en question mon besoin de fuir à Alnmouth quand les nuages noirs s'amoncellent – il appelle ça mes « épisodes », et sait se mettre en retrait. « Va là-bas, réinitialise-toi, dit-il en m'embrassant à la gare de King's Cross. Et n'oublie pas que je t'aime. »

Mais sa générosité ne fait qu'accentuer ma culpabilité. Il ne sait absolument pas ce que je risque chaque fois que je viens ici. Il pense que je viens ici uniquement pour guérir.

C'est à Alnmouth, à trois heures et demie de train de Londres, que la boucle noire de la rivière Aln se jette dans la mer du Nord. Papa et moi venions dans cette région de la côte chaque été quand nous habitions en Écosse. Dans mon souvenir, nos vacances regorgeaient de tout ce dont j'avais rêvé : les rires, la spontanéité, la compagnie d'autres êtres humains. Je me souviens que nous passions des heures à explorer des piscines naturelles dans les rochers avec la famille de la caravane d'à côté, avec qui nous pique-niquions au bord des dunes. Moi qui riait comme une baleine sur l'aire de jeux tandis que les lumières se retiraient de l'estuaire et que le vent fouettait les broussailles des marais salants. Des moments en or.

Mais ma venue ici il y a quatre ans n'était pas du tout « en or ». Un vent furieux a soufflé pendant toute ma visite, la pluie entrait et sortait de la mer de façon théâtrale, et mes vêtements n'avaient pas le temps de sécher. Quand le dernier jour est venu, je n'avais qu'une hâte : rentrer à Londres et retrouver Leo.

Le dernier matin, j'ai oublié pour la première fois de prendre mes précautions. Une erreur fatale. Je suis sortie sur la plage, sans réfléchir, dans le but de tuer mes dernières heures sur place en allant chercher des crabes sur les rochers exposés après le terrain de golf.

Et là, soudain, juste là – parmi les rochers recouverts de varech –, je suis tombée sur eux.

À quelques mètres de moi, figés sur place. Tous les deux.

La police est arrivée rapidement. J'ai raté le dernier train pour Londres, mais Jill est venue me chercher en voiture jusqu'ici et Leo n'a jamais rien su.

160

Aujourd'hui, en revanche, les lieux sont paisibles et beaux, et il fait assez chaud pour que Ruby demande si elle a le droit d'aller patauger.

— Bien sûr ! lui dis-je en lui enlevant ses chaussures.

Le soleil m'a vraiment désarçonnée. Il n'a sa place nulle part parmi mes affreux projets de ces prochaines vingt-quatre heures.

Ruby, ravie, court sur le sable ondulé, sautant par-dessus de minuscules châteaux de sable abandonnés, des Lindisfarne et Bamburgh miniatures recouverts de coquillages. Elle s'arrête plusieurs fois pour enfoncer son doigt dans les coulées en spirale créées par les vers de vase (« Les cacas des sables ! »), avant de galoper à toute allure vers une vaste mare résiduelle sans se soucier de sa profondeur ni de son pantalon.

J'abandonne nos affaires sous les dunes pour rejoindre ma fille, qui a déjà émergé de la mare et se précipite à présent vers la mer. Au-dessus d'elle, le ciel bleu est ratissé de cirrus, et la chaleur est digne des grandes vacances.

Jeremy Rothschild vient dans notre cottage de location ce soir.

Ruby se rue dans l'eau, en accompagnant ses bonds de petits cris aigus.

Je me trouvais à la gare de Waterloo lorsqu'il m'a téléphoné pour m'annoncer la disparition de Janice. Déjà en retard, je me dépêchais pour prendre un train en direction de Poole Harbour, mais après cette nouvelle, je n'ai même pas réussi à quitter le hall de la gare. Je suis restée plantée là jusqu'à ce que Jill m'appelle pour me prévenir que l'affaire pouvait « s'emballer ». J'ai immédiatement compris qu'il fallait que je rentre chez moi pour cacher mes papiers.

Je ne sais pas ce qui s'est passé, m'avait dit Jeremy au téléphone, encore et encore. *Je ne comprends pas, Emma. Janice allait bien.*

Quelques jours plus tard, j'ai raconté à Leo que je dînais avec Jill. Jeremy et moi avions rendez-vous en tête à tête.

Nous sommes allés dans un bar à chicha de Holloway Road où il était peu probable que des paparazzi nous aperçoivent. Ni lui ni moi ne voulions fumer la chicha – nous ne savions même pas comment ça marchait –, mais le gérant, un homme sympathique, nous en a tout de même apporté une – « cadeau de la maison ! ». Un moment terriblement gênant a suivi, pendant lequel le patron nous a montré comment nous servir de la pipe. Jeremy et moi l'avons observé dans un morne silence.

Nous avons commandé un café turc et échangé des phrases tronquées, parlant essentiellement des recherches menées par la police pour retrouver Janice, jusqu'à ce qu'il me regarde dans les yeux pour me demander, sur un ton qui ne m'a pas du tout plu, si j'avais été en contact avec elle.

Bien sûr que non, lui ai-je répondu, mais il ne m'a pas crue : je l'ai vu dans ses yeux. Il m'a ensuite reposé la question à deux reprises.

— Est-ce cela, l'objet de notre rendez-vous ? ai-je fini par demander. Tu penses que Janice a disparu à cause de quelque chose que je lui ai dit ? Ou fait ? Vraiment, Jeremy ?

Jeremy a pris la pipe à chicha et a tiré dessus pendant quelques instants. Il était ridicule.

— Oui, a-t-il avoué. Oui, mais avant que tu ne montes sur tes grands chevaux, ou que tu ne te mettes sur la défensive, demande-toi peut-être pourquoi je m'en inquiéterais.

Je n'avais pas grand-chose à répondre à cela.

— J'avais juste besoin de te voir, a-t-il ajouté sur un ton plus mesuré. De te poser la question en personne. Je suis sûr que tu aurais fait pareil, à ma place.

Et il avait raison. J'aurais fait pareil.

Sentant que notre entrevue touchait à sa fin, je lui ai demandé – avant de le supplier – la même chose que d'habitude, et il m'a dit non.

Peu après, nous sommes partis chacun de notre côté.

Depuis, il y a eu plusieurs textos, et sa demande de rendez-vous ici, à Alnmouth. Sans plus d'informations sur Janice ni d'explication sur le fait qu'il s'était plaint au chef de Leo, même lorsque je lui ai adressé un SMS furibond à ce propos. Il l'a complètement ignoré, comme si le travail de mon mari était un sujet d'une importance tellement infinitésimale qu'il n'avait même pas pris la peine de lire mon message jusqu'au bout. Et je l'ai détesté, pendant quelques jours, jusqu'à ce que ce vieux désir m'étreigne et que je lui dise : Oui, je viendrai te voir dans le Northumberland.

J'irais n'importe où du moment qu'il y a le moindre espoir qu'il cède. Vraiment n'importe où. Il sait le pouvoir qu'il a sur moi.

La mer est une pellicule verte et scintillante au bord de laquelle ma fille saute en poussant des cris. Je souris lorsqu'elle se précipite vers moi en courant, hors d'haleine, quand elle bondit pour se cramponner à ma taille en une étreinte glaciale.

— Maman ! hurle-t-elle. Trop froid !

D'une démarche titubante, je traverse le sable en zigzaguant, et elle continue à s'accrocher. Je dépose un baiser sur sa tête, déjà salée par l'air marin.

Jeremy a toujours détenu un pouvoir sur moi, songé-je tandis que ma fille saute par terre et s'en va en courant. Même maintenant, alors que Janice est portée disparue, je suis comme un chien errant, à le suivre partout, avide de miettes.

Ruby s'arrête pour examiner un tas brillant de cheveux de mer. Elle enfonce un orteil dans la matière verte gluante, se hérissant de dégoût et de plaisir.

— C'est une algue ? me demande-t-elle alors qu'elle connaît la réponse.

— Oui ! je confirme. *Ulva intestinalis*, ce qui signifie littéralement « herbe intestin ». Une herbe qui vit dans le bidon de gens comme Ruby.

Ruby dégage son orteil d'un coup en poussant un cri perçant.

Je la regarde sauter jusqu'à une gerbe de minuscules galets noirs, et je passe ma manche sur mes yeux avant qu'elle puisse remarquer mes larmes. Je ne veux pas de ça, me dis-je, furieuse. Je ne veux pas être ballottée entre deux existences. Je veux être normale. Comme la famille que nous avons croisée sur le parking, qui déchargeait des pelles et des coupe-vent d'un camping-car.

Mais Leo travaille à Londres, et essaie de croire que je passe d'innocentes vacances à la plage en compagnie de

Ruby. Et d'ici peu, je vais accueillir Jeremy Rothschild dans une maison où ma fille est endormie.

Le rivage en pente a raison de minuscules vaguelettes. Là-bas, sur le banc de sable, un groupe de sternes arctiques pousse des cris stridents avant de s'envoler dans l'air saumâtre.

Chapitre 18

Emma

Jeremy frappe à la porte peu après 20 h 30. Ruby est alors plongée dans un sommeil profond. Debout sur les pavés devant la maison, entouré de pots de géraniums, il me regarde dans les yeux avec intensité.

Le désespoir serpente en moi comme dans un circuit fermé alors que je m'écarte pour le laisser entrer. Sa veste effleure mon bras au passage, et je m'aplatis contre le mur pour que cela ne se reproduise plus.

J'ai répété un discours dont pas un seul mot ne me revient.

— Par ici ? me demande-t-il d'une voix plutôt agréable.

Je hoche la tête, en m'efforçant de ne pas interpréter son ton. Il a été très clair dans ses messages : il y a quelque chose dont il doit me parler, quelque chose qui a un rapport avec Janice. Je ne peux me permettre d'espérer plus.

Les Rothschild possèdent une maison sur la rue principale. C'est l'une des plus grandes demeures de la ville. Elle dispose d'un porche à travers lequel, jadis, des calèches tractées par des chevaux passaient. Le fait qu'ils surnomment une telle bâtisse le « cottage » m'a toujours beaucoup amusée.

— Je t'en prie, assieds-toi.

Jeremy est trop grand pour le salon de cette maison de location, avec ses plafonds bas et ses minuscules fauteuils à oreilles. D'ailleurs, il a toujours été trop grand pour tous les espaces que nous avons jamais partagés, me dis-je en le regardant s'installer. Trop grand, trop intelligent, trop plein de ressources : je n'ai pas plus de chances de l'emporter sur lui que les hommes politiques qu'il dégomme chaque matin à la radio.

Juste avant son arrivée, j'ai mis une théière dans le salon pour nous éviter une attente gênée devant la bouilloire. Je tiens ce truc de mon père. « Si ça promet d'être galère, prépare tes arrières en te bougeant le derrière ! », disait-il souvent. Il trouvait la formule amusante. Je n'ai jamais trop su quoi penser du sens de l'humour de papa, mais les hommes de son commando le trouvaient désopilant.

— Meilleur padre du marché, m'a dit l'un d'entre eux un jour. Toujours là pour nous. Une vraie légende.

J'ai souri, comme si ce compliment me faisait plaisir, alors qu'en réalité j'enviais la proximité que ces hommes avaient avec mon père.

— Comment vas-tu ?

Je lui sers une tasse de thé.

Quand je lève la tête, ses yeux sont emplis de larmes. Il semble incapable de parler. Il agite les mains comme pour s'excuser, et je repose la théière avant de lui tendre un mouchoir en papier. Il essaie d'inspirer profondément, mais un vilain son sort de sa gorge, alors il cache son visage avec ses mains.

Il s'assied en face de moi et se met à sangloter. D'après mon bracelet de fitness, mon pouls atteint le rythme quasi mortel de 178 battements par minute.

— Pardonne-moi, s'excuse-t-il. Pardonne-moi.

Je le rejoins et je m'accroupis devant lui.

— Oh, Jeremy.

Je lui donne d'autres mouchoirs en papier.

— Je me suis fait tellement de souci pour vous tous. Je n'arrive pas à imaginer à quel point tout cela doit être terrifiant.

Il ne dit rien, mais les larmes continuent de couler. Je lui demande doucement :

— Que s'est-il passé ? Pourquoi est-elle partie ?

Il finit par se tamponner les yeux.

— Je ne serais pas ici si je connaissais la réponse à cette question. Mais je te remercie de t'en soucier aussi.

— C'est normal, voyons !

Il se redresse, m'adresse un sourire furtif, et je regagne mon côté de la table basse. Le fait de me retrouver aussi proche de lui me met mal à l'aise.

— Elle était très angoissée ces derniers temps, confie-t-il. Ça a empiré depuis que Charlie est parti étudier à la fac l'automne dernier. Mais je ne suis pas convaincu que l'angoisse soit la raison de son départ.

J'attends qu'il poursuive.

— Tu es sûre que tu n'as pas été en contact avec elle ?

— Jeremy, on en a déjà parlé. J'aurais tout à perdre à appeler ta femme. Pourquoi me poses-tu encore cette question ?

Il soupire.

— Je te pose cette question parce qu'elle t'a écrit.

Je le dévisage.

— Qui ? Janice ?

Il hoche la tête.

— Alors… alors elle est en vie ?

— Oui. Ou du moins l'était-elle il y a trois jours. Elle nous a envoyé une lettre.

— Jeremy ! Je… Oh, ouah ! Dieu merci !

Il hoche la tête, lentement.

— La lettre est d'elle, aucun doute là-dessus, mais Janice n'a pas l'air d'aller bien. Elle paraît étrangement décontractée. Enfin, détachée, tu vois ? Comme si elle avait pris trop de médicaments.

— Que dit-elle dans sa lettre ?

Il ne me répond pas tout de suite. Je suis étonnée qu'il m'en ait confié autant. Il a toujours gardé Janice à distance de moi : les quelques fois où nous nous sommes vus après mon diagnostic, il ne voulait même pas employer son nom.

— Elle dit qu'elle est en vie. Présente des excuses pour sa disparition. Explique qu'elle a besoin d'être seule pour l'instant.

J'attends.

— Bien entendu, c'était un soulagement. Un immense soulagement. Mais c'est très inquiétant. Le fait qu'elle quitte sa vie, comme ça, puis attende deux semaines avant de nous écrire – et puis même, on a l'impression qu'elle donne des nouvelles à des parents éloignés… Ça ne lui ressemble pas. Elle ne va sûrement pas bien.

— Du coup, est-ce que la police va poursuivre ses recherches ? S'ils savent qu'elle est vivante ?

Jeremy prend sa tasse.

— Oui, mais avec des effectifs moindres. On a beau leur avoir expliqué qu'elle était vulnérable, ils sont moins intéressés. Ce qui se comprend, je suppose. Il n'empêche, c'est très dur à encaisser.

Je hoche la tête. La situation est vraiment désespérée. Si Leo disparaissait – sans prévenir, sans laisser de mot, rien –, j'ignore comment je réagirais.

Je cherche quoi dire.

— Ah… Et… où a été postée la lettre ?

— Aucune idée.

Il regarde sur le mur une aquarelle tellement laide que c'en est criminel – l'une des nombreuses croûtes peintes par le propriétaire des lieux.

— Pas de cachet de la poste ?

Jeremy secoue la tête.

— De nos jours, les lettres ne portent plus vraiment le cachet de la poste.

— C'est vrai ? Je l'ignorais.

— Eh bien, maintenant, tu le sais. Mais comme je te l'ai dit, il y avait aussi une lettre pour toi dans l'enveloppe.

Dans ses yeux, je lis une mise en garde.

— Je l'ai lue, tu l'auras compris. Juste au cas où elle aurait contenu quelque chose susceptible de nous aider à la retrouver. Alors je peux tout de suite te dire que ce n'est pas ce que tu espères.

Il se penche pour retirer la lettre de sa poche arrière, et je la prends, sans dire un mot. Cela ne me convient pas du tout de l'entendre parler de mes espoirs qu'il a passé des années à démolir.

— Je vais te laisser la lire tranquillement, dit-il en se levant. Je retourne au cottage.

— Attends.

Je pose la lettre sur la table basse.

— Avant que tu partes, j'aimerais vraiment que tu m'expliques pourquoi tu t'es plaint de Leo auprès de son patron.

Ma question l'étonne. J'ai même l'impression qu'il est gêné. Pendant quelques secondes, le seul son dans la pièce est celui du vent venu de la mer.

— C'est exact, je me suis plaint. Et j'espère ne pas lui avoir attiré trop d'ennuis. Mais aucun autre journal n'a exhumé cette histoire de psychose du post-partum. J'ai paniqué.

— Eh bien, dans ce cas, les autres journalistes sont nuls. Pourquoi punir Leo d'avoir bien fait son travail ?

— Je suis désolé. Cela m'a tellement pris par surprise que j'ai pensé que tu avais dû lui raconter toute la vérité. Sur notre histoire. Je pensais qu'il essayait de me faire passer un message.

— Je ne pourrais jamais en parler à Leo, dois-je lui rappeler. Tu le sais mieux que n'importe qui.

De plus, l'idée que Leo envoie un message codé à Jeremy via un article de journal est absurde. Ce que je ne manque pas de souligner.

— Eh bien, ma femme a disparu, dit Jeremy d'un ton monocorde. Pardonne-moi si je suis incapable de réfléchir correctement.

J'inspire.

— Reprenons. J'aimerais lire cette lettre en ta présence. Tu pourrais rester un peu plus ?

Il réfléchit quelques instants avant de soupirer.

— D'accord.

— Maman ?

Ruby se tient dans l'encadrement de la porte. Ma petite fille toute chaude, petit nuage blond qui plisse les yeux à cause de la lumière.

Je traverse la pièce à la vitesse du son.

— Coucou ! Que fais-tu debout ?

— Je ne suis pas allée me coucher, dit-elle en frottant ses yeux ensommeillés. Salut, ajoute-t-elle en regardant Jeremy.

Elle s'appuie contre ma hanche et le scrute avec la curiosité sans complexe d'un enfant. Elle insère l'un des coins ourlés de Canard dans sa bouche. Mon cerveau ne va pas assez vite.

Le corps immobile, Jeremy regarde Ruby fixement. Son visage, que je trouvais jadis beau, est boursouflé et enlaidi par les larmes.

— Salut, dit-il tout bas.

Et puis il sourit.

— Tu dois être Ruby.

— Comment tu t'appelles ?

Il m'adresse un coup d'œil rapide, je secoue la tête.

— Paul, répond-il en tendant la main. Je travaille avec ta mère. Ravi de faire ta connaissance, Ruby.

Elle regarde sa main mais ne la serre pas.

— Comment tu connais mon nom ?

— Ta mère m'a beaucoup parlé de toi ! Elle est très fière de toi.

Je suis à deux doigts de m'évanouir. Jeremy Rothschild parle à ma fille. Une lettre de Janice m'attend sur la table basse.

Ruby écrase ses lèvres en examinant cet homme au visage rouge et étonnamment bien informé.

— Mon nom en long c'est Ruby Cerys Bigelow Philber, dit-elle. Tu veux connaître mon petit nom ?

— Oui.

— Ruby Patati !

Elle se tord de rire, et Jeremy se joint vaillamment à sa bonne humeur.

— C'est qui ? demande-t-elle ensuite en pointant le doigt vers le téléphone de Jeremy.

Il vient juste de le consulter de nouveau, pour peut-être la dixième fois depuis son arrivée. C'est la même chose chaque fois qu'il touche son portable. Une photo, l'heure, et quelques barres de réseau.

Jeremy baisse les yeux.

— Mon fils.

Ruby tend la main pour avoir le téléphone.

— Je peux le regarder s'il te plaît ?

— Ruby…

— S'il te plaît ?

Je lui dis non, mais Jeremy est déjà debout.

— Ce n'est rien. Tiens.

Je m'assieds avec Ruby. Ensemble, nous regardons l'homme sur l'écran. Il a l'un de ces énormes doigts en mousse que les gens agitent lors des manifestations sportives américaines ; un large sourire surgit sous une casquette.

— Comment il s'appelle ?

— Charlie, répond Jeremy. Son nom en long, c'est Charlie Ellis Rothschild.

— Il est où ? demande Ruby en regardant Charlie Ellis Rothschild.

Mon cœur. Mon cœur ne se remettra peut-être jamais de voir ma petite Ruby qui parle avec Jeremy Rothschild.

— En ce moment, il est à Londres… Mais généralement, il habite à Boston, une grande ville de l'autre côté de la mer.

— Pourquoi il habite de l'autre côté de la mer ?

— Il étudie là-bas. À l'université.

— Uviners… commence Ruby sans aller au bout du mot.

La bouche en cul de poule, elle scrute Jeremy.

— Tu lui manques ?

— J'espère bien !

— J'ai pas envie d'habiter de l'autre côté de la mer, dit-elle après un blanc.

Et d'ajouter :

— Il t'aime bien ?

À ces mots, Jeremy éclate de rire.

— Je crois bien, oui. Il est un peu fâché en ce moment, mais il n'empêche qu'il m'aime bien.

— Pourquoi ?

Plus que tout, je veux que Ruby sorte de cette pièce, puis que Jerry sorte de ma maison, mais je veux entendre sa réponse. Je veux connaître les moindres sillons de la famille Rothschild. Je l'ai toujours voulu.

— Pourquoi il est fâché ? demande Ruby de sa voix enjôleuse de bébé.

Tout en se balançant d'avant en arrière, elle enroule ses mains autour de l'accoudoir rembourré du canapé.

— Sa mère a fait quelque chose qui ne lui a pas plu, explique Jeremy d'une voix douce.

Ruby hoche la tête avec empathie.

— Parfois je me fâche contre ma maman.

— Ça arrive souvent avec les parents.

Jeremy sourit, et je vois bien les efforts qu'il déploie. Je n'arrive pas à détacher mon regard de lui. Les profonds sillons d'épuisement et de tristesse sous ses yeux. La peau sous son menton, semblable à du papier crépon. Je me demande si ses invités à la radio auraient aussi peur de lui s'ils voyaient sa peau de si près, sa mollesse vulnérable, son humanité.

— Bon, je te ramène dans ton lit, dis-je.

Ruby hoche la tête et demande à Jeremy :

— Tu fais une pyjama party chez nous ?

Il secoue la tête.

— Absolument pas.

— D'accord. Au revoir, dit ma fille après avoir longuement posé sur lui un regard empli de dureté.

— Au revoir, répond-il.

J'articule en silence : *pitié ne pars pas*, mais il ne me regarde pas.

Quand je retourne au rez-de-chaussée, il est parti, et la lettre est sur mon fauteuil. Je me précipite dans la ruelle, mais elle est déserte. La mer, en contrebas, s'étend sur des kilomètres telle une bande de mercure qui s'assombrit. Sur la plage, les silhouettes de deux personnes et d'un chien se découpent dans la lumière résiduelle. Une balle que l'on jette, des nuages qui courent vers le nord, en direction de l'Écosse. Nulle trace de Jeremy.

Alors que je suis plantée devant la maisonnette, je reçois un texto de lui.

Désolé. Je ne pouvais pas le faire alors que Ruby
était là.

Autre SMS : Je t'ai dit tout ce que tu avais besoin de
savoir, maintenant. Je t'en prie, contacte-moi immédiatement si tu penses que la lettre de Janice contient des
indices à côté desquels nous pourrions être passés.

Et puis, dans un dernier message : Ruby est parfaite.
Je suis sûr que tu es une mère formidable.

Je retourne à l'intérieur et j'ouvre sauvagement la
lettre de Janice. J'ai l'impression d'être déséquilibrée.

Chère Emma,
Je sais que cette lettre te surprendra. Mais il fal-
lait que je t'écrive. Souvent tu apparais dans mes
pensées.
C'est à cause de ce crabe que nous avons repéré
il y a des années de cela. Sur la plage d'Alnmouth
tu te souviens. Bien sûr que tu t'en souviens. J'ai
regardé ta série documentaire et je sais que tu n'as
jamais cessé de le chercher. Bon bref, je pense que
tu devrais aller voir sur Coquet Island.
Chez Shakespeare, les îles sont synonymes de
magie, et il s'y connaissait.
Coquet Island est le seul endroit de cette côte
interdit aux êtres humains
& j'ai payé un pêcheur pour qu'il m'y emmène
un jour afin d'observer les oiseaux et bien qu'on
ne soit pas censé accoster là-bas j'y ai vu bien des
choses, parmi lesquelles, j'en suis sûre, l'un de tes
crabes... J'imagine que seuls les amateurs d'orni-
thologie vont là-bas alors personne ne remarquerait

un crabe inhabituel, les gens sont tous là pour les
macareux et les sternes de Dougall

Je suis désolée de t'avoir caché cette information
pendant si longtemps. J'aurais dû te la divulguer il
y a des années. Sincèrement je suis vraiment désolée.

encore désolée Emma

Janice

J'emmène la lettre dans la cuisine, où je m'assieds
pour la lire une nouvelle fois. Et une autre encore.

Je n'ai pas parlé à Janice depuis bientôt deux décennies, mais Jeremy a raison – rien chez elle ne me paraît
normal ici. L'absence de ponctuation, les excuses répé-
tées – l'existence même de cette lettre, cet échange
amical avec une femme qu'elle déteste –, tout cela
sonne faux.

Mais c'est elle. Jeremy a raison là-dessus aussi. C'est
vraiment elle, je reconnais son écriture. Et à moins
qu'elle n'ait brisé le silence sur notre connexion très
intime, personne d'autre que nous trois ne sait qu'elle
était avec moi le jour où j'ai trouvé ce crabe.

J'envoie un texto à Jeremy :

Cette lettre est bizarre. Je suis d'accord.

Il me répond immédiatement.

Tu peux donc comprendre mon inquiétude quant
à sa santé mentale. Suis-je passé à côté de quelque
chose ? Quelque chose qui pourrait nous indiquer où
elle se trouve ?

Même si je nourris des sentiments complexes à
l'égard de Janice, je ne peux m'empêcher de me sentir

178

coupable en parcourant une nouvelle fois sa lettre. Peu de choses pourraient l'horrifier davantage que l'idée que Jeremy et moi discutions de sa santé mentale.

J'écris à Jeremy : Rien qui me saute aux yeux. Hormis le fait qu'elle parle du Northumberland, mais je devine que c'est pour cette raison que tu es ici — pour la chercher ?

Il me répond : Oui. Mais je ne pense pas qu'elle soit ici. Nous recevons un message si quelqu'un désactive l'alarme au cottage, et il n'y a rien eu. De plus, si Janice était venue au village, quelqu'un l'aurait remarquée. J'ai demandé à presque tout le monde à Alnmouth, personne ne l'a vue. Et j'ai vérifié, juste pour être sûr : il est impossible qu'elle se cache sur Coquet Island. C'est toujours interdit à tout le monde, à part aux gens qui travaillent pour la Société royale de protection des oiseaux. Je ne laisse pas tomber, parce que cela m'est impossible, mais je ne pense vraiment pas qu'elle soit ici.

Je lui réponds que si une idée me vient, je lui en ferai part.

Je relis la lettre tandis que la pièce se remplit de ténèbres, avant de chercher des informations à propos de Coquet Island sur mon téléphone. Il est tout à fait probable que Janice ait raison au sujet des crabes : c'est l'endroit parfait pour qu'une espèce isolée commence à changer sans être dérangée par d'autres populations, et il ne serait pas aberrant qu'un spécimen mort ait pu s'échouer sur la plage d'Alnmouth en venant de là-bas. Comment n'y ai-je pas pensé plus tôt ?

Mais est-il possible qu'elle aussi se trouve sur cette île ? Jeremy ne le croit pas, mais est-ce un appel au secours ? Il y a un vieux phare, là-bas ; j'imagine qu'elle a pu s'y introduire par effraction. Cependant, une femme cherchant à disparaître ne pourrait pas se rendre là-bas sans payer quelqu'un. Et quelqu'un qui accepterait de vous transporter jusqu'à une île interdite contre de l'argent n'est pas le genre de personne dont vous pouvez être sûr qu'elle ne vendra pas la mèche à un journaliste.

Jeremy a raison. Je ne crois pas non plus qu'elle y soit.

Je relis la lettre, trois, quatre fois. Je n'en reviens pas qu'elle m'ait écrit après tout ce temps. Ses propos sont tellement bizarres.

J'essaie de manger une tartine mais je suis trop tendue. Je me poste dehors, devant la porte d'entrée, dans l'espoir que l'air frais de la mer me donne une sorte d'ancrage, mais je ne tarde pas à grelotter.

Plus tard encore, je suis dans mon lit, incapable de trouver le sommeil. Je pense à Jeremy Rothschild et à ma fille dans la même pièce – quel choc. Je pense à Janice, à Charlie, un jeune homme à Londres, qui prie pour avoir des nouvelles de sa mère, et cela me fend le cœur.

De temps à autre, je pense à Jeremy, seul dans leur maison, qui prend son téléphone au milieu de la nuit juste au cas où Janice lui aurait envoyé un message.

Je croyais cette famille incassable. Je ne comprends pas du tout ce qui s'est passé.

Quand je m'endors enfin, je rêve qu'un homme coiffé d'une casquette de base-ball entre dans ma chambre, essaie de me parler, mais je suis paralysée. Je vois toute la pièce en détail, j'entends les goélands argentés qui crient dehors, mais je suis incapable de dire quoi que ce soit, de bouger. Lorsque je me réveille pour de bon, Ruby est étalée à mon côté façon étoile de mer. Elle a dû se faufiler dans ma chambre au point du jour.

Jeremy ne m'a pas envoyé de texto.

Je vais sur Wikideaths. Personne de notable.

Chapitre 19

Journal de Janice Rothschild
Dix-sept ans auparavant

16 avril 2002

Impossible de décrire à quel point cette semaine a été sombre. La vie a changé à tout jamais. Comment pourrais-je me sentir à nouveau en sécurité ?

Je suis tellement en colère. Tellement en colère, putain, tellement effrayée, encore tellement sous le choc.

Écrire ceci au lit, en regardant la photo de nous trois à l'hôpital quand Charlie était un nouveau-né. J et moi paraissons si heureux – même avec cette infirmière renfrognée, qui détestait nous voir rôder dans les parages –, mais on le perçoit dans mes yeux, à ma façon de tenir Charlie dans mes bras. J'étais terrifiée qu'une telle chose puisse se produire. Même à ce moment-là, avec la joie de ce tout petit bout de chou dans mes bras.

C'était il y a une semaine. J'ai emmené Charlie au bac à sable dans le parc. Juste une journée normale, C jouait, tout guilleret. Et puis Bec est arrivée ; je lui ai un peu parlé. J'ai mangé presque tous ses biscuits sans paniquer à propos de mon poids : progrès.

Et puis je me suis rendu compte que C avait disparu.

Horreur. On ne connaît rien à la peur tant qu'on n'a pas découvert que son enfant n'est plus là.

J'ai couru partout, j'ai appelé, puis crié, puis hurlé, les toilettes, le coin des enfants plus grands, je suis sortie par l'issue principale de l'aire de jeux qu'un crétin avait laissée ouverte.

Les gens me regardaient, pourquoi cette femme crie-t-elle, il est forcément quelque part, calmez-vous, bon sang pauvre gamin obligé de se coltiner une mère complètement folle, hé, je l'ai pas vue à la télé ?

Je criais AU SECOURS AU SECOURS, et tout ce qui me venait à l'esprit était que je savais que cela se produirait un jour, je le savais.

Je vais devoir essayer de revenir là-dessus demain. J'ai des crises d'angoisse, je sens que ma respiration déconne. Voilà ce que ça m'a fait. Je ne peux même pas écrire à ce sujet ici.

Je ne sais pas quoi faire. Quelqu'un, au secours. Aidez-moi.

Chapitre 20

Leo
Présent

Robbie Rosen a sept minutes et demie de retard. Claire, la vieille amie qui m'a permis d'entrer dans le bâtiment, a regagné son poste depuis longtemps. La seule autre personne dans la cantine de la BBC est une femme qui nettoie les compartiments désormais vides des buffets.

Je regarde par les fenêtres la ligne d'horizon de Glasgow, transpercée par des flèches d'églises noircies. Il ne pleut plus, mais des gouttelettes d'eau ont formé de petites mares sur les tables en plastique désertes sur le toit-terrasse. Plus loin, vers le fleuve, des embouteillages se forment sur le pont autoroutier.

J'ai trouvé la conférence sur la mort de ce matin étrangement déstabilisante. À cause de la maladie d'Emma, j'ai l'impression que la mort est soudain quelque chose de personnel ; comme si j'avais été dépouillé de ma capacité professionnelle de différencier le début et le milieu d'une personne de sa fin. J'ai éprouvé un soulagement quand cela s'est terminé – une fois n'est pas coutume, je n'ai pris le temps de parler à personne.

Un jeune homme rond comme une pomme entre dans la cantine. Jean serré sans lequel il se porterait bien mieux. Il a une barbe à la mode, mais bizarrement elle rate un peu son coup – je pense que c'est parce que son visage est très juvénile, très rose, très rond. Il me voit et hausse un sourcil pour me saluer.

Nous nous asseyons et il me demande si je sais comment va Emma. Ça l'a « beaucoup contrarié » d'apprendre qu'elle était mal en point.

Je lui dis que, d'après mes sources, elle se porte bien, et il paraît sincèrement soulagé. Ensuite, je lui sers le bobard que j'ai préparé : j'écris sa nécrologie anticipée et je voulais parler à quelqu'un de l'équipe de production de *Notre pays* du passage d'Emma devant la caméra. Je raconte que j'étais à deux pas toute la journée, à une conférence sur la mort, imaginez, haha !

— Je me suis dit que ce serait plus simple de passer. Juste pour poser quelques questions.

— Bien sûr, pas de problème, me dit-il.

Derrière lui, des doigts de soleil s'enfoncent à travers les nuages.

— Puis-je partir du principe qu'Emma et vous travailliez en étroite collaboration ? je demande en sortant mon carnet. Que vous êtes le bon interlocuteur ?

— Oh, ça, oui, on était tout le temps ensemble.

Avec son pouce, il se caresse le menton timidement, un geste qu'on s'attendrait davantage à voir chez un homme plus âgé.

— C'est moi qui l'emmenais partout, qui me chargeais de l'enregistrer à la réception des hôtels, qui gérais ses repas. On faisait les marioles pendant que le caméraman et le réalisateur se prenaient le bec sur la façon de tourner la scène d'après. On s'entendait comme larrons en foire.

Je hoche la tête, comme pour dire : *C'est bien ce qui me semblait !*

— J'imagine que votre relation était bien plus décontractée que celle entre, disons, elle et le réalisateur.

— Absolument. Enfin, pour être honnête, j'avais un boulot de chargé de prod, ou en tout cas de régisseur, plus que d'assistant. Mais oui, j'étais avec elle la plupart du temps. Ah, la télé, je vous jure ! peste-t-il comme si j'étais du sérail. Tout le monde travaille au moins deux crans en dessous de son échelon.

Il veut que je compatisse, mais je n'ai pas le temps pour ça.

— Donc… Vous diriez qu'elle se confiait à vous ?

Il y a un blanc parfaitement étudié.

— Eh bien, oui, enfin, bien sûr, répond-il prudemment. Mais n'allez pas croire que je vais vous raconter tous ses problèmes !

— Quels problèmes ?

La question jaillit de moi et flotte dans l'atmosphère entre nous comme une mauvaise odeur tenace. J'ajoute un petit rire avant de préciser :

— Je plaisante !

Ce qui ne fait qu'aggraver mon cas.

Il fait marche arrière.

— Je crois que ce que je veux vraiment dire, c'est qu'un assistant de production voit à peu près tout, n'est-ce pas ? Je parie que c'est pareil dans votre secteur. Alors oui, elle se confiait à moi, mais honnêtement, j'étais au courant de tout ce qui se passait dans cette émission, qu'on se confie à moi ou non. Les gens vous respectent quand vous savez la fermer.

— Donc pas vraiment de potin, dis-je en souriant, comme si sa réponse n'avait aucune importance à mes yeux.

— Non, pas de potin en particulier.

Pourtant, je le sens bien : il y a quelque chose.

Je sais que si je creuse trop maintenant, je vais le perdre, alors je l'invite à me raconter quelques anecdotes sur l'émission.

Il ne me révèle rien de nouveau. Il évoque la foudre qui a emporté leur tripode au sommet d'une falaise dans le Devon, le jour où Emma est tombée dans une mare entre des rochers pendant une séquence filmée. Il y a beaucoup de détails au sujet de leur relation – les bavardages, les gloussements –, et il insiste particulièrement sur le fait qu'elle n'avait rien de commun avec certains « connards arrogants ». (« La plupart des présentateurs sont vraiment des connards arrogants », explique-t-il.)

— Mais pour être honnête, la seconde saison a été assombrie par le licenciement d'Em, juste après qu'elle a enregistré la voix off. Nous étions tous complètement dégoûtés, et sa pauvre agente, Mags, était furieuse, mais nous n'avions aucun pouvoir sur la situation. D'ailleurs, les acheteurs aussi sont des connards.

— J'imagine que pour Emma, ça a été un sacré coup.

— En effet, répond-il, perdu dans ses souvenirs. Emma a un peu pété les plombs et viré son agente, Mags… Mags a très mal pris les choses.

Alors que je note ses propos en sténo, je m'arrête pour relire.

— En réalité, c'est l'agente d'Emma qui l'a virée. Pas l'inverse. J'ai... je l'ai lu quelque part.

— Non, pas du tout, Emma a viré son agente. J'ai vu Mags aux Royal Television Society Awards quelques semaines plus tard, et elle ne s'en était toujours pas remise. Elle était un peu furieuse aussi, pour être honnête.

Son téléphone sonne et il me demande de bien vouloir l'excuser quelques instants. Il marche à l'autre bout de la cantine, toquant de temps à autre sur les tables désertes avec ses articulations. Non loin de là, un homme qui porte un sweatshirt de l'équipe logistique de la BBC déballe un sandwich.

Emma m'a raconté qu'elle avait été lâchée par Mags. Elle a pleuré dans mes bras pendant des heures. Le lendemain, elle s'est rendue à Alnmouth pour chercher son crabe et est restée là-bas trois semaines. Le week-end, quand j'allais lui rendre visite, elle me disait qu'elle avait le cœur en miettes. Et qu'en plus, sa fierté en avait pris un sacré coup.

Rosen revient.

— On en était où ? Ah oui, Emma qui vire son agente. Et les acheteurs qui sont des connards.

Il s'adosse à sa chaise, et je me rends compte qu'il prend son pied. Je subodore qu'on ne lui accorde pas suffisamment de crédit dans son travail.

— Le pire, dans cette histoire, c'est qu'Emma a été virée parce qu'une grosse tête de nœud, un présentateur de la BBC, a insisté pour qu'elle soit licenciée. Franchement, comment pourrait-on détester Emma à ce point ? Et pourquoi ? C'était certainement quelqu'un de très connu pour avoir ce genre de pouvoir.

Je bois une gorgée tremblante de thé avant d'exprimer mon étonnement.

— Je n'ai jamais entendu parler du moindre ennemi.

— Eh bien… Ça doit rester confidentiel, comme tout ce qui concerne la BBC, bien sûr…

Je hoche la tête.

— Mais tout le monde n'aimait pas Emma.

Ça y est, il est lancé.

— Ah ?

Et puis mon téléphone se met à sonner, et c'est ma femme. Je rejette immédiatement l'appel, mais trop tard, son nom et son visage sont apparus sur mon écran. Rosen pense que je m'appelle Steve Gowing, et que je n'ai jamais rencontré Emma Bigelow. Je le regarde avec circonspection, mais son visage demeure impassible. Je pense, j'espère m'en sortir impunément.

Quoi qu'il en soit, cependant, cette interruption a brisé le charme.

— Bon, écoutez, je vais devoir y aller, dit-il.

Et je sais de mes années de journaliste peu scrupuleux qu'il s'est dégonflé.

— Ça vous va si on en reste là ? Ces histoires devraient suffire, n'est-ce pas ? J'ai une réunion bientôt.

J'aurais pu écrire sa tirade.

Je tente une dernière fois, mais il refuse d'en révéler plus. Il me dit qu'il doit se remettre au travail ; me répète que ce qu'il a raconté sur le licenciement d'Emma est 100 % confidentiel. Il me serre ensuite la main avant de s'en aller.

Je contemple d'un air hagard les nuages qui se plient au-dessus de la ville, la couleur vert dragon de la sombre Clyde. Je repense à la conférence de ce matin, à tous les discours sincères sur les espaces de souvenir collectif, sur le fait de mourir dans la dignité. Assis là-bas, j'ai pensé à ma rencontre avec Rosen et décrété que cela se passerait vraiment bien. Mes doutes et mes inquiétudes se dissiperaient dans la cantine de la BBC, et nous reprendrions le cours de nos vies de famille sans cancer.

En réalité, à l'issue de ce rendez-vous, je me sens encore plus mal.

Je reçois un texto, mais ce n'est que maman, qui demande à quelle heure j'arrive tout à l'heure. Je vais loger chez mes parents ce soir pour les aider aux tâches domestiques demain, et libérer ma mère de ses responsabilités vis-à-vis de son patient grippé.

Tout cela s'inscrit dans le récit familial que nous jouons ces derniers temps. Dans ce récit, je leur ai complètement pardonné de m'avoir menti au sujet de mon identité, et tout le monde s'aime de nouveau. Maman est la metteuse en scène, et papa et moi, les acteurs blasés. Mais cela nous aide à avancer tant bien que mal. Et qui sait ? Dans dix ans, je me serai peut-être convaincu que cette histoire est vraie.

En sortant, je rends mon badge visiteur au réceptionniste et je m'arrête devant une gigantesque mare d'eau de pluie. L'air est froid, il a un parfum de minéraux et de terre fraîche – ici, au beau milieu de la ville, comme si on était dans les Trossachs, en pleine nature.

Je sors mon téléphone et j'essaie de trouver comment me rendre à l'aéroport. Je ne veux penser à rien d'autre.

Je viens de commander un taxi quand Rosen se précipite à l'extérieur.

— Hé ! Ho ! me hèle-t-il. Je voulais…

J'attends qu'il enfile un pull.

— Vous êtes son mari, dit-il, une fois que c'est chose faite.

Il est contrarié, mais également content de lui.

— Je me disais bien qu'il y avait un truc bizarre. Et à ce moment-là, elle vous a téléphoné ! Je me suis rappelé que son mari écrivait des nécrologies, alors j'ai fait une recherche sur vous. C'est quoi, ce cirque ? Vous avez prétendu vous appeler Steve.

Après un blanc, je hoche la tête.

— Je… je suis navré. Nous ne pouvons plus nous comporter de la sorte. Par « nous », je veux dire les journalistes. Je ne sais pas ce que je… Je suis désolé.

Il me dévisage.

— Je ne sais pas ce qui se passe. Je sais en revanche qu'elle vous adorait. Elle parlait de vous en permanence. Pourquoi êtes-vous ici, à m'interroger sur elle ?

Je déglutis.

— Je ne sais pas non plus ce qui se passe.

Je regarde fixement l'énorme mare d'eau de pluie ridée par le vent.

— Elle est en bonne santé : le médecin lui a dit qu'elle était tirée d'affaire. Mais je crois qu'il se passe quelque chose en ce moment. Quelque chose de grave, dont elle refuse de me parler. Je pense aussi que vous êtes susceptible d'être au courant. C'est pour cela que j'ai pris contact avec vous. Je suis désolé de m'être présenté sous une fausse identité. Je...

J'inspire longuement.

— Je me fais du souci. Pour elle, pour nous, pour la chose que vous ne me dites pas. Mais j'ai bien conscience que cela n'excuse en rien le fait d'être venu fouiner comme un journaliste sans scrupules à la solde d'une feuille de chou sans scrupules.

Rosen m'observe, fasciné. Il ne s'attendait pas du tout à cela.

— Pourquoi me posez-vous des questions ? Pourquoi ne pas les poser à Emma ? Vous vous êtes séparés ?

Je secoue la tête.

— Non. Et je lui ai posé des questions, mais elle n'arrête pas de changer de sujet. Tout va bien, apparemment.

— Mais pourquoi ne la croyez-vous pas ? Si elle vous dit que tout va bien ?

Je lui explique être tombé par hasard sur des documents très troublants alors que j'écrivais la nécrologie anticipée d'Emma.

— Mais tous concernaient des choses qui remontaient à avant notre histoire. Enfin... le fait qu'elle ait licencié Mags Tenterden : je n'étais pas au courant. Cela s'est produit quand nous étions ensemble, et elle m'a menti à ce propos.

— Bon, eh bien, j'ai peut-être mal compris la situation, commence Rosen, qui laisse sa phrase en suspens. Non, je n'ai pas mal compris, je suis désolé. Emma a viré Mags, c'est certain.

Je le supplie de ne pas parler à Emma de ma visite.

— Pas avant que je saisisse mieux la situation. Je dois juste… Je dois juste m'assurer qu'elle n'a pas d'ennuis.

Rosen semble stressé.

— Écoutez… Puis-je vous demander pourquoi vous m'avez envoyé un e-mail à moi, et pas à l'un de ses amis proches ?

— Parce qu'elle et ses amis proches sont très soudés, et qu'ils s'empresseraient certainement de lui raconter que je fouine dans son passé. Et puis je n'avais pas envie qu'elle soit chamboulée en apprenant que j'écris sa nécrologie alors que son médecin vient de lui annoncer que tout va bien.

Rosen réfléchit longuement.

— Est-ce que vous vous inquiétez sincèrement pour elle ?

Je hoche la tête.

— OK, dit-il doucement. OK. Écoutez… Ma loyauté ira toujours à Emma, mais à l'époque, ce qui s'est passé m'a aussi inquiété. Si elle avait vraiment des ennuis, jamais je ne me pardonnerais d'avoir étouffé les choses. Surtout si ça chauffe de nouveau.

Surtout si quoi chauffe de nouveau ?

— Une fois, elle a eu de la visite. Quand nous étions en train de tourner dans le Northumberland pour la deuxième saison. Je veillais généralement jusqu'à pas d'heure car je devais photocopier le script du tournage, et… Bref. Le dernier soir, je l'ai vue parler à un homme au bar de l'hôtel. Comme il était vraiment tard, elle a dû penser que nous étions tous au lit. Et je les ai revus dans un café à Londres quelques semaines après. Pas loin du siège de la BBC.

J'enfonce mes mains dans mes poches. Mes doigts tremblent.

— Savez-vous qui était cet homme ?

Il y a un long silence.

Et puis :

— Jeremy Rothschild, répond-il tout bas. Vous savez, le présentateur ?

Dans ma tête, des souvenirs récents défilent à une vitesse hallucinante, alors que tout le reste devient lent et argenté. Un taxi se range le long du trottoir et mon téléphone se met à sonner.

Il se trompe certainement. Emma n'a jamais rencontré Rothschild. Elle parle de lui comme elle parlerait de Justin Webb ou de Mishal Husain, les autres présentateurs de l'émission *Today* – elle apprécie sa façon de massacrer les hommes politiques, ne trouve pas que sa femme soit une bonne actrice, et ça s'arrête là. À moins que… ? Non. Non.

Je regarde le bitume humide sous mes pieds en essayant de comprendre le sens de ses propos.

— Si je vous confie cela, poursuit-il, c'est uniquement parce qu'elle était dans tous ses états après ses visites. Genre, épuisée, les traits tirés, comme si elle n'avait pas dormi de la nuit. Je ne sais pas de quoi ils parlaient, mais je me suis fait du souci. Surtout la fois où je les ai aperçus dans un café de Londres. Rothschild semblait vraiment en colère. Emma venait juste d'apprendre qu'elle avait un cancer ; c'était déjà très lourd à gérer. J'étais inquiet.

Je suis incapable de parler.

— Il m'est arrivé de me demander si c'était Janice Rothschild qui avait fait virer Emma. Un grand nom de la BBC comme elle… Elle a certainement le bras long. Elle est l'une de leurs stars depuis toujours.

Son expression change : il se demande s'il n'en a pas trop dit.

— Écoutez, vous ne devez pas révéler que c'est moi qui vous l'ai appris, commence-t-il avant que je l'interrompe.

— Cela n'arrivera pas. Je vous le promets. Mais Robbie, je dois en savoir plus. Pourquoi Janice ferait-elle virer Emma ? Qu'y avait-il entre Emma et Jeremy Rothschild ?

Il hausse les épaules, impuissant.

— Je n'en ai aucune idée. J'imagine que Janice a pu avoir vent de leurs rendez-vous, et… ?

— Je vois.

Je ne vois pas. Emma et Jeremy Rothschild assis à la même table, cela n'a ni queue ni tête.

— Si je vous raconte tout ça, c'est parce qu'à l'époque cette histoire m'a tracassé. J'avais un mauvais pressentiment quant à leur relation : je ne sais pas ce qui se passait entre eux, mais cela ne faisait pas du tout de bien à Emma. Et maintenant, Janice a disparu… Ça ne me dit rien qui vaille. Je sais que la police ne soupçonne pas Jeremy Rothschild dans la disparition de sa femme… Mais comment ne pas s'interroger, n'est-ce pas ?

Une fine ligne d'angoisse monte en moi. Cette hypothèse ne m'avait pas traversé l'esprit.

— Il y a quelques années, il a frappé un paparazzi, dit Rosen. Vous étiez au courant ?

— Oui.

Robbie ne devait pas avoir beaucoup plus que dix ans à l'époque.

— Sur le coup, tout le monde disait « Jeremy a été sérieusement provoqué, bla-bla-bla », mais si on pétait tous un plomb au moindre problème, ce serait grave la jungle, pas vrai ? Je pense qu'il a un côté obscur.

— Ça me donne matière à réfléchir, dis-je avec un sourire forcé.

Puis j'ajoute :

— Écoutez, merci. J'apprécie votre honnêteté. Surtout que j'ai moi-même été malhonnête envers vous.

Rosen hausse les épaules. Il se remet à pleuvoir.

— Une dernière chose. Vous avez écrit un petit mot à Emma. Dans lequel vous regrettez de ne pas lui avoir dit au revoir comme il faut. Elle s'est mise en quatre pour le garder. À votre avis, pourquoi ?

Je distingue un éclair de fierté parmi son malaise.

— Elle n'a pas été épargnée pendant ce tournage. Le cancer, la FIV, la grossesse, cette histoire avec Jeremy Rothschild. Elle me disait que j'étais son roc. J'imagine qu'elle voulait garder quelque chose de positif de cette époque ?

Cette interprétation, au moins, me paraît sensée. Emma a du mal à se séparer des choses. La preuve en est : nous avons une maison entière remplie de ses affaires.

— Il n'y a rien d'autre. Je vous le dirais, sinon. Et ce n'était peut-être qu'une tempête dans un verre d'eau.

Il se fabrique une capuche de fortune avec le bas de son pull, qui se retrouve trempé en quelques secondes.

— Bon, vaudrait mieux que je…

Il pointe son pouce vers l'intérieur du bâtiment. Je hoche la tête. Planté sous la pluie, j'essaie de décider de la suite.

Mon téléphone sonne de nouveau.

Au bout d'un moment, le taxi s'en va.

Chapitre 21

Leo

Il y a quelques années, j'ai rêvé que ma mère était un attrape-mouche de Vénus. Quand je l'ai raconté à Emma le lendemain matin, nous avons ri, parce qu'en termes de métaphores, celle-ci valait son pesant d'or. Il est à présent bientôt 21 heures, et maman m'embrasse sur le pas de la porte de la maison où j'ai grandi, elle m'embrasse, m'embrasse et me dit que ça fait trop longtemps, qu'elle ne me voit pas assez… « Ça doit faire au moins quinze mois, parce que bien sûr, tu as décidé de ne pas venir à Noël, et… » À chaque récrimination, ses bras se serrent autour de moi de façon réprobatrice, sans que j'oppose de résistance. Je suis prêt à accepter tout ce qui est susceptible d'écarter l'influence sous-jacente et mortelle de mes pensées.

J'ai pris l'avion de Glasgow à Luton après mon entretien avec Robbie Rosen. Pendant que l'appareil s'élevait au milieu des nuages somnolents, j'ai essayé d'envisager une place innocente pour Jeremy Rothschild dans la vie d'Emma – une place que je pouvais accepter, qui ne ferait pas de mal à ce que nous étions. Rien ne m'est venu. Les histoires innocentes ne sont jamais gardées secrètes, me murmurait mon cerveau de journaliste.

Le problème, c'est que mon cerveau de journaliste, si on le désigne comme tel, n'est pas toujours digne de confiance. Bien trop souvent, il a décrété qu'untel ou untel était amoureux d'Emma. Les suspects du moment sont Kelvin et le Dr Moru, qui ne m'inquiètent pas, mais il y en a eu d'autres. Tout a commencé quand elle présentait *Notre pays*. J'ai trouvé un forum de discussions où tout un tas de types parlaient d'elle. J'ai toujours su qu'Emma était sensationnelle, mais entendre d'autres hommes parler d'elle de cette façon, ce n'était pas la même chose.

Lorsque j'ai abordé le sujet avec elle, elle s'en est donné à cœur joie sur mes « problèmes liés à l'adoption ». Apparemment, j'avais une peur panique d'être abandonné depuis que j'avais perdu ma mère biologique, et maintenant – d'après le Dr Emma Bigelow –, je projetais cette peur de l'abandon sur elle. « Je ne vais pas te quitter », répétait-elle encore et encore, comme si je lui avais jamais dit redouter une telle chose.

Ayant eu ma dose de psychanalyse de comptoir, j'ai enterré le sujet. Quand je vois des hommes la regarder aujourd'hui, je fais comme si de rien n'était.

Mais elle a raison : cela ne me plaît pas. Il y a quelques jours seulement, alors que nous rentrions du concert de Tom Jones, un homme coiffé d'une casquette de base-ball l'a scrutée tandis que nous patientions au passage piéton. Il l'a scrutée, comme si de toute évidence elle n'était pas en compagnie de son mari et de son enfant.

Elle regardait en bas de la colline et ne l'a pas remarqué. J'ai quand même dû mobiliser toute mon énergie pour ne pas aller le voir et lui flanquer un coup de pied dans les couilles.

Mais cette histoire avec Jeremy Rothschild : ce n'est pas juste un mec chelou qui la mate dans la rue. C'est réel. Et je ne sais pas quoi faire.

Si elle est capable de mentir aussi aisément sur son diplôme, sur Mags Tenterden et les nombreuses autres choses incompréhensibles dans sa pochette, comment savoir si elle n'a pas eu une aventure avec un homme qu'elle ne m'a jamais dit connaître ?

J'ai descendu trois mignonnettes pendant le vol, et à l'atterrissage, j'étais K.-O.

Emma m'a téléphoné peu de temps après, mais je n'ai pas décroché. Il faisait encore jour et plus chaud qu'à Glasgow ; tous les passagers qui débarquaient de l'avion semblaient contents – peut-être parce que c'était un miracle qu'un vol low-cost atterrisse à l'heure. J'ai souri aux gens en attendant mes bagages, comme si moi aussi j'étais content, et pas légèrement ivre et malheureux. J'ai pris un taxi pour aller chez mes parents à Hitchin, et pendant le trajet, j'ai échangé des histoires marrantes sur la vie de famille avec le chauffeur. Je me voyais dans le rétroviseur, avec mon air de mec qui maîtrise sa vie. Pull ras du cou, coupe de cheveux récente, bagages stylés qu'Olly et Tink m'ont offerts pour mon quarantième anniversaire.

Emma m'a envoyé un SMS au moment où nous nous engagions dans la rue de mes parents. Le soleil a disparu après le petit déjeuner, du coup on est allées au château d'Alnwick. Ruby s'est surtout intéressée à la boutique de souvenirs. Le vol s'est bien passé, on vient d'atterrir à Heathrow. Appelle-moi ! Bizzzzz

Tout va bien, je me répète une fois dans la maison, même si ce n'est pas le cas. Je remarque un magnifique coucher de soleil à travers la fenêtre du rez-de-chaussée tandis que je suis maman à l'étage pour aller voir papa – des strates orange et rouge sang sur un fond gris fatigué, avec des bandes de rose tout droit sorties d'une boîte de nuit des années 1980. La cloche de l'église du coin sonne pour marquer l'heure, et quelque part, une famille fait un barbecue.

Quand j'arrive dans leur chambre, papa essaie de se redresser dans son lit.

— Oh, Leo, dit-il en gesticulant de frustration, ou peut-être de résignation.

Il refuse généralement les analgésiques sous prétexte qu'il « préfère savoir », mais ce soir, il est entouré de médicaments contre la douleur et paraît tendu.

— J'ai soixante et onze ans et j'ai l'impression d'en avoir cent. Ras-le-bol !

— Ras-le-bol, je conviens en m'asseyant.

Ces derniers temps, nous ne nous serrons plus dans les bras l'un de l'autre. Je remarque qu'il a perdu du poids, même s'il avait de bonnes réserves. Mon père est de ces hommes qui prétendent être extrêmement fiers de trop manger ; il tapote son ventre comme s'il s'agissait d'un ami, se vante d'avaler plus en un repas que certaines petites familles en une semaine. D'après Emma, les sentiments de papa sont stockés dans son ventre.

Maman lui tend un bol rempli de crumble, dont le goût lui échappe probablement vu la vitesse à laquelle il l'ingurgite.

— Je rattrape le temps perdu, dit-il en riant et en toussant.

Pour illustrer son propos, il tambourine sur son ventre, qui forme toujours un monticule substantiel sous la couette, et regarde maman dont il attend un commentaire, mais celle-ci est trop occupée à accrocher son peignoir tout juste sorti de la machine.

Voilà, c'est mon père. Il fait des blagues, évite les conversations qui mettent mal à l'aise. Il ne m'a écrit qu'une seule fois au cours des six mois de silence après que j'ai découvert mon adoption. *Nous ne faisions que suivre les conseils de l'agence d'adoption. Ils nous ont dit que ce serait plus facile pour toi de ne pas savoir. C'était une autre époque. Je suis sûr que tu comprends*, a-t-il écrit.

En fait, non, je ne pouvais pas comprendre, et quelques semaines plus tard, je lui ai adressé une longue liste de questions auxquelles il n'a jamais répondu. Maintenant, il me tapote un peu plus longtemps sur l'épaule, comme si nous étions parvenus à une compréhension mutuelle spéciale.

La pièce sombre dans le silence. Maman regarde une photo d'Olly et moi sur une plage en hiver quelque part, quand nous étions tout petits. Olly, qui n'a pas été adopté (« Notre miracle ! »), a mis sa main dans la poche de maman, alors que je me tiens légèrement à distance, sur mes gardes. Ma peau est plus mate que celle de mon frère, mes cheveux châtain foncé alors que les siens sont d'un blond presque blanc. Jamais il ne m'a traversé l'esprit de m'interroger là-dessus.

Mes parents ont des centaines de photos de notre enfance, rangées dans une grosse boîte sous l'escalier.

La première fois où je suis revenu ici après avoir découvert que j'avais été adopté, je les ai toutes passées en revue : seul, en silence, sur le sol de ma chambre d'enfant. J'avais l'impression de regarder une archive photographique de mon aliénation. Tout ce que j'avais jamais ressenti sans jamais le comprendre se trouvait là. Mon petit frère, avec son visage rond et ses bras courtauds, moi avec ma mâchoire anguleuse et mon ossature frêle. Comment cela ne m'avait-il jamais interpellé ? Et je ne parle pas que des différences physiques : mon expression sur de nombreuses photos trahissait le désir inconscient propre à celui qui est étranger au groupe.

J'aurais pu comprendre pourquoi chaque atome de mon être se sentait différent, ai-je écrit à mes parents. *J'aurais pu voir un psychologue quand j'étais encore jeune. Mais vous m'avez pris des mains cette décision.*

Le lendemain, je fais ce pour quoi je suis venu : je nettoie la maison, je passe au supermarché, je lance deux lessives pendant que maman, assise sur le canapé, se plaint que je ne la laisse rien faire.

Papa s'endort après le déjeuner, et quelques minutes plus tard, maman le rejoint. « Juste une microsieste ! » À 12 h 45, toute la maisonnée est plongée dans le silence.

Je prends contact avec Sheila dans l'espoir qu'il y ait une espèce de crise impliquant la mort d'une célébrité dans laquelle je pourrais me plonger. Mais rien à signaler. Elle m'encourage à profiter de ma journée de congé.

Alors, assis seul dans le salon de mes parents, je m'oblige à réfléchir à la possibilité d'une liaison entre ma femme et Jeremy Rothschild.

Je pense au peu de crédit qu'Emma a toujours accordé à Janice Rothschild en tant qu'actrice. Au fait qu'elle n'aille jamais aux soirées presse, alors qu'elle adore sortir. Évite-t-elle l'actrice ?

Et puis Rothschild qui se plaint de mon article sur Janice et m'interdit d'écrire sa nécrologie anticipée. Était-ce parce que je m'approchais un peu trop d'eux à leur goût ?

J'imagine Emma et Jeremy Rothschild en train de coucher ensemble, et j'ai envie de vomir. Je n'y crois pas. Je ne peux y croire.

Et pourtant, rien de ce que j'ai pris pour acquis ne me semble désormais fiable. Je me trouve dans la maison de mes parents, qui ne sont pas, d'un point de vue biologique, mes parents. Et voilà que je découvre que mon épouse, la femme qui a juré de m'aimer jusqu'à ce que la mort nous sépare, m'a menti sur tout : notre relation est minée de mensonges, et je ne vois pas comment les traverser ou les dépasser.

À 14 heures, je pars pour Londres. Je me sens désarmé et vulnérable comme si j'étais en zone de combat avec pour toute protection une chemise. Je n'imaginais pas ressentir cela un jour pour la famille que je me suis choisie. Je n'imaginais pas ressentir cela un jour pour ma femme.

Chapitre 22

Emma

Leo ne m'appelle pas avant d'avoir quitté la maison de ses parents et pris le train pour Londres, pratiquement soixante-douze heures après notre dernière discussion. Jamais en dix ans nous n'étions restés aussi longtemps sans contact.

— Salut ! dis-je en m'engouffrant dans le laboratoire d'analyse de l'eau.

C'est une erreur : un groupe d'étudiants en troisième cycle encercle le SediGraph. Ils bavardent et rient très fort comme s'ils étaient entre eux à une soirée. Faute de mieux, je me réfugie dans l'une des chambres froides.

— Salut, répond Leo avec la fixité verbale de quelqu'un qui ne peut se permettre un iota d'émotion.

— Coucou, chéri. Ça va ? Est-ce que ta mère et toi, vous vous êtes quittés en termes corrects ?

J'enfonce un doigt dans mon autre oreille pour étouffer le bruit des ventilateurs à air froid.

Leo marque un temps d'arrêt.

— Oh, ça va entre nous. Écoute, je pensais à Mags Tenterden. Ton ancienne agente.

— Ah oui ?

Je fais passer mon téléphone contre mon autre oreille, dans l'espoir peut-être d'entendre une autre histoire de ce côté.

Il me balance d'un coup :

— J'ai bien compris, n'est-ce pas ? Elle ne voulait plus que tu sois sa cliente ? Ce n'est pas l'inverse ?

Je ferme les yeux, lapés par des flammes.

Je t'en prie, Leo. Ne t'aventure pas là-dedans.

Pourtant, c'est ce qu'il est en train de faire, et la suite arrive sans que je puisse rien y changer. Si Leo ne connaît pas encore la réponse à cette question, ça ne va pas tarder. Et s'il approche de la vérité au sujet de Mags, il approche de toute l'histoire.

Au fil des ans, je m'en suis terriblement voulu d'avoir menti au sujet de Mags. C'était une chose de cacher à Leo un passé qu'il n'aurait jamais pu pardonner. C'en était une autre de m'engager au présent dans une toute nouvelle voie de tromperie. Mais comment sinon lui expliquer à l'époque mon état d'hystérie ? Quelle autre raison probable aurais-je pu avoir pour quitter l'agence de Mags, une femme que Leo savait que j'adorais ?

— Mags ne voulait plus de moi comme cliente, dis-je dans une tentative désespérée. Tu t'en souviens forcément.

Il y a un long blanc. Il sait que je mens. Ce coup de fil était très probablement ma dernière chance.

Je m'adosse aux rayonnages sur lesquels sont stockés les spécimens, et j'enfonce ma main libre tout au fond de ma poche. Une image me revient : Leo adossé à un

mur lors des obsèques de mamie le jour de notre rencontre, qui, mains dans les poches, me regarde avec un
sourire réservé sur les lèvres. Il m'avait tellement tapé
dans l'œil que j'avais à peine entendu les condoléances
des gens venus à l'enterrement.

— Très bien. Je me posais juste la question.

— D'accord. Eh bien… À plus, alors ?

— Je serai rentré pour l'heure du bain. Je dois juste
régler quelques affaires en ville avant.

— D'accord.

Mes yeux s'emplissent de larmes. Je t'aime, ai-je
envie de dire, mais je ne le fais pas.

Chapitre 23

Leo

Les bureaux de Mags Tenterden se trouvent dans l'un des nouveaux ensembles du quartier de King's Cross. Je m'arrête au bord du canal avant d'entrer, observant la foule de jeunes bien habillés qui, assis sur des coussins, se prélassent au bord de l'eau. Pourquoi ne sont-ils pas au travail un vendredi de juin à 15 h 45 ? À vingt-cinq ans, je trimais pendant douze heures d'affilée dans une salle de rédaction étouffante, trop tétanisé pour m'octroyer une simple pause-pipi.

Derrière eux, des enfants courent en poussant des cris aigus entre des panaches d'eau chorégraphiés. Il y a de la musique *live* quelque part et les employés qui font la queue devant les stands de nourriture de rue pour un déjeuner tardif ont les manches retroussées. Tout le monde passe une bonne journée.

Je me retourne vers le bâtiment où se trouvent les bureaux de Mags et j'ai la boule au ventre.

— Je n'ai pas beaucoup de temps, me prévient Mags.

Elle a à peine vieilli depuis notre dernière rencontre, mais paraît encore plus à la mode qu'avant. Ses cheveux argentés sont coupés court et elle porte de grandes lunettes rouges et une robe aux lignes strictes toutes scandinaves.

— Assieds-toi, ajoute-t-elle en me montrant une chaise.

Je ris presque face à son accueil glacial. La première fois que j'ai rencontré Mags, au cours de la soirée de diffusion de *Notre pays*, elle m'a conseillé de « ne pas devenir casse-bonbons » si la carrière d'Emma décollait. Sa remarque m'a tellement pris au dépourvu que je n'ai pas réussi à avaler mon gin tonic. Je suis resté cloué sur place, les joues gonflées comme celles d'un hamster.

— Je n'en ai pas pour longtemps, dis-je.

Elle m'observe. Je m'attendais à entrer dans un bureau d'agent complètement cliché, croulant sous les photos jaunies et les trophées empoussiérés, mais j'ai plutôt l'impression d'être dans la salle d'attente d'une agence de design. Bois blond, structures en acier, murs peints en blanc et affiches dans de fins cadres noirs. Aucun élément du décor ne suggère que cette femme représente une centaine d'acteurs et de présentateurs télé.

— Quand Emma et toi vous êtes séparées, était-ce ta décision ou la sienne ?

Mags s'adosse à son fauteuil, visiblement surprise par ma question.

Elle se reprend rapidement.

— C'était du fait d'Emma, bien sûr. Puis-je savoir pourquoi tu me demandes cela ?

De nouveau ce sentiment d'apesanteur. Je pense qu'une part infime de moi croyait encore que Mags démolirait l'histoire de Robbie Rosen.

— C'est compliqué.

Je suis incapable d'élaborer davantage.

— Ça a été un choc pour moi, explique Mags. Mais comme elle n'a signé avec personne d'autre, j'en ai déduit qu'elle s'était montrée sincère en me disant que la télé, c'était fini pour elle.

Mutique, je hoche la tête. Dehors, le ciel est d'un bleu parfait.

Jeremy et Emma. Emma et Jeremy. Leur image gagne en précision, de façon obscène.

— Que se passe-t-il exactement, là ?

Mags se penche vers moi sur ses coudes et m'observe. Je crois qu'elle s'est fait blanchir les dents.

— Emma m'a raconté à l'époque que tu l'avais lâchée. Elle était dévastée. Elle est partie trois semaines sur la côte pour s'en remettre. Je ne comprends pas pourquoi vos récits divergent.

Mags fronce les sourcils. En arrière-plan, j'entends des téléphones et une discussion émaillée de glousse-ments. L'agence de Mags est la plus ancienne et la plus grande dans le secteur du divertissement d'après son site web.

— Je peux te montrer sa lettre de résiliation, si tu ne me crois pas. Je m'en souviens bien. Je lui ai laissé un message vocal dans lequel je lui demandais de bien réfléchir à sa décision, mais elle ne voulait pas me parler. Je lui ai envoyé un e-mail, je lui ai même écrit une lettre. En vain. Elle s'est contentée de m'envoyer un mot pour m'expliquer qu'elle en avait fini avec la télévision.

Elle se gratte le coude.

— Mais je perçois toujours 15 % de ses droits d'auteur de la BBC Worldwide. Alors je n'ai pas fait tout ça pour rien.

Emma a sangloté sur mon épaule en prétendant qu'elle avait été virée. Qu'est-ce qui la faisait réellement pleurer ? Que se passait-il ? Rien qu'en envisageant les possibilités, j'en ai des vertiges.

Mags me scrute attentivement.

— Emma traversait une sale période. Ne l'oublie pas, veux-tu ?

— Oui, je réponds d'un air distrait.

J'ai trop chaud. Je défais un bouton de ma chemise et je pose un regard appuyé sur l'air conditionné éteint au-dessus du bureau de Mags.

— Quand tu parles de « sale période », tu veux parler de son diagnostic, n'est-ce pas ?

Mags prend un stylo qu'elle fait rouler entre ses index et ses pouces.

— Je voulais parler de son licenciement de la BBC. Mais oui, le diagnostic était aussi une nouvelle épouvantable.

— D'accord. Bon, à ce propos, puis-je te demander pourquoi la BBC l'a virée ? À l'époque, elle m'a dit que les raisons étaient un peu vagues, et que personne n'était véritablement en mesure de lui expliquer la situation. Une nouvelle tête au service des achats, ou un truc du genre. Mais depuis, j'ai cru comprendre que cette histoire n'avait rien de vague.

Mags continue à faire rouler son stylo.

— Vous vous êtes séparés, tous les deux ?

Je lui réponds que non. Et puis, après un bref moment de conflit intérieur, je joue franc-jeu.

— Écoute, Mags, je te prie de m'excuser. Je suis un piètre menteur. La raison pour laquelle je suis ici, c'est que j'ai découvert qu'Emma m'avait menti sur beaucoup de sujets. Je vérifie mes informations avant d'avoir une discussion avec elle plus tard.

Mags réfléchit un instant à ce qu'elle vient d'entendre.

— Pas facile, tout ça. Mais je ne trouve pas correct que tu cherches à m'impliquer.

Elle pose le stylo sur le bureau, et le récupère immédiatement. Je crois que tout cela la secoue.

— Je suis d'accord, ce n'est pas correct. Et d'ordinaire, je n'agirais pas ainsi, mais je suis désespéré. Est-ce qu'au moins tu me dirais pourquoi la BBC s'est débarrassée d'elle… Enfin, si tu le sais.

— Bien sûr que je le sais.

— Mais tu ne me le diras pas ?

— Non. Si Emma ne t'en a pas parlé, je ne le ferai pas.

En voyant sa mâchoire, je comprends qu'elle est sérieuse.

— Bon, dans ce cas… je vais te laisser.

— Je pense que c'est une bonne idée. Contente de t'avoir revu, et au revoir ! me lance-t-elle.

Fut un temps, j'aurais peut-être souri, mais pas là. Je m'affaisse dans mon fauteuil.

— Oh, écoute… S'il te plaît, aide-moi !

— Je ne peux pas.

Mags consulte sa montre.

— Je dois vraiment y aller. Leo, je te conseille vive-
ment de rentrer chez toi et de parler à Emma. Je n'ai
rien de mieux à te proposer.

Elle m'adresse un sourire cinglant et referme son
ordinateur portable d'un coup.

Rien n'y fera.

— Ton mari, lui dis-je au moment où elle range son
ordinateur dans un étui. On a déjà préparé sa nécrologie.

Elle arrête ce qu'elle est en train de faire sans cependant prononcer un mot. Le mari de Mags a dirigé la
rédaction politique de la chaîne ITV pendant des années.
Il n'a pas été un homme honorable.

— Un ami commun m'a raconté plusieurs choses à
son sujet. Je suis quasi sûr d'être la seule personne dans
le secret, alors rien de tout cela ne figure dans notre
texte pour le moment.

Je fourre mes mains entre mes jambes, où elles
dansent et s'agitent. Cela m'a paru une bonne idée dans
le train, mais je ne suis pas ce genre de journaliste peu
scrupuleux. Je ne l'ai jamais été – voilà pourquoi je me
suis retrouvé aux nécrologies.

— Oh, laisse tomber, je marmonne. Je suis désolé.
C'est du chantage.

Mags m'observe avec dégoût. Elle reste muette.

Mon fauteuil racle le sol lorsque je recule.

— Les gens font des choses affreuses quand ils sont
désespérés, n'est-ce pas ? Oublie ma visite.

— Putain de merde ! s'énerve Mags.

Elle balance presque son ordinateur portable sur son
bureau.

— La raison pour laquelle la BBC…

— Non, dis-je avec empressement. Oublie ce que j'ai sorti à propos de ton mari. Je ne suis pas ce genre d'homme. Ne t'inquiète pas.

Mags me coupe la chique.

— Je ne vais pas laisser Emma raconter à tout le monde que je me suis débarrassée d'elle. Ça frise la diffamation – en fait, je suis à deux doigts d'en parler à notre avocat…

— Oh, non, je t'en prie, pas ça ! je commence, mais mes suppliques ne l'intéressent pas.

— Écoute, Leo.

Elle attend que j'arrête mes jérémiades.

— La raison pour laquelle la BBC a dû se séparer d'Emma est que quelqu'un leur a dit qu'elle avait un casier judiciaire. Ils ont mené l'enquête, et il est apparu que c'était vrai.

Après un blanc, je me penche en avant.

— Pardon, elle avait quoi ?

— Tu m'as bien entendue.

— Mais… pour quoi ? Pour quoi ?

Mags met sa bouche en cul de poule.

— Harcèlement.

J'enfouis ma tête entre mes mains.

— Quoi ? Qui ? Qui a-t-elle harcelé ?

Mags Tenterden s'adosse à son fauteuil en repensant à cette époque.

— Elle a harcelé Janice Rothschild.

Elle parle plus bas, à présent. S'excuse presque.

— Je sais que ce n'est pas facile à entendre.

— Euh… certes.

— C'est Janice qui a vendu la mèche à la BBC. Emma a quitté mon agence parce qu'elle ne voulait pas que je me retrouve en position difficile. Janice est dans mon agence depuis qu'elle est sortie de la Royal Academy of Dramatic Art de Londres dans les années 1990.

— Oh, mon Dieu...

Mags m'observe longuement.

— Leo, je suis désolée, mais je suis vraiment attendue. Mon assistant va te raccompagner.

Chapitre 24

Leo

Je me tiens dans l'allée devant notre maison envahie par les broussailles et j'imagine Ruby qui brûle de me raconter tout plein d'histoires sur « l'aréoport » et de me dire de quoi elle a « besoin » avant de dormir (des biscuits au chocolat). J'essaie d'imaginer la conversation qu'Emma et moi allons avoir. L'angoisse tourne dans ma tête.

J'ai téléphoné à mon frère quand j'ai quitté le bureau de Mags. Olly, contrairement à moi, a un sentiment inné d'appartenance à ce monde, et il est rare qu'il conclue hâtivement au pire.

— On garde tous des choses pour soi, m'a-t-il dit avec facilité.

Il chargeait son lave-vaisselle.

— Eh oui, je cache toutes sortes de choses à Tink.

— Comme par exemple ?

— Par exemple des secrets.

— Tu viens juste d'inventer ça pour me rassurer.

Il y a eu un long blanc.

— Bon, eh bah je n'ai jamais raconté à Tink ni à qui que ce soit la fois où maman est entrée dans ma chambre et m'a trouvé en train de m'astiquer le manche devant une photo de Samantha Fox, me révèle-t-il de but en blanc.

J'ai ri pour la première fois en vingt-quatre heures.

— Magnifique ! Mais je te parle de trucs sérieux, Olly, pas de masturbation adolescente.

— Mec ! Écoute-moi. Emma t'a menti sur son diplôme et sur une histoire en lien avec son agente. Ça pourrait être bien pire.

— Tu trouves ? Ça te dérangerait pas si Tink avait inventé un cursus universitaire imaginaire ? Si elle s'était fait virer pour harcèlement et avait ensuite inventé toute une fable ? Et puis que penses-tu du fait qu'elle a caché une étrange relation au long cours, probablement de nature sexuelle, avec Jeremy Rothschild ? Si c'était Tink, ça ne te dérangerait pas ?

Olly a émis un bruit évasif.

— Mikkel ! a-t-il crié. Fiche-lui la paix !

— Le pire, c'est qu'Emma s'est démenée pour tout cacher. Elle a enlevé des papiers du placard, les a planqués ailleurs, et m'a reproché ensuite d'être parano. Et puis l'autre jour, elle a envoyé des textos à quelqu'un dans le Northumberland pour essayer d'organiser un rendez-vous. Elle a prétendu écrire à Susi, sa vieille copine de lycée, mais je ne la crois pas. Plus maintenant.

En entendant cela, Olly a arrêté de charger son lave-vaisselle.

— T'as dit dans le Northumberland ?

— Oui, pourquoi ?

Il a lentement soufflé.

— Ce n'est sûrement rien, mais Jeremy Rothschild a une maison dans le coin. Un de mes collègues va là-bas en vacances tous les ans, il loue un cottage juste à côté de sa baraque. Alnwick, je crois ? Alnmouth, peut-être ?

— Et merde ! Merde, Olly.

Je glisse la clé dans la serrure puis je referme la porte derrière moi sans un bruit.

À l'heure qu'il est, elle doit être en train de donner le bain à Ruby. Je sais que Canard sera perché sur la chaise victorienne d'écolier qui se trouve dans un coin de notre salle de bains, là où Ruby aime qu'il soit. Je sais quelle odeur flottera dans la pièce, je vois la fenêtre avec sa condensation chaude qui glisse vers le rebord taché par l'humidité.

D'ordinaire, ces pensées me réchauffent le cœur, mais à cet instant je ne m'intéresse qu'à une chose : savoir. Je me rends dans la cuisine sur la pointe des pieds et je sors le téléphone de ma femme de son sac avant d'ouvrir ses messages.

Au début, je ne trouve que des banalités : discussions entre collègues, entre mamans, entre amis. Le grondement de la menace est trop assourdissant pour que je m'interroge sur la dimension éthique de mon acte. Je parcours méthodiquement chaque chaîne de messages avant de passer à la suivante.

À la sixième dans ma liste, je trouve un message adressé à Jill, datant de ce matin. Emma confie qu'elle est stressée à l'idée de me voir plus tard. J'aimerais pouvoir lui dire, écrit-elle. Je me sens tellement mal.

Jill : Tu ne peux pas le dire à Leo. Tu as pris cette décision il y a bien longtemps. Les raisons sont toujours les mêmes.

Emma : Oh, je sais... Mais c'est insupportable.

Jill : Je pense qu'il faut que tu rentres chez toi, que vous fassiez un chouette dîner en tête à tête, et que tu nies tout ce qu'il pense avoir découvert. Il t'aime trop pour tout pulvériser à cause de renseignements foireux.

Je regarde fixement l'écran. Qu'est-ce que cela signifie ?

Et pourquoi Jill conseille-t-elle à Emma de me mentir ? Mon cœur déborde de rage. Comment ose-t-elle encourager Emma à me cacher des choses ? Il faut que tu nies tout ce qu'il pense avoir découvert, a-t-elle écrit, comme si j'étais une espèce d'abruti. C'est quoi ce bordel ?

Je continue à faire défiler les messages d'Emma, fébrilement à présent. Je n'ai pas beaucoup de temps. Il faut que je cherche des gens dont elle ne m'a jamais parlé – des noms bidon. Des noms comme... Des noms comme ça. *Sally.*

J'ouvre les messages. Mes doigts sont mous comme de la gélatine.

C'est lui.

Il y a deux heures, il a envoyé un message pour lui dire qu'il pensait à elle. Ce serait bien de se revoir bientôt, a-t-il ajouté. J'ai l'impression qu'on a encore plein de choses à se dire.

Il y a vingt-quatre heures, il a écrit : Ça va ?

Et puis, il y a quarante-huit heures, quand Emma était à Alnmouth, il lui a envoyé trois messages rapides pour s'excuser d'être parti soudainement. Je ne pouvais pas le faire alors que Ruby était là.

Il ne pouvait pas faire quoi ? je fulmine, révulsé.

Emma a commencé à rédiger une réponse. Elle se trouve dans la boîte de dialogue, toujours pas envoyée jusqu'à présent.

> Jeremy, avec tout le respect que je te dois, je vais devoir te demander d'arrêter de m'envoyer des messages au sujet de Janice. J'ai l'impression tenace que tu me tiens en partie pour responsable de sa disparition, et cela me contrarie vraiment. Je comprends : elle a disparu, tu es terrifié, tu te demandes si tu aurais pu la protéger davantage, si je détiens une espèce de clé. De la même façon, que cela nous plaise ou non, je sais que nous sommes liés - tu es le père de mon enfant, bon sang -, et que tu as tes propres idées quant à la façon de gérer ce merdier. Mais des rendez-vous pleins de gêne, ce n'est pas une solution à notre problème. Tu sais ce que je v...

Le curseur clignote, prêt à ce qu'elle continue.

Je reviens au début du texto pour le relire. J'arrive de nouveau au bout du message. Et puis je relis le milieu, cinq, six fois. Mes doigts planent au-dessus du téléphone, presque comme pour effacer les mots, avant de se mettre à trembler.

Je me retourne et je percute la valise d'Emma, qui se renverse.

En quelques secondes, un boucan de pattes qui courent résonne – John Keats dévale l'escalier.

— Leo ? crie Emma. C'est toi, chéri ?

Je regarde le chien, qui décrit des cercles parce que son papa est rentré à la maison et que c'est trop la fête.

Mes yeux s'emplissent de larmes. On y est, je me rends compte. La fin d'une vie de famille que j'adorais et que j'ai tant désirée. Toutes les fois où je me suis plaint à cause du bazar ou du bruit, toutes les fois où je me suis inquiété à cause de téléspectateurs inconnus et de leur béguin imaginaire pour Emma, alors qu'en fait elle avait une liaison avec Jeremy Rothschild.

Ensuite, je m'effondre sur la chaise, m'autorisant à penser à l'enfant qui se trouve dans son bain, à l'étage, mon petit pois, mon bébé. L'idée qu'elle résulte d'une sordide liaison sulfureuse est plus abominable encore que l'idée d'Emma au lit avec quelqu'un d'autre. C'est une angoisse que je ne peux pas contenir. Je me lève, je tourne en rond. Je n'ai pas de plan.

— Papa ?

Un petit couinement en guise de voix, de l'eau qu'on éclabousse. John remue la queue, encore et encore, presse sa truffe humide dans ma main. Il ne comprend pas pourquoi je ne viens pas chahuter avec lui par terre.

— Papaaaa ! hurle Ruby depuis le premier étage.

Je suis incapable de me retrouver en face d'elle. Je sens un hurlement en moi. Imaginer que ma fille puisse être...

Non.

Mon corps se dirige vers la porte d'entrée, et puis je me retrouve dehors, dans le soir aux effluves de jardins richement fleuris et de nourriture. Je descends rapidement la ruelle pour rejoindre Hampstead Grove, puis Heath Street, où des femmes fortunées au sourcil dessiné par un trait épais sirotent des verres de vin maculés de buée.

Je n'ai jamais été à ma place à Hampstead. Je me demande si j'ai déjà eu ma place quelque part.

Je finis par échouer dans un pub du côté de Belsize Park. Je commande une pinte, puis une autre, et je me dirige vers une table dans un coin, comme si j'attendais un ami. Les yeux rivés sur un mur composé de tuiles de séchoir à houblon, je bois de cette façon machinale qui pousse parfois Emma à me toucher le bras et à me dire : hé, t'as envie de parler ?

— Elle m'aime, dis-je au pub.

C'est un charmant pub victorien orné de miroirs oxydés, aux plafonds tachés, dans lequel histoires et chansons ont infusé pendant des décennies depuis le dernier rafraîchissement en date. Je termine ma première pinte en quelques minutes, reconnaissant de pouvoir bénéficier de l'anonymat de Londres. Ici, vous pouvez parfaitement vous faire du mal au vu et au su de tous sans que personne s'arrête jamais pour vous demander si vous allez bien.

Nous étions dans un pub quand Emma a appris qu'elle était enceinte de Ruby. Nous nous étions retrouvés à Soho après le travail parce qu'il restait encore trois jours avant qu'Emma fasse un test de grossesse et que nous avions tous les deux besoin de nous changer les idées. Emma est montée à l'étage pour aller aux toilettes pendant que je commandais au bar, mais le temps que j'apporte nos boissons dehors et trouve un rebord de fenêtre où nous appuyer, elle n'était toujours pas réapparue.

Tout roule ? lui ai-je demandé par texto.

Quelques secondes plus tard, elle est apparue à côté de moi, blanche comme un linge.

— Écoute.

Elle s'est tournée pour cacher les autres clients avec son dos, et m'a tendu un bâtonnet en plastique. J'ai regardé fixement pendant quelques secondes avant de comprendre ce que c'était. Ce que signifiaient les deux lignes bleues.

— J'ai acheté le test en chemin. Et il était là dans mon sac ; je sais qu'on est trois jours avant la date à laquelle on doit le faire et que les toilettes d'un pub ce n'est pas un endroit approprié pour ça, mais je n'ai pas pu résister.

J'ai essayé de prendre le bâtonnet mais elle le tenait fermement.

— Je viens de faire pipi dessus.

Ce n'était pas la première fois que nous regardions un test de grossesse positif ensemble. Et je savais que cette grossesse n'avait que quelques jours, qu'elle avait toutes les chances de ne pas aller très loin. Mais tandis que nous étions plantés là, sous des paniers débordant de géraniums, entourés de hipsters, de traders et d'employés de bureau, j'ai senti dans mes tripes que, cette fois-ci, c'était la bonne.

Mes yeux se sont emplis de larmes.

— Ouah.

Emma n'a pas répondu, mais quand elle a tourné la tête vers moi, j'ai vu qu'elle pleurait elle aussi.

Elle m'a serré fort contre elle, a enfoui son visage dans ma chemise, et de chaudes larmes ont traversé le coton et mouillé ma poitrine. Derrière nous, de jeunes types étaient tordus de rire, chantaient un air peu mélodieux dont les paroles étaient : « Blake sent le poisson, Blake sent le poisson. »

Je me souviens de notre trajet jusqu'à la maison plus tard, de son silence, de sa façon de me tenir la main alors que nous filions vers le nord en métro. Je me souviens qu'elle m'a arrêté dans la rue juste avant de rentrer chez nous et m'a dit : « Je t'aime tellement, Leo », et de mon sourire car je savais qu'elle était sincère.

Elle m'aimait. Elle m'aime encore. Je ne viens pas juste d'inventer cette histoire.

Mais je pense alors à tous les gens dont j'ai dressé le portrait depuis que j'écris des nécrologies. Les aristocrates heureux en mariage, qui avaient une liaison durable avec la gouvernante. Les gangsters qui avaient une femme différente dans chaque ville. Les universitaires mariés qui avaient des aventures avec des étudiantes. Les artistes et leurs orgies. Beaucoup de ces gens clamaient, à la fin de leur vie, aimer profondément leur moitié, soutenaient que leur mariage n'avait jamais souffert de leurs infidélités.

Peut-être est-il possible d'aimer quelqu'un tout en ayant des relations sexuelles avec quelqu'un d'autre ? Peut-être même est-il possible d'aimer deux personnes à la fois ?

J'essaie de ne pas penser directement à Ruby parce que j'en suis incapable. Mais la vérité à son sujet s'est déjà logée quelque part dans ma peau. Jeremy et Emma se sont retrouvés tard un soir à peu près au moment où elle est tombée enceinte. Après que nous avons passé des années et des années à essayer en vain d'avoir un bébé.

Ils se sont vus dans le Northumberland cette semaine. Ils s'envoient des messages. Emma l'appelle « le père de mon enfant ».

Je me rends compte qu'il n'existe personne sur terre avec qui j'aie des liens de sang. Absolument personne.

Chapitre 25

Emma

Je n'emmène pas Ruby au rez-de-chaussée. Je sais qu'il s'est passé quelque chose à la façon qu'a eue John Keats d'entrer dans la salle de bains la queue entre les jambes. Cela ne lui arrive que lorsqu'il a vu un comportement humain qui lui échappe.

J'aide Ruby à enfiler son pyjama, guettant du bruit dans la cuisine, mais aucun son ne me parvient. Un espace silencieux de peur grandit dans ma poitrine pendant que je lis à Ruby son histoire du soir. Depuis qu'il m'a interrogée sur Mags tout à l'heure, Leo n'a répondu à aucun de mes messages.

La cuisine semble retenir son souffle tandis que je descends. Le sac que Leo a pris pour le week-end est là, alors que le mien est renversé, échoué comme un scarabée à l'envers sur sa carapace. John Keats est posté à mon côté, pointant sa truffe angoissée vers l'enceinte sans fil sur laquelle nous lui passons sa musique *jungle*.

— Leo ? dis-je à personne.

La plante de l'école maternelle de Ruby, dans le coin, est complètement morte. Ma fille a précipité son trépas en l'arrosant trop.

Je tâche de rester calme en essayant d'imaginer ce qui a pu arriver à Leo.

John halète.

— Tout va bien. Tout va bien, John.

Et puis je repère mon téléphone sur le plan de travail, et j'entends un petit gémissement sortir de ma bouche.

Non, ça ne va pas. Mon téléphone était dans mon sac quand j'ai emmené Ruby prendre son bain à l'étage.

Leo, non.

Quand je prends mon portable, je vois mon message à moitié écrit à Jeremy. Le curseur cligne bénignement tout au bout, en attente d'instructions.

... tu es le père de mon enfant, bon sang...

La pièce sombre dans le silence. Dans le jardin, des nuages roses moelleux s'entortillent au-dessus de la cime des arbres. Un chat assis sur le mur derrière la maison se nettoie les pattes.

— Non, dis-je tout bas. Non.

Je relis mon brouillon, deux, trois fois, et j'imagine Leo faire de même, la douleur atroce dans son corps, l'incrédulité.

— Je suis désolée. Je suis vraiment désolée, je murmure avant de pianoter son numéro de mes doigts fébriles.

Bonjour, c'est Leo Philber, dit sa voix. Sa voix charmante. *Désolé de ne pouvoir vous répondre. Laissez-moi un message, et je reviendrai vers vous dès que possible.*

Nous avons bien ri de ce « je reviendrai vers vous ». Je lui ai dit que c'était une expression agaçante, il m'a rétorqué que, de nos jours, c'était le genre d'annonce que les journalistes cool laissaient sur leur messagerie, alors je n'ai pas pu m'empêcher de me bidonner et lui n'a pas réussi à rester sérieux très longtemps.

J'essaie de réfléchir. Peut-être n'a-t-il pas lu mon ébauche de texto ? Bien sûr que si, il l'a lue… De plus, jamais Leo n'aurait envahi de la sorte ma vie privée s'il ne touchait pas du doigt la vérité.

Soudain, mon message disparaît de l'écran de mon téléphone, qui se met à sonner. Je pleure presque de soulagement – sauf que ce n'est pas Leo, mais Jill. Je rejette son appel.

Je tente les SMS.

Leo, t'es là ?

Un « ✓ » : le message part de mon téléphone.

Deux « ✓ » : le message arrive sur le sien.

Deux « ✓ » bleus : il le lit.

Une vague de soulagement s'abat sur moi, sans que je sache trop pourquoi. Je n'ai aucun espoir de réparer ça.

Mon chéri, je t'en prie, rentre à la maison. Je dois t'expliquer.

Deux « V » bleus. J'essaie de me le figurer, avec ses lunettes de lecture qu'il ne nettoie jamais, crasseuses et tristes. Il est peut-être dehors, dans Hampstead Heath, alors que le soir devient gris. Ou dans le métro, à l'arrêt dans une station, avant le redémarrage sifflant de la rame en direction de… d'où ? Oh, bon sang, Leo.

Jill tente une nouvelle fois de me joindre. Je rejette son appel. Quelques secondes plus tard, elle retente. Je le rejette encore. Je lui téléphonerai demain.

Je commence à rédiger un autre message à Leo pour essayer de lui expliquer, mais je m'arrête. Que puis-je dire ? Le message qu'il a trouvé va tellement plus loin que la filiation de Ruby. Il existe des raisons importantes pour lesquelles j'ai protégé Leo de cette réalité, ces années de collusion et de malheur entre Jeremy et moi. Comment pourrais-je lui en parler maintenant, dans un SMS ?

Leo est désormais hors ligne. J'envoie un autre texto, dans lequel je lui demande s'il est toujours là, mais mon message n'est pas lu.

Au beau milieu de tout cela, Jeremy m'écrit : Ça va ? Rien de neuf de mon côté. Je vérifie juste si Janice a essayé de te joindre.

J'efface son message et je m'affale lentement dans un fauteuil. Avec mon téléphone, j'envoie vers l'enceinte un morceau qui s'appelle : *Douceur : nouvelles perspectives de la jungle atmosphérique.* Pour apaiser John.

Jill me téléphone encore, et cette fois-ci, je décroche.

— Salut. Je suis désolée, mais je ne peux pas te parler. Leo a lu mes messages sur mon portable et il a disparu. Je peux t'appeler demain ? Tu vas bien ?

— Je vais bien. Mais il faut que je te parle, Emma...

— Je ne peux pas, là. Je suis vraiment désolée. Je te rappelle demain matin, promis.

Il faut que tu me rappelles ce soir, m'écrit immédiatement Jill. C'est important.

Je réponds : Je t'appelle demain, promis.

Je reste assise sans bouger pendant un long moment, jusqu'à ce que les ténèbres engloutissent la pièce. Les avions se traînent à travers Londres en émettant des geignements stridents, décrivent des cercles avant de se poser à Heathrow et Gatwick ; un renard renverse une poubelle. L'air se rafraîchit, mais mon cœur ne ralentit pas sa cadence.

J'essaie d'appeler Leo à 1 h 37. Son téléphone sonne dans le vide.

J'essaie de nouveau à 2 h 04.

À 2 h 30, il m'envoie enfin un message. Je dors dans l'abri de jardin. Je t'en prie, ne sors pas. J'ai besoin d'espace.

Je monte vérifier que Ruby respire toujours.

Chapitre 26

Leo

Le lendemain matin, lorsque je me réveille, ça tambourine dans ma tête, j'ai de l'écœurement et des regrets plein la bouche. Je n'ai pas la moindre idée du nombre de pintes que j'ai descendues hier soir, ni combien d'autres verres j'ai ingurgités pour les faire passer. Je me souviens que j'ai escaladé le mur pour accéder à l'abri parce que j'étais incapable de décider si j'avais quitté Emma, et que j'ai eu l'impression que passer la nuit ailleurs sans prendre de vraie décision serait une erreur. Jamais je ne disparaîtrai comme ça de la vie de Ruby.

Une mouche prise au piège vibre dans une toile d'araignée tout au bout de mon canapé poussiéreux, et dehors, John Keats aboie contre la mare. Je vais devoir entrer dans la maison d'un instant à l'autre, mais je ne sais absolument pas ce qui va se passer quand je verrai Ruby. J'ai peur de prendre ma petite fille dans mes bras et de m'enfuir en courant avec elle.

Elle est de moi. Forcément. Pendant au moins toute la première année de sa vie, les gens me disaient : « Oh, c'est ton portrait craché ! Elle est magnifique ! » Ma poitrine se fissurait d'orgueil. Pour la première fois, Je faisais partie d'un tout.

Une vraie famille, sans secrets.

Je pense aux cheveux soyeux de Ruby, aux ongles de ses doigts dodus, à son petit rire malicieux. Je pense ensuite à Emma et à Jeremy Rothschild, et c'est tellement répugnant, mal, incroyable et grotesque que pendant un instant je crois réellement que ce n'est pas vrai.

Mais alors que j'étais assis au pub la nuit dernière, avant que l'alcool ne floute ma mémoire et mon jugement, certaines choses me sont revenues. La haine qu'Emma entretient depuis des années à l'encontre de Janice Rothschild. Sa fureur l'autre jour quand Jeremy s'est plaint de moi auprès de mon chef. Et bien sûr, ses épisodes. Des années et des années d'épisodes.

Emma a perdu sa mère un jour ou deux après sa naissance, son père juste avant qu'elle passe son bac. Son commando avait été envoyé à Kinshasa, dans l'ex-Zaïre, pour aider à évacuer des ressortissants britanniques. Il n'en est jamais revenu.

Elle m'avait raconté que son père avait été un homme malheureux, et absent la plupart du temps, mais que, comme tout enfant, elle l'avait aimé. Une photo de lui se trouve au rez-de-chaussée – la seule chose qu'Emma ait réussi à mettre sur les murs de notre maison depuis notre emménagement. La perte de ses deux parents m'avait toujours semblé une explication plausible à ses phases de tristesse. Mais hier soir, j'ai commencé à me demander avec une terreur pesante si ses « épisodes » existaient vraiment. Et s'ils étaient un alibi pour pouvoir aller dans le Northumberland et coucher avec Jeremy Rothschild ? A-t-elle fait venir Jill chez nous à la naissance de Ruby parce qu'elle craignait que Jeremy ne vienne réclamer sa fille ?

Je déglutis péniblement.

Quand je suis capable de me lever, j'entrouvre la porte et je suis pratiquement aveuglé par les premiers rayons du soleil. Des toiles d'araignées luisent par terre telles des parures, brisées de-ci de-là par des empreintes de pattes. Bientôt, la rosée s'évaporera et la journée atteindra sa pleine chaleur, sa pleine vitesse.

Je m'arrête. Peut-être bien que je vais vomir.

John Keats, qui contemple la mare avec impatience, saute joyeusement par-dessus l'eau lorsqu'il m'aperçoit, comme s'il était habitué à ce que je dorme dans l'abri. Je l'attire à l'intérieur.

— Jeremy. Jeremy ? Tu connais Jeremy ? je lui demande.

Sa queue bat contre le sol.

— John. Où est Jeremy ?

Le chien, perdu, excité, tourne sur lui-même. Il ne sait pas du tout ce qui se passe, mais ne veut surtout pas passer à côté d'un jeu.

Je lui dis qu'il faut que nous rentrions dans la maison. Je me lève. Il ne bouge pas. Je lui dis d'ouvrir le chemin, mais il se met à sauter partout en aboyant. Je m'agenouille et je le serre contre moi, seule façon de l'apaiser une fois qu'il est surexcité.

Il lui faut un moment pour se calmer. Je m'assieds sur mes talons et je le regarde.

— Je ne pense pas pouvoir faire ça. Je ne suis pas prêt, John.

L'unique conversation possible avec Emma, maintenant, aura pour objet de confirmer les détails de sa liaison, et de lui dire que je ne peux pas être en couple avec une personne qui m'a trompé. Je ne suis pas prêt pour cet échange.

Je lutte contre mes larmes en écrivant à Emma qu'il me faut plus de temps. Je passe une tête en dehors de l'abri. Je ne décèle aucun mouvement dans la cuisine. Elles doivent être à l'étage.

Cela me décide. Je donne un baiser à John Keats, j'escalade lourdement le mur de derrière et j'atterris dans la venelle envahie par les ronces qui sépare notre jardin de ceux de nos voisins. Personne n'emprunte jamais ce passage étroit qui aboutit sur un portail verrouillé depuis des années. Pour la deuxième fois en douze heures, j'enjambe ce portail, sauf que cette fois-ci un livreur qui fouille parmi des colis à l'arrière d'une camionnette sans logo m'observe.

— Ça va ? lui dis-je.

— Ça va, répond-il.

Au loin, John Keats s'est remis à aboyer.

Chapitre 27

Leo

Très peu de salles de rédaction sont désertes le week-end, et la nôtre ne déroge pas à cette règle. La presse écrite est morte, bien sûr, mais aujourd'hui le bureau « Actualités » est en ébullition, tout comme celui dédié aux affaires politiques. Une manifestation a basculé dans la violence et des échauffourées éclatent dans tout le quartier de Westminster. Apparemment, la voiture du ministre des Affaires étrangères s'est retrouvée bloquée au milieu de la foule en colère. Je passe à la hâte devant les bureaux affairés car je ne souhaite pas engager la conversation.

Lorsque je tourne au bout du couloir, je vois Sheila à son poste.

— Ah !

— Ah ! dit-elle en écho.

Elle ôte ses lunettes.

Il me faut un petit moment pour m'apercevoir qu'elle est gênée. Son ordinateur est éteint et il y a un roman devant elle, un samedi matin à 10 h 10. Elle finit par poser son livre sur son bureau avant de faire pivoter sa chaise pour se mettre vraiment en face de moi.

— T'as une sale tronche. Tout va bien ?

Je secoue la tête.

— Oh, Leo, déplore-t-elle doucement, et il m'apparaît soudain, enfin, qu'elle sait depuis le début.

Un raz-de-marée d'humiliation me submerge.

— Comment as-tu su ?

— Les Rothschild sont mes amis depuis des années. En particulier Jeremy. Il s'est toujours confié à moi.

Je demeure silencieux, essentiellement parce que j'ai peur de ce que je pourrais dire.

— Je suis désolée, Leo. Le fait qu'on te cache les choses m'a toujours mise mal à l'aise.

Je n'avais jusqu'à présent jamais décelé de tendresse dans la voix de Sheila. Ce changement m'emplit de désespoir.

— Est-ce pour cette raison que tu n'as pas arrêté de me poser des questions sur la présence d'Emma à Waterloo ? Essayais-tu de me dire quelque chose ?

Elle baisse les yeux vers son livre.

— Pas vraiment. Je passais par Waterloo alors que j'allais retrouver quelqu'un pour une interview, j'ai croisé Emma au milieu de la gare, sens dessus dessous, et je me suis demandé ce qui s'était passé. Le lendemain, nous avons tous appris la disparition de Janice. J'ai compris qu'Emma venait probablement de l'apprendre de la bouche de Jeremy quand je l'ai vue.

— Et… ?

— Et, Leo, je me suis sentie en colère pour toi. Ce n'est pas normal que tu ne sois pas au courant pour eux. Que tu ignores complètement à quel point les Rothschild ont été proches de ta vie.

Elle soupire.

— J'imagine que je t'ai interrogé au sujet d'Emma dans l'espoir qu'elle t'ait enfin tout avoué. Mais, bien sûr, elle ne l'avait clairement pas fait, et toi, tu as simplement cru que je me montrais curieuse.

Je me glisse sur la chaise de quelqu'un – je suis toujours parmi les bureaux de la rubrique « Famille et Communauté » –, à plusieurs mètres de Sheila. L'occupant de ce poste a un rappel sur un Post-it : COACH 18 heures SOIS PAS EN RETARD.

— Tu aurais dû m'en parler.

C'est tout ce que je trouve à dire.

Les doigts de Sheila se hérissent telles des flèches.

— Je l'aurais fait, si je l'avais pu. Mais je suis loyale envers les deux camps, Leo. J'ai dû promettre à Jeremy de ne jamais en souffler le moindre mot à quiconque.

Je regarde la lumière clignotante du répondeur de quelqu'un. Jeremy Rothschild ne mérite pas ta loyauté, ai-je envie de rétorquer. Mais elle connaît Jeremy depuis bien plus longtemps que moi.

Sheila poursuit :

— Je savais que tu trouverais quelque chose en te lançant dans la nécrologie anticipée d'Emma. Je t'ai vu te renseigner sur son université sur Google, Leo. Sur sa série documentaire. Je savais à quel point tu serais bouleversé et perdu. Je me suis retrouvée dans une position inconfortable.

Quelqu'un du service « Actualités » allume le téléviseur géant et l'étage se remplit de bruit. Je me lève pour m'installer à mon poste.

— J'ai envie de tuer Jeremy Rothschild alors que je n'ai jamais été capable de violence, même vaguement.

Sheila soupire.

— Tu dois sacrément le détester à présent, mais ce n'est pas quelqu'un de mauvais. À vrai dire, il s'est toujours montré très bon envers Emma.

— Je parie que oui !

— Ce n'est pas quelqu'un de mauvais, répète-t-elle.

— Très bien, Sheila, je comprends. Tu le connais depuis des années, tu ne veux pas prendre parti.

Elle esquisse un sourire contrit.

— Mais Ruby, dis-je d'une voix tremblante. Qu'est-ce que je vais lui raconter, Sheila ? Comment puis-je être son père, maintenant ?

Sheila affiche une mine sévère.

— Tu seras son père comme tu l'as toujours été. Bien sûr. Écoute, tu ne devrais pas être ici. Viens chez moi. Je te ferai un truc à manger, et ensuite, je crois qu'un peu de sommeil ne te fera pas de mal. Tu as une mine épouvantable.

Je n'ai jamais été capable d'imaginer où Sheila habitait. Elle est tellement discrète sur sa vie privée que je ne sais même pas de quel coin de Londres elle vient tous les jours. Elle dit simplement : au nord de la Tamise. J'imagine un appartement dans un quartier agréable, peut-être Queen's Park ou Barnsbury.

Mais Sheila ne ressemble à personne que je connaisse. Voilà pourquoi je ne suis pas très surpris en apprenant que nous pouvons nous rendre chez elle à pied en vingt minutes. Et quand elle s'arrête devant une maison de ville de Cheyne Walk, à cinq mètres environ au nord de la Tamise, j'esquisse un sourire. Bien sûr qu'elle vit dans une magnifique demeure au bord du fleuve. Bien sûr.

À l'intérieur, c'est décoré avec élégance – avec ce bon goût intello et classique qu'Emma et moi avons toujours visé sans jamais vraiment l'atteindre. Tapis persans et bibliothèques, antiquités glanées par un ancêtre lors de son tour d'Europe. Un parfum agréable de cuir, de fleurs et de velours ancien.

— Ouah ! je m'exclame d'un ton malheureux.

Quel beau coup cela aurait été si, dans une autre vie, Sheila m'avait invité dans sa maison – pouvoir raconter à Jonty que Sheila est probablement une propriétaire multimillionnaire, qu'une statue néoclassique dotée d'un énorme pénis trône sur sa cheminée.

— La maison de mon père, me lance-t-elle avec désinvolture. Trop de pièces pour une femme seule. Parfois, je… C'est trop.

Elle fait un geste en direction de son sac qui contient le roman qu'elle est venue lire au travail.

Je n'ai jamais imaginé Sheila seule. Chaque fois que je l'imagine en dehors des horaires de travail, je la vois organiser de grandes fêtes et recevoir des convives du monde entier. Me retrouver ici avec elle, un samedi, me donne le sentiment de lire son journal intime.

Je la suis à l'étage, dans une chambre où se trouvent un grand lit blanc et un mur tapissé d'études au fusain.

— Je t'apporte quelque chose à manger dans une minute, dit-elle avant de disparaître.

J'essaie de trouver quelque chose à étendre sur les draps pour ne pas les salir, mais je n'ai que les vêtements que je porte. Je finis par m'asseoir sur un épais tapis à côté du lit, incapable de prendre la moindre décision.

Quand Sheila remonte avec des biscuits au chocolat quelques minutes plus tard, je dors profondément. À sa demande, je me lève brièvement pour me laisser guider jusqu'au lit. Elle pose une main calme sur ma tête pendant quelques instants, et je sombre à nouveau.

À mon réveil, la lumière commence à décliner et des particules de poussière flottent dans l'air. Il est 17 heures. J'entends Sheila qui s'agite au rez-de-chaussée, et pendant quelques minutes, je ne sais plus trop pourquoi je suis ici.

Ma confusion ne dure pas longtemps. Je consulte mon téléphone et mon estomac se retourne : j'ai neuf messages et cinq appels en absence d'Emma.

> Je t'en prie, appelle-moi.
> Je t'en prie, rentre à la maison.
> Leo, je t'aime. Je t'en prie, parle-moi.

On frappe à ma porte.

— Salut.

Sheila est habillée comme si elle avait passé l'après-midi à faire du yoga. Ce qui m'étonnerait un peu, même si dernièrement tout le monde à part moi semble faire du yoga.

— Tu tiens le coup ?

— J'ai envie de mourir.

Elle m'observe avant de sourire.

— Je pense qu'il faut d'abord que tu parles à Emma. Es-tu prêt à lui téléphoner ?

Je secoue la tête.

— Tu peux rester ici sans problème. Mais tu dois dire à Emma que tu es en vie et la voir demain. Lundi au plus tard. Tu ne peux pas disparaître comme ça de la vie de ta fille.

Je ferme les yeux. Ma fille.

Sheila me rejoint et pose une nouvelle fois sa main sur ma tête, comme tout à l'heure au moment où je m'endormais. Peut-être qu'après tout elle n'était pas interrogatrice. Peut-être travaillait-elle pour un département plus humain du MI5, si tant est qu'un tel département existe.

— Tu vas trouver une solution. Leo, je n'ai jamais connu quelqu'un qui aimait plus son conjoint que toi.

— Mais ça ne compte qu'en cas d'amour réciproque, non ?

Après le départ de Sheila, téléphone en main, je regarde fixement les études au fusain sur le mur. Je me sens vidé – un espace vide.

Mon portable se met à sonner. Étonnamment, c'est Jill.

Jill est la dernière personne à qui je souhaite parler, mais une part de moi espère qu'elle sera peut-être en mesure de me dire que je me fourvoie complètement, que j'ai additionné deux plus deux et trouvé que ça faisait neuf.

— Jill ?

— Leo.

— Tout va bien ?

— Oui, très bien. J'essaie simplement de joindre Emma. C'est vraiment urgent. Quand j'ai essayé hier soir, elle m'a dit qu'elle me rappellerait, mais ne l'a pas fait. Je dois lui parler, Leo. Tu peux m'aider ?

— Non. Je ne peux pas. Je ne suis pas à la maison.

— Encore ?

— Oui, encore. J'ai découvert qu'il y avait quelque chose entre Emma et Jeremy Rothschild depuis des années. Et hier soir sur son téléphone, j'ai trouvé un message disant qu'il est le père de Ruby. Et je sais que tu sais parce que j'ai vu tes messages aussi. Alors je t'en prie, ne me fais pas perdre de temps en essayant de nier.

Silence total à l'autre bout du fil.

Au terme d'un très long blanc, elle se contente de s'exclamer :

— Ah !

— J'ai passé la nuit dans l'abri de jardin pour le bien d'Emma et de Ruby. Mais je suis reparti. Je ne suis pas prêt pour un face-à-face avec Emma.

— D'accord… Pardon. Juste pour être sûre : es-tu en train de me dire que tu as quitté Emma ?

— Non. Je dis que j'ai besoin de quelques jours pour réfléchir, alors je suis allé chez une amie. OK ?

— OK.

Elle soupire et raccroche.

Je doute de comprendre Jill un jour.

J'envoie un message à Emma pour lui proposer de me retrouver à la maison à 9 h 30 lundi, après qu'elle aura déposé Ruby à l'école maternelle. Je lui demande de m'excuser d'être parti. Je lui avoue que je ne gère pas bien la situation et que je ne veux pas que Ruby me voie tant que je ne serai pas plus calme.

Elle me répond instantanément *oui* et *merci* et *je t'aime*. Peu après, elle m'écrit que Ruby va bien.

Et puis c'est tout. Il n'est que 17 h 10, et je ne sais absolument pas comment remplir les heures jusqu'à ce que mon corps m'autorise à sombrer de nouveau dans le sommeil.

Lorsque je descends au rez-de-chaussée, Sheila boit du vin rouge dans son jardin. Je ne l'ai jamais vue boire de vin rouge. Quand nous allons ensemble au Plumbers' elle ne boit que des bières européennes, parfois du brandy. Je ne l'ai jamais imaginée non plus en train de boire seule à 17 h 15 dans un jardin rempli de fleurs luxuriantes formant un assemblage audacieux. Rien n'est à sa place.

Sans prononcer un mot, elle me sert un verre et nous restons assis en silence tandis que l'après-midi déteint dans le soir.

Chapitre 28

Emma

Le lundi matin, j'emmène Ruby à l'école en balançant sa main dans la mienne et en lui chantant une comptine comme si de rien n'était. Aujourd'hui, elle doit rapporter la plante qu'elle transporte dans un sac.

Je rends la plante à Della, l'assistante maternelle de Ruby, en disant que ma fille a adoré en prendre soin.

— Eh bien, elle a sérieusement rétréci ! s'exclame Della.

Elle m'adresse un clin d'œil. Hier, pour essayer de faire passer le temps comme je pouvais, j'ai emmené Ruby chez Ikea et nous avons acheté une remplaçante. Della n'est pas dupe.

Je m'arrête devant la porte pendant qu'elle pose sur une table la plante en faisant remarquer à une collègue que celle-ci est revenue et paraît substantiellement plus petite.

— Ils sont tous pareils, répond la collègue sans se rendre compte de ma présence. Les parents bobos. Incapables d'admettre leurs torts.

Cette couche supplémentaire de honte sert de détonateur. Les larmes me montent aux yeux et je m'enfuis.

Tandis que je marche dans la rue en hâtant le pas, j'entends une voiture se ranger le long du trottoir à côté de moi. Je n'y prête pas plus d'attention que cela jusqu'à ce que la portière s'ouvre et que j'entende mon nom.

Je me retourne pour voir qui c'est.

Chapitre 29

Leo

À 9 h 55, je téléphone à Emma pour savoir pourquoi elle n'est pas là. Même si elle est toujours en retard pour tout, je pensais vraiment qu'elle ne raterait pas ce rendez-vous.

Son téléphone sonne dans le vide.

Je retente ma chance à 10 h 30. Puis à 11 heures.

Est-elle avec Rothschild pour roder son baratin ? Cette idée me donne envie de balancer ma tasse de thé contre le mur. Je me retiens, parce que c'est une pièce rare de la manufacture Huguenot Royale que sa grand-mère lui a léguée. Alors je prends une tasse Ikea que je pulvérise. Je n'ai jamais rien fait de tel jusqu'à présent, et ce geste ne m'aide absolument pas à me sentir mieux.

Je balaie les fragments et téléphone au bureau pour dire que je travaillerai de chez moi aujourd'hui. Cela n'a pas l'air de déranger Kelvin mais Sheila m'appelle tout de suite.

— Qu'est-ce qu'il y a ?

Elle s'éloigne de son poste.

— Ça ne s'est pas bien passé ?

— Emma n'est pas venue. On était censés se retrouver à la maison à 9 h 30. Aucune trace d'elle. Elle ne décroche pas son téléphone.

Je l'entends presque froncer les sourcils.

— Bizarre. Je croyais qu'elle voulait à tout prix s'expliquer ?

— En effet. Elle n'a pas arrêté de m'envoyer des textos pour me dire qu'elle était terriblement désolée, qu'il fallait qu'elle m'explique la situation, qu'elle m'aimait plus que tout. Mais ce matin, que dalle.

— Tiens-moi au courant. S'il te plaît ?

À 11 h 45, j'appelle la maternelle, soudain paniqué à l'idée qu'Emma ait enlevé Ruby. Della m'assure que Ruby est là, et qu'Emma l'a déposée à 8 h 45 avec une « plante toute pimpante ».

Je donne les dernières informations à Sheila. Elle me répond par un émoji perplexe, et Sheila n'est pas du genre à utiliser des émojis.

Le malaise s'enfonce dans mon ventre. Je tente ma chance auprès de Nin, le bras droit d'Emma, d'abord au département de l'UCL où elle travaille. Ensuite, comme elle ne répond pas, j'essaie un numéro de portable trouvé dans le Rolodex de ma femme. Nin m'explique qu'Emma a appelé ce matin pour dire qu'elle était malade, mais que c'était quelqu'un d'autre qui avait pris le message.

— Elle va bien ? me demande-t-elle.

— Va savoir ?

Je ris bizarrement et raccroche. Nin doit penser que je l'ai tuée.

L'immense espace s'ouvre une nouvelle fois dans ma poitrine : je dois faire quelque chose. Je laisse un mot à Emma sur le tableau noir de la cuisine avant de sortir de la maison. Je décide d'aller acheter du lait. À mon retour, il est midi, et elle n'est toujours pas rentrée.

Je m'oblige à promener John Keats dans Hampstead Heath. Je regarde des gens courir sur la piste d'athlétisme, et John vole encore la balle d'un autre chien.

Quand je reviens, il est 13 h 30, et elle n'est toujours pas là. Je me prépare un sandwich que je suis incapable d'avaler.

Je recontacte Nin. D'après elle, il est possible qu'Emma soit allée à un événement d'écologie marine à Plymouth, mais elle ne me paraît pas convaincue – se faire porter pâle pour filer en douce chez son autre employeur à Plymouth n'est pas le genre d'Emma. Je m'entends dire que je suis d'accord avec elle, mais que sais-je au sujet de ma femme ?

— Tu me tiens au courant ? demande Nin, et c'est à cet instant que je commence à m'inquiéter. Quand tu la retrouveras, tu m'enverras un message ?

Je promets de le faire.

Je m'assieds devant un carnet et je dresse une liste des endroits où Emma pourrait être.

Chez Jill

Chez Jeremy Rothschild

Chez son psy

À une conférence marine à Plymouth

Dans le parc de Hampstead Heath/à l'étang réservé aux femmes

Avec une maman de l'école

Avec un de ses amis

Je me sens mieux une fois cette liste terminée. Il y a beaucoup de gens à contacter et de lieux à vérifier, et le temps que je m'en occupe, elle sera probablement rentrée.

Je trouve rapidement la manifestation à Plymouth, alors je leur passe un coup de fil. Plusieurs personnes ne me sont d'aucun secours, mais je finis par parler à quelqu'un qui me dit travailler avec Emma quand elle est à Plymouth. Elle n'est pas là, il en est certain.

— On aurait adoré qu'elle soit parmi nous aujourd'hui !

Sa psy me dit qu'elle ne peut pas me parler d'Emma, mais que si je suis inquiet, je dois contacter la police, et peut-être Jill. J'abrège cet appel dès que j'en ai l'occasion. Cette femme doit savoir tellement de choses à mon sujet que j'en suis mal à l'aise.

J'essaie les deux mamans de l'école dont j'ai les numéros, mais Emma n'est pas avec elles. Elles semblent limite enthousiastes que j'aie perdu ma femme. Je m'engage à donner des nouvelles à de plus en plus de gens. Nin me demande où j'en suis par SMS. Je remarque que tous me suggèrent en filigrane qu'elle traverse peut-être l'un de ses épisodes dépressifs – un épisode plus puissant que ceux auxquels nous sommes habitués –, et que je devrais passer à la vitesse supérieure dans mes recherches si elle ne se manifeste pas d'ici peu.

Je tente ma chance avec Jill, qui ne me répond pas. Je lui envoie un texto pour lui demander de me rappeler.

Sheila me téléphone une nouvelle fois.

De l'instant où je suis descendu de l'avion à Luton il y a trois jours à 9 heures ce matin, Emma n'a fait que m'envoyer des messages. Elle voulait à tout prix me parler. Que s'est-il passé ? Je sens en moi les premiers mouvements de peur réelle.

Je tente une nouvelle fois de contacter Jill, en vain, alors je décide d'aller chercher Ruby tôt. L'idée de ne pas l'avoir sous les yeux éveille un malaise en moi.

Ruby est déchaînée quand je la récupère, comme si elle savait qu'il se passe quelque chose de grave. Elle remonte la rue en dansant en pas chassés avant de me faire une grosse colère lorsque je refuse de l'emmener chez le glacier chic. Elle me dit qu'elle me déteste, et me donne même un coup de pied dans la cheville.

Je m'accroupis devant elle sur le trottoir. Où est ta mère ? ai-je envie de crier. Qu'a-t-elle fait ? Au lieu de quoi, je l'attire vers moi et je la serre fort dans mes bras. Je la porte sur mon dos jusqu'au sommet de la colline où se trouve notre maison, ce qui m'aide, car porter une enfant de trois ans dans une grande montée me demande un effort qui suffit presque à occuper mon esprit.

La maison est vide. John Keats, dans son panier, écoute la musique *jungle* que j'ai laissée pour lui. Il remue paresseusement la queue avant de s'endormir. Rien n'a bougé dans la cuisine.

Ruby s'endort sur le canapé, alors je la porte jusqu'à sa chambre pour qu'elle y fasse la sieste. Au moment où j'émerge de la pièce, je crois entendre la porte d'entrée – Dieu merci ! Dieu merci. Mais quand je me précipite sur le palier, je vois que c'est juste un dépliant pour un resto de kebabs.

Je téléphone une nouvelle fois à Emma pendant que Ruby dort, et cette fois-ci, je l'entends – le bruit d'un téléphone qui vibre. Aujourd'hui, chaque fois que je l'ai appelée, je l'ai fait depuis le rez-de-chaussée. Dans ma panique, je n'ai même pas remarqué que son sac était sur notre lit et que son téléphone était dans son sac. De même que son portefeuille et une enveloppe A5 très remplie qui ne porte aucune mention. Je ne peux l'affirmer avec certitude, mais je crois bien que cette enveloppe s'y trouvait déjà vendredi soir, quand j'ai sorti son téléphone.

L'enveloppe contient son passeport et celui de Ruby. Rien de trop suspect – elles ont pris l'avion ensemble la semaine dernière, et c'est du Emma tout craché de n'avoir toujours pas rangé ses affaires. Mais je trouve alors la lettre de St Andrews au sujet de son départ, et une flopée d'autres documents, parmi lesquels un certificat de l'Open University au nom d'Emma. Lentement, je m'assieds sur le lit pour lire et relire ce papier. Elle a obtenu son diplôme avec mention. Ça, elle ne l'a pas inventé. Mais il s'agit d'un diplôme de biologie, et il date de 2006, soit plusieurs années après la date à laquelle elle est censée avoir obtenu sa licence à St Andrews.

Je trouve ensuite un courrier du tribunal de Highbury qui confirme une injonction restrictive. Emma a interdiction de se retrouver dans un rayon de deux cents mètres de Janice Theresa Rothschild et de son enfant de dix-huit ans. Je le lis une, deux, trois fois. J'ai bien compris la première fois : si Emma enfreint les conditions de cet avertissement, elle sera immédiatement arrêtée.

L'avant-dernier document que je vois avant que mon téléphone ne se mette à sonner est un certificat de naissance. Il est au nom d'Emily Ruth Peel, une femme dont je n'ai jamais entendu parler bien qu'elle ait la même date de naissance que ma femme.

Quand je déplie le dernier papier, je sais déjà de quoi il s'agira.

Un acte officiel de changement de nom indique l'en-tête du document, avant de confirmer qu'Emily Ruth Peel est devenue Emma Merry Bigelow en 2006.

Chapitre 30

Leo

Ruby est toute contente d'être au commissariat, un peu trop même, alors je l'installe dans un coin et je la mets devant la chaîne de télévision pour enfants de la BBC sur mon téléphone. La police, en revanche, n'est pas spécialement contente de me voir. Les gens ont parfois besoin de prendre l'air après une dispute, me dit la policière à l'accueil. Ça nous arrive tout le temps.

Elle me promet de me recontacter, en précisant cependant qu'Emma ne sera considérée comme ayant disparu qu'au bout de quarante-huit heures.

Tout ça, on dirait la vie de quelqu'un d'autre. Cela ne peut être la mienne.

Nous rentrons à la maison en début de soirée, et il n'y a toujours aucun signe d'Emma. Olly et Tink viennent juste d'arriver avec Oskar et Mikkel, venus distraire Ruby. J'ai l'impression que le niveau d'alerte est monté d'un cran. Mon téléphone tinte en permanence des messages d'amis qui demandent si je l'ai retrouvée. Je ne parviens pas à les ouvrir et me contente de les prévisualiser sur l'écran.

À l'étage, les enfants jouent à un jeu qui, à en juger par ce que j'entends, paraît assez dangereux. Je les laisse vivre leur vie. Tink prépare une espèce de soupe ou de ragoût, pendant qu'Olly, assis à la table de la cuisine, m'écoute déballer toute l'histoire pour la troisième fois.

— Quelle est ta pire crainte ? me demande-t-il soudain.

— Ma… quoi ?

— Parce que de mon point de vue, tu viens de recevoir une nouvelle bouleversante au sujet des origines de Ruby, mais tu parais bien plus inquiet que quelque chose soit arrivé à Emma.

Je réfléchis à sa remarque.

— Je m'inquiète pour elle ces derniers temps. Elle a reçu pas mal de messages harcelants de types sur Internet. Parfois, des gens l'appellent et raccrochent tout de suite. Et j'espère que ce n'est rien, mais l'autre jour, après le concert, un mec bizarre l'a regardée. L'a regardée fixement, comme s'il la connaissait.

Paradoxalement, Olly semble s'en réjouir.

— Eh bien, dans ce cas… tu n'as pas renoncé à ton mariage. Et je suis soulagé de l'entendre. Écoute, Leo, je pense que les types d'Internet sont juste des mecs qui se sentent seuls. Et tout le monde reçoit des coups de fil de personnes qui raccrochent tout de suite. Il existe certainement une explication raisonnable à cette histoire.

Tink, qui se trouve devant le plan de travail, se retourne.

— Chéri. Leo vient de découvrir qu'il n'est pas le père de Ruby. Il vient de découvrir qu'Emma s'est appelée Emily Peel jusqu'à ses vingt-cinq ans. Je ne pense pas qu'il soit raisonnable d'évoquer une explication innocente.

Olly hausse les épaules.

— Je crois en Emma, se contente-t-il de dire.

Je me lève une nouvelle fois pour ouvrir la porte d'entrée et je jette un coup d'œil dans la rue. Je consulte mes e-mails personnels et professionnels, ma page Facebook – mais il n'y a rien. Je n'ai jamais connu pareille impuissance.

Je n'arrête pas d'en revenir à une chose : elle est sortie de la maison uniquement avec ses clés, ce qui signifie qu'elle pensait rentrer directement après. Fait révélateur, le dernier message qu'elle a envoyé depuis son téléphone m'était adressé à moi, et me confirmait qu'elle me retrouverait à 9 h 30. *Merci d'avoir accepté de me parler. Je t'aime.*

Dans le sycomore voisin, un oiseau chante des gammes chromatiques.

— Au secours, dis-je en me levant soudain. Olly, je t'en prie, aide-moi, il faut que je fasse quelque chose !

— Bien, OK.

Il est ravi de se rendre utile. Tink nous observe en silence.

— Écoute, commençons par écrire une liste de toutes les choses qui ont pu se produire. Je sais qu'on les a évoquées vingt fois, mais coucher les choses sur papier nous aidera peut-être.

Maladie, écrivons-nous – une réaction à sa dernière chimio, ou, pitié tout mais pas ça, une rechute de son cancer. Ou un accident. Mais nous pensons tous qu'il est trop tard pour une réaction à la chimio, et trop tôt pour une rechute. Un accident semble peu probable sur le court trajet entre l'école et notre maison, mais pour éliminer cette piste, j'ai déjà appelé les deux hôpitaux les plus proches plus tôt dans la journée, et elle n'y avait pas été admise.

Ensuite, je propose l'enlèvement, mais Olly, de manière très sensée, élimine d'emblée cette hypothèse.

— On est à Hampstead Village. Pourquoi enlever Emma quand on peut mettre la main sur des millionnaires ?

L'un de ses admirateurs d'Internet, je suggère. Après un blanc, Olly demande à voir les messages qu'Emma a reçus sur Facebook.

Je sors de la pièce pour aller chercher son ordinateur portable. Je le place devant Olly, et Tink vient regarder par-dessus son épaule.

Emma a continué à recevoir régulièrement des messages depuis ma dernière visite. La plupart sont en réalité assez mignons, mais il y en a suffisamment qui sont agressifs ou à caractère sexuel pour que Tink se détourne au bout d'un moment.

— Putain, bienvenue au Moyen Âge, déplore-t-elle.

Olly arbore une mine grave.

— Je ne me serais peut-être pas montré aussi blasé au sujet des gens qui raccrochent si j'avais vu ces messages.

Nous pensons qu'il faut les montrer à la police, mais le numéro de téléphone qu'ils m'ont donné sonne dans le vide, même si j'essaie cinq, six, sept fois.

Alors que j'appuie sur « *bis* » pour la huitième fois, une idée me vient. Je raccroche et je prends le téléphone d'Emma, que j'ai mis à recharger sur le plan de travail.

J'ouvre de nouveau les messages qu'elle et Jeremy ont échangés.

— Regarde.

Je tends le portable à mon frère.

— Regarde le nombre de fois où Jeremy a essayé d'organiser un rendez-vous avec elle à Londres. Il est peut-être venu ? Peut-être qu'il est venu jusqu'ici, qu'il l'a vue dans la rue et…

— Et quoi ? Il l'a kidnappée ? En plein jour ? Un personnage public connu comme lui ?

— Olly. On parle d'un type dont la femme a disparu sans laisser de traces. Maintenant, c'est Emma qui a disparu, et on sait qu'il a été en contact avec elle ces derniers jours. Ça ne te paraît pas important ?

— Si ta question est : penses-tu que Jeremy Rothschild ait pu se débarrasser d'Emma et de sa femme ? Ma réponse est non.

Et puis il ajoute :

— Mais tu devrais certainement l'appeler. Juste pour vérifier.

Il y a un long silence après que j'ai révélé mon identité à Jeremy Rothschild.

— Oh. Leo. Je me demandais si vous alliez m'appeler.

— Primo, je vous emmerde. Et deuxio : êtes-vous avec ma femme ?

— Pardon ?

— Êtes-vous avec ma femme ? Ma question est simple.

Il prétend que non mais me semble nerveux.

— Dans ce cas, cette discussion s'arrête ici, je réplique sèchement. Au revoir.

263

— J'aimerais vous parler. J'ai reçu un coup de fil de Sheila ce matin. Je sais que vous avez découvert des informations difficiles au sujet d'Emma et moi ces derniers jours… Que diriez-vous de venir chez moi ?

— Vous êtes sérieux ?

Il s'arrête comme s'il réfléchissait.

— Emma a rompu toute communication avec moi ces derniers jours. J'essayais de lui parler de quelque chose. Peut-être que… je pourrais vous en parler.

— Vous voulez que je fasse passer des messages à ma femme ? C'est une blague ?

— Non. Écoutez, Leo, je ne suis pas certain que vous soyez au courant de tout. Je pense vraiment que nous devrions discuter. Et j'ai bien conscience que ce n'est pas la porte à côté, mais je me dois de rester ici au cas où Janice appellerait. De plus, je m'occupe de mon fils.

— Et moi je m'occupe de Ruby…

Mais Olly m'interrompt en disant qu'il peut la garder – assez fort pour que Rothschild l'entende.

— Vas-y, murmure-t-il. Ça t'aidera peut-être.

Je sais qu'il a raison car je suis du même avis – sauf que moi, j'aimerais aller là-bas pour assassiner Jeremy Rothschild.

— Je… peut-être que… Oh, et zut. Très bien, je viens. Quand j'aurai…

Je déglutis.

— Quand j'aurai couché ma fille.

Passez par Kentish Town, m'écrit-il quelques instants plus tard, comme si nous étions deux amis qui se retrouvaient autour d'une bière. Il y a un match d'Arsenal, Holloway Road sera complètement embouteillée.

Chapitre 31

Leo

Une heure plus tard, me voilà devant une vaste et belle demeure. Rothschild ouvre la porte, et plutôt que de lui coller mon poing dans la figure, je suis obligé de lui demander de la monnaie pour le parcmètre. Je suis parti de chez moi sans mon portefeuille et, ce soir, à cause du match de foot, le stationnement est réglementé.

Une fois dans sa cuisine spacieuse, nous nous regardons, et il me remercie vraiment d'être venu, ce à quoi je ne réponds pas car je ne sais absolument pas quoi dire et que j'ai peur de m'effondrer.

Je finis par sortir :

— Elle est à moi.

Rothschild ne dit rien.

— À moi, je répète, et dans ma fureur, mes yeux s'emplissent de larmes. Ne vous avisez pas de vous approcher d'elle.

Pendant un instant, un silence parfait règne dans la cuisine. Dehors, le crépuscule tombe, et dans le parc, les platanes bougent telle de la soie au gré d'une brise qu'on n'entend pas. J'imagine que cette maison est équipée de fenêtres haut de gamme.

Quand enfin Rothschild prend la parole, sa voix est prudente.

— J'ai essayé de l'aider, au fil des ans. À distance.

— Nous n'avons ni besoin ni envie de votre aide.

— Je comprends. Et je ne sais pas ce qu'on vous a raconté, Leo, mais j'ai fait tout mon possible pour elle. Je ne suis pas le méchant de l'histoire. Elle me fait de la peine.

Je le dévisage.

— Elle vous fait de la peine ? Vous avez de la peine pour une enfant que vous avez engendrée ?

Il marque un temps d'arrêt.

— Une enfant que j'ai… quoi ?

— Sachez seulement une chose : j'ai élevé Ruby. Elle m'aime, et ça, ne vous avisez surtout pas d'essayer d'y toucher. Sachez aussi que je méprise les hommes comme vous qui se croient tout permis. Engendrer un enfant et s'affranchir de toute responsabilité… Sale pourriture de l'*establishment*.

Rothschild, qui en tant que fils de docker ne méritait certainement pas d'être assimilé à l'« *establishment* », paraît complètement paumé.

— Mais bon sang, de quoi parlez-vous ? De quel enfant parlez-vous ?

— Ah non, je vous en prie, pas ça.

Il prend une profonde inspiration, comme s'il faisait un effort conscient pour ne pas péter un plomb. Je remarque que leur jardin, illuminé par de jolies guirlandes lumineuses, regorge d'alliums. J'ai envie de sortir et de déraciner chacun des gracieux globes violets.

— Peut-on reprendre depuis le début ? Avez-vous suggéré que je suis le père de Ruby ?

— Je ne l'ai pas suggéré, je le sais.

Il lève les mains devant lui.

— J'ignore d'où vous tenez cette information, mais vous avez mal compris, Leo.

— Je ne pense pas. Je la tiens d'Emma. Son amie Jill a corroboré l'information, tout comme Sheila. Alors cessez de mentir, s'il vous plaît.

Il se passe une main sur le visage.

— Vous êtes sérieux, n'est-ce pas ? Vous pensez que j'ai eu une liaison avec Emma. Que Ruby est ma fille. Écoutez.

Il appuie ses mains sur l'îlot central qui est encore jonché d'affaires appartenant à Janice : baume à lèvres, agenda à la couverture Liberty, montre.

— Emma n'a pas pu vous dire que j'étais le père de Ruby car je ne le suis pas. Et si Sheila a corroboré ce « fait », c'est qu'elle a mal dû comprendre la question.

— Et Jill ? Son amie ?

Jeremy marque un temps d'arrêt.

— Je ne peux m'avancer à son propos.

Il prend la montre de Janice.

— Janice et moi sommes mariés depuis vingt-cinq ans, dit-il en recourbant la montre entre ses doigts.

Je remarque que lui aussi est au bord des larmes.

— Jamais l'infidélité ne m'a ne serait-ce que traversé l'esprit.

Il prend une inspiration saccadée avant de me regarder droit dans les yeux.

— Donc, que ce soit clair. Si vous souhaitez continuer à m'accuser d'avoir eu une liaison avec Emma, la porte est là.

Nous restons debout sans rien dire pendant quelques instants. Je m'efforce de réfléchir.

Franchement, je n'ai pas envie de partir. Cet homme en sait trop. Et je crois qu'il dit vrai.

— Je vous ai invité ici car je dois rester en contact régulier avec Emma. Sauf qu'en ce moment, elle m'ignore. Et je me suis dit que si j'étais en mesure de vous expliquer la situation actuelle, vous seriez peut-être disposé à la convaincre de suspendre les hostilités. Mais j'ai mes limites. Alors, qu'en pensez-vous ?

Comme je ne dis rien, il se met face à l'évier. Il asperge son visage d'eau froide qu'il essuie avec un torchon, avant de se tourner de nouveau vers moi.

Je regarde Rothschild droit dans les yeux en m'efforçant d'y déceler de la culpabilité, mais je n'en distingue pas la moindre trace.

— Vous n'êtes pas le père de Ruby ?

— Combien de fois devrai-je vous le répéter ?

— Je suis désolé. Il faut juste que je…

Je sors mon téléphone pour appeler Sheila, qui décroche au bout d'une sonnerie.

— Leo ! Du nouveau ?

— Pas encore. La police a noté les informations mais je ne pense pas que l'affaire les intéresse vraiment. Écoute, je suis chez Jeremy Rothschild.

— Ah. Ah, OK.

Elle attend que je développe.

— Est-il le père de Ruby ? je lui demande en me détournant de Rothschild, comme si cela pouvait l'empêcher de m'entendre.

Il y a un blanc à l'autre bout du fil.

— Pardon ? finit par sortir Sheila.

Je répète ma question.

— Leo, qu'est-ce que tu racontes ? Bien sûr que non. À moins que j'aie raté… Mais bon sang… Non, Leo, absolument pas.

Je pense qu'elle dit la vérité, mais je ne comprends rien à rien.

— Du coup quand je t'ai dit que j'étais au courant pour Emma et Jeremy, tu pensais que je parlais de quoi ?

Elle ne me répond pas tout de suite.

— Il me semble que tu n'as qu'une vision partielle de la situation.

La voix de Sheila est soudain monocorde. Elle est en mode chef des services secrets.

— Puisque tu es chez Jeremy, je te suggère d'avoir une discussion franche avec lui. Même si, clairement, tu te fourvoies sur plusieurs sujets si tu penses qu'il est le père de Ruby.

Ruby. Oh, merci mon Dieu ! Je ferme les yeux et je m'appuie contre le plan de travail de Rothschild.

Je n'aurais pas pu le supporter. Peu importe ce qu'a fait Emma, peu importe qui elle est vraiment – perdre ma fille m'aurait anéanti.

— OK, dis-je. Merci.

Sheila raccroche sans commentaire, comme elle en a l'habitude.

Lorsque j'ouvre les yeux, Jeremy me regarde toujours. Il a posé la montre, mais elle est toujours là, devant lui, tel un triste talisman.

— Je vous présente mes excuses. Il y a un message pour vous de la part d'Emma sur son téléphone. Une ébauche. Qui disait : « Je sais que tu es le père de mon enfant. » J'ignore comment interpréter cette phrase autrement.

Il hoche la tête, presque comme s'il avait vu les choses venir.

— Je vois pourquoi vous avez compris ce que vous avez compris.

Il ne me propose pas d'autre explication, mais je sens que ça ne va pas tarder.

— Je sais avec certitude qu'Emma n'a pas eu d'autres enfants. J'étais là à la naissance de Ruby. Il y a eu des complications, et ils ont dû la sortir au forceps. Je me souviens clairement que l'obstétricien m'a expliqué que c'était commun pour un premier enfant.

— Oui, dit Jeremy en regardant la montre de Janice. Je crois, en effet.

— Et comme vous le savez bien, j'ai vu des photos de Janice peu de temps après qu'elle a mis au monde votre fils, Charlie, alors il ne peut être question de lui quand Emma parle de son enfant.

Rothschild ne dit rien. Il n'est même pas 20 h 30 et le type a l'air au bout de sa vie. Moi qui essaie de retrouver ma femme depuis moins de douze heures, je n'arrive même pas à imaginer comment il a supporté cette incertitude infernale pendant deux semaines.

— Donc je dois vous demander de m'éclairer, lui dis-je.

Ma voix finit par se briser.

— J'ignore qui vous êtes par rapport à ma femme. Pourquoi vous désigne-t-elle comme le père de son enfant ? Et pourquoi a-t-elle changé de nom ? Je l'ai découvert hier soir. Cette histoire est un cauchemar. Totalement irréelle.

— Cela doit être un choc terrible.

J'attends qu'il m'en dise plus, mais il reste muet, alors je vais m'asseoir à sa table.

— Je vous en prie, dis-je, en lui faisant signe de s'asseoir. Parlez-moi. Pourquoi essayez-vous de la joindre ? Que se passe-t-il ?

Après un long moment, il s'assied en face de moi.

— Pouvez-vous commencer par me dire où elle se trouve ?

Rothschild, qui était en train de rapprocher sa chaise, s'arrête en plein mouvement.

— Comment ça, où elle se trouve ?

— Où se trouve Emma.

Il paraît dérouté.

— Vous voulez dire que vous l'ignorez ?

— Oui ! Que s'est-il passé ?

Il semble sincèrement inquiet.

— Est-ce pour cela qu'à l'instant vous parliez de police à Sheila ?

— Elle a disparu, lui dis-je, et une chambre forte emplie de panique s'ouvre à nouveau en moi.

Je pensais que ma venue ici m'aiderait à la retrouver.

— Elle a disparu il y a près de douze heures. Elle a déposé Ruby à l'école et n'est jamais rentrée à la maison. Elle a laissé son portefeuille et son téléphone dans notre chambre… C'est pour cette raison que je vous ai appelé. J'ai trouvé des messages où vous lui demandiez de vous retrouver… J'ai cru… j'ai cru…

— Que je… quoi ? Que je l'avais kidnappée ? Tuée ?

— Je n'en sais rien. Je veux juste savoir où elle se trouve.

À l'autre bout de sa belle table en chêne, Jeremy prend le temps de digérer cette information. Je me demande combien de dîners cette table a connus. Dans combien de temps elle réunira de nouveau des gens autour d'elle.

Il revient à la vie.

— Bien sûr. Je vais vous dire tout ce que je sais. Pensez-vous qu'elle soit vulnérable ?

— Elle a déjà eu des épisodes dépressifs. Mais je ne dirais pas qu'elle était particulièrement mal en point ces derniers temps.

J'observe son visage. Cette discussion doit lui être terriblement familière.

— Pourquoi ? Vous ne savez vraiment rien ?

Jeremy secoue la tête.

— Je vous le promets. Je ne sais pas du tout où se trouve Emma. Absolument pas.

— Alors que se passe-t-il ? Vous devez être fou à cause de Janice, et voilà qu'Emma a elle aussi disparu… Je n'y comprends rien. Pourquoi avoir dit que vous deviez être en contact avec Emma ? Que se passe-t-il ?

Ce qui se passe, c'est que j'ai perdu ma femme, mon Emma, et qu'à la place on m'a donné une inconnue du nom d'Emily Peel. Quoique, à l'heure qu'il est, je n'aie même pas Emily Peel.

Le lampadaire sur le trottoir d'en face émet une lumière de plus en plus vive à mesure que les ténèbres s'immiscent.

— OK. Je vais vous révéler ce que je sais. Mais Emma est la seule à pouvoir vous raconter exactement ce qui s'est passé, et pourquoi elle a agi de la sorte. Je comprends certaines choses, mais d'autres m'échapperont sans doute toujours. Alors, ça vaut ce que ça vaut, mais voici ma version de l'histoire.

Deuxième partie

EMILY

Chapitre 32

Emily Ruth Peel
Vingt ans auparavant

La nuit de notre rencontre ressemblait à la scène d'un film, a dit Jill à l'époque, mais avec le recul, il m'est difficile d'y repenser sans y voir autre chose qu'une nuit sordide de beuverie estudiantine.

Jill et moi l'avons trouvé sur le trottoir de Kinnessburn Road, aux environs de 18 heures. Il était entouré de ses amis qui se tordaient de rire. « Connards ! » criait-il, comme si ses camarades étaient responsables de sa chute. Je doutais qu'ils le soient. Il avait l'air soûl – tous semblaient l'être. Je me suis dit qu'ils étaient probablement en troisième cycle : ils avaient au moins dix ans de plus que tout le monde.

Nous les avons évités parce que nous avions déjà décidé qu'ils étaient idiots, ces grands dadais aux beaux visages qui buvaient toute la journée, mais il a capté mon regard et m'a implorée de l'aider parce que ses amis refusaient de le faire, et nous avons fini par être embarquées dans leur bande et avons bu au Whey Pat jusqu'à la fermeture.

Vers 21 heures, peut-être 22, Jill m'a prise à part dans un coin.

— Comment tu fais ? m'a-t-elle murmuré à l'oreille.

Son haleine était humide et pleine de vapeurs de gin.

— Ils mangent dans ta main sans que tu fasses le moindre effort. Merde, Emily, partage tes secrets !

— Ils ne mangent pas dans ma main ! Sois pas ridicule !

Jill est partie aux toilettes en marmonnant quelque chose sur des leçons qu'elle voulait prendre.

Je me suis rendu compte qu'elle n'avait pas entièrement tort lorsque j'ai rejoint le groupe. Ils se sont chamaillés pour savoir qui s'assiérait à côté de moi, et sans le chercher de façon consciente, je me suis retrouvée à mener une conversation qui les a tous fait rire à s'en décrocher la mâchoire.

Savoir charmer des inconnus est l'une des nombreuses aptitudes que l'on acquiert lorsque l'on est enfant de militaire. Il faut être intrépide et drôle quand on arrive dans une nouvelle école – et les nouvelles écoles sont nombreuses –, tout en jouant à fond la carte de la désinvolture.

Je ne connaissais pas vraiment une autre manière d'être. Pas à l'époque.

Mon tour est venu de payer une tournée, et Jeremy m'a rejointe au bar.

— Désolé, a-t-il dit avec le genre de sourire complaisant qui suggérait qu'il n'était absolument pas désolé. Une meute de bêtes sauvages, n'est-ce pas ?

Il avait beau dire, il semblait au contraire fier d'eux. Il m'était étrangement familier mais je n'arrivais pas vraiment à le remettre.

Il y avait Jeremy, et puis deux Hugo – le « gros Hugo » et le « Hugo con », un Briggs et un David. Jeremy m'a expliqué qu'ils avaient obtenu leur diplôme dix ans auparavant mais revenaient tous les ans pour un week-end entre mecs. Il travaillait pour la BBC à Londres. Il était attirant et manifestement intelligent. Contrairement à ses amis, cependant, il n'étalait pas sa science – il me plaisait bien.

Jill et moi avons beaucoup bu. Jill sortait son langage le plus ordurier, sa façon de draguer des mecs – son arme secrète pour se démarquer des filles trop *girly*. Elle a passé beaucoup de temps avec l'un des Hugo, mais quand celui-ci a commencé à entreprendre une femme squelettique coiffée d'un chapeau de Sherlock Holmes, elle s'est empressée de se rabattre sur Briggs.

Ils m'ont draguée aussi, mais un seul semblait déterminé à gagner. J'ai senti ses yeux sur moi, je l'ai regardé dégommer ses concurrents un à un, et à minuit nous étions assis au-dessus de West Sands dans l'obscurité de velours, nos mains enfouies dans nos vêtements, face à la mer qui s'élançait vers nous avant de repartir dans l'autre sens. Je lui ai dit ce que j'allais lui faire plus tard, et à cet instant précis, j'étais entièrement en phase avec cette version de moi-même.

Il est parti de chez moi à 6 h 45 du matin.

— Je dois rentrer à Londres. Le train part à 7 h 45 de Leuchars et je ne sais même pas où sont les autres.

— Tu as un téléphone portable ?

Je n'en avais pas les moyens mais beaucoup d'autres étudiants commençaient à en avoir.

Il a souri comme si ma question était adorable. Il avait trente ans ; il habitait et travaillait à Londres – bien sûr qu'il avait un téléphone portable.

— J'en ai un, mais il est déchargé, et je ne connais pas mon numéro par cœur. Donne-moi le tien et je t'appellerai.

J'ai griffonné notre numéro de fixe sur un bout de papier, même si je doutais avoir jamais de ses nouvelles. Et puis j'ai tiré ma couette autour de moi avec délice, comme si c'était le genre de choses que je faisais tout le temps.

— Bon, à bientôt ! C'était marrant.

Jill est venue dans ma chambre quelques instants après son départ. Son mascara s'écaillait sous ses yeux, son pyjama était taché de vin rouge.

— Euh, bonjour. Tout roule ?

J'ai hoché la tête en souriant.

Elle s'est tournée et a regardé par la fenêtre.

— J'ai bien peur qu'il soit marié, a-t-elle dit en le suivant des yeux dans la rue.

Je me suis assise dans le lit.

— Quoi ? Mais non !

— Eh si ! a-t-elle répondu en s'asseyant sur mon lit. Désolée de devoir te l'annoncer, Em.

Au bout d'un moment, je me suis rendu compte qu'elle ne plaisantait pas. J'ai fermé les yeux.

— Non.

— Affirmatif, j'en ai bien peur. Il me l'a dit hier soir.

— Quand ?

Je l'ai scrutée.

— Pourquoi tu ne me l'as pas dit ?

— Tu ne lui as pas posé la question… ?

— Quoi, est-ce qu'il était marié ?

— Euh… oui ?

J'ai secoué la tête.

— Non, j'ai juste… C'est aberrant de penser qu'un homme qui cherche à t'embrasser est célibataire ?

Jill a commencé à rire.

— Tu t'y connais en hommes, Emily ?

— Oh, bon sang. Non.

Elle a hoché la tête.

— J'en déduis que vous avez couché ensemble ?

On avait fait ça toute la nuit.

— Si seulement tu me l'avais dit ! ai-je déploré d'un ton irascible.

— Quand, Em ? Quand est-ce que j'étais censée t'en parler ? Vous vous êtes éclipsés tous les deux sans prévenir personne ! Tu voulais que je fasse quoi ?

J'ai laissé échapper un geignement. Elle avait raison.

— Pitié, dis-moi que vous avez mis une capote ?

— Bien sûr, ai-je répondu tristement. Oh, la vache, je me sens trop mal.

Elle s'est assise à côté de moi sur le lit.

— C'est vraiment la poisse, Em. Je suis désolée.

Elle a remonté la couette sur nous.

— Je te propose de dormir pour te remettre de tes émotions, et puis on ira manger plusieurs burgers.

Alors c'est ce que nous avons fait. Elle a été d'une drôle d'humeur toute la journée, et j'ai eu le sentiment de l'avoir en quelque sorte déçue.

Il ne m'a pas téléphoné et j'en ai été soulagée. Cela avait été excitant pendant quelques heures de se sentir désirée – qu'une personne plus âgée que moi me choisisse volontairement, une personne qui était aux commandes de sa vie. Mais il avait dit « oui » à quelqu'un d'autre à l'autel, devant tous leurs amis.

Et si Jill ne me l'avait pas appris, je ne l'aurais jamais su. Voilà ce qui me mettait très en colère. Sans remords. Sans le moindre doute, même timide. Il était entré dans mon corps, cet homme marié, en ne pensant qu'à une chose : l'orgasme. Le sien, le mien, le sien encore, puis le mien de nouveau.

J'ai beaucoup songé à elle, au fil des jours : sa femme à Londres. Lui avait-il déjà fait ça ? Était-elle au courant ? L'avait-elle déjà mis face à ces infidélités ? Y avait-il entre eux une sorte d'accord ?

Finalement, je l'ai chassé de mon esprit en jurant qu'on ne m'y prendrait plus. J'ai continué mes études. Il y avait des dissertations, des travaux pratiques, de la lecture – de la lecture à n'en plus finir – et, bien sûr, des soirées. J'étais en deuxième année, je me trouvais sur la voie de la normalité – mon étrange enfance s'éloignait un peu plus chaque jour.

J'étais heureuse.

Jusqu'à une froide matinée de début mars, alors que je lisais à la bibliothèque sur les hermaphrodites marins et que je me suis aperçue que je n'avais pas eu mes règles depuis longtemps.

Chapitre 33

Ça va aller, me suis-je dit, assise sur le rebord de notre douche tachetée de moisi. Je ne sais pas comment, mais ça va aller.

J'avais dix-neuf ans, une ligne bleue s'affichait sur un écran, et pourtant j'ai senti qu'il devait y avoir une solution. J'étais peut-être fauchée et orpheline, mais j'étais une femme de la classe moyenne qui faisait des études : j'avais des choix. J'avais la chance d'être née avec ce privilège.

N'est-ce pas ?

Jill a toqué à la porte.

— T'es en train de faire ce que je pense ?

Nous étions allées en ville ce matin pour acheter le test.

J'ai hoché la tête en contemplant notre minuscule salle de bains : le carrelage fissuré par terre, la lumière au-dessus du miroir qui n'avait jamais fonctionné. Un tube de crème dépilatoire dont le col tout rouillé crachait une horrible mousse rose, une bouteille vide de shampooing recouverte de longs cheveux noirs.

Ma vie d'étudiante, si précieuse et si durement acquise.

— Emily ?

— Excuse-moi. Oui. Et oui.

Silence.

— T'es enceinte.

— Je suis enceinte.

Nouveau silence.

— Bon. Eh bien, nous devons… Allons… Oh, Em, laisse-moi entrer.

Jill est entrée et s'est assise par terre à côté de moi.

— On a mis une capote. Je ne comprends pas.

— Qui s'est occupé des capotes ? Lui ou toi ?

— Lui.

— Eh bien, il était très soûl.

Nous sommes restées là tandis que la journée d'hiver s'assombrissait, et puis Jill s'est levée pour nous préparer des sandwichs au fromage fondu.

— Ça va aller, m'a-t-elle assuré. On est ensemble.

Non, rien n'allait. Le temps que je pense à faire un test, j'en étais à quinze semaines et un jour : l'avortement était toujours possible, mais quand j'ai lu ce que cette intervention impliquerait à ce stade de la grossesse, cela m'a paru insurmontable.

Pourtant, l'idée d'avoir un enfant ne me paraissait pas plus réelle que celle d'un alunissage. Où irais-je ? Qui m'aiderait ? Où habiterais-je ? Comment pourrais-je me le permettre financièrement ? (Je n'en avais pas les moyens.) Comment pourrais-je boucler mon diplôme ? (Je n'y arriverais certainement pas.)

Et mes amis. Mes nouveaux amis chéris. Papa et moi n'avions jamais vécu au même endroit plus de quelques années d'affilée, et même comme ça je devais rester chez mamie quand il partait avec les Royal Marines. Mes camarades de fac constituaient le premier groupe solide auquel j'appartenais. Ils ne le savaient pas tous, mais ils étaient au centre de la vie dont j'avais toujours rêvé, la vie qui avait débuté quand j'étais arrivée ici en première année.

Le vent soufflait et la mer du Nord dominait la terre de sa vaste masse indifférente. J'ai pris l'habitude à cette époque d'aller marcher le long du rivage tous les matins avant les cours, en chantant fort pour garder mes pensées à distance et en regardant l'eau changer au fil des minutes. Je pouvais arriver face à une mer d'huile et repartir en laissant derrière moi une étendue furieuse et déchaînée, et cela me procurait une forme de réconfort : aucun état n'était permanent. Mais malgré tous ses changements, ses pics et ses replats, ses explosions et sa mousse, la mer ne m'apportait jamais aucune réponse.

Puis-je faire cela ? lui demandais-je chaque matin, et chaque matin elle ne me répondait rien.

Une couche de graisse en expansion enrobait ma taille, et mon visage était gonflé d'hormones et d'inquiétude. Je n'avais pas de nausées, mais l'épuisement me donnait l'impression d'être piégée sous l'eau. Mes pensées étaient huileuses et lentes. De désespoir, j'ai fini par me rendre dans une clinique pour parler d'avortement, mais je suis partie avant qu'on m'appelle.

Mon court séjour dans le monde de la norme était terminé : je serais mère à vingt ans.

— Si tu gardes cet enfant, tu vas avoir besoin d'aide, m'a dit Jill. D'aide financière, d'aide logistique, la totale. Il faut que tu le contactes.

— Comment ?

Elle a froncé les sourcils.

— Eh bien, à moins que tu n'aies son numéro de téléphone, ce qui n'est pas le cas, je crois qu'il n'existe qu'un seul moyen de le joindre.

Nous l'avons cherché. Jeremy Rothschild. En fait, il était assez connu – voilà pourquoi il m'avait semblé familier. C'était un présentateur radio, que des millions d'auditeurs écoutaient chaque matin – j'avais déjà entendu sa voix chez papa.

Sa femme était actrice. J'ai aussi reconnu son visage.

Nous avons rédigé une lettre. Sur l'enveloppe, j'ai écrit l'adresse postale de la BBC que j'avais entendue des centaines de fois dans les programmes jeunesse : Television Center, Wood Lane, London W12 7RJ.

Il ne me répondrait jamais.

Trois jours plus tard, Jill a fait irruption dans ma chambre.

— Putain. Jeremy Rothschild est au téléphone, m'a-t-elle lancé.

— Quoi ? Qu'est-ce qu'il a dit ?

— Il est au téléphone, là ! En bas ! Sors du lit, putain !

J'ai obéi.

— Emily.

Sa voix avait beau être plaisante et impassible, ni lui ni moi ne pouvions raisonnablement croire qu'il passait un après-midi paisible.

— Bonjour, ai-je commencé.

Avant d'ajouter des mots de trahison envers moi-même :

— Euh, désolée.

— Tu n'as pas à t'excuser. Ces dernières semaines ont dû être un enfer pour toi.

Je ne m'attendais pas à ça. Pendant un instant, mes yeux se sont emplis de larmes, mais Jill a enfoncé son doigt dans mes côtes jusqu'à ce que j'admette, prudemment, que cela n'avait en effet pas été une partie de plaisir.

— Je ne peux que l'imaginer, a-t-il soupiré. La situation est compliquée de part et d'autre, mais je suis sûr qu'elle l'est bien plus pour toi. En tout cas, laisse-moi t'expliquer ce qu'il en est de mon côté pour que nous puissions trouver un plan d'action.

— D'accord.

J'ai mis le haut-parleur avant de m'asseoir sur une couverture avec Jill pendant qu'il parlait.

Chapitre 34

Ma mère est morte en me mettant au monde : une hémorragie de la délivrance identifiée trop tard, et quelques jours après être devenu père, mon père est devenu veuf. Mamie, la mère de ma mère, venait souvent nous voir de Londres, mais étant députée, elle ne pouvait jamais rester longtemps.

Deux souvenirs de mes premières années ressemblent à des natures mortes. Les deux ont pour cadre la plage, quelque part aux environs de notre maison du Dorset. Dans l'un de ces souvenirs, j'explore des mares autour des rochers en compagnie de papa : il me montre une tomate de mer et je suis aux anges. Dans l'autre souvenir, il pleut et nous nous abritons dans la bedaine d'une grotte peu profonde. Tandis que nous regardons des tourne-pierres à collier qui cherchent de la nourriture parmi les galets, papa chante un air où il est question d'être secourus et sauvés. Sa voix est douce, douloureusement triste.

Bien des années plus tard, mamie m'a appris qu'il s'agissait d'un chant de marin. Elle m'a révélé que le corps de ma mère, conformément à son souhait, reposait dans la mer, mais que papa ne supportait pas l'idée de la laisser là-bas toute seule. Voilà pourquoi nous y allions tous les deux quand il ne travaillait pas. La petite fille et son père transi de chagrin qui arpentaient en long et en large les puissantes marées de la perte.

Papa était pasteur. C'était ce qu'il avait toujours voulu faire – il avait je crois une véritable vocation –, mais il a quitté ses fidèles afin de s'engager comme aumônier militaire auprès des Royal Marines lorsque j'avais quatre ans. J'ai de vagues souvenirs de disputes entre lui et mamie. J'ai appris plus tard qu'elle avait essayé de l'en dissuader, car il n'avait prévu aucune disposition pour moi pendant son déploiement. Pas parce qu'il ne s'en souciait pas, mais parce qu'il ne parvenait plus à penser de façon structurée. L'argumentaire de ma grand-mère n'avait cependant pas servi à grand-chose – apparemment, rien de ce qu'elle lui disait ne le faisait changer d'avis. Je pense que le chant des sirènes du danger était la seule perspective assez substantielle à ses yeux pour diluer son chagrin et sa solitude. À moins qu'il n'ait cru qu'en mer il serait plus proche de ma mère.

Après sa formation, il a accepté un poste d'aumônier au sein du Commando 45 à Arbroath, près d'Aberdeen, et nous avons emménagé dans des quartiers familiaux spartiates. J'avais presque six ans et j'ai détesté, mais j'ai fait avec. Papa était toujours papa, après tout. Il venait me chercher à l'école et m'emmenait sur la côte, où nous fouinions dans les rochers et nagions dans des eaux glaciales. Nous faisions pousser des pommes de terre dans notre minuscule jardin, campions dans les

Grampians. Il me chantait des chansons et prenait soin de moi quand j'étais malade.

Lorsque j'ai eu neuf ans, nous avons été transférés dans un commando du Somerset, et lorsque j'en ai eu douze, il est allé avec ses « gars » en Irak. Je suis restée avec mamie pendant toute la durée de sa mission. Encore une rentrée des classes dans une nouvelle école – j'étais épuisée.

Papa était l'aumônier de Royal Marines chargés de la protection de réfugiés kurdes au nord du pays, à la frontière avec la Turquie. C'était une mission tranquille, prétendaient ses lettres, jusqu'à ce que celles-ci cessent brutalement. Nous avons appris ultérieurement qu'il y avait eu des accrocs avec une milice locale, et qu'une jeune femme et son enfant avaient été blessés. Tout comme ma mère, cette jeune femme était morte dans les bras de papa.

Après cela, il a été mis en arrêt maladie parce que l'archidiacre naval voulait veiller sur lui. Dans les faits, son isolement – qui était précisément ce qu'il avait tenté d'éviter pendant des années – l'a précipité dans une tombe d'alcoolisme.

Il n'y a pas eu de drames et il a continué à m'emmener sur la côte dès qu'il était assez sobre pour conduire. Il a continué à me faire des câlins, à me dire qu'il m'aimait – il lui arrivait même de me préparer des sandwichs pour l'école. Mais l'alcool n'a pas tardé à le faire sombrer, et il n'a jamais repris le travail. Je pense qu'il a pressenti sa fin car il s'est débrouillé pour nous acheter une minuscule maison à Plymouth quand j'ai eu quatorze ans. J'ai eu de la chance – à mes quinze ans, tout l'argent du foyer passait dans l'alcool.

L'archidiacre naval s'est efforcé de l'aider du mieux qu'il a pu, mais papa n'a jamais saisi la main qu'on lui tendait. La boisson était plus simple et évidente, et on pouvait s'en procurer dans le magasin au bout de la rue, alors que les séances de psy hebdomadaires avaient lieu à trente kilomètres de chez nous.

Mon père était un alcoolique solitaire et humble. Il passait la plupart de son temps dans le salon, à regarder la télévision, boire, dormir. Il mangeait quand je le nourrissais. Chaque fois que j'essayais d'agir contre ses problèmes de boisson, ces derniers ne faisaient que s'aggraver, alors il n'y avait pas de scènes de désespoir à cause de bouteilles cachées. Il n'était jamais sobre, c'est tout. J'avais trop peur de le pousser dans le précipice en prenant des mesures.

Au bout du compte, le bureau de l'archidiacre a dû se séparer de lui. Ils avaient mis au point un programme de guérison au terme duquel il irait servir son commando au Zaïre, mais à plusieurs reprises il ne s'est pas présenté aux réunions auxquelles il était attendu, et il ignorait les courriers qui lui étaient adressés. Tout cela était au-dessus de ses forces.

Il est mort d'une crise cardiaque induite par son alcoolisme à quelques jours de mes épreuves du bac. Grâce à son entraînement, il avait au moins eu le bon sens d'appeler une ambulance avant de perdre connaissance, mais il est mort sur la route de l'hôpital. On m'a dit qu'il ne s'était rendu compte de rien, qu'il était mort avec un demi-sourire aux lèvres. Je n'ai pas pu m'empêcher de me demander s'il voyait déjà ma mère.

Quand j'ai quitté les bancs de l'école, je n'avais plus que ma grand-mère. C'était une figure impressionnante, mais elle avait déjà quatre-vingts ans.

Jeremy Rothschild était mon seul espoir sur le long terme.

Chapitre 35

— David est marié, m'a annoncé Jeremy comme si je ne le savais pas déjà.

— Ma coloc me l'a dit. Le lendemain. Si j'avais su, jamais je n'aurais… jamais je n'aurais…

Je me suis arrêtée.

J'ai songé à la façon qu'avait eue David de me courir après ce soir-là. Qu'avait dû penser de moi Jeremy lorsqu'il nous avait vus nous embrasser. Quand il avait reçu ma lettre.

Il s'est tu pendant quelques instants. Je me suis demandé s'il était fâché ou bien gêné. Ou peut-être résigné ? Peut-être n'était-ce pas la première fois qu'il devait gérer les conséquences des coups d'un soir de son cousin.

— C'est pour cette raison que je t'ai écrit à toi plutôt qu'à David.

Ma voix tenait bon. Jill m'a adressé un sourire d'encouragement.

— Je ne voulais pas que sa femme tombe sur ma lettre. La situation est déjà bien assez grave sans que le mariage de quelqu'un s'en retrouve anéanti.

— C'est très attentionné de ta part. Surtout au vu des circonstances.

Bon début, a écrit Jill au dos d'une enveloppe. *Il a l'air gentil.*

— Écoute, a-t-il poursuivi. Emily. Je suis vraiment navré que cela se soit produit. Cela n'aurait pas dû arriver.

J'en suis convenue d'un ton dénué d'enthousiasme.

— Puis-je envoyer de l'argent ? Ce n'est pas pour ça que j'appelle, s'est-il empressé d'ajouter. Mais là, tout de suite, dans l'immédiat, avant d'envisager un plan, est-ce que l'argent t'aiderait ?

Jill et moi nous sommes regardées.

— Est-ce… ?

Les mots se sont asséchés dans ma bouche.

— Ce n'est pas…

— De l'argent pour acheter ton silence ? a demandé Jeremy doucement. Mon Dieu, non, Emily. Écoute. Mon cousin est un grand enfant. Il est irresponsable, incroyablement stupide et malheureusement très doué pour charmer son petit monde. Mais ce n'est pas un sale type, pas plus que je ne le suis. Je t'appelle parce que je cherche à t'aider.

— D'accord.

Nous avons discuté à bâtons rompus pendant un bon moment – notamment, brièvement, au sujet de mamie, qu'il avait interviewée à ses débuts de journaliste.

— Elle m'a massacré, a-t-il confié, et j'ai perçu qu'il souriait.

J'ai moi aussi souri quelques instants, parce que mamie prenait un malin plaisir à massacrer les gens, surtout les jeunes hommes ambitieux.

Je lui ai dit qu'elle n'était toujours pas au courant de ma grossesse. Elle était âgée et avait vécu une vie d'excès.

— Mamie a fumé comme un pompier, ai-je expliqué, même s'il le savait probablement déjà. Elle a travaillé comme une forcenée, a bu, n'a jamais dit non. Elle me paraît en bonne santé pour l'instant, mais je n'ai pas le sentiment de pouvoir compter sur elle. Pas sur le long terme.

Il y a eu un silence.

— D'après les souvenirs que j'ai de ta grand-mère, elle serait vraiment furieuse de t'entendre tenir de tels propos.

— Tu as raison.

— Bon, écoute.

Sa voix a changé. Le volume était fort, mais Jill a dû se pencher vers le téléphone.

— Janice…

Blanc.

— Je suis désolé. C'est difficile. Ce n'est pas quelque chose dont je… dont nous parlons. Mais Janice et moi sommes… eh bien, nous ne pouvons pas avoir d'enfants. Nous avons traversé dix années difficiles. Terribles, en réalité.

— Je suis désolée, ai-je dit avec circonspection en attendant qu'il poursuive.

— Nous avons entamé une procédure d'adoption depuis un bon moment. Nous en sommes à peu près à la moitié de la deuxième phase, ce qui signifie que dans un peu moins de deux mois, nous pourrions recevoir notre agrément et nous mettre à chercher un enfant.

Oh mon Dieu, a articulé silencieusement Jill.

— Et même si je suis convaincu que nous pouvons parvenir à un accord dans lequel David te verserait une pension, probablement en passant par moi afin de protéger sa femme qui bien évidemment ne se doute de rien, je me demande si cela suffit ou si un autre genre de solution est envisageable pour toi.

Oh mon Dieu, ai-je articulé à mon tour à Jill.

J'ai demandé à Jeremy de développer son idée, bien que sa proposition sous-jacente soit quasiment limpide.

— Ce que je veux dire, c'est que tu me fais grandement l'effet d'une femme qui ne souhaite pas devoir arrêter sa vie pour élever un enfant. Mais corrige-moi si je me trompe. Peut-être que cette perspective te ravit.

Je suis restée silencieuse. Quel effet faisait une femme qui ne souhaitait pas arrêter sa vie pour un enfant ?

— Ce que j'essaie de te dire, même si, bon sang, ce n'est pas facile, c'est que Janice et moi serions ouverts à une discussion en vue d'adopter le bébé. Si cette idée est susceptible de t'intéresser. Et j'ai conscience que ce n'est peut-être pas le cas.

MERDE, a écrit Jill sur l'enveloppe.

J'ai coché juste à côté de son MERDE.

— Emily, je ne m'attends pas à ce que tu saches tout de suite quoi répondre. En fait, j'ai failli t'écrire tout cela dans une lettre afin que tu puisses digérer les choses seule et répondre sans ressentir de pression particulière.

Dommage qu'il ne l'ait pas fait.

Jeremy a attendu quelques instants, mais comme je ne disais rien, il a poursuivi.

— Légalement, ce ne serait pas trop compliqué, parce que David et moi sommes cousins. Il faudrait tout de même passer par la procédure d'adoption existante, mais comme je l'ai souligné, nous avons déjà un pied dedans.

— Alors… alors tu en as parlé à David ? Il est au courant ?

La voix de Jeremy se radoucit.

— Oui, il est au courant.

— Et il ne… Il ne veut pas…

Il a soupiré.

— Je crains que non. En revanche, il serait heureux que nous adoptions cet enfant, si cette possibilité est envisageable pour toi.

— Je vois. D'accord.

Mon visage me brûlait. Je n'étais qu'un dérangement, une stupide étudiante enceinte qu'il espérait voir disparaître.

— Je suis désolé, a dit Jeremy tout bas. Je sais que c'est difficile.

Jill m'a tenu la main pendant quelques secondes. Et puis elle s'est remise à griffonner quelque chose sur l'enveloppe. *Pourquoi ce bébé ?* a-t-elle écrit.

— Euh… Pourquoi ce bébé ? ai-je demandé, obéissante.

— Quel est le sens de ta question ?

J'ai regardé Jill. Je ne comprenais pas du tout le sens de la question qu'elle avait posée.

Bizarre que ce soit son cousin ? a-t-elle griffonné.

— Tu ne penses pas que cela risque d'être compliqué – étrange, même – d'élever le bébé de ton cousin ? Je veux dire, et si la femme de David l'apprend un jour ?

Les rouages de mon cerveau s'étaient remis en marche.

— Qu'est-ce que cela ferait à David de voir tout le temps l'enfant ? Et s'il changeait d'avis et disait vouloir l'élever lui-même ?

Jeremy s'est tu pendant un bon moment.

— Je ne peux répondre à aucune de ces questions. Janice et moi avons passé pratiquement toute la nuit à réfléchir à ce qui pourrait mal se passer. David affirme que cet arrangement lui convient, mais il est impossible de connaître quelle serait sa réaction une fois qu'il rencontrerait son enfant. Tu as raison de poser cette question, de même que j'ai raison de ne pas prétendre avoir de réponse.

Même Jill n'avait rien à y redire.

— Tout ce que je sais, c'est que cet arrangement me paraît parfaitement sensé. Ce bébé est de notre famille. Nous serions en mesure de l'accueillir à sa naissance – enfin, si tu es d'accord, ce qui n'arrivera peut-être jamais, et cela ne serait pas un problème, bien sûr... Ce que je veux dire, c'est que nous aurions un bébé que nous avons le sentiment de connaître. Et après la décennie que nous venons de traverser, cette perspective nous parle.

— Tu ne me connais pas, ai-je souligné de façon puérile.

Je perdais pied.

— Non, en effet ! Mais ce soir-là, tu m'as plu. Je t'ai trouvée intelligente et très gentille. Tu m'as un peu parlé de ton père.

— Vraiment ?

— Oui. Pas beaucoup, mais j'ai senti que tu t'étais admirablement occupée de lui quand il a eu ses problèmes d'alcool. Pour dire les choses simplement, j'ai eu l'impression de parler à une jeune femme respectable.

— Je ne m'attendais pas à ça.

— Bien sûr. Voilà pourquoi il vaudrait sans doute mieux que je te laisse pour que tu puisses réfléchir à tout ça. À moins que ta réponse soit non. Un non catégorique. Auquel cas, je t'en prie, dis-le-moi.

Il a attendu mais je suis restée muette. Il m'a alors donné son adresse mail afin que je puisse, le cas échéant, lui communiquer mon non « catégorique » par écrit si un coup de fil me semblait trop intimidant.

— Ou, si tu es ouverte à cette possibilité, nous conviendrons d'un rendez-vous pour en parler plus avant. Je suis sûr que tu aurais alors de nombreuses questions. Rien ne nous obligerait à parler tout de suite aux services sociaux ni à l'agence d'adoption.

Ils avaient déjà tout envisagé. Ils savaient exactement comment cela marcherait, connaissaient les étapes obligatoires. Savaient comment ils pouvaient prendre ce bébé dans mon ventre et en faire leur enfant.

— Je... D'accord.

À ce moment-là, j'ai commencé à pleurer, alors Jill a pris le téléphone pour dire à Jeremy qu'il était temps de mettre un terme à cet appel.

Il ne semblait pas surpris que quelqu'un d'autre ait écouté la conversation.

— Je suis soulagé qu'elle ait une amie à ses côtés, a-t-il dit avant de raccrocher. Prends soin d'elle.

J'appréciais sa prévenance. Je l'appréciais lui. Peu de personnages publics auraient été capables de s'ouvrir avec autant de sincérité sur leur vie personnelle.

Mais apprécier la sincérité d'une personne ne signifiait pas automatiquement que vous étiez disposé à lui confier votre enfant.

Chapitre 36

Il y avait une jeune femme prénommée Erica à qui papa rendait visite avant l'époque des Royal Marines, quand il était simplement pasteur. C'était une mère célibataire âgée de dix-neuf ans qui était seule au monde et dépendait complètement des allocations versées par l'État. Je n'avais que deux ou trois ans à l'époque, mais j'ai appris son existence en lisant les journaux de papa après sa mort.

La vie de mère célibataire d'Erica semblait profondément chagriner mon père. Dans les pages de son journal, il demandait souvent à Dieu comment il pouvait lui rendre plus efficacement service. Il écrivait qu'il l'emmenait au supermarché, l'aidait à payer ses factures d'électricité, et qu'il la voyait parfois assise au parc, les yeux hagards de malheur.

Mais j'ai été tout particulièrement marquée par une phrase de mon père au sujet des pleurs incessants du bébé. Cette image d'un adorable bébé – mon adorable bébé – coincé dans un meublé humide avec une mère qui ne savait pas du tout comment prendre soin de sa petite (j'étais convaincue que mon bébé était une fille) m'empêchait de dormir la nuit. Un bébé qui autrement aurait vécu dans une maison bien chauffée et confortable avec de vrais adultes comme Jeremy et Janice Rothschild.

Jill me disait que c'était ridicule, que des jeunes femmes dépendantes des allocations avaient des bébés tout le temps, que leurs bébés étaient parfaitement heureux et ne pleuraient pas toute la journée, pas plus qu'ils ne vivaient dans des meublés humides. Et elle avait raison, bien sûr, mais c'était plus facile pour elle. Elle n'avait pas lu les journaux de mon père et avait toute une famille qui la soutenait.

Elle m'a rappelé que Jeremy avait promis d'obliger David à me payer une pension si je décidais de garder cet enfant. Lui et Janice m'avaient déjà envoyé un téléphone portable – je savais qu'ils voulaient m'aider.

Mais et si David ne souhaitait pas me verser de pension ? S'il refusait tout bonnement ? Il était avocat, il trouverait une parade pour s'en sortir s'il le voulait. Jeremy n'avait aucun moyen de l'obliger à me soutenir. Et moi, j'étais une fille de vingt ans sans filet de sécurité. Je n'étais pas plus en mesure de le poursuivre en justice que de traverser le Pacifique à la nage.

Les Rothschild avaient une résidence secondaire dans le Northumberland, m'a appris Jeremy quand j'ai fini par lui téléphoner pour lui poser d'autres questions. Un village qui s'appelait Alnmouth, à côté de là où papa et moi séjournions quand j'étais gamine. L'un des gars de papa du Commando 45 avait une caravane stationnée dans Beadnell Bay, un peu plus au nord de la côte.

J'imaginais une petite fille courir sur cette vaste plage scintillante avec une pelle et un seau, comme je l'avais fait un jour, son père qui lui montrait comment trouver des blennies et des crevettes dans les mares entre les rochers, lui enseignait des choses sur les dahlias de mer, les éponges et les algues, exactement comme l'avait fait mon père à l'époque.

Janice et Jeremy la regarderaient jouer en souriant, en lui expliquant des choses, en la guidant – adopteraient peut-être un autre enfant, comme ça elle aurait toujours un acolyte. Ils auraient une voiture, un frigo rempli de nourriture, et grâce à leur stabilité financière, ils lui transmettraient un sentiment de sécurité fondamental et cellulaire.

Sans ménagement, Jill a envoyé valser cette vision : après tout, rien ne m'empêchait d'emmener ma fille à la plage.

— Tu serais top pour lui transmettre des choses ! insistait-elle. Ton père n'était qu'un amateur de mares résiduelles, alors que toi, tu es en passe de devenir pro !

Elle m'aiderait, a-t-elle soutenu le jour où elle m'a demandé de sortir avec elle pour acheter une baguette de pain à 99 pence dans le but d'essayer de me convaincre de ne pas donner le bébé.

— On peut virer Vivi et installer une chambre pour le bébé dans sa piaule. On peut demander à être dans des groupes différents pour que je puisse le garder pendant que toi tu vas en TD. Et je suis sûre que tu pourrais l'emmener à des cours magistraux !

Au bout du compte, j'ai dû lui demander d'arrêter. Et elle m'a écoutée parce qu'elle savait ce qui me faisait peur, en réalité : que ce bébé ait une enfance aussi solitaire que la mienne.

C'est le coup de fil de Janice qui m'a décidée.

Un mardi à l'heure du déjeuner, sous la houlette de l'un des étudiants doctorants, quelques camarades de mon département et moi avons convergé vers un rivage rocheux à marée basse pour sonder une étendue de roche sédimentaire. Nous étions armés de quadrats, de loupes et d'appareils photo, et ce travail dans le rude air printanier entourée de mes amis me donnait un optimisme rare ces derniers temps.

La marée était basse, la mer du Nord pensive. Des nuages se sont amassés à l'horizon, où d'immenses cargos avançaient lourdement vers le nord, en direction de la Russie et du Canada. Je me tenais sur un rocher, encerclée de fucus vésiculeux froid et humide, quand mon téléphone a sonné.

— Emily ? a dit une femme.

J'ai tout de suite reconnu sa voix. Jill, Vivi et moi avions loué l'un de ses films un jour : elle n'y avait qu'un petit rôle mais l'interprétait à merveille, et nous nous étions toutes accordées sur le fait qu'elle était « cool ».

— Oui. Janice ?

Même si, en temps normal, je m'interdisais de le faire, j'ai senti ma main se poser sur mon ventre et s'y attarder de façon protectrice.

— Oui, a-t-elle répondu.

Et puis :

— Alan, fous le camp !

Bruits de pattes qui détalent.

— Je suis vraiment désolée, m'a-t-elle dit quand elle a repris la ligne. Je garde le chien d'une amie qui subit une opération. J'ai fait l'erreur de lui donner un petit gâteau tout à l'heure, et maintenant il ne me lâche plus.

Je l'ai immédiatement appréciée. Mamie a toujours eu des chiens à qui elle donnait des petits gâteaux, et elle passait son temps à pester contre eux.

— Écoutez. Je ne vais pas vous accaparer longtemps. Je trouvais étrange que nous ne nous soyons pas encore parlé. Je voulais juste vous dire, même si Jeremy vous l'aura certainement répété un million de fois, qu'il ne faut pas que vous ressentiez la moindre pression : vous n'avez pas à nous céder votre bébé, ni à nous ni à d'autres. C'est votre enfant, et je vous assure, je sais à quel point ce doit être spécial de le porter.

À mon grand étonnement, j'ai ri.

— Spécial n'est pas le premier mot qui me vient à l'esprit. Comment dire… C'est spécial, mais également… terrifiant.

Janice a ri aussi. Personne jusqu'à présent n'avait ri de ma situation. C'était finalement assez rafraîchissant.

— Ça a dû être l'horreur pour vous, n'est-ce pas ? J'ai toujours redouté que David ne fasse une chose pareille. Je pourrais le tuer. Enfin, je tenais simplement à vous assurer que vraiment, sincèrement, nous ne voulons pas que vous vous sentiez piégée. Nous ferons tout notre possible pour que cela se passe bien pour vous quelle que soit votre décision. J'avais juste besoin de vous le dire en personne.

Nous ferons tout notre possible. Ils n'avaient aucun pouvoir sur David Rothschild, et elle le savait.

Mes camarades, concentrés sur ce qui se cachait sous des rochers et dans des mares, se déployaient sur le rivage, sondant, discutant, récoltant des données. Un chalutier se dirigeait cahin-caha vers le port avec une prise tardive.

— Merci. Mais, honnêtement, je ne me sens pas du tout sous pression. Jeremy a été super.

— Il est super. Il a été incroyable ces dernières années.

J'ai de nouveau caressé mon modeste bidon.

— Bon, je vais vous laisser. Mais vous avez désormais mon numéro, alors appelez-moi quand vous voulez. Ou Jeremy. Nous sommes là pour vous, quoi que vous décidiez.

Le ciel s'est passagèrement éclairci, et un vent venu du large a joué avec mes cheveux.

— Merci. Je vous en suis sincèrement reconnaissante. Je vous appellerai bientôt.

Quelques jours auparavant, un professeur nous avait parlé d'une espèce d'hippocampes qui demeuraient monogames jusqu'à la fin de leur vie. Tout le monde avait trouvé cela charmant, évidemment. Pour ma part, une seule pensée m'accaparait : le père de mon enfant n'avait même pas dormi dans mon lit. Il avait couché avec moi, il m'avait embrassée, et puis il était parti pour prendre un train afin de rentrer à Londres auprès de sa femme.

Jeremy avait dû lui dire à quel point j'avais peur. Il avait dû lui dire que je n'avais ni parents, ni argent, ni la moindre idée de ce que je devais faire. David savait que Janice m'avait envoyé un téléphone portable dont il avait probablement le numéro. Et pourtant, rien.

Pas un seul instant je n'avais entretenu l'espoir qu'il quitte sa femme pour s'installer avec moi. Je ne l'aurais pas souhaité même s'il l'avait proposé. Ce dont j'avais besoin, c'était d'une personne à qui parler de temps à autre. Et si cela n'était pas une possibilité – et bien sûr, ça ne l'était pas –, je me contenterais d'avoir une forme de sécurité financière.

Même cette option n'était pas sur la table.

Janice et Jeremy étaient les seules personnes qui semblaient se soucier de moi, hormis Jill, Vivi et les quelques camarades à qui j'en avais parlé – mais que pouvaient faire pour moi mes amis ? Que savaient-ils ?

J'avais besoin d'un adulte de mon côté.

Je me suis assise quelques instants sur un rocher pour réfléchir. Comment ce serait de laisser ces gens entrer véritablement dans ma vie, de les autoriser à m'aider, de savoir que cette adorable petite fille aurait une vie bien avec des gens bien ? Je ne doutais pas un instant qu'ils l'aimeraient. Je ne doutais pas un instant qu'ils feraient tout leur possible pour qu'elle ait tout ce dont elle aurait besoin.

Une averse a martelé la plage à contre-jour, et mes camarades ont mis leur capuche. La pluie a commencé à dégouliner dans mon cou, alors j'ai serré mon manteau autour de mon corps en essayant de remonter la fermeture Éclair, qui a cédé à cause de mon ventre.

Cela a servi de déclencheur. J'ai craqué et j'ai pleuré, avec la pluie. Le maigre loyer que je percevais de la dame qui occupait la maison de papa à Plymouth suffisait à peine à couvrir mon loyer ici, alors des vêtements de grossesse… Je ne pouvais même pas me payer un manteau pour garder mon ventre au chaud et au sec.

Et si je ne pouvais pas me payer de vêtements de grossesse, comment aurais-je de quoi garder un bébé en vie ? Deux amis plus proches m'ont retrouvée et se sont blottis autour de moi. Ils m'avaient gardée à l'œil.

— Ça va aller, répétaient-ils. Tu es formidable, Emily, tu vas t'en sortir !

Ils étaient adorables. Mais ils ne savaient absolument pas de quoi ils parlaient. J'étais enceinte de quatre mois, et toute seule.

Tandis que l'averse passait au-dessus de nous et gagnait l'intérieur des terres, je me suis levée en leur assurant que j'allais bien.

Ils sont retournés à leurs crevettes et blennies, à leurs crabes et buccins, en répétant les mots vides que les gens vous sortent toujours : j'étais « formidable » et « brillante » et « plus forte que je ne le pensais ».

J'ai repéré Jill au loin, la main plongée dans une mare glaciale. J'ai escaladé des rochers pour la rejoindre.

— Je réfléchis sérieusement à le faire, lui ai-je annoncé une fois devant elle. À accepter.

Jill a délaissé le super-coquillage qu'elle était en train d'examiner.

— Je serais réellement là pour toi si tu décidais de garder le bébé. Sérieusement.

— Je sais. Et je t'en remercie. Mais je crois que je veux qu'ils l'aient. Je veux qu'elle ait une belle vie, Jill. Plus que tout, je veux qu'elle soit heureuse. Je ne pense pas qu'elle le serait avec moi.

— Vraiment ? s'est étonnée Jill d'une voix triste. Tu ne penses vraiment pas qu'elle pourrait être heureuse avec toi ?

— Je ne pense pas. Non.

Après un long silence, Jill a pris ma main mouillée et froide dans la sienne qui l'était tout autant, et elle a hoché la tête.

Nous sommes restées plantées là, entourées de varech, à regarder les ombres des nuages hachurer le rivage. Et pour la première fois depuis des semaines, même si des larmes coulaient sans un bruit sur mes joues, j'ai éprouvé quelque chose qui était peut-être de l'espoir.

Chapitre 37

Après avoir dit oui aux Rothschild, j'ai commencé les séances obligatoires de psy et les entretiens. J'ai rempli des formulaires, partagé des dossiers médicaux. Je plaisantais joyeusement avec absolument tout le monde, et quand mes blagues se tarissaient, je retournais dehors, je sillonnais le rivage de St Andrews, fracturée, désirant plus que tout être anesthésiée.

Janice a gardé une distance respectueuse les premières semaines, mais a fini par me demander si je souhaitais qu'elle me téléphone de temps à autre pour prendre de mes nouvelles. Et je le souhaitais. Elle et Jeremy étaient les seules personnes qui voulaient réellement que je sois enceinte. Qui comprenaient un peu ce que je traversais, et ce qui m'attendait.

Janice a fait en sorte que le maraîcher du coin me livre des fruits et des légumes chaque semaine, et m'a envoyé un ouvrage sur la grossesse, ainsi qu'un manteau de grossesse, comme si elle avait été là le jour où ma fermeture Éclair s'était cassée. Elle semblait toujours savoir quel était le bon moment pour m'offrir des chocolats ou un pyjama.

Elle me remontait le moral. Elle m'écoutait.

Elle m'a proposé de venir à Édimbourg pour faire du shopping. L'idée n'était pas mauvaise, mais je la trouvais intimidante. Cette femme à moitié célèbre, qui voulait être la mère de mon bébé. Que nous dirions-nous, en dehors de l'espace sécurisant du téléphone ? Y aurait-il un échange affligeant de banalités ? Ou voudrait-elle discuter de choses que je ne pouvais pas encore comprendre, comme comment et quand donner le bébé ? D'ailleurs, l'agence verrait-elle d'un bon œil que nous nous voyions ?

Le problème était que j'étais épuisée, que j'en avais assez de tout faire toute seule. Je n'avais pas envie de parler d'écosystèmes marins ni de qui couchait avec qui dans mon cours, j'avais juste envie de parler de mouvements fœtaux, de douleurs pelviennes et des prénoms de fille qui me plaisaient le plus.

Alors j'ai dit oui.

Janice m'a emmenée chez John Lewis à Édimbourg et m'a offert un coussin de maternité. Nous sommes allées déjeuner dans un vrai restaurant. Elle a acheté de l'huile de massage et des compléments en fer. Elle m'a mise dans le train pour Leuchars à la fin de la journée en me disant que j'étais une jeune femme sacrément courageuse et que je pouvais être fière de moi-même.

— Je vous en prie, vous reviendrez ? l'ai-je implorée en embarquant.

Elle a souri en me disant bien sûr, comme si parcourir les centaines de kilomètres qui nous séparaient n'était qu'une broutille. Et elle est revenue, dès la semaine suivante. Et celle d'après.

J'attendais avec impatience ses visites. Elle devenait une amie.

J'avais pris la bonne décision. Je le savais, même au milieu de la nuit quand je me retrouvais face à la réalité de mon corps, avec l'être humain miniature qui commençait à donner des coups de pied et à bouger. Elle aurait une meilleure vie avec les Rothschild. Non seulement c'étaient des gens bien, gentils, mais en plus ils étaient prêts pour elle, contrairement à moi.

Mamie me téléphonait souvent pour tenter de me changer les idées, même si elle savait que cela ne servait à rien. Elle paraissait abattue à la fin de chacun de nos échanges, et ma grand-mère n'était pas le genre de femme à se laisser abattre.

Elle a fini par renoncer. Nous nous sommes mises d'accord pour que je vienne vivre avec elle l'été qui suivrait la fin de ma deuxième année. Je mettrais le bébé au monde à Londres au début du mois de septembre. Ensuite, je resterais chez elle jusqu'à ce que je me sente prête à retrouver mes camarades à St Andrews pour notre dernière année. Elle a même demandé à l'un de ses gigolos de peindre la chambre d'amis pour moi.

Parfois, je me demandais si mamie avait en fait raison – si nous pouvions, d'une manière ou d'une autre, le faire ensemble. Ou bien je pensais à ce que Jill continuait de dire, à savoir que nous pouvions nous débrouiller pour élever un bébé dans notre petite maison étudiante. Vivi, notre colocataire, passait ses nuits à fumer de l'herbe et à parler avec son copain en Corée – elle pourrait s'occuper des tétées du soir, pas de souci ! Mais quand je me réveillais, et que j'entendais

Jill avec un homme dans sa chambre, ou que je parlais à mamie au téléphone et que son grand âge était perceptible dans chacun de ses mots, je savais que c'était peine perdue. Jill avait vingt ans. Mamie, quatre-vingts.

Au cours des vacances de Pâques, Janice m'a invitée chez eux dans le Northumberland afin que je puisse me « détendre ».

Je n'avais jamais oublié à quel point c'était beau, là-bas – ces immenses plages de sable et ces successions infinies de mares entre les rochers, ces châteaux qui surgissaient de la côte de manière onirique. J'ai accepté.

Je suis arrivée à Alnmouth par un beau mercredi matin de la fin avril. Janice n'était censée me rejoindre que plus tard dans la journée, alors je suis entrée avec une clé cachée dans le porche à calèches. Un porche à calèches, ai-je songé. Un porche à calèches ! La maison dont j'avais hérité de papa était à peine assez large pour une porte d'entrée.

À l'intérieur, c'était beau. Il y avait des peaux de moutons, d'immenses tapis kilims, et le genre de canapés moelleux couleur crème qu'on ne voit que dans les magazines. J'ai pris ma douche dans une cabine rutilante qui semblait avoir été installée le matin même.

Plus tard, assise dans le silence, j'ai regardé les terres arables humides au-delà de l'estuaire. Cela sera ta maison de vacances, ai-je dit à mon bébé. C'est ici que tu apprendras à connaître la mer. Le bébé a dû se réveiller juste à ce moment-là, parce que quelque chose a bougé du côté droit de mon bassin.

Soudain, les larmes m'ont brûlé les yeux. Elle viendrait ici avec un seau et une pelle, comme moi jadis.

Elle réclamerait des glaces, des gaufres, des transats sur lesquels elle ne s'assiérait jamais tant elle serait occupée. Elle jouerait sur les balançoires près de l'estuaire, on l'emmènerait goûter au pub au bout de la rue, elle demanderait pendant tout le trajet sur l'autoroute : *On est bientôt arrivés ?*

— Salut ! a appelé la voix de Janice au rez-de-chaussée. Emily ?

J'ai dégluti.

— Salut ! Je suis là !

— Génial ! a crié Janice. Allons marcher, c'est incroyable, dehors ! Y a du soleil, du vent et c'est magnifique ! J'ai de quoi manger !

Nous nous sommes réfugiées dans un ancien abri de berger pour manger le pique-nique que Janice avait apporté. Dehors, un orage faisait rage tout le long de la plage.

La conversation allait bon train tandis que la pluie tambourinait sur les vieilles tuiles de pierre. Dans mon cœur, l'espoir a commencé à grandir.

Nous avons remarqué la carcasse de crabe tout au bout de la plage peu après notre pique-nique. De taille moyenne, seul sur le rivage parmi des dépôts de bois flotté et de fucus spiralé sec. Des fragments de couteaux étaient accrochés à son abdomen, un bout de filet de pêche délavé s'était entortillé autour d'une antenne sans vie et de drôles de points vermillon recouvraient son corps et ses pinces.

J'étais fatiguée à présent, alors je me suis assise pour l'examiner correctement. Sa carapace était pourvue de quatre épines distinctes. Ses pinces étaient poilues.

J'ai regardé ses yeux aveugles en essayant d'imaginer d'où il avait pu venir. J'avais lu que les crabes parcouraient de longues distances sur toutes sortes de radeaux de fortune – morceaux de plastique, grosses algues, parfois même sur la coque tapissée de bernacles des cargos. Cette créature pouvait tout à fait être partie de Polynésie, avoir survécu pendant des milliers de kilomètres, pour finalement périr sur une plage du Northumberland.

Il fallait que je prenne des photos. Mes tuteurs sauraient à quelle espèce il appartenait.

Mais lorsque j'ai fouillé dans mon sac pour prendre mon appareil photo, ma vue s'est soudain mise à tanguer. Le vertige s'est abattu tel un brouillard maritime, m'obligeant à rester immobile, pliée en deux, en attendant que le malaise passe.

— Chute de tension, ai-je expliqué quand j'ai été en mesure de me redresser. J'ai ça depuis que je suis gamine.

Nous avons repris notre observation du crabe. Je me suis mise à quatre pattes pour le photographier sous toutes ses coutures.

Les vertiges ont recommencé lorsque j'ai rangé mon appareil photo, sauf que, cette fois-ci, ils sont venus par vagues. Une douleur s'est accentuée dans mon dos, accompagnée d'une sensation plus sombre et plus puissante près de mes côtes. Je me suis agenouillée de nouveau et j'ai calé mes mains entre mes jambes. L'étourdissement s'est amplifié.

J'ai compté jusqu'à dix. Au-dessus de ma tête, des mots inquiets murmurés, entrelacés de peur, ont déferlé. Le vent a changé de direction.

Quand j'ai fini par ouvrir les yeux, mes mains étaient tachées de sang.

J'ai observé attentivement. Du sang, indubitablement. Frais et humide, sur ma paume droite.

J'ai entendu que je disais :

— Ce n'est rien. Pas de quoi s'inquiéter.

La panique a afflué avec la marée.

Pendant quelques minutes, je suis restée assise la tête entre les genoux. Janice a ensuite appelé la maternité à Édimbourg.

— Oui, elle est assise. Non, pas comme une hémorragie… Mais assez pour avoir du sang sur les mains quand elle les a mises entre ses cuisses… Oui, pas juste quelques traces. Pas de perte de connaissance. Elle a juste eu quelques vertiges qui l'ont obligée à s'asseoir, mais à présent, elle est… Attendez. Emily, est-ce que tu saignes encore ?

J'ai vérifié.

— Non.

— Non. Elle est enceinte de vingt et une semaines. Oui… Emily, as-tu eu des douleurs ou des crampes ?

— Dans le dos, oui…

Janice a pâli.

— Oui, dans le dos. Qu'en pensez-vous ? Avons-nous besoin d'une ambulance ?

J'ai regardé la mer. Il y avait une île, à quelques kilomètres au sud, qui dépassait de l'eau. Une petite tache blanche sur sa pointe extrême – un phare, peut-être. Sa solitude faisait écho à la mienne. J'allais peut-être perdre mon bébé.

— Eh bien, ça va, à présent, mais je ne pense pas... D'accord... D'accord... Avez-vous leur numéro ? Oh, ce n'est pas grave. Je vais l'emmener là-bas.

Elle s'est assise à côté de moi.

— Ils m'ont dit qu'il valait mieux qu'on t'examine. Comme nous sommes trop loin d'Édimbourg, ils nous conseillent d'aller à la maternité d'Alnwick. OK ? Ce n'est pas loin du tout.

Le vent soufflait, les nuages filaient dans le ciel. *Je ne peux pas. Je ne peux pas.*

Le soleil est passé furtivement au-dessus de l'île, au-dessus du phare minuscule.

— Je veux aller à Édimbourg, ai-je dit après un silence. Je... Je n'aime pas les hôpitaux. Je préfère aller dans celui auquel je suis habituée.

— Bien sûr. Une fois à la voiture, il nous faudra moins de deux heures. Mais tu en es sûre, Emily ? Et si les saignements reprennent ?

Terreur. Il y avait de la terreur dans sa voix.

— J'en suis sûre.

Je n'avais plus envie d'être avec elle. Je n'avais pas envie d'être à proximité de cette femme qui avait déjà le sentiment que ce bébé était le sien.

— Et j'aimerais y aller seule. En train. Je me sens très bien, maintenant.

Chapitre 38

Je suis rentrée en Écosse en train, assise sur mon manteau. Janice m'avait suppliée et implorée à la gare d'Alnwick, mais j'ai tenu bon. Je voulais qu'il y ait autant de kilomètres que possible entre elle et mon bébé.

Mon bébé.

Je ne m'étais jamais autorisée à employer ces mots, mais les règles normales n'existaient plus, et j'ai caressé mon ventre pendant tout le trajet.

Les saignements n'ont pas repris, mais j'ai bien dû vérifier une vingtaine de fois entre Alnwick et Édimbourg.

« Je t'en prie, tu dois aller bien ! lui ai-je chuchoté tandis que le train fonçait vers le nord. Je t'en prie, tu dois aller bien ! »

— Essayez de ne pas vous inquiéter, Emily, m'a recommandé la sage-femme de la maternité.

Son ton était neutre, mais je savais que les choses n'allaient pas bien lorsqu'elle m'a conduite directement dans une chambre privée.

Quelques minutes plus tard, ma sage-femme, Dee, est entrée dans la pièce.

— J'ai vu votre nom sur le tableau. Est-ce que ça va, ma belle ?

Je me suis mise à pleurer. J'ai pleuré pendant tout le temps qu'a duré l'examen, et quand elle m'a reliée à une machine qui monitorait le cœur du bébé (« Ça m'a l'air d'aller ! » a-t-elle annoncé avec un sourire en examinant le tirage), j'ai sangloté. Il a fallu attendre que Dee me fasse une échographie et que je la voie là, endormie avec sa minuscule tête contre mon nombril, une main miniature repliée sous sa joue, pour que j'accepte de croire qu'elle survivrait peut-être.

— Tout semble aller très bien, m'a rassurée Dee. Je vais demander à un médecin de jeter un coup d'œil rapide, mais le bébé a l'air content et tout le reste est normal.

Elle a zoomé sur la poitrine de mon bébé.

— Parfois, ce genre de choses se produit, c'est tout.

J'ai regardé les cavités du cœur de ma fille bouger calmement, et soudain, j'ai craqué.

J'ai attrapé sa main juste au moment où elle partait et je lui ai dit :

— Je vous en prie, Dee. Aidez-moi.

Après avoir entendu toute l'histoire, Dee est allée téléphoner à mamie.

— Sachez simplement que votre grand-mère va prendre les choses en main, a-t-elle résumé en revenant dans la pièce. Elle contacte immédiatement l'agence. Vous n'avez pas à confier votre bébé à qui que ce soit, ma belle. C'est dommage de ne pas m'avoir parlé plus tôt de vos projets. Je n'arrive pas à croire que vous ayez traversé cette épreuve toute seule.

Mamie m'a appelée une heure plus tard.

— Problème résolu, a-t-elle annoncé, comme si elle avait simplement annulé la visite d'un plombier.

J'ai soufflé.

— J'ai aussi pris la liberté d'appeler les Rothschild. Je suis certaine que l'agence le fera, mais je voulais tuer le problème dans l'œuf.

— Et ?

— Je me suis montrée courtoise, mais je leur ai dit de ne plus te contacter. Je veux qu'ils arrêtent de te mettre la pression.

— Ils ne m'ont mis aucune pression. Pas une seule fois.

— Hum…

— Comment Janice a-t-elle réagi ?

— On l'emmerde, Janice.

— Mamie, allez !

Elle a soupiré.

— Elle est anéantie. Mais ce n'est pas ton problème, Emily.

Il y a eu un blanc.

— Nous allons le faire ensemble, a décrété ma grand-mère de quatre-vingts ans. Nous allons le faire ensemble, Emily. Et si tu penses que je suis trop âgée, tu oublies à qui tu as affaire.

Malgré mes craintes relatives à l'âge de ma grand-mère, j'ai emménagé chez elle à Londres deux semaines plus tard, trop épuisée pour passer mes examens de deuxième année. Je ne retournerais peut-être pas à l'université, me suis-je rendu compte, et je m'en moquais bien.

Après des heures de recherches sur les allocations et les allègements fiscaux, mamie a établi des budgets complexes tenant compte de sa retraite et du modeste loyer que je touchais pour la maison de papa. Notre situation n'était pas excellente, mais était loin d'être catastrophique, et l'enthousiasme qui animait ma grand-mère était exubérant.

J'adorais mon bébé qui grandissait en moi. L'amour s'immisçait dans mes veines comme une infusion. Je rêvais des jours à venir que je passerais avec ma fille dans Hampstead Heath. Les balades avec mamie, ou peut-être avec Jill une fois son diplôme en poche, car ses parents habitaient aussi à Londres. Je me suis même autorisée à m'imaginer me lier d'amitié avec des mères rencontrées à des cours de préparation à l'accouchement. J'ai essayé d'imaginer la privation de sommeil, et je n'ai pas eu peur. Je pourrais compenser grâce aux gâteaux et aux cafés partagés avec toutes ces nouvelles copines.

Mais ensuite, un jour de septembre, mon bébé est arrivé, et cela ne s'est pas passé ainsi.

Cela ne s'est pas du tout passé ainsi.

Chapitre 39

Quatre jours après l'accouchement

C'était un jeudi après-midi, et je n'avais pas dormi depuis des jours. Debout à la fenêtre de la salle de bains de mamie, je regardais le ciel, et je consignais sur un bout de papier toilette ce que je pouvais voir.

Le soleil était brûlant à son zénith, mais autour, le ciel était noir comme le fer. L'avant de la maison de mamie donnait sur un jardin clos de murs, au sein duquel les magnolias et les lilas s'agitaient dans le vent. Mais le ciel était figé comme un portrait : pas de vent, simplement des pans de noir cloués à l'endroit où auraient dû se trouver les nuages et la lumière.

J'ai ouvert la fenêtre à guillotine afin de mieux voir, ou mieux comprendre peut-être. Cela devait être une éclipse, mais il y avait une espèce d'énergie – quelque chose d'occulte, qui ne paraissait pas cadrer avec un phénomène astronomique. De plus, le soleil n'était pas caché. Il était gros et ardent, semblable à une boule à facettes accrochée au plafond noir de Hampstead.

J'avais envie de danser en dessous. Jadis, j'adorais danser. J'étais une bonne danseuse.

J'étais sur une vague d'amour, d'euphorie, de clarté profonde et absolue tandis que je descendais retrouver au rez-de-chaussée ma grand-mère et ma petite fille. Nous étions rentrées de la maternité une heure plus tôt, et ma cicatrice de césarienne me brûlait tout en bas de mon ventre vide. Un sale truc me gênait quand j'essayais de lever mon bras gauche, et mes seins me faisaient l'effet de bombes qui n'auraient pas explosé.

Mais c'était gérable. J'étais une femme qui venait d'accoucher, et nous étions des battantes de naissance, en acier, forgées dans le feu. Nous pouvions tout surmonter.

Dans la cuisine, j'ai trouvé une salade, ma grand-mère et ma fille. Ma fille parfaite. Et, oh bon sang, qu'elle était parfaite : un minuscule bibelot, une prune, une déesse miniature. Je ne lui avais pas encore donné de nom, mais je le ferais dès que les choses se calmeraient. Il fallait acheter des vêtements pour bébé, j'avais besoin d'un tire-lait et j'avais promis d'aider plusieurs femmes de la maternité qui venaient d'accoucher. Bon nombre d'entre elles galéraient.

— On ignore la peur tant qu'on n'est pas parent, m'avait dit une mère hier.

Nous partagions la chambre A300.

— Vraiment, on ignore complètement ce que c'est.

Je lui ai dit que je comprenais mais qu'il était important de ne pas avoir peur, surtout maintenant, alors qu'elle se trouvait au comble de son pouvoir féminin. J'ai essayé d'aborder à nouveau le sujet avec elle plus tard, mais elle dormait et n'a pas ouvert les yeux, même quand je suis sortie du lit pour essayer de la réveiller en lui donnant des petits coups de doigt. J'ai demandé aux sages-femmes si elle était toujours en vie, et elles m'ont répondu qu'elle était simplement épuisée parce qu'il s'agissait de son quatrième enfant.

J'ai voulu qu'elle sache qu'il était inutile d'avoir peur : nous étions des femmes, nous les mères, nous étions des guerrières. Rien ne pouvait se mettre en travers de notre route.

Mamie portait ma petite fille dans le fauteuil élimé qui se trouvait dans un coin où quiconque ayant une once de bon sens aurait installé un lave-vaisselle. Elle m'a souri par-dessus la tête toute douce de mon bébé.

Je me suis accroupie devant elle. Ma fille. Elle était belle, duveteuse et chaude, avec de petites mains rouges et des cils plumeux. Elle dormait deux heures puis se réveillait pour manger, exactement comme on m'avait dit qu'il le fallait, elle tétait bien et pleurait rarement. J'étais impatiente de l'emmener en balade. Mamie avait dit qu'il valait mieux attendre un peu, mais mamie m'agaçait terriblement avec sa prudence. Sa fille était morte peu de temps après m'avoir donné naissance, alors j'imagine qu'il y avait un vieux trauma. Pourtant, mamie avait toujours été si téméraire !

— Je crois vraiment qu'on devrait aller se promener, ai-je insisté. Les voisins vont vouloir faire sa connaissance. En plus, il faut qu'on parle. J'ai l'impression que tu es angoissée, mamie, je veux t'aider.

— Oh, je vais très bien ! Mais il faut te ménager. Hampstead Heath ne va pas bouger et Charlie n'est pas pressé.

Charlie était le chien de mamie. Elle avait dû le laisser dans le jardin, parce que je ne l'avais pas revu depuis mon retour à la maison. Il était noir de jais, comme le ciel dehors.

— Hé, au fait ! Le ciel…

J'ai laissé ma phrase en suspens. Le ciel était redevenu normal en l'espace de quelques instants.

— Tu as vu le ciel ? ai-je demandé brusquement.

J'avais l'impression que quelque chose clochait. Que quelque chose clochait vraiment. La lumière dehors était vive, à présent, mais cuivrée, comme s'il y avait un nuage atomique au-dessus de nous.

Mamie a tourné la tête en s'efforçant de ne pas réveiller ma fille.

— Qu'est-ce qu'il a, le ciel ? Il ne va pas pleuvoir, si ?

— Non, il s'est assombri. Il est devenu tout noir, en fait, mais maintenant, il est…

Je me suis arrêtée. Les femmes qui se mettaient à dire des choses insensées se voyaient dépossédées de leurs bébés par les gens au pouvoir. J'avais failli perdre ma fille à l'adoption, je n'allais pas la perdre à cause de quelques hormones.

— Rien, je dis des bêtises.

J'ai rangé la salade au frigo. Je n'avais pas le temps de manger.

Une vague de peur indéterminée s'est emparée de moi quand je me suis retournée vers ma grand-mère, alors j'ai souri. Je me sentais euphorique depuis la naissance de mon bébé – conquérante, pleine de gloire. Je n'étais pas prête pour le crash émotionnel auquel tout le monde me préparait.

Des hormones. Juste des hormones : tout le monde ne souffrait pas du baby blues. De plus, c'était la sage-femme bizarre qui m'avait mise en garde contre cette plongée émotionnelle, celle qui utilisait parfois de drôles de termes de dialectique que je ne comprenais pas. Presque comme un code – comme si elle me testait pour voir si je faisais partie de sa secte.

Je me suis de nouveau accroupie devant ma fille, avant de me relever en oubliant de me tenir à quelque chose parce que la panique était réapparue. La douleur dans mon ventre m'a coupé le souffle.

— Je vais peut-être faire un tour en voiture. Si elle dort encore ?

Mamie a froncé les sourcils. Derrière elle, j'entendais la radio tout bas. Des voix exotiques en provenance de l'Atlantique, peut-être de Hawaï ou de Malibu.

— Si elle dort encore !? Oh, Emily, il faut que tu te reposes. Pourquoi tu n'irais pas faire une sieste ? Tu ne peux pas conduire. Il faudra attendre cinq semaines et demie.

J'avais oublié l'interdiction de conduire. Mais elle était réservée aux mères mal en point, dont les cicatrices de césarienne s'infectaient, ou quelque chose comme ça. J'étais en bonne santé et je me sentais bien. Incroyablement bien – mon corps faisait toutes les choses que le corps d'une jeune mère devrait faire, avec une magnifique précision. J'adorais !

La porte !

Je m'y suis précipitée un peu trop vite, et ça a tiré de nouveau sur ma cicatrice. C'était la sage-femme, qui portait un étrange uniforme comme celui des facteurs dans les années 1970. Je l'ai invitée à entrer, mais le simple fait de la voir m'angoissait. Elle se comportait comme si nous étions de vieilles amies alors que je ne l'avais jamais vue auparavant.

J'ai répondu prudemment à ses questions. Pendant que nous parlions, la même terreur souterraine que j'avais eue dans la cuisine avec mamie a refait surface, me traînant vers une crevasse. J'ai parlé tout du long.

La sage-femme m'a posé des questions très indiscrètes, et à la fin j'ai dû lui demander quelle était sa formation, ce qui l'a moins vexée que je ne m'y attendais. Mes pensées ont commencé à s'accélérer. Qui était-elle ? Quand partirait-elle ? J'avais envie de danser. Il me fallait un tire-lait.

Au bout d'un moment, nous avons regardé ma petite fille.

— Oh, quel adorable garçon ! s'est-elle exclamée en déshabillant ma fille. Comme tu es mignon !

— C'est une fille, l'ai-je corrigée d'un air crispé.

Cette sage-femme ne m'inspirait pas confiance.

Elle s'est arrêtée et m'a regardée par-dessus son épaule.

— Ce serait possible d'avoir une tasse de thé ? m'at-elle demandé après un long silence.

J'étais plus que ravie de m'en charger : j'avais des envies de meurtre et étrangement peur. Nous étions restées assises sans bouger pendant ce qui m'avait semblé être des heures, et cette femme n'avait même pas remarqué que j'étais très occupée, qu'elle prenait beaucoup de mon temps. En fait, avait-elle déjà rencontré une jeune maman auparavant ?

Dans la cuisine, j'ai regardé le ciel. Mamie et la sage-femme parlaient tout bas, et la discussion était émaillée par les petits cris de ma fille. J'ai commencé à faire des tartines mais j'ai laissé tomber parce que l'odeur me dégoûtait.

Un chat a sauté dans le jardin de mamie et s'est mis à divaguer sur une plate-bande fleurie, en quête d'un endroit où chier. Je me suis précipitée dehors pour le chasser – la merde de chat était mauvaise pour les bébés –, mais le temps de sortir, l'animal avait disparu.

Tout me semblait plus net mais rien ne me paraissait normal. Le ciel était redevenu comme d'habitude – plus de champignon atomique. L'euphorie fondait, et à présent la peur était biologique.

Mamie m'a retrouvée dans le jardin et m'a guidée jusqu'à la maison.

Je suis allée vers ma fille qui était allongée sur un tapis d'éveil spécial avec des arches qui pendouillaient, un cadeau de ma grand-mère. En enlevant sa couverture pour la chatouiller, j'ai découvert qu'elle ne portait rien hormis sa couche.

— Elle va geler ! ai-je dit sèchement, et je suis sortie de la pièce pour aller lui chercher un pyjama.

Imbéciles ! Si je n'étais pas aussi occupée, cette sage-femme aurait eu droit à un signalement.

Mamie m'a suivie dans le couloir.

— Emily, a-t-elle dit d'une voix dont elle usait sans doute au Parlement. Ma chérie, je dois te demander pourquoi tu n'arrêtes pas de désigner Charlie par le pronom « elle » ?

— Quoi ?

— Charlie. Ton bébé. Pourquoi tu n'arrêtes pas de l'appeler « elle » ?

Je me suis carapatée à l'étage.

— Je n'ai pas de temps pour ça ! ai-je dit.

Mamie avait accroché un nouveau cadre sur le palier, mais il fallait déjà l'épousseter.

Quand je suis redescendue dans le salon, mamie tenait ma fille dans ses bras.

— Emily, m'a-t-elle dit en prenant de nouveau sa voix de parlementaire. Penses-tu que tu as eu une fille ?

— C'est quoi, ce cirque ? ai-je explosé, mais la peur s'enfonçait profondément en moi à présent, et j'avais du mal à avoir les idées claires. Qu'est-ce que tu fabriques, mamie ?

Elle m'a regardée un long moment avant de défaire la couche de mon bébé.

— Tu as eu un fils. Tu l'as prénommé Charlie. C'est un garçon.

Et là, recroquevillés à l'intérieur de la couche, se trouvaient les minuscules organes génitaux d'un garçon.

Ma voix s'est arrêtée dans ma gorge. Je me suis pliée en deux, grimaçant de douleur, je lui ai remis sa couche et j'ai commencé à lui passer son pyjama. Mais avant d'avoir refermé les boutons-pression, j'ai jeté un nouveau coup d'œil dans sa couche, et la pièce est devenue sombre.

— Tu vois ? ai-je marmonné, mais ma voix était inaudible. Le ciel.

J'ai refermé brutalement les boutons.

Sa tête n'avait pas la même forme que celle de ma fille, et ses cheveux étaient plus épais et plus foncés. Il portait maintenant l'un de ses pyjamas, mais ce n'était pas l'enfant qu'ils avaient extrait de mon corps hier, ou la semaine dernière, ou le jour où elle était venue au monde.

La terreur s'est ouverte devant moi, lisse sur les côtés et d'un bleu étincelant.

— Qu'est-ce que vous avez fait ?

Les deux femmes dans la pièce m'ont regardée.

— Qu'est-ce que vous avez fait, putain ? ai-je répété dans un murmure.

En vain. Le garçon avait commencé à pleurer – comme n'importe quel bébé qu'on aurait enlevé à sa mère.

— Qui a fait ça ? ai-je demandé. Qui a pris ma fille et m'a donné un garçon ? Où est-elle ? Où est-elle ?

— Je comprends parfaitement que vous pensiez avoir eu une fille, a dit la sage-femme en croisant les pieds. Mais vous avez eu un garçon, et vous l'avez prénommé Charlie. Tout se trouve dans votre dossier de maternité. Je vous en prie, ne vous inquiétez pas, les femmes subissent toutes sortes de changements hormonaux après la naissance, il n'est pas inhabituel que ce genre de confusion se produise. Je vois que vous avez été très...

Elle regardait ostensiblement mon dossier médical.

— Très occupée et préoccupée depuis sa naissance, et votre grand-mère est d'accord. Est-ce que vous dormez ?

J'ai répondu, ou du moins ma bouche l'a fait, mais mes pensées fusaient. Qui était impliqué là-dedans ? Comment cela était-il arrivé ? Je pariais que c'était la sage-femme de l'hôpital, celle qui avait employé les mots bizarres. Était-elle vraiment sage-femme ? Est-ce qu'elle portait un badge ? J'ai observé ce garçon, Charlie, qui avait l'air de commencer à avoir faim.

Il fallait que je retrouve ma fille.

J'ai obligé mon corps endolori à se lever et je suis allée vers ma grand-mère.

— Mamie. Quelqu'un a pris ma fille, et il faut que tu m'aides. Il faut qu'on appelle l'hôpital. Et la police. Tout de suite.

Je croyais que mamie était mon alliée, jusqu'à ce qu'elle me regarde dans les yeux et me dise :

— Emily, il n'y a pas eu de méprise, et personne n'a pris ta fille. C'est ton fils, Charlie, et tu l'as mis au monde vendredi. J'étais là quand ils l'ont sorti, et je ne l'ai pas quitté des yeux depuis. Je crois qu'il faut que nous allions voir un médecin, juste pour nous assurer que tu vas bien.

La sage-femme était dans le couloir, en ligne avec quelqu'un. Tout était en train d'imploser. Le crabe parsemé de points vermillon et aux pinces poilues était dans notre jardin, et papa était au téléphone avec la sage-femme, à qui il expliquait que ce bébé n'était pas le mien d'un point de vue biologique.

— Mamie…

— Oui. Je suis là. Parle-moi, ma chérie.

Sa trahison dépassait tout ce que j'aurais pu imaginer. J'étais incapable de soutenir son regard.

— Tu es une menteuse, ai-je murmuré, même si elle m'a semblé ne pas m'entendre. Une sacrée menteuse.

Le bébé hurlait, mamie disait mon nom, et il y avait un homme, je crois, le facteur qui nous apportait le courrier à papa et à moi quand j'étais toute petite, au début des années 1980, à l'époque où ils portaient encore des chapeaux à visière comme ce personnage de dessins animés, Pierre le facteur.

J'avais vingt ans, on m'avait volé mon bébé et personne n'était de mon côté.

La sage-femme est partie. J'ai craqué et nourri le bébé, car comment aurais-je pu ne pas le faire ? L'allaiter m'a fait un drôle d'effet et mes seins pleuraient de nourrir un autre enfant alors que le mien avait disparu.

La sage-femme avait réussi à cacher une caméra de surveillance dans la pendulette d'officier sur la cheminée de mamie. Il y en avait une autre au-dessus de la porte, et je subodorais que la cuisine en était truffée. Des centaines de lentilles secrètes pivotaient d'avant en arrière tandis que j'arpentais la maison.

Le ciel s'est encore assombri davantage alors que le soleil se couchait sur la journée, sur moi.

La maison de mamie était remplie de fleurs, d'adorables bavoirs en coton et de chaussettes tricotées main. Il y avait un tire-lait, mais je ne me rappelais pas être sortie dans l'après-midi pour en acheter un, et mamie m'a dit qu'il était là depuis le début.

Une généraliste est passée en début de soirée. Lorsqu'elle m'a dit qu'elle contactait le centre médico-psychologique du quartier, j'ai appelé les secours et je leur ai expliqué qu'un groupe de gens à Hampstead avaient volé mon bébé et essayaient à présent de faire croire que j'étais en pleine décompensation psychique. Je ne me souviens plus de leur réponse.

Le ciel était hachuré de marron, et la caméra dans la pendulette d'officier me regardait. Mamie nourrissait Charlie au biberon, et cela ne semblait pas le gêner.

Je l'ai implorée de mettre un terme à cette conspiration, mais elle s'est contentée de me dire qu'elle m'aimait, et nous avons alors pleuré toutes les deux.

Les gens qui sont venus cette nuit-là n'avaient pas mon bébé. Il s'agissait de deux femmes – une assistante sociale et une psychiatre, ai-je appris –, et elles étaient là pour réaliser un bilan psychiatrique. L'une d'elles sentait comme si elle avait tout juste fini sa cigarette. J'ai dit qu'il fallait que j'aille aux toilettes, mais en réalité je prévoyais de grimper sur le toit-terrasse pour essayer de trouver un moyen de redescendre via la maison de la voisine recouverte d'échafaudages.

Ou peut-être pas par les échafaudages ? Si je ne pouvais pas récupérer ma fille, voulais-je vivre ? Je pouvais tout simplement aller sur le toit afin de me blottir dans les bras noirs de la nuit. Ce serait rapide. Cet adorable garçon, Charlie, retrouverait sa mère rapidement, et, et…

Quelqu'un m'a attrapée par le pied au moment où celui-ci disparaissait sur l'échelle qui montait à la trappe de toit. Un bébé pleurait au rez-de-chaussée.

Des ténèbres sans fond se sont déversées sur moi tandis qu'assise dans la pièce qui ressemblait à la cuisine de mamie je répondais à des questions. J'avais perdu mon bébé. Ils étaient à fond sur l'affaire.

Des gens ont discuté entre eux, une personne est venue me parler, il a été question du *Mental Health Act*[1].

_____

1. Loi qui régit les droits des patients atteints de troubles psychiatriques, et qui permet notamment d'hospitaliser contre son

J'ai fini par accepter d'aller à l'hôpital pour mères folles avec lequel ils n'arrêtaient pas de me bassiner, mais à la seule condition qu'ils m'autorisent à venir avec mon vrai bébé.

Plus tard, ou peut-être le lendemain, ils ont envoyé l'ambulance pour les cinglées.

J'ai crié à mamie : *Je ne te pardonnerai jamais.* Et elle pleurait, ce qui était compréhensible étant donné ce qu'elle avait fait, même si elle disait : « Je ne peux pas en perdre une autre, pitié, je ne peux pas en perdre une autre », ce qui n'avait ni queue ni tête parce que c'était ma petite fille qui avait été volée, pas la sienne.

---

gré une personne en détresse psychologique susceptible de se faire du mal ou de nuire à autrui.

Chapitre 40

North London & UCLH NHS
Foundation Mental Health[1]
Unité mère-enfant, Camden

Depuis le lit sur lequel j'étais allongée, je surveillais les visages à ma porte, les corps en uniforme qui m'observaient. Dans un fauteuil juste à côté de mon lit, Charlie était nourri au biberon par une femme qui avait un cordon pour badge autour du cou. Sa vraie mère peut-être ? Cet endroit était horripilant. Partout, des portes verrouillées, pourtant, la porte de ma chambre restait résolument ouverte, et celle de la salle de bains ne possédait aucune serrure. Il y avait des caméras espion et des bébés qui pleuraient.

Une autre femme, qui m'avait accueillie à l'entrée, est arrivée à ce moment-là. Elle m'a répété pour la deuxième fois qu'elle s'appelait Shazia – comme si ça m'intéressait ! – et m'a parlé de tranquillisants. Elle

---

1. Fondation pour la santé mentale des hôpitaux North London et University College London.

m'a dit que j'avais besoin d'une nuit de « sommeil protégé ».

— C'est cet enfant qui a besoin qu'on le protège, ai-je rétorqué. Il a été dérobé à sa mère. Il a moins d'une semaine. Quelqu'un d'autre a mon bébé. Savez-vous si la police est déjà sur le coup ? Non ? Eh bien, dans tous les cas, hors de question qu'on m'assomme avec des cachets. Je ne pense pas que vous compreniez à quel point ces derniers jours ont été horribles…

— Si, je comprends, a-t-elle répondu, et malgré moi j'ai bien aimé sa voix. Je comprends, Emily, parce que c'est mon travail de veiller sur des femmes dans votre situation. Je sais que vous avez peur, et je sais que vous êtes en colère, et surtout, je sais que vous n'avez pas envie d'être ici.

Quand j'ai refusé les médicaments, elle m'a dit qu'elle reviendrait dans une demi-heure.

J'ai câliné Charlie pendant un moment, parce qu'il était adorable, et que j'avais peur de ce lieu, mais j'ai pleuré pour elle – ma fille, dont le nom… dont le nom était…

M'avaient-ils déjà donné des médicaments ?

J'ai demandé à la femme dans le fauteuil où se trouvait ma grand-mère, et elle a semblé étonnée, car, apparemment, j'avais dit que je ne voulais pas que ma grand-mère s'approche de moi. Au bout du compte, elle a accepté que mamie passe demain matin.

— D'abord, nous devons évaluer votre état.

Elle aussi avait une voix agréable. J'imagine qu'elles avaient l'habitude de créer un climat de sécurité pour les femmes avant d'inverser leurs bébés en faisant croire qu'elles étaient devenues folles.

Tandis que la journée touchait à sa fin, ma peur était telle que je me suis rendu compte que pour survivre une minute de plus il faudrait que je sois morte ou inconsciente. J'ai cédé et accepté les cachets de Shazia.

— Reposez-vous, c'est tout.

Ses cheveux ressemblaient à du satin noir.

— Charlie va bien. Il sera à la nurserie ce soir. Il a bien bu au biberon.

Je flottais sur l'étale.

Ils m'ont maintenue dans cet espace à peine conscient pendant des jours tout en me répétant que cela ne faisait que douze heures, que nous étions samedi midi. J'avais été admise la veille au soir.

Shazia m'a confié Charlie et je me suis aperçue que je l'aimais avec une force presque impossible à distinguer de la douleur, mais vers le milieu de l'après-midi, le ciel noir s'était de nouveau abattu et je pleurais à cause de ma fille.

J'ignore combien de temps il m'a fallu pour retrouver un équilibre. Je sais juste qu'au fil des jours j'ai arrêté de penser avoir une fille et j'ai commencé à accepter comme étant des faits ce qu'on me disait : psychose post-partum, délire, manie, euphorie, sautes d'humeur. Il y avait beaucoup de souffrance et de chaos. Personne n'était en mesure de m'expliquer pourquoi cela m'était tombé dessus.

Quand j'ai cessé d'être autant occupée à ne rien faire, j'ai commencé à parler avec les autres femmes hospitalisées dans le même service. Nous étions huit au total. Trois d'entre elles ne quittaient que rarement leur chambre. Et les autres et moi passions une grande partie de notre temps dans le salon, à essayer de comprendre ce qui nous arrivait.

Les choses devenaient plus nettes, puis redevenaient floues. En revanche, la nourriture était toujours immonde.

Dans la chambre d'à côté, il y avait Darya. Elle aimait désespérément sa fille mais ne trouvait aucune raison de vivre. Un jour, il y a eu de l'agitation dans sa chambre, des gens ont crié et couru. Après cet incident, du soir au matin, des aides-soignantes la suivaient comme son ombre. Son mari lui rendait visite et je l'entendais parler en russe. Il se mettait à pleurer dès qu'il sortait de sa chambre.

En discutant avec Shazia, je me suis rappelé avoir cru pendant ma grossesse que le bébé était une fille, ce qui permettait en partie d'expliquer les choses. Mais évidemment, c'était Charlie – cela avait toujours été Charlie, avec ses billes noires et ses cheveux clairsemés, son poing victorieux qui s'échappait du lange dans lequel il était emmailloté.

J'ai commencé à m'occuper de lui toute la journée, et une ou deux semaines plus tard, on m'a autorisée à le garder la nuit. Quand il pleurait, je serrais tout contre moi les angles délicats de son corps en priant pour qu'il soit en sécurité. Le monde était plein de dangers et j'ignorais comment le protéger.

Oh, j'ai écrit à Jill au sujet de la vie des berniques. Elles étaient entourées de toutes parts par une coquille et un dur substrat. Regardaient toujours vers le bas, jamais vers le haut. La reproduction d'une bernique n'impliquait que l'émission de la larve. Notre tuteur s'était trompé : les berniques n'avaient absolument pas la vie dure.

— Maudite soit cette satanée maladie ! a soupiré mamie au cours de l'une de ses visites.

Elle était venue m'apporter des galettes à l'avoine et un roman, et m'avait retrouvée en piteux état après une nouvelle régression.

— C'est d'une injustice indécente que cela t'arrive à toi en particulier.

Une infirmière l'a prise à part pour la réprimander.

— C'est sacrément injuste, a-t-elle rétorqué assez fort pour que je l'entende. Vous n'avez aucune idée de ce que cette gamine a enduré. Savez-vous qu'au moment de passer son bac, elle était déjà orpheline ?

Cela a cloué le bec de l'infirmière.

À son retour, mamie m'a appris que Janice Rothschild souhaitait me rendre visite.

— Je lui ai dit d'aller au diable, m'a-t-elle avoué. Mais cela ne m'a pas paru correct de ne pas t'en informer. Qu'en penses-tu ?

Je n'en savais rien. Je ne savais absolument pas si j'étais prête pour les gens, avec leurs parfums, leurs coiffures et leurs opinions. Même la perspective de voir Jill me paraissait écrasante. Janice, par ailleurs, était devenue une amie, à un moment où personne d'autre de mon entourage ne comprenait ma vie. Lorsqu'elle avait appris que je me rétractais du processus d'adoption, elle m'avait écrit une lettre d'une infinie gentillesse accompagnée de tenues qu'elle avait achetées pour le bébé : il n'y avait pas eu de récriminations.

Et les Rothschild avaient certainement amorcé l'adoption d'un autre enfant à l'heure qu'il était… D'ailleurs, ils avaient peut-être déjà adopté un enfant.

J'ai accepté.

Janice m'a apporté un beau peignoir emballé dans du papier de soie, dans un sac en carton rigide doté de poignées en laine. Grâce à elle, la conversation était simple, fluide, et j'ai oublié pendant un instant qu'elle était une femme à qui les gens réclamaient des autographes. Elle était désolée si j'avais ressenti une quelconque pression au sujet du projet d'adoption, elle craignait que cela n'ait pu contribuer à ma crise.

Elle et Jeremy n'avaient pas encore trouvé le bon bébé, mais elle semblait vraiment optimiste quant à toute l'affaire. Je m'en suis un tout petit peu moins voulu.

Les jours ont passé, l'atmosphère était plus humide et plus fraîche. Je changeais des couches et nourrissais mon bébé. Il y avait la thérapie, les travaux manuels, le sommeil – quoique, jamais assez. Je lavais des barboteuses dans la buanderie, je regardais la télévision. Je souhaitais plus que tout être comme les autres femmes ici, qui avaient des conjoints et des maris, des espoirs hésitants pour leur vie de l'autre côté. Je n'avais aucun projet. Les cinquante ou soixante prochaines années se dressaient devant moi aussi vides que la mer en hiver.

Avec l'aide de mamie, j'ai écrit à l'université pour les informer que je ne reviendrais pas. J'ai été touchée d'avoir des nouvelles de mon tuteur. Il a essayé de me persuader de rester, alors j'ai demandé à mamie de refuser sa proposition. Son offre était à la fois gentille et complètement irréaliste.

Charlie a commencé à sourire. Il dormait sur ma poitrine pendant les lentes journées d'automne. Jill m'a envoyé un livre sur les poissons tropicaux pour lui, que nous feuilletions ensemble, en regardant les massifs coralliens, les poissons-anges empereurs et les anthias mauves. Il s'accrochait à mon doigt dont il mordait le bout de ses gencives chaudes. Ses cheveux de nouveau-né sont tombés et des mèches blondes souples les ont remplacés. Mon corps tout entier se consumait d'amour.

Les brumes continuaient à s'abattre sur moi mais étaient à présent transitoires, ne me rendaient plus que des visites occasionnelles.

J'ai commencé à croire qu'en fait je pourrais me remettre.

C'est à ce moment-là, alors que je pensais être tirée d'affaire, que cela est arrivé.

Chapitre 41

Journal de Janice Rothschild

1ᵉʳ novembre 2000

La grand-mère d'E me dit que je peux lui rendre visite. Semble désespérément contrariée et stressée par cette perspective.

J'ai lu des choses sur la psychose post-partum. Je sais qu'E ira mieux. Mais quoi, ensuite ? La grand-mère a dans les quatre-vingts ans et la convalescence d'E sera sans doute lente et difficile. Je me fais du souci pour Emily et je me fais du souci pour Charlie.

Je n'arrête pas de penser que ce bébé aurait été bien mieux avec nous, mais évidemment impossible d'exprimer mon ressenti à voix haute auprès de qui que ce soit. Surtout J. Il pense que mes visites sont une très mauvaise idée.

MAIS : nous avons rendez-vous à l'agence d'adoption pour un nouveau-né qui sera peut-être disponible très bientôt. (Ils nous avaient dit que ça pouvait prendre des années ! Incroyable !) Du coup J me lâche la grappe.

Il a raison, cependant – je ne devrais sans doute pas aller voir E. Le problème, c'est que je l'aime bien. Elle me fait un peu penser à moi au même âge.

Bref. Je dois m'organiser et aller lui rendre visite.

2 novembre 2000

Oh mon Dieu. Oh mon Dieu. Oh mon Dieu.

Les dernières vingt-quatre heures tournent en boucle dans ma tête.

La plus terrifiante de toutes les choses terrifiantes.

Hier, j'ai rendu visite à Emily au MBY et je l'ai trouvée qui essayait d'étouffer Charlie.

J'étais lessivée à mon arrivée, ce qui n'a pas dû aider à réduire le stress – J et moi nous sommes disputés avant que je parte : il m'a demandé si j'essayais de convaincre Emily de changer d'avis au sujet de l'adoption. (Pour quel genre de monstre me prend-il ?)

Je marchais dans le couloir vers la chambre d'Emily, et j'ai cru entendre des rires et un jeu de « coucou me voilà ». Mais cela devait être quelqu'un d'autre, car lorsque j'ai franchi le seuil, elle essayait d'étouffer Charlie avec un oreiller.

J'ai hurlé, réussi à l'arrêter. Des alarmes ont retenti, le chaos, ils m'ont emmenée ailleurs, mais tandis que je quittais l'hôpital, je l'ai entendue pleurer, les implorer de lui rendre Charlie.

Je pensais sincèrement qu'elle commençait à aller mieux. Vraiment mieux. Mais elle a dû faire une rechute. Je sais qu'elle l'aime. Jamais, si elle avait toute sa tête, elle n'imaginerait lui faire de mal.

Je ferais tout pour chasser de mon esprit cette image de l'oreiller. C'est insupportable. J avait raison. Je n'aurais jamais dû lui rendre visite.

Chapitre 42

Emily

Je ne me suis rendu compte de rien jusqu'à ce que Janice se trouve dans la chambre et hurle : « ARRÊTE ! Emily ! Arrête ! »

Je me suis figée. Des gens se sont précipités à l'intérieur.

Janice a dit quelque chose à une infirmière, qui a essayé de m'enlever Charlie, alors j'ai tenu bon. Janice a dû sortir de la pièce. Elle pleurait. L'une de ses mains était posée sur sa bouche, comme si elle venait de vomir ou d'assister à une scène trop épouvantable pour qu'on la comprenne. Quelques secondes plus tard, Shazia est arrivée.

Je ne savais pas ce qui se passait, seulement que ce n'était pas bon. Mes doses d'antipsychotiques avaient été diminuées deux jours auparavant. Avais-je fait quelque chose de fou ? J'ai repassé les dernières heures dans ma tête sans rien trouver à part une mer rouge de panique. Un riff de guitare tournait en boucle dans mes oreilles, comme pour m'empêcher de me souvenir.

— Aidez-moi ! Shazia, que font-ils ?

Shazia qui, pour la première fois depuis mon arrivée, semblait ébranlée, s'est accroupie à côté de mon lit sur lequel j'étais assise avec Charlie dans mes bras.

— Nous devons vous parler. Pas en présence de Charlie. Pouvez-vous me le donner, Emily ?

Je me suis mise à pleurer.

— Pourquoi ? Qu'est-ce que j'ai fait ? Pourquoi ne peut-il pas rester ? Pourquoi je ne peux pas le garder dans mes bras ?

Shazia a posé ses deux mains sur mes genoux.

— Me ferez-vous confiance ? Me ferez-vous confiance pour que je l'emmène ailleurs afin de pouvoir vous parler pendant quelques minutes, avant de vous le ramener ?

J'ai sangloté en déposant mon minuscule garçon dans ses bras. Je savais sans avoir à lui poser la question que je n'avais pas voix au chapitre.

— Que s'est-il passé ? a demandé Shazia lorsqu'elle est revenue sans lui. Qu'étiez-vous en train de faire, Emily ? De quoi vous souvenez-vous ?

Je lui ai dit que je n'en savais rien. Je lui ai répété, encore et encore, d'une voix se gorgeant de panique. Qu'avais-je donc fait, d'après les gens ? Pourquoi Janice m'avait-elle crié dessus ?

— Quel est le problème avec Charlie ? Est-ce qu'il est malade ?

Elle m'a répondu qu'ils l'avaient examiné et qu'il avait l'air d'aller bien. Je sanglotais à nouveau. Quoi que j'aie fait, c'était grave.

Au bout d'un moment, Shazia m'a prise par la main et m'a conduite dans une pièce où se trouvait le psychiatre qui venait tous les matins. Il y avait également un homme que je ne connaissais pas. Il s'est présenté comme étant un assistant social. Il avait d'immenses yeux liquides, et je voyais bien en les regardant que j'avais fait quelque chose de mal, même s'il m'adressait ce demi-sourire que les gens esquissent quand ils sont désolés pour vous mais ne peuvent vous témoigner de sympathie.

Shazia m'a assise avant de m'expliquer que Janice m'avait surprise en train d'essayer d'étouffer Charlie.

Il y a eu un silence opaque. Je les ai scrutés, ils m'ont scrutée. J'ai commencé à répondre « Non », et puis je l'ai vu : Charlie, sur mon lit, avec un rectangle bleu clair sur le visage. Mon cœur s'est arrêté et j'ai cadré et recadré l'image, mais il était impossible de la changer au montage. Les mains qui tenaient le rectangle bleu étaient les miennes.

Les trois personnes dans la pièce m'observaient. Il y avait une pendule dont les piles étaient usées, et dont la trotteuse était coincée entre le 3 et le 4.

J'ai repassé l'image dans ma tête. Le visage de Charlie qui souriait puis disparaissait de mon champ de vision tandis que j'abaissais un rectangle bleu sur lui. Un coussin ? Un pull plié ?

J'ai laissé échapper un son étrange.

C'était mon oreiller.

— Janice a… il est possible qu'elle ait raison, ai-je murmuré, incrédule.

Ma vie se froissait sous mes pieds.

— Je crois… Oh, mon Dieu, non.

— Oh mon Dieu, non, quoi ? m'a demandé Shazia pour me pousser à développer.

J'ai fermé les yeux.

— Je crois qu'elle a raison.

— En êtes-vous sûre ? Car enfin…

L'assistant social a décoché un regard à Shazia, qui a laissé sa phrase en suspens.

— Dites-nous simplement ce qui s'est passé, a-t-elle repris d'une voix douce. Tel que les détails vous reviennent. S'ils vous reviennent.

J'ai réfléchi, j'ai revu l'oreiller. Mon intention était-elle de l'étouffer ? Vraiment ? Ce petit garçon, qui était déjà l'amour de ma vie ?

Il y a eu un vif mouvement dans mon ventre, une douleur cuisante comme le feu. C'était exactement l'intention que j'avais eue. L'oreiller sur son visage, pour qu'il soit en sécurité, loin de moi et de ce monde cruel.

Je leur ai reproché d'avoir réduit mes doses de médicaments. *Je vous ai dit que je n'étais pas prête. Je vous l'ai dit !* ai-je hurlé.

Je ne sais comment, Shazia est parvenue à me faire asseoir de nouveau.

Nous avons dû revenir sur la scène à plusieurs reprises. Chaque fois, d'autres détails émergeaient, et chacun d'eux était insupportable. Je l'aurais fait, si Janice n'était pas entrée dans la pièce. Je l'aurais fait.

— Vous m'avez dit que les femmes dans mon état n'étaient pas une menace pour leur bébé, répétais-je sans cesse. Vous avez dit qu'il ne craignait rien en restant avec moi.

— C'est incroyablement rare, a répondu Shazia, impuissante. Et lorsque cela se produit, la mère n'a jamais l'intention de le faire…

— Bien sûr que je n'ai jamais eu l'intention de le faire ! me suis-je écriée. Oh mon Dieu, aidez-moi ! Aidez-moi !

Plus tard, on m'a ramenée dans ma chambre et on m'a rendu Charlie. Il dormait. L'une des aides-soignantes est restée, et j'ai su sans avoir à le demander qu'elle n'était pas autorisée à partir.

— Je suis désolée, je suis désolée, je suis désolée, ai-je dit à mon bébé endormi. Je t'aime. Je t'aime plus que tout au monde. Je t'aime.

J'avais envie de mourir.

On a changé mes médicaments. J'ai dormi pendant deux jours. Quand je me suis réveillée, j'ai téléphoné à Janice.

— Je veux mener à bien le processus d'adoption, lui ai-je annoncé.

On a essayé de m'en empêcher. J'ai eu droit à d'innombrables rendez-vous et consultations – même les autres mères ont essayé de m'en dissuader. Mais en définitive, une seule chose comptait à mes yeux : que Charlie soit en sécurité. Je voulais qu'il ait une bonne vie – une vie merveilleuse, même –, et il ne pouvait l'avoir avec moi.

La nuit, je ne dormais pas, obsédée par le riff de guitare qui avait commencé lorsque Janice m'avait surprise et qui se réverbérait encore et encore tel un cri. Aucun des médicaments qu'on essayait sur moi ne rendait les choses supportables, et quand j'étais avec Charlie, je ne faisais que pleurer et lui dire que j'étais désolée.

Mon cœur débordait de haine envers moi-même. Il s'est ratatiné pour n'être plus qu'une petite masse dure, et le jour où le personnel de l'hôpital a enfin accepté l'idée que je confie Charlie à Janice et Jeremy, il s'est brisé.

J'ai soupçonné qu'il ne guérirait jamais, et en effet, il n'a jamais guéri.

Chapitre 43

Journal de Janice Rothschild

7 décembre 2000

Notre petit garçon est ici ! Il est à la maison !

Aucun baisser de rideau ne pourrait rivaliser avec ce que je ressens là. Je suis folle d'amour et de joie, d'excitation et de terreur, d'épuisement et d'adrénaline – même si Charlie dort ce soir, moi, je serai absolument incapable de fermer l'œil. NOUS AVONS UN BÉBÉ ! Notre garçon parfait !

David est bien sûr très content de ce « petit arrangement », il a déjà signé les papiers d'adoption. J'étais anxieuse en imaginant ce qui pourrait arriver quand il rencontrerait C, mais il est passé nous voir tout à l'heure et bien qu'il ait manifestement trouvé C très chou, je n'ai même pas décelé en lui un semblant de prise de conscience, d'incertitude – rien. Il a juste bu du champagne, raconté des conneries avant de partir. Du D classique.

Bon sang, il n'empêche. La passation = horrible. Je ne m'attendais pas à voir E, mais c'est elle qui nous l'a amené. J'imagine qu'il n'existe aucun règlement pour une situation aussi inhabituelle que celle-ci, mais quand même – c'était déchirant. Elle n'arrivait pas à respirer. Elle sanglotait avant d'avoir franchi le seuil de notre maison. Tout simplement atroce. Tant de culpabilité, et l'infirmière d'E, Shazia, a vraiment été dégueulasse avec nous, ce qui n'a pas aidé. Je ne comprends pas trop pourquoi. E nous a suppliés de le prendre, qu'étions-nous censés faire ?

Jusqu'à la toute dernière minute, je me suis attendue à ce qu'elle se précipite dehors en hurlant qu'elle avait changé d'avis. Ça n'est pas arrivé, bien sûr, en revanche nous avons été pris en photo par un paparazzi.

Connards. J a dit qu'aucun journal ne pourrait imprimer ces photos parce que Charlie était mineur, mais je suis inquiète. Si ces clichés sont publiés, on va m'interroger sur ma maladie psychiatrique post-partum jusqu'à la fin des temps. Qu'est-ce que je raconterai ?

Tant de variables. Tant de culpabilité. Je n'arrête pas de penser à E. Mon imagination est incapable de se représenter ce qu'elle doit éprouver. Se sentir incapable de l'élever. Le confier à quelqu'un d'autre. Mais je me souviens ensuite de cette journée atroce, et je sais qu'elle a fait le bon choix. Pour nous tous.

4 heures du matin

Pas dormi. J'ai peur maintenant. Je n'arrête pas de regarder mon téléphone au cas où elle appellerait pour demander à le récupérer. Rien ne peut l'empêcher de faire une chose pareille. La loi est de son côté jusqu'à ce que la décision de justice soit signée, et cela ne se produira peut-être pas avant plus d'un an.

Pas sûre de pouvoir supporter ça. Vivre avec autant de peur.

12 décembre

Une « journaliste » m'a appelée aujourd'hui. M'a dit qu'ils avaient des photos de moi en train de sortir d'un service mère-enfant et qu'ils avaient l'intention de publier un article. Est-ce que je souhaitais m'exprimer ?

Voilà un autre moment que je n'oublierai jamais. Celui où une femme a fait du chantage à une autre femme au sujet de sa santé mentale après l'accouchement.

J'ai essayé de les en dissuader tout l'après-midi, mais le journal et ses petits avocats de merde nous attendaient au tournant – ils publieront leur papier.

15 décembre

L'« article » se résume à une photo de moi qui quitte le service, accompagnée d'une légende : « Jeremy et Janice sortent d'un service mère-enfant dédié aux femmes souffrant de troubles psychiatriques périnataux, un peu plus tôt ce mois-ci. » Le cliché occupe presque toute la page.

La presse est venue et est restée devant chez nous pendant quelques heures. Ils sont déjà repartis. Un sale connard rôde encore, mais son intérêt va s'émousser. Je les hais.

La tournure qu'ont pris les événements ne plaît pas trop à l'agence d'adoption, mais ils viennent de nous téléphoner pour nous annoncer qu'après en avoir débattu ensemble, ils avaient le plaisir de nous informer que nous pouvons continuer la procédure à condition que la situation soit « régulièrement évaluée ».

19 décembre

La peur m'empêche de dormir la nuit. La peur qu'Emily change d'avis, la peur pour Charlie, la peur pour moi. Je suis tellement fatiguée d'être terrifiée tout le temps. Je n'arrête pas de penser à ce qui peut bien se passer dans la tête d'Emily. Ce qui peut bien y apparaître.

Voudra-t-elle le récupérer ?

Cette histoire est tout simplement atroce.

Chapitre 44

Emily
Un an plus tard (décembre)

Le soir après que l'adoption de Charlie a été validée par le tribunal, je suis partie de chez mamie pour la première fois depuis des mois.

Un peu plus tard, je me suis retrouvée devant chez Janice et Jeremy au beau milieu d'une averse diluvienne. C'était une belle demeure géorgienne sur quatre étages, juste devant le parc de Highbury Fields. Leur immense porte d'entrée était luxueusement encadrée par des colonnes, et juste à côté de la boîte aux lettres, PAS DE PUBLICITÉ était gravé sur une petite enseigne, parce que ces gens étaient trop importants et cosmopolites pour entendre parler de travaux de bricolage et de pizzas.

Depuis la fenêtre, on voyait jusque dans leur cuisine où se trouvait un vaste îlot en marbre plus grand que la salle à manger de ma grand-mère. Jeremy était installé devant et lisait quelque chose sur son ordinateur portable.

Je suis restée plantée là sous la pluie à l'observer pendant un long moment. Il avait enlevé sa cravate, qui serpentait autour de l'ordinateur, et un verre de vin rouge était posé à proximité. Si Charlie parlait déjà, voici l'homme qu'il appelait papa. Cette maison, ces gens étaient sa vie.

À un bout de leur immense table se trouvait une chaise haute.

J'ai enfoncé mes ongles dans mes paumes et respiré avec la douleur. Au cours de l'année écoulée, il m'était arrivé de me joindre à des réunions de groupes de soutien pour mères qui avaient confié leur enfant à l'adoption. Bon nombre d'entre elles parlaient de « faire confiance à la douleur » ou de « respirer » avec elle.

À partir de 14 heures, mon bébé n'était plus à moi, et je ne pouvais absolument rien y faire. Les exercices de respiration étaient une insulte.

Momentanément, je me suis autorisée à imaginer que c'était moi à l'étage avec Charlie, pas Janice : que je lui donnais le bain, qu'il m'éclaboussait pendant que je jouais avec lui. Ou peut-être dans la petite salle de bains de mamie, avec le parquet qui grinçait et la fenêtre qui ne se refermait jamais vraiment tout à fait.

La douleur m'a donné envie de m'allonger et de me rouler en boule à même le trottoir pluvieux.

Je suis restée là un long moment, gelée et trempée, jusqu'à ce que Janice apparaisse soudain dans la cuisine avec un biberon dans la main. Avant même d'avoir reposé celui-ci, elle s'est rendue dans le salon pour regarder par la fenêtre qui donnait sur la rue.

La nuit était tombée depuis quelques heures et j'étais sur le trottoir d'en face, près d'un arbre. Mais je me suis rendu compte trop tard que je me trouvais trop proche d'un lampadaire, et elle m'a tout de suite aperçue. Elle a pressé son visage tout contre la vitre et mis ses mains en visière pour mieux voir. Je n'osais pas bouger. J'avais remonté ma capuche, alors elle ne pouvait pas distinguer mon visage, mais elle savait. Je l'ai sentie, tout comme elle m'a sentie. Urgemment, elle s'est retournée pour appeler Jeremy.

J'ai couru me faufiler dans les ombres après le centre de loisirs, poussant mes jambes en manque d'exercice vers la station de métro Highbury & Islington.

Idiote. J'étais tellement idiote. Qu'avais-je espéré obtenir ?

Jeremy m'a rattrapée au moment où j'arrivais au passage piétons. J'aurais dû me libérer quand j'ai senti une main sur mon coude – j'aurais dû courir –, mais je me suis arrêtée et je me suis retournée. Voilà bien longtemps que personne à part ma grand-mère et mon généraliste ne m'avait touchée.

— Emily ?

J'ai secoué la tête.

— Non.

— Emily…

Doucement, il m'a guidée de l'autre côté de la route, sur le trottoir. La pluie tambourinait contre ma capuche.

— J'ai eu l'impression qu'elle guettait à la fenêtre tous les soirs.

Je n'ai rien su dire d'autre.

— C'est le cas.

Jeremy se recroquevillait en vain pour échapper à la pluie.

— Pourquoi ? Vous avez eu des problèmes ?

Jeremy a secoué la tête.

— Aucun problème. Charlie est parfaitement en sécurité. C'est juste qu'elle… Elle est très angoissée depuis que nous l'avons accueilli. Elle a très peur que tu n'aies changé d'avis.

— Au point de guetter à la fenêtre en permanence ?

Après un silence, Jeremy a hoché la tête.

— Elle est formidable avec Charlie. Alors tu n'as pas à t'inquiéter de l'effet que cette angoisse a pu avoir, mais… Bref, maintenant que l'aspect légal est entériné, je pense qu'elle sera en mesure de fixer des limites. Qu'elle pourra commencer à croire qu'elle est une vraie mère.

Je ne m'étais pas attendue à cela. Dans les scènes qui s'étaient jouées dans ma tête, Janice et Jeremy souriaient avec amour à leur bébé endormi, descendaient au rez-de-chaussée pour boire du vin ensemble et parler des trucs rigolos qu'il avait faits dans la journée. Il ne m'avait jamais traversé l'esprit que Janice puisse être angoissée. Surtout à mon sujet. Au sujet d'Emily Peel, qui était restée alitée pendant des mois entiers, à peine capable de répondre à ses besoins les plus élémentaires.

— Je ne suis jamais venue ici auparavant. C'est la première fois. Et clairement la dernière.

Alors qu'il s'apprêtait à parler, je l'ai coupé.

— Je ne me remettrai jamais de ce que j'ai fait. Cela a gâché ma vie. Mais pas d'inquiétude, Jeremy. Je ne vous harcèle pas. C'était juste un… je ne sais pas. Le côté définitif de la décision de justice. J'ai paniqué.

Il a hoché la tête.

— Je comprends. Mais cela ne doit pas se reproduire… Si tu nous harcèles, Janice appellera la police et je ne l'en empêcherai pas.

J'ai fermé les yeux dans la pluie pendant quelques instants.

— Je suis vraiment navrée, Jeremy. Je t'en prie, ne lui dis pas que c'était moi. Cela ne fera que l'inquiéter inutilement.

— Absolument. Je dirai que c'était juste une cinglée.

J'ai presque souri. Lui aussi.

— Simplement… Dis-moi juste que Charlie va bien.

Cela montait en moi une fois de plus – ce désir. Ce désir semblable à une houle venue des profondeurs.

— Dis-moi qu'il va bien et qu'il est heureux.

— C'est le cas, a-t-il répondu doucement.

Un bus aux vitres embuées s'est rangé le long du trottoir derrière Jeremy.

— Oh, Emily. Il va très bien et il est très heureux. Tu n'as aucun souci à te faire à son sujet.

J'étais incapable de parler. Des passagers se sont déversés des entrailles du bus.

— Nous ne lui raconterons jamais ce qui s'est passé.

Sa voix était devenue la voix la plus gentille au monde.

— Nous lui expliquerons juste que tu étais jeune, que la vie ne t'avait pas fait de cadeaux et que tu as eu le sentiment de ne pas pouvoir le garder. Il ne saura jamais ce qui s'est passé ce jour-là.

— Merci.

Il a hoché la tête.

— Est-ce que ta grand-mère veille sur toi ?

J'ai enfoncé mes mains dans mes poches.

— Pas vraiment. Elle a eu un virus qui l'a mise à plat. Je ne sais pas trop combien de temps il lui reste à vivre, pour être honnête.

— J'en suis navré.

— Ouais. Bref, je te prie de m'excuser. Sincèrement. Vous ne me reverrez plus.

Sans plan en particulier, j'ai tourné les talons et je me suis éloignée sous la pluie.

Mon petit garçon. Mon adorable et minuscule Charlie. Il était désormais un bébé d'un an dont les parents étaient riches, et habitait une grande maison aux abords du parc. Séparé de moi par la loi.

Et si je devais ne faire qu'une seule bonne chose dans ma vie, ai-je songé en marchant sur Holloway Road, si je tenais vraiment à lui, plus jamais je ne m'approcherais de lui.

Chapitre 45

Emily
Quatre mois plus tard (avril)

L'aire de jeux n'était pas bondée.

Deux mères partageaient des biscuits pendant que l'un de leurs bébés jouait dans un bateau en bois. Il y avait un père solitaire avec un nourrisson. Deux adolescents en uniforme scolaire mangeaient du poulet frit dans une boîte en carton.

Au bord du bac à sable, assise sous de jeunes limettiers, je regardais mon fils. Charlie jouait dans un train rouge à quelques mètres de moi. En me concentrant, je parvenais à me souvenir de l'odeur de sa peau duveteuse, à me convaincre que la brise la portait jusqu'à moi.

— Yuga yuga yuga, marmonnait-il.

Tchou-tchou-tchou ?

Je t'aime. Tellement.

Janice riait en compagnie d'une autre femme, riait comme si elle avait la meilleure vie qu'on puisse imaginer. Les cheveux de Charlie étaient d'un blond presque platine, ses joues encore dodues. Il fallait que je parte. Jamais je n'aurais dû m'approcher autant.

Je n'ai pas bougé.

Sans crier gare, Charlie est descendu du train et m'a regardée droit dans les yeux. Après quelques instants de réflexion, il a souri. Mon fils m'a souri comme s'il savait. Comme s'il n'avait jamais oublié.

Je me suis levée et j'ai battu en retraite sous les arbres.

— Coucou, ai-je murmuré en tournant les talons. Et au revoir !

Mais il m'a suivie sur un petit talus, s'est éloigné du train et du bac à sable.

À travers les arbustes je voyais Janice qui parlait encore à son amie. Elle ne se doutait de rien.

Rapidement, avant que j'aie eu le temps de m'arrêter, je me suis précipitée vers Charlie et je l'ai pris contre moi, refermant mes bras autour de son petit corps compact de bambin, humant ses cheveux.

— Je t'aime, ai-je murmuré à une avalanche de joie et de douleur. Je t'aimerai toujours.

Et puis je suis partie. J'ai entendu des appels, puis des cris tandis qu'elle le cherchait. J'ai longé la partie boisée du parc en direction du portail côté est. Je savais que Charlie était en sécurité, ce portail était fermé, et pour accéder à l'entrée principale, il serait obligé de passer devant Janice. Elle n'allait pas tarder à le retrouver sous les arbres.

J'ai entendu sa voix faiblir, se faire plus forte, et puis, au moment où je quittais le parc, je l'ai entendue trouver Charlie où je l'avais laissé. Sanglots bruyants, cris, *tu étais où, oh mon Dieu, j'ai eu la peur de ma vie... Oh, mon Dieu, Charlie, mon petit...*

Je marchais doucement, afin de ne pas attirer l'attention. Mon cœur battait la chamade.

J'avais besoin d'aide.

C'était la cinquième fois que cela se produisait. Je venais à Highbury quand les choses devenaient trop difficiles. Je regardais au vu et au su de tous mon fils vivre sa vie avec Janice et Jeremy.

Janice semblait s'être détendue ces dernières semaines, elle ne me guettait plus. J'étais restée à l'arrêt de bus en face du restaurant Trevi afin de regarder Charlie qui essayait de manger des spaghettis à une table près de la vitrine. Je les avais regardés à l'épicerie en face du pub The Hen and Chickens, je les avais regardés deux fois au parc. Je ne restais jamais plus de quelques minutes : juste assez pour calmer mon système, pour émousser mes nerfs.

J'ai besoin d'aide.

Je me suis dirigée vers Highbury Place, m'efforçant de rester dos à l'aire de jeu, me concentrant sur mes pas, un pied devant l'autre.

Pied gauche, pied droit. Gauche, droit.

J'ai besoin d'aide.

Chapitre 46

Journal de Janice Rothschild
Avril

Je l'ai tenu dans mes bras en pleurant, en l'embrassant, en lui criant dessus. J'ai senti le regard moralisateur des autres parents. Sérieusement ? Crier sur un tout petit enfant qui s'est juste éloigné vers les arbres ?

Ai décroché le téléphone que j'ai laissé tomber par terre quand je suis arrivée devant C. Incapable de m'arrêter de sangloter. Ai réussi à dire à J que C paraissait indemne.

Et puis J m'a dit qu'il était tombé sur Emily Peel alors qu'il me rejoignait au parc pour m'aider.

Tout s'est arrêté. Je n'en croyais pas mes oreilles.

Et pourtant, si. Carrément. La fureur est venue, une fureur comme je n'en avais jamais connue de semblable. Le désespoir.

J a emmené Emily au commissariat d'Islington. Depuis que nous sommes devenus les parents de Charlie aux yeux de la loi, il n'arrête pas de répéter « pauvre Emily », mais là, c'est fini.

Elle va être punie par la loi, a-t-il affirmé de la voix à cause de laquelle les hommes politiques chient dans leur froc. Il a promis qu'il empêcherait la presse de mettre son nez là-dedans.

Mais comment allons-nous la faire sortir de nos vies ? Elle habite à moins d'une demi-heure de chez nous. Elle ne lâchera pas l'affaire, je le sens dans mes os.

Juste au moment où je commençais à nous croire en sécurité.

30 septembre 2002
Une ordonnance restrictive de deux ans. Voilà ce qu'elle a eu.

Deux ans ? Pour une femme qui a essayé d'enlever un enfant ? Je n'ai pas les idées claires et je suis incapable de faire quoi que ce soit. Crises d'angoisse, impossible de dormir. La psy veut me prescrire un traitement spécial, elle pense que je souffre de syndrome post-traumatique. Incapable de laisser Charlie hors de mon champ de vision.

Emily a convaincu le magistrat qu'elle « voulait juste le voir ». Il a dit qu'il n'y avait aucune preuve qu'elle ait voulu enlever C, même si E a avoué qu'elle nous avait harcelés.

Ai attendu devant le palais de justice de Highbury qu'elle sorte. J n'a pas pu m'en empêcher. Il a essayé mais je n'étais pas d'humeur docile. Au bout du compte, il est rentré à la maison.

Elle a mis des plombes à sortir. Elle était seule. Elle avait perdu beaucoup de poids.

J'avais presque envie de la pousser sous un bus. Littéralement. Tu m'as demandé d'être une mère saine

d'esprit et stable pour Charlie et maintenant tu me suis ?
Sérieux ? Putain, tu t'es cachée dans un fourré du parc
à côté de chez moi et tu as essayé de me le voler ?

Comment oses-tu ? Comment oses-tu, merde !

Tu nous as tant pris en agissant ainsi. Et j'ai bien
dit « nous ». Tu as privé Charlie du foyer sûr que tu
m'avais demandé de lui donner. Espèce de sale folle.
Espèce de cinglée de merde.

Au lieu de lui balancer toutes ces choses, je l'ai
rejointe, calme et posée, et je lui ai dit tout doucement
que je lui ferais payer son geste.

Et je ne plaisantais pas. Peu importe le temps que
cela prendrait, je lui ferais payer.

Chapitre 47

Emily

Après ma condamnation, j'ai commencé à étudier à l'Open University. Trois années vides plus tard, j'ai obtenu mon diplôme et changé de nom. Il ne restait plus aucune trace de la femme qui avait terrorisé la famille de Charlie.

Je ne m'étais plus jamais approchée des Rothschild et je n'avais pas l'intention de le faire. J'employais plutôt l'énergie dévorante du chagrin pour chercher mon crabe. Dès que j'avais quelques jours creux – et il y avait beaucoup de jours creux ces premières années –, j'allais dans le Northumberland pour chercher. Je n'ai rien trouvé mais je n'ai pas laissé tomber. J'ai continué à me rendre là-bas.

J'ai bouclé mon master à Plymouth où j'ai fini par décrocher un poste de chercheuse. J'ai commencé à mener une vie conforme aux attentes élémentaires de la normalité. Parfois, c'était même presque plaisant, à condition de ne pas trop réfléchir à mon passé. Au fil des ans, Emma se comportait souvent comme la jeune

Emily avait appris à le faire, et les gens appréciaient sa compagnie. Elle les divertissait – je m'en assurais.

Je ne suis pas certaine que j'étais à proprement parler heureuse, mais j'étais occupée et déterminée, et la plupart du temps, entourée par d'autres êtres humains. Cela me semblait suffire.

Mamie est morte quelques années plus tard. Un homme prénommé Leo a appelé au sujet de sa nécrologie, et j'ai su avant même de le rencontrer que j'avais droit à une seconde chance.

Et cette seconde chance était belle, bien plus que je n'aurais pu l'imaginer. Mon corps est passé à autre chose, mon cœur a aimé de nouveau.

Mais il y avait toujours un espace négatif, une ombre sur le sable. Il en va ainsi du chagrin : on ne peut pas le défaire malgré tout ce qu'on a acquis entre-temps.

Troisième partie

EMMA

Chapitre 48

Leo

Jeremy m'observe.

Je sens tout et je ne sens rien. Nous sommes assis tous les deux – deux hommes sans leurs femmes, liés par un cauchemar dont j'ignorais tout.

— Cela ne me plaît pas d'être la personne qui vous apprend tout ça, déclare Jeremy après un long silence. Ce n'est pas normal. Mais si cela peut vous aider à trouver Emma…

Paumé, je passe mes mains sur mes yeux. Je ne connais pas cette femme que Jeremy a décrite. Cette femme qu'il connaît depuis près de vingt ans. Je ne sais rien de sa façon de penser, rien de ce qui motive ses décisions. Est-ce que je l'aime ? Pourrais-je l'aimer ? M'a-t-elle jamais aimé ou bien est-ce que cela faisait partie de son rôle ?

Emma est Emily. Elle a rencontré le cousin de Jeremy et est tombée enceinte. Elle a accepté que les Rothschild adoptent son bébé, a changé d'avis, souffert de psychose post-partum et essayé d'étouffer son enfant.

Elle s'est ensuite engagée dans le processus d'adoption, pour finalement harceler les Rothschild et tenter d'enlever le petit.

— C'est… c'est un cauchemar, dis-je au bout d'un moment.

Quelque part dans une pièce à l'arrière de la maison, une machine à laver émet un bip. Je m'échappe un instant de l'enfer dans ma tête en essayant d'imaginer Jeremy Rothschild lancer une lessive, mais j'en suis incapable. Je n'arrive pas à réfléchir.

Je connais un peu la psychose post-partum. J'ai dû écrire une nécrologie au sujet de cette pauvre femme qui avait sauté d'un pont avec son bébé il y a quelques années – cette histoire me hante encore. Mais Emma ? Comment a-t-elle pu traverser un tel trauma sans m'en parler ? Sans en parler à qui que ce soit ?

Mais si, elle en a parlé à quelqu'un. La vérité s'immisce silencieusement en moi. Jill, qui s'est pointée chez nous juste avant la naissance de Ruby et a refusé de partir avant les deux semaines de la petite. Jill, qui ne laissait jamais Emma seule avec Ruby, même quand celles-ci faisaient toutes les deux la sieste sur le canapé.

Jill savait.

Cette réalité me met tellement en colère, m'afflige à tel point que je suis à deux doigts de me lever et de partir. Mais quoi, ensuite ? J'ai tant de questions à poser à Jeremy.

Je tiens bon. Je me concentre sur ma respiration, exactement comme Emma m'a appris à le faire.

Emily. Emily Ruth Peel, qui a un enfant adulte et un casier judiciaire.

— Et cet enlèvement ? finis-je par lui demander. Que s'est-il vraiment passé ?

— Elle s'est cachée dans un bosquet à côté de l'aire de jeux à deux pas de chez nous, « juste pour jeter un coup d'œil » à Charlie, soi-disant. Il a disparu quelques minutes ; Janice a paniqué et m'a appelé. Je suis tombé sur Emma alors que je venais de sortir en trombe de la maison pour rejoindre l'aire de jeux.

J'appuie ma tête dans mes mains.

— Et ça, ce n'était pas pendant la psychose post-partum ?

— C'était plus d'un an après, Leo. Je crois qu'elle était très déprimée, mais elle n'était absolument pas en plein délire.

J'imagine Ruby disparaître dans un parc. Emma et moi qui courons, crions son nom, la terreur à l'état pur. Je trouve incompréhensible qu'Emma puisse infliger une chose pareille à un autre parent.

— Qu'a dit Emma à l'époque ? Quelle était sa défense ?

Jeremy tergiverse.

— Eh bien en fait, elle a nié l'accusation d'enlèvement. Elle a déclaré qu'elle s'était contentée de le regarder de loin. Qu'il l'avait remarquée et était venu la voir quelques minutes ; qu'elle n'avait rien fait pour l'encourager. Naturellement, le magistrat l'a crue.

Une infime fissure de soulagement.

— Eh bien, j'aurais tendance à la croire aussi. Emma ne…

Le doute m'assaille avant même que j'aie pu terminer ma phrase. Emma est non seulement capable de petits mensonges, mais aussi de duperies fondamentales. Déjà, elle se cachait dans un bosquet, bon sang, et regardait Charlie jouer sans que Janice le sache. Qui suis-je pour dire que c'est acceptable ? C'est tout sauf acceptable. Qui suis-je pour dire qu'elle ne prévoyait pas de l'enlever ? Qu'elle n'a pas tenté de le faire ?

Je pose de nouveau les yeux sur Jeremy.

— Qu'en avez-vous pensé, vous ?

Il réfléchit à sa réponse pendant quelques instants.

— J'ai également eu du mal à l'imaginer l'enlever, avoue-t-il. Mais le fait est que Charlie a disparu pendant plusieurs minutes, et quand Janice l'a retrouvé, il était près de la porte par laquelle Emma était sortie. Ça fait un peu trop de coïncidences à mon goût. Surtout qu'elle a avoué avoir observé secrètement Charlie et Janice à plusieurs reprises au cours des mois précédents.

— Mais si le magistrat n'a pas cru qu'elle essayait de l'enlever, pourquoi l'ordonnance restrictive ?

Le visage de Jeremy se fige.

— Pardon, mais est-ce que je ne viens pas de vous dire qu'Emma nous avait suivis cinq fois en six mois ? s'emporte-t-il. Vous vous imaginez à quel point c'était angoissant ? Il n'est pas question d'enlèvement, ici. Elle nous a harcelés.

— Mais si elle cherchait juste à le regarder, il me paraît un peu sévère de…

Jeremy me coupe.

— Attention, dit-il. Faites très attention, Leo.

Je lui présente des excuses, mais à présent l'atmosphère ne tient qu'à un fil.

— Toute cette histoire était extrêmement stressante.

Au-dessus de son œil droit, un minuscule nerf visible uniquement de près tressaute.

— Ça a détruit Janice. Mais le pire là-dedans, c'est qu'Emma a réessayé, il y a quatre ans. De nous harceler.

— Quoi ?

— Je l'ai revue après son diagnostic parce qu'elle craignait de mourir sans avoir connu son fils. Mais je ne pouvais pas, ne voulais pas la parachuter dans la vie de Charlie, quelle que soit la gravité de sa situation. C'est pour cette raison que j'ai refusé. Alors un jour elle s'est pointée à Alnmouth où nous étions tous les trois en vacances. Charlie n'avait que quatorze ans à l'époque. Janice a bien failli perdre la boule.

J'ai la nausée.

— Vous voulez dire… qu'elle a essayé de l'enlever ?

— Non. Il était dans la maison, heureusement. Janice et moi marchions sur la plage. Elle est simplement venue nous voir sur les rochers.

J'ai fermé les yeux. La fois où Emma n'était pas rentrée du Northumberland par le train comme prévu. Son téléphone éteint, mon inquiétude grandissante à chaque minute qui passait. Finalement, j'avais eu l'idée de téléphoner à Jill qui m'avait assuré qu'Emma était chez elle. Je n'avais eu aucune raison d'en douter. Je me souviens juste de mon soulagement en apprenant qu'elle était en compagnie de son amie.

Je raconte un peu à Jeremy ce qui s'est passé cette nuit-là, et je lui demande si les dates lui semblent coïncider. Il hoche la tête.

— Oui, ça s'est passé à ce moment-là.

Il regarde à travers les portes-fenêtres, dans le jardin nocturne. Après un blanc, il se lève et ouvre un tiroir d'où il sort un paquet de chips.

Je ne m'attendais pas à ce que Jeremy Rothschild mange des chips. Je ne sais pas trop pourquoi. Elles sont aromatisées à la sauce Worcester, détail qui me désarçonne encore plus. Il me propose un paquet, je décline, alors il se rassied et ouvre le sien.

— Cette fois-là, ils ne l'ont ni arrêtée ni inculpée, dit-il pensivement. Il y avait apparemment assez d'éléments corroborant qu'elle se trouvait à Alnmouth pour des recherches marines informelles. Une histoire de crabes, me semble-t-il. Son amie est venue la chercher de Londres en voiture.

Ces mensonges. Tous ces mensonges.

— Et après ?

Jeremy hausse les épaules, prend une chips.

— Après ça, elle nous a fichu la paix, et nous n'avons plus eu de contact avec elle jusqu'à il y a trois semaines, quand Janice a disparu. Je me suis rapproché d'Emma pour m'assurer qu'elle n'avait pas parlé à ma femme. Elle m'a dit que non et je l'ai crue. Mais Janice a écrit une lettre à Emma récemment, alors je l'ai retrouvée à Alnmouth pour la lui remettre.

— Vous ne pouviez pas la lui poster ?

Jeremy secoue la tête.

— Je voulais lui parler de nouveau. J'avais besoin de la regarder dans les yeux pour m'assurer qu'elle n'avait pas été en contact avec Janice.

Il prend une pincée de chips qu'il gobe d'un coup.

— Et si vous vous demandez pourquoi Emma est venue jusqu'à Alnmouth pour me voir, c'est parce qu'elle n'a jamais abandonné l'espoir de pouvoir accéder à Charlie grâce à moi. Elle m'a imploré encore et encore de le rencontrer. Je pense qu'elle ne laissera jamais tomber.

Je me rassieds sur la chaise de Jeremy. Mes pensées tournent au ralenti, puis rapidement. Jeremy n'arrête pas de boulotter.

— Mais… Charlie doit avoir dix-neuf ans, à présent, dis-je doucement. Emma pourrait certainement se mettre en contact avec lui si elle le voulait ?

— Vous avez raison, elle le pourrait. Mais elle ne le fera pas. Pas sans avoir mon feu vert.

— Pourquoi pas ?

Jeremy termine ses chips et plie le paquet en petits carrés. Il le glisse sous une tasse à café vide. Je me demande ce que cela lui fait d'en savoir plus sur ma femme – sur ma vie – que moi.

— Si je comprends bien, Emma a passé un pacte avec elle-même après l'enlèvement. Elle s'est promis de ne jamais entrer de nouveau dans la vie de Charlie sans y être invitée, quelles que soient les circonstances. Elle savait à quel point l'incident du parc nous avait traumatisés, et avait, par extension, traumatisé Charlie. Elle en a éprouvé énormément de remords. Elle craignait d'avoir gâché l'enfance paisible dont elle avait rêvé pour lui. Alors elle a décidé de ne le contacter que via l'un de nous plutôt que de s'imposer à lui. Janice ne transigerait jamais, alors elle est toujours venue m'implorer moi.

Je fronce les sourcils.

— Vous voulez dire… vous voulez dire que vous ne lui avez jamais révélé qu'Emma souhaitait le rencontrer ? Vous lui avez caché la vérité ?

Jeremy pose sur moi un regard patient – empathique – et je me rends compte avec une pointe d'humiliation de plus qu'il sait que j'ai été adopté. Ma question était bien trop chargée.

— Bien sûr que non, je ne lui ai pas caché la vérité. Il a toujours su qu'il avait été adopté.

Il bouge sur sa chaise.

— Quand Emma a eu un cancer, j'ai eu une conversation avec Charlie. Je ne lui ai pas vraiment dit que sa mère biologique avait demandé à le rencontrer, mais que s'il souhaitait en apprendre davantage à son propos, voire la rencontrer, je l'aiderais à le faire. Il m'a remercié, et puis c'est tout. Depuis, il n'a plus jamais abordé le sujet. Je ne vais pas forcer les choses.

J'essaie d'imaginer ce que cela ferait d'être séparé toute ma vie de Ruby et la panique enserre ma poitrine : ce qu'Emma a traversé est inimaginable. Elle doit vraiment aimer profondément ce garçon pour se retenir de lui écrire. Même aujourd'hui, alors qu'il est adulte.

Pendant un long moment, nous nous taisons tous les deux. Le silence est tel que j'entends le discret mouvement des aiguilles de la montre de Janice enroulée sur l'îlot de cuisine derrière nous. Notre vieille maison biscornue vit, elle craque, soupire bruyamment, ses canalisations et ses radiateurs font un sacré boucan. Ici, tout est tellement beau, bien équipé, caréné, doté d'une plomberie performante. Pourquoi Janice voudrait-elle quitter ce sanctuaire et ne pas revenir ?

— Où est Charlie ? je demande soudain.

Cette maison me paraît bien trop ordonnée pour qu'un garçon de dix-neuf ans y habite.

— Vous n'aviez pas dit que vous vous occupiez de lui ?

Jeremy regarde par-dessus son épaule.

— Il est dans sa chambre. Toute cette histoire a été très dure pour lui.

Cette nouvelle me laisse sans voix pendant un court instant. Je suis sous le même toit que le fils d'Emma. J'ai envie de me précipiter à l'étage pour le voir, lui parler, vérifier que c'est bien vrai, que ma femme a bien un enfant adulte.

— Il est rentré de l'université. Il étudie au MIT, aux États-Unis, ajoute-t-il, incapable d'étouffer la fierté dans sa voix. Il a fait une excellente première année, et puis Janice est partie quelques jours seulement après qu'il est rentré pour l'été. Il souffre vraiment.

Finalement, mes pensées se redirigent vers Emma. Vers Janice, et ces années de chaos et de souffrance entre elles deux.

— Janice a-t-elle jamais pardonné à Emma ? Et vous ?

Jeremy réfléchit à sa réponse. Dehors, les alliums s'agitent et oscillent sous la guirlande lumineuse. J'envie presque la simplicité des rapports entre les Rothschild et Emma. Elle les a harcelés et suivis, ils ne lui pardonneront sans doute jamais. Mais elle est ma femme, et je l'aime profondément, tendrement, depuis dix ans. Je ne sais absolument pas quoi ressentir.

— Nous avons beaucoup soutenu Emma. Pendant sa grossesse et les terribles épreuves qu'elle a traversées après l'accouchement, qui n'excusent en rien ses actions ultérieures, Leo. Donner à un parent une raison de croire que son enfant n'est pas en sécurité est quelque chose d'épouvantable.

Je ne peux qu'être d'accord.

— Cela a changé Janice. De façon vraiment fondamentale, je pense. Elle a perdu son assurance, sa spontanéité, sa résilience. Elle en est ressortie beaucoup plus
angoissée, et en colère. Elle ne fait plus confiance aux
gens. Au fil des ans, elle a progressivement déserté sa
vie sociale. Ces derniers temps, il est très difficile de
la convaincre de mettre le nez dehors.

Je le crois, même si rien de ce qu'il décrit ne trans-
paraît à l'écran. Mais c'est l'absence visible de dégâts
chez Emma qui me frappe le plus. Elle a eu quelques
épisodes, au fil des ans, et la dépression post-partum,
mais rien de tout cela n'a duré longtemps. Elle n'est
pas en retrait, elle n'est pas en colère. Elle est sûre
d'elle-même, fait confiance, et surtout, elle est toujours
très énergique et heureuse. Est-ce du cinéma ? Est-ce
possible, d'ailleurs ? Personne ne pourrait passer dix
ans à jouer la comédie.

Une autre pensée émerge.

— Écoutez, dis-je doucement. Pardonnez-moi de
vous poser cette question. Mais je suppose que vous
ne pensez pas que... je suppose que vous ne pensez
pas que Janice puisse avoir le moindre lien avec le fait
qu'Emma ait dispa... ?

— Arrêtez. Tout de suite.

— Je suis désolé. Mais vous avez dit vous-même que
Janice avait menacé Emma après le passage au tribunal.
Et je sais que ça remonte à des années, mais peut-être...

— Non, Leo.

— Je ne suis pas en train de suggérer que Janice a
fait quelque chose de grave, ni du mal à Emma, je dis
simplement que...

— Leo. M'avez-vous entendu dire à quel point Janice était fragile en ce moment ? M'avez-vous entendu dire que, depuis le début, c'est Emma qui était derrière tous les actes d'agression, les comportements menaçants ? Pas une fois Janice n'a riposté. Pas une seule, même face à des actes impardonnables de provocation.

— Je vous crois. Mais je…

Jeremy poursuit :

— Puis-je également vous rappeler qu'avant la nuit dernière vous ignoriez que le nom de naissance de votre femme était Emily Peel ? Qu'elle avait un enfant dont vous ne saviez rien ? Leo, vous n'êtes pas suffisamment informé pour relayer la moindre calomnie au sujet de Janice qui, bon sang, a déjà bien assez souffert aux mains d'Emma.

Le voilà. Voilà Jeremy Rothschild.

Il se dirige calmement vers la porte de la cuisine.

— Il est temps pour vous de partir. Ma femme a fait une dépression et a disparu. Je suis mort d'inquiétude. Et pourtant, vous débarquez chez moi pour me demander si elle a pu revenir à Londres afin d'infliger une vengeance pathétique à Emma. C'est de mauvais goût, Leo. De mauvais goût et terriblement mesquin.

— Jeremy. S'il vous plaît. Veuillez m'excuser, je ne voulais vraiment pas…

— Oh, sortez, c'est tout, dit-il, soudainement fatigué. Dégagez. Partez.

Il n'a pas coutume de terminer ses humiliations radiophoniques de la sorte.

Debout près de la porte de la cuisine, il ne regarde pas mon visage, et quelques secondes plus tard me voici sur Highbury Place.

Quand je rejoins ma voiture, une prune m'attend sur le pare-brise. Après avoir emprunté de l'argent à Jeremy pour payer le parcmètre, j'ai manifestement omis d'afficher mon ticket de stationnement.

Un flot de supporters d'Arsenal passe devant moi en chantant, en scandant des slogans, en riant. On dirait bien que leur équipe a gagné le match à domicile ce soir.

Chapitre 49

Leo

Je m'engage dans Highbury Corner. Quand il s'est agi de tout révéler sur Emma, ses catastrophes, ses duperies, le mal qu'elle avait fait, Rothschild s'en est donné à cœur joie. Mais quand j'ai eu le malheur de lui poser une misérable question sur Janice, alors là…

Et ensuite il s'en est pris à moi comme si j'étais un politicien menteur. Cette humiliation n'était pas nécessaire – ce type venait juste de passer tout mon mariage à la déchiqueteuse, putain de merde !

— Va te faire foutre ! je marmonne en accélérant dans Upper Street.

(Pourquoi ai-je pris ce chemin ? Je n'habite même pas dans cette direction. Je tourne dans Islington Park Street pour couper par Barnsbury.)

— Dégage ! dis-je tout haut à personne en particulier.

Je touche un ralentisseur que je n'avais même pas vu.

— Merde !

Des larmes se forment au coin de mes yeux. Emma a disparu. Emma n'existe même pas.

— MERDE ! je hurle avant de toucher un autre ralentisseur.

Cette fois-ci, le bas de la voiture racle la bosse, et un piéton se retourne pour regarder quel est ce conducteur idiot, cet abruti qui roule vite et saccage sa voiture.

— DÉGAGE ! je gueule au piéton, mais mes larmes coulent à présent.

Je roule en pleurant jusqu'à ce que je comprenne, après avoir failli percuter un troisième ralentisseur, qu'il faut que je m'arrête le long du trottoir. Avant de m'effondrer en sanglotant et en invectivant le volant que je martèle avec mon poing, j'aperçois furtivement le piéton faire demi-tour et s'éloigner de ma voiture en prenant ses jambes à son cou.

Dix minutes plus tard, je me remets en route. La rage contre Jeremy est déjà retombée. Il n'est que le messager, je le sais. C'est contre mon épouse que je suis en colère. Mon épouse, cette femme qui n'existe pas.

J'aurais compris. Voilà ce que je n'arrête pas de penser. Emma aurait pu me confier n'importe lequel des faits dont l'accuse Jeremy, j'aurais tout accepté. Comment lui en vouloir pour ce qui s'est passé alors qu'elle était en proie à une profonde détresse psychiatrique ? Comment pourrais-je la juger d'avoir regardé son enfant dans un parc quand il lui manquait douloureusement, au-delà de la raison ? Quel parent ne rendrait pas une visite clandestine à son enfant adopté s'il savait où celui-ci habite ? Moi, je ne me priverais pas de le faire.

Elle ne voulait pas me dire qu'elle avait abandonné son enfant : je le comprends. Bon sang, elle m'a suffisamment vu souffrir à cause de ma propre adoption. Mais j'aurais accepté l'information sans juger. J'étais amoureux d'elle. J'aurais mis mon passé de côté.

(N'est-ce pas ?)

Et j'aurais pu l'aider à se pardonner la tentative d'étouffement, petit à petit, ou du moins je me serais efforcé d'émousser les contours de sa culpabilité. Tu étais malade, lui aurais-je répété, jour après jour, année après année, jusqu'à ce qu'elle soit capable de le croire.

(N'est-ce pas ?)

J'accélère devant la prison de Pentonville, inquiétante dans la lumière des projecteurs.

La vérité n'est pas belle à voir : une part de moi est horrifiée. Une part de moi a peur. Une part de moi s'est même demandé furtivement si Ruby était en sécurité avec sa mère.

Et voilà précisément pourquoi elle ne m'en a pas parlé. Elle ne semble l'avoir dit à personne, hormis à sa plus vieille amie – parce qu'elle sait que les mêmes pensées traverseraient l'esprit de presque tout le monde. Est-elle une personne violente, en dépit des apparences ? Lui arrive-t-il encore de vouloir faire du mal à son enfant ? À d'autres ?

Je donne une nouvelle fois un coup de poing dans le volant, fulminant contre Emma, fulminant contre moi-même qui nourris exactement les pensées qu'elle avait prédites.

Dans Agar Grove, j'oblique pour m'engager dans le bruit et la saleté du quartier de Camden la nuit. Les rues sont emplies de jeunes qui boivent, qui rient.

Tandis que je me dirige péniblement vers Chalk Farm et Belsize Park, je m'autorise à passer en revue le tissu de mensonges qu'Emma a dû me servir. Les séjours dans le Northumberland – tous ces putains de voyages qu'elle a faits, toutes les fois où je l'ai laissée partir afin qu'elle puisse avoir du temps pour elle toute seule, chercher des crabes, alors qu'en réalité elle essayait juste de harceler les Rothschild.

Le jour de la naissance de Ruby – la sympathie que le personnel de la maternité a dû éprouver à mon égard alors que je tenais mon bébé pour la première fois, ivre de joie, ignorant que c'était le deuxième enfant d'Emma.

Et en parlant de moments précieux, *quid* de notre mariage ? Est-il valide aux yeux de la loi si Emma a omis de préciser à qui de droit qu'elle avait changé de nom ? Elle n'en a rien dit au cours du rendez-vous administratif de la mairie. Et pourtant, quelques mois plus tard, debout en face de moi le jour de notre union, elle a soutenu n'avoir connaissance d'aucune raison légale l'empêchant elle, Emma Merry Bigelow, de m'épouser moi, Leo Jack Philber.

Son casier judiciaire. Le harcèlement des Rothschild, même quand nous étions déjà ensemble. Les « dîners » avec Jill au cours desquels elle allait faire Dieu sait quoi. Son refus de venir à la moindre soirée en lien avec les médias, sans doute pour éviter de se retrouver publiquement face à Jeremy.

La circulation est en accordéon jusqu'à Haverstock Hill. Mes doigts tapotent contre le volant, mes jambes ont la bougeotte. Être coincé ici avec ces pensées est un supplice.

Quand je me gare devant la maison, je balaie les environs du regard au cas où Emma y serait, mais la seule voiture qui me soit familière est celle d'Olly.

Mon cœur tambourine dans ma poitrine. Je suis épuisé. Je ne sais absolument pas quoi penser, quoi faire, quelle devrait être ma prochaine action. Mon cœur tremble pour Emma – mon cœur qui l'a aimée pendant si longtemps et si profondément –, mais je suis en colère, je suis sous le choc, et je ne vois pas comment je pourrais jamais lui faire à nouveau confiance un jour.

Et si la confiance n'y est pas, nous, ça n'existe pas.

Alors que je verrouille ma voiture, j'entends une autre portière se refermer derrière moi. Je me retourne d'un coup, convaincu que ce sera Emma, mais je me retrouve face à Sheila, dans ma rue, sous un lampadaire. D'ordinaire très décontractée, ce soir elle porte un tailleur-pantalon. Si elle avait voulu ressembler à un agent des services secrets de haut rang elle ne s'y serait pas prise autrement.

— Sheila ? Qu'est-ce que tu fabriques ici ?

— J'ai des nouvelles. Au sujet d'Emma.

Chapitre 50

Olly et Tink regardent un truc sur l'ordinateur portable de mon frère quand je rentre à la maison ; Mikkel et Oskar dorment sous une couverture.

Je leur présente Sheila.

Olly la toise avec intérêt.

— C'est vous, l'ancienne espionne ?

— Olly !

— Quoi ? Je n'ai jamais rencontré d'espion !

— Je ne suis pas en mesure de faire de commentaire.

Mon frère adore.

Je vire John Keats du fauteuil à oreilles dans le bureau et je le ramène dans le salon pour Sheila.

— Le chien l'a un peu...

Je laisse ma phrase en suspens. Sheila n'en a cure. Elle s'assied sur le siège recouvert de poils. Je m'installe par terre.

— Je suis allée dans l'école de ta fille et j'ai demandé à voir les enregistrements de leur caméra de surveillance. L'idée m'a paru opportune puisque c'est le dernier endroit où Emma a été vue.

Je la scrute.

— Et ils t'ont laissée faire ?

Elle hoche la tête, presque avec étonnement.

— Évidemment. Bref, j'ai vu Emma quitter l'école à l'heure exacte qu'ils t'ont donnée. Elle semblait contrariée, comme ils l'ont dit. Et tu as raison, elle n'avait même pas son sac à main avec elle.

John Keats sort du bureau à moitié endormi, une oreille retournée au sommet du crâne. Il va directement voir Sheila et enfonce son museau dans son entrejambe.

Sheila le déloge. Si cet incident a suscité la moindre émotion en elle, son visage ne le montre pas.

Je suis horrifié et ravi. Pas juste par mon chien et mon frère, mais à l'idée que Sheila se soit rendue dans une école maternelle pour demander à visionner un enregistrement de caméra de surveillance. C'est exactement le genre de choses que j'ai toujours imaginé ma collègue faire.

— Ensuite, on voit une voiture se garer à l'entrée de la maternelle. Emma est montée dans le véhicule de son plein gré, me semble-t-il : elle n'a pas vraiment hésité.

— Vous pensez que c'est quelqu'un qu'elle connaît ? demande Olly.

— Je le pense, oui.

Sheila sort son téléphone et fait défiler des images sur son écran.

— ZQ165LL, déclare-t-elle. Peugeot gris argent. Ça vous dit quelque chose ?

Je fronce les sourcils.

— Non… En tout cas, je ne crois pas… Oh, en fait, son amie Heidi a une voiture gris argent, un grand break… ? Une galerie de toit ? Un porte-vélos à l'arrière ?

— Non, c'est une petite voiture. Peu importe, j'ai pris la liberté de poser la question à un vieux contact de la DVLA qui me devait un service.

Olly et Tink échangent des regards. Maintenant qu'ils savent qu'Emma va sans doute bien, ils sont captivés.

Sheila fait défiler d'autres pages sur son téléphone avant de me regarder.

— La voiture est au nom de Jill Stirling. Tu connais cette femme, Leo ?

Chapitre 51

Emma
Plus tôt ce jour-là

— Tu verras, n'arrête pas de répéter Jill quand je lui demande où nous allons.

Tout cela lui plaît. Elle ne dit pas grand-chose, mais je le vois sur son visage, à son langage corporel : elle déborde de détermination. La radio est éteinte, mais elle n'arrête pas de chantonner des bribes de chansons et de commenter tout ce qui se passe sur la route comme s'il s'agissait d'une leçon de conduite.

Cela fait plus de vingt minutes qu'elle est venue me chercher devant l'école. Nous venons juste d'atteindre la North Circular, en banlieue de Londres. Devant nous, un panneau indique l'autoroute en direction de Watford et du Nord.

— Vise un peu la taille du derrière de cet homme ! s'exclame-t-elle en me montrant du doigt un pauvre hère qui traverse une passerelle. Une symphonie, ce cul !

Les fesses en question, certes plantureuses, ne méritent certainement pas un tel jugement.

— Je crois vraiment que je devrais appeler Leo, dis-je après un blanc. Tu penses qu'il a besoin de plus de temps, je sais, mais… je ne trouve pas cela correct de ne pas lui donner de nouvelles. Je peux emprunter ton téléphone, s'il te plaît ?

— Non. Je te l'ai dit, je lui ai parlé.

Quand elle m'a retrouvée devant l'école de Ruby tout à l'heure, je croyais que Jill était juste venue me proposer un peu de soutien moral avant ma discussion avec Leo – me prendre en stop le temps de remonter la colline et de me motiver, m'offrir un café, un câlin. Au lieu de quoi elle a roulé sans s'arrêter dans notre rue, est montée jusqu'à Hampstead Heath en direction de Golders Green.

— J'ai rendez-vous avec Leo à 9 h 30 ! Arrête-toi ! Jill, je ne peux pas te parler maintenant.

— C'est bien plus important, a-t-elle répondu avec un sourire étrange, tellement étrange que je me suis presque demandé si elle n'était pas sous influence.

Au cours de notre première année à St Andrews, nous avions essayé les champignons hallucinogènes, mais Jill avait trouvé l'expérience de la perte de contrôle si intolérable qu'elle n'avait plus jamais essayé aucune drogue.

— Jill ! Sérieux, je dois descendre !

Comme elle m'ignorait, j'ai détaché ma ceinture de sécurité au passage piéton de Golders Hill Park et j'ai essayé d'ouvrir la portière. Qu'est-ce qu'elle fabriquait ?

Telle une preneuse d'otages dans un film, Jill avait activé le verrouillage centralisé des portes.

— Fais pas n'importe quoi ! Tu ne peux pas sortir d'une voiture en roulant sur toi-même comme Bruce

Willis. T'es une femme de bientôt quarante ans qui manque d'exercice !

— Jill ! Je ne plaisante pas ! Laisse-moi sortir.

Mais elle a continué à rouler.

Elle avait parlé à Leo, disait-elle : il était toujours sous le choc et avait besoin de quelques jours pour réfléchir.

Elle me l'a répété encore et encore jusqu'à ce que je sois enfin capable de l'entendre.

— C'est pour cette raison que je suis venue te chercher. J'ai pensé que ce serait horrible pour toi de rentrer dans une maison vide en imaginant que tu allais voir Leo.

J'ai posé une main sur son épaule.

— Merci, ai-je dit tout bas.

À un moment, nous nous sommes retrouvées dans des embouteillages, nous sommes passées devant une ribambelle de magasins décrépis, mais je n'ai plus fait de tentative d'évasion. Leo ne voulait pas me voir. Il faudrait attendre mercredi, voire jeudi, pour qu'il soit prêt. Et d'ici là, il aurait probablement compris qu'il ne pourrait plus jamais me faire à nouveau confiance, et ce serait fini : je l'aurais perdu. Cet homme si cher à mon cœur, l'amour de ma nouvelle vie. Mon beau Leo.

Tandis que nous roulons en direction de l'autoroute sur la North Circular, notre destination m'importe peu.

Pour la quatrième ou cinquième fois, je cherche mon téléphone afin d'envoyer discrètement un message à Leo, mais bien sûr mon portable est toujours dans mon sac à main, sur mon lit. Dans ma chambre, dans ma maison, où j'espérais être capable de convaincre mon mari que je l'aime profondément.

Le trafic se fluidifie et Jill appuie sur le champignon.

Chapitre 52

Nous ne prenons pas l'autoroute. Nous restons sur la North Circular jusqu'à la sortie Wembley, que Jill emprunte. Je me rends compte qu'elle m'emmène tout simplement chez elle.

Bien sûr.

Connaissant Jill, elle a acheté de quoi préparer un petit déjeuner anglais consistant ou un immense sachet de viennoiseries. Il y aura des films de notre jeunesse. Du chocolat chaud, beaucoup de conseils et de discours positifs. Je ne suis pas sûre que Leo et Jill s'aiment autant que moi je les aime, mais elle sait qu'il est tout pour moi. Elle va me soutenir, m'assurer que Leo va se raviser. Que nous sommes faits pour être ensemble ; que nous allons survivre à tout cela.

J'espère qu'elle va le faire. J'espère que nous allons y survivre.

Jill habite à Wembley dans un vaste quartier composé de nouveaux immeubles, tout en jardins paysagers et cafés formatés qui affichent des tas de slogans comme « Trouver son nouveau souffle », « Votre havre de paix ». C'est à mille lieues de ma petite maison répugnante, et j'adore venir ici. Tout y est si parfaitement imbriqué et rangé ; le frigo de Jill est rempli de sachets fraîcheur, ses placards de boîtes soigneusement empilées qui ne contiennent jamais d'aliments périmés.

Le mois dernier, Leo a trouvé du paprika fumé périmé depuis dix-sept ans sur mon étagère à épices.

Jill coupe le moteur et jette un coup d'œil dans le rétroviseur quelques secondes de plus que nécessaire.

Je me retourne pour regarder derrière nous, mais il n'y a personne, hormis un agent municipal occupé à construire une cage en bois autour d'un arbrisseau.

— Tu cherches qui ? je lui demande en sortant.

Elle balaie du regard le parking.

— Quoi ? Je ne cherche personne. Bon ! Allez viens, on va boire un thé à la maison.

Il se trame quelque chose. Elle ne m'a pas amenée ici uniquement dans le but de me remonter le moral.

— Écoute, je crois vraiment que je devrais envoyer un SMS à Leo.

Je fais le tour de sa voiture en la contournant par l'avant.

— Il est 10 h 15, j'ai pratiquement une heure de retard pour notre rendez-vous. Je peux emprunter ton téléphone, s'il te plaît ?

— Plus tard !

Un vent frais souffle aujourd'hui. Je porte l'un de ces exaspérants pulls dont les manches s'arrêtent au coude. J'essaie de tirer dessus afin de couvrir mes poignets en suivant Jill dans le parking de son immeuble, mais j'ai encore froid.

Je remarque que chaque place de parking a été peinte dans une couleur différente pour souligner à quel point la vie est rigolote dans le bâtiment HA9.

Jill est mon amie fidèle depuis plus de vingt ans, mais lorsque je monte avec elle dans l'ascenseur, je sens la main froide du malaise sur mon dos.

Chapitre 53

Leo
Maintenant

J'appelle Jill encore et encore tandis que je traverse le nord-ouest de Londres en direction de son appartement. Il est 22 h 30 et les rues sont encore animées malgré un vent froid qui persiste. Des HLM défilent, leurs fenêtres semblables à des carrés jaunes bien nets, des vêtements claquent sur des cordes à linge dans le noir.

Le téléphone de Jill continue de sonner. Comment a-t-elle pu être avec Emma pendant près de douze heures et ne pas m'avoir rappelé ? Que fabriquent-elles ?

Avant de rentrer chez elle en voiture, Sheila m'a donné l'adresse de Jill. Si elle était déçue d'apprendre que la ravisseuse d'Emma était aussi sa plus vieille amie, elle ne l'a pas montré.

— Bonne chance, m'a-t-elle souhaité.

Elle est ensuite montée dans sa voiture et a quitté sa place en marche arrière. Je lui ai fait signe de s'arrêter juste avant qu'elle s'en aille.

Elle a baissé sa vitre.

— Merci de faire ça. Tu es vraiment formidable, Sheila. Je… je suis vraiment très content de t'avoir dans ma vie.

Sheila a réfléchi à mes propos pendant quelques secondes, puis m'a adressé un hochement de tête professionnel. Elle a remonté sa vitre et est partie.

Je quitte la North Circular à la sortie Wembley Park et je tente une nouvelle fois d'appeler Jill.

Cette fois-ci, je tombe directement sur sa messagerie.

Chapitre 54

Emma
Plus tôt

Jill a choisi les viennoiseries, pas le petit déjeuner anglais. Elle s'affaire en mettant du lait à chauffer pour préparer un chocolat chaud tandis que je vais aux toilettes faire pipi et composer à l'attention de Leo un autre message mental qui respecte son besoin d'avoir deux jours supplémentaires tout en lui communiquant que je l'adore et que j'avais de bonnes raisons de lui mentir pendant toutes ces années.

Malheureusement, je n'ai pas de téléphone et Jill refuse toujours de manière exaspérante de me prêter le sien.

Je contemple mon visage dans le miroir de sa salle de bains. J'ai l'air épuisée ; la peau translucide autour de mes yeux tombe.

Que pensais-je qu'il allait se passer au juste ? Croyais-je vraiment pouvoir enfouir ces vérités de façon permanente en moi, que Leo ne percevrait jamais qu'il y avait plus ?

Vraiment ?

— Écoute, Jill, lui dis-je quand je retourne dans la cuisine. C'est très gentil de ta part de faire tout ça, mais je dois parler à Leo. Et même s'il ne souhaite pas me parler, j'ai des affaires à régler concernant Ruby. Je t'en prie, prête-moi ton téléphone.

Jill sort du cacao de l'une de ses boîtes en plastique impeccables.

— D'accord. Très bien.

Elle commence à préparer une pâte avec du cacao, du sucre et du lait, en fredonnant tout bas comme si je n'étais pas là.

— Jill.

— Oui ! Attends, laisse-moi finir ce truc et ensuite je pourrai…

Je vais dans le couloir jusqu'aux patères où sont accrochés son manteau et son sac. Je sors son téléphone de sa poche et quand elle arrive, je le lui tends pour le mot de passe.

— Emma ! Tu n'aurais pas pu…

— Allez, déverrouille-le, s'il te plaît. Je t'en prie, Jill, je suis désespérée.

Elle soupire, et alors qu'elle s'apprête à prendre son téléphone, quelqu'un sonne à l'interphone.

Elle fait un petit saut. Pour de vrai. Et son visage se décompose.

— Emma…

— Oui ?

Blanc.

— Écoute, je ne t'ai pas simplement emmenée ici pour des viennoiseries et une conversation sincère. Il y a une chose importante qu'il faut que tu saches. C'est

410

pour cette raison que j'ai tenté de te mettre la main dessus vendredi soir.

Je ferme les yeux.

— Ça ne peut pas attendre ?

Elle ne me répond pas. Lorsque j'ouvre de nouveau les yeux, elle appuie sur le bouton pour laisser entrer la personne en bas. Elle lisse son jean, et je me rends compte qu'elle n'est pas juste un peu nerveuse. Elle est terrifiée.

— Qu'as-tu fait ? je lui demande tout bas. Jill, que se passe-t-il ?

— Attends un instant, murmure-t-elle.

Elle se faufile discrètement jusqu'à la porte d'entrée et regarde par l'œilleton.

— Jill…

Allez savoir pourquoi, moi aussi je murmure.

Et puis elle se redresse et ouvre au jeune homme de l'autre côté de la porte. Quelqu'un qui a mon visage et un corps d'homme.

Des cheveux plutôt longs qui ont besoin d'un shampooing, et un tee-shirt jadis rouge devenu rose à cause du soleil. Il me regarde avec peur et curiosité depuis le seuil.

Je reconnaîtrais mon fils en toutes circonstances. Même si je n'avais pas passé des années à regarder des photos de lui sur Internet, je saurais.

Je le scrute. Il me scrute.

Mon cœur tambourine. Toute ma vie. Cet instant.

— Salut. Vous êtes Emma, n'est-ce pas ?

Je hoche la tête. Mes yeux s'emplissent de larmes. Mon enfant.

En voyant mes larmes, il recule.

— Oh, je suis désolé… Je… je ne voulais pas…
Je suis Charlie. Charlie Rothschild ?

N'osant parler, je hoche de nouveau la tête. Le chagrin en moi me fait l'effet d'un glissement de terrain.

— J'essaie d'entrer en contact avec vous depuis un
moment, en fait, je…

J'ai brûlé de te voir chaque jour de ma vie.

Charlie.

Jill pose doucement la main sur mon dos et se retire
dans la cuisine. Mon fils me parle. Le glissement de
terrain emporte tout sur son passage.

— J'ai essayé de vous contacter sur Facebook, mais
vous ne deviez pas savoir qui j'étais… Ou peut-être que
vous ne vouliez pas me parler… Vous m'avez bloqué
après mon second message, alors… Écoutez, j'espère
que cela ne vous dérange pas que je sois ici ?

Il est en short et ses jambes sont bronzées, ses baskets
en cuir sont complètement élimées.

Mon garçon.

Les larmes finissent par jaillir de mes yeux. Il est
mon fils, et pourtant nous sommes deux étrangers.
Je farfouille dans mes poches pour trouver un mouchoir
en papier que je n'ai pas, et Charlie est obligé de m'en
donner un qu'il a trouvé sur la console.

Je parviens à dire que cela ne me dérange absolument
pas qu'il soit là. Qu'il ne pourra jamais imaginer à quel
point cela compte pour moi.

Ensuite, je sanglote dans le mouchoir en papier de Jill
pendant que le pauvre garçon me regarde d'un air démuni.

Arrête de pleurer, me dis-je, tandis que mon fils se
tient au milieu du couloir ordonné de Jill en m'observant, impuissant.

Le visage de Jill brûle d'angoisse. Elle n'avait pas prévu cela.

Je dois arrêter. Avec détermination, je me mouche, car c'est paraît-il le meilleur moyen de cesser de pleurer. L'astuce fonctionne. Le glissement de terrain ralentit sa course, la fragile vallée de mon corps résiste. Au bout d'un moment, Charlie tend la main pour récupérer mes mouchoirs humides. C'est un geste empreint de gentillesse. Ses ongles sont crasseux, les poils de ses bras blondis par le soleil.

Je n'ai jamais eu l'occasion de l'enquiquiner au sujet de ses ongles. Je n'ai jamais eu l'occasion de couper ses minuscules serres de bébé comme je l'ai fait pour Ruby, ni de lui acheter un petit marchepied afin qu'il puisse se hisser jusqu'au lavabo et se laver les mains.

— Je suis désolé si je vous ai perturbée.

— Non, non, c'est moi qui devrais être désolée.

Il sourit d'un air gêné.

— Bon, je crois que c'est un gros choc pour vous...

Il regarde Jill.

— Vous ne lui avez pas... Je veux dire, est-ce qu'Emma ne savait pas que je...

— Non, elle ne savait pas, confirme Jill, et même si sa voix est vive, je vois bien qu'elle doute d'elle-même à présent.

— Je suis plus forte qu'il y paraît.

J'ai attendu ce moment toute ma vie adulte, et je ne compte pas le gâcher.

— Euh... On s'assied ? Si tu restes ? Je pourrais te faire un thé ?

— Je m'occupe du thé ! propose immédiatement Jill.

J'ai de nouveau envie de pleurer parce que je veux désespérément préparer moi-même une tasse de thé à Charlie. Je veux lui préparer un panier-repas, un gâteau d'anniversaire, une pizza maison, un sandwich au fromage. Je veux lui donner de l'eau, du jus de fruits, du paracétamol et sa première bière.

Pendant que Jill disparaît dans sa cuisine ordonnée pour remballer son chocolat chaud et faire du thé, Charlie et moi entrons en terre inconnue : partager la même pièce. Il choisit un fauteuil. Je prends le canapé. Il tripote l'accoudoir et je vois bien qu'il a peur d'être piégé ici, avec mes émotions immenses. Mais il reste. Il reste, et de temps à autre, il me regarde même.

— Alors… Comment ça va ? me demande-t-il. Ça doit être un sacré choc !

Je sors un sourire de je ne sais où.

— C'est le meilleur choc que j'aie jamais eu. Je suis tellement heureuse de te voir que les mots me manquent pour l'exprimer.

Il hoche la tête, et je vois qu'il est complètement bouleversé. Il a dû falloir un sacré courage pour entrer dans cet appartement.

— Moi aussi, dit-il poliment. C'est bizarre, mais c'est très chouette de te rencontrer.

C'est très chouette de te rencontrer.

Silence, interrompu uniquement par Jill qui nous apporte notre thé et des viennoiseries avant de prendre immédiatement congé.

Nous tendons la main vers le même pain fourré à l'abricot, puis la retirons en riant nerveusement. Charlie boit une gorgée de thé (beaucoup de lait, un sucre, en tenant la tasse par l'anse), et je repense avec culpabilité à mon comportement mesquin envers Jill dans la voiture. Elle a certainement trouvé une façon de me couvrir auprès de Leo, exactement comme lorsque je suis tombée sur les Rothschild quatre ans auparavant. J'ignore ce que j'ai fait pour mériter sa gentillesse, en tout cas Jill m'a toujours soutenue.

— Donc...

J'hésite, craignant de poser à Charlie une question susceptible de l'échauder.

— Donc, tu m'as dit que tu avais essayé de me contacter sur Facebook... ? C'est vrai ?

Charlie s'efforce de sourire.

— Ouais...

Il tripote sa tasse.

— Ouais, je t'ai écrit deux fois, mais la seconde, tu m'as bloqué.

— Je t'ai... quoi ? Jamais ! Je ne t'aurais jamais fait un truc pareil ! J'aurais adoré avoir de tes nouvelles !

Il semble perplexe.

— Oh, ce n'est rien, je veux dire, ça a dû te surprendre...

Leo, je pense soudain. Leo est allé sur mon compte Facebook pour trouver des réponses aux indices que j'avais laissés derrière moi.

Mais pourquoi bloquerait-il Charlie ? Est-il au courant de son existence ?

Je lève les yeux.

— Tu pourrais me dire ce que tu avais écrit dans ces messages ?

— Je te donnais juste mon numéro en te demandant de me contacter.

Charlie, mon fils, commence à tripoter sans raison son lacet. (Ses lacets sont noués de façon permanente, la languette de ses baskets dévie sur le côté. Il n'a pas l'air de porter de chaussettes en dessous. Il n'a pas l'air de quelqu'un qui repasse ses vêtements, pourtant, il n'est pas négligé, à proprement parler, plutôt juste… un garçon de dix-neuf ans.)

Il se redresse soudain.

— Mon nom sur Facebook est Charlie Rod. Papa m'a recommandé de ne pas utiliser mon vrai nom, à cause de lui et maman, etc. Je me suis demandé s'il valait mieux que j'utilise mon nom complet pour t'envoyer des messages.

Je lui explique en marchant sur des œufs qu'il a probablement été bloqué par erreur.

— J'ai présenté une émission de télé il y a quelques années. Récemment, elle a été rediffusée, alors des tas de gens bizarres ont commencé à me contacter et mon mari les a bloqués. Il a dû te compter dans le lot.

Il hoche la tête d'un air entendu, mais je ne sais absolument pas s'il se montre simplement poli ou s'il a cherché – peut-être même regardé ? – un épisode de *Notre pays*.

Un silence s'installe, mais cela n'est pas douloureux. Je sens qu'il songe à la raison de sa venue, à la raison pour laquelle c'est maintenant qu'il s'est senti prêt à me rencontrer.

Dans la salle de bains, j'entends le téléphone de Jill qui sonne. Je suis pratiquement sûre de l'entendre marmonner « Pitié, arrête », mais elle ne décroche pas.

— Comme je n'arrivais pas à te joindre, j'ai trouvé Jill. Elle fait beaucoup de commentaires sur tes publications Facebook, et j'ai deviné en lisant ses propos que vous étiez très amies toutes les deux. Elle est très sympa, ajoute-t-il, et mon admiration pour ce jeune homme s'accroît encore.

Combien de garçons de dix-neuf ans ont la présence d'esprit d'avoir un mot gentil au sujet d'une femme entre deux âges qu'ils ne connaissent même pas ?

— Bref, je lui ai expliqué que j'avais très envie de te parler et je lui ai demandé de te passer mon numéro. Mais Jill était genre, pourquoi est-ce que je ne m'arrangerais pas pour que toi et ta mère soyez réunis…

— J'espère que tu n'as pas eu l'impression qu'elle te mettait la pression, dis-je, parce que je sais comment Jill peut être quand elle a une idée en tête.

— Pas du tout. Je voulais juste te poser des questions sur maman.

Soudain, sa voix est ferme.

— C'est pour cette raison qu'il fallait que je te parle.

Je fige mon sourire. Charlie ne doit pas voir l'ampleur de ma déception.

— Je sais que papa t'a posé la question, mais tu n'as réellement pas eu de ses nouvelles ? Pas d'e-mails, de textos ?

— Elle m'a écrit une lettre, dis-je prudemment. Comme tu le sais. Ton père me l'a donnée. Mais à part ça, rien. Ou du moins, rien que j'aie vu. Nous n'avons absolument pas parlé toutes les deux, si c'est le sens de ta question.

— Vraiment ?

— Vraiment.

Charlie étudie mon visage avant de s'affaler dans le fauteuil.

— Ah. D'accord. Il fallait que je pose la question.

Il réfléchit un moment. J'ajoute :

— Je ne m'attends pas à avoir de ses nouvelles. Si ça peut t'aider. La lettre était déjà bien assez surprenante comme ça.

Je me tais car j'ignore ce que Charlie sait de la relation que j'entretiens avec Janice.

— J'ai juste soupçonné ma mère d'avoir essayé de te contacter récemment. En plus de la lettre, je veux dire.

Je l'observe. J'ai peur de ne pas répondre ce qu'il faut.

— Pourquoi ? Tu sais que nous n'avons pas été en contact depuis de nombreuses années, n'est-ce pas ?

Un infime changement se produit. Charlie sort son téléphone de sa poche (coque en silicone, bords craquelés) et le consulte. Rien sur l'écran.

— Je sais. Mais il doit bien y avoir une raison pour qu'elle ait choisi de t'écrire au sujet de ces crabes maintenant. J'ai l'impression que ce n'est pas un hasard. Du coup, je me suis juste demandé si elle avait essayé de te joindre autrement. Au cas où nous aurions refusé de te donner la lettre.

Il ment. Il y a autre chose.

— Je peux partager cette lettre avec toi, Charlie, si tu le souhaites, mais j'imagine que tu l'as déjà lue ?

— Oui, je l'ai lue.

Il regarde la porte, et je me rends compte que notre échange touche à sa fin. Ce miracle est pratiquement terminé et je ne peux rien y faire.

— Donc tu n'as vraiment pas eu de nouvelles ? Rien du tout ?

— Rien du tout.

— OK. Je ferais mieux de partir. J'ai un job d'été dans Queen's Park. Pas compliqué d'y aller d'ici. Mais je serai en retard si je ne me dépêche pas de filer.

Mon cœur commence à souffrir et je souris, gentiment, raisonnablement, pour qu'il sache que je suis le genre de personne qu'il pourrait aisément revoir s'il le souhaitait, pas une espèce de folle qui a essayé de l'enlever dans un parc quand il était tout petit, et qui pleurera chaque fois qu'elle le verra adulte.

— Bien sûr. Je suis vraiment désolée de ne pas pouvoir t'aider.

À côté de moi, sur une autre console, j'aperçois un boîtier en cuir avec un bloc-notes et un stylo. Je griffonne mon numéro, puis, dans un second temps, mon adresse.

— N'hésite pas à me contacter si tu as la moindre question. Ou simplement si tu as besoin de… parler.

Charlie prend le papier et se lève.

— Oh. Je sais où tu habites, dit-il avant de s'arrêter net.

Je me fige.

— C'était toi. Avec la casquette de base-ball ?

Il grimace.

— Tu m'as vu ?

Je ferme les yeux. Dieu soit loué ! Dieu soit loué !

— Oui, je t'ai vu. Et pas juste devant chez moi. Je pense t'avoir vu également devant mes deux lieux de travail. À Plymouth et à Londres. C'était toi aussi ?

On dirait qu'il va s'évanouir tellement il a honte.

— Zut, je suis désolé.

Même ses oreilles se sont colorées.

— Je me sens trop mal. Je ne voulais pas…

419

Il gratte une tache sur son short – du ketchup, je crois.

— J'ai découvert ton nom il y a quelques semaines seulement. Je voulais… Je suis vraiment désolé. Je voulais juste me renseigner sur toi. Essayer de me faire une idée de toi, de ta vie… Je suis vraiment désolé. Je pensais avoir été très discret.

Je lui dis que ce n'est rien. Le fait qu'il essaie d'avoir un aperçu discret de sa mère n'est pas pire que le fait que sa mère ait essayé d'avoir un aperçu discret de son fils il y a des années de cela.

Il me présente de nouveau ses excuses, mais ensuite il regarde la porte et je sais que c'est vraiment fini.

— J'espère que ta mère reviendra bientôt, dis-je avec désespoir.

Je ne supporte pas de l'appeler « sa mère ».

— J'en suis convaincue. Et entre-temps, n'hésite pas à me téléphoner ou à passer me voir à l'improviste, cela ne me dérange vraiment pas. Si je peux t'aider…

Il me sourit furtivement.

— Merci. Au moins, nous savons qu'elle est en vie. Mais y a de quoi s'inquiéter. Bref, écoute, merci d'avoir pris le temps. C'était sympa de te rencontrer.

Et il part, quitte la pièce, et j'ai envie de l'enlacer, de le plaquer au sol, de verrouiller la porte. Mais je me contente de marcher calmement derrière lui, de sourire quand il se retourne. L'ampoule à économie d'énergie s'allume lorsqu'il sort de l'appartement et se retrouve dans le couloir.

— Prends soin de toi, dit-il.

Et le voilà parti.

Jill prépare du café et met une dose de brandy dans le mien, même si je lui assure ne pas en vouloir. Pourtant une fois la boisson entre mes mains, je m'aperçois qu'elle a bien fait. Je reste sur son canapé sans bouger, mais à l'intérieur je bouillonne. Est-ce que j'ai réussi ? Est-ce qu'il m'a bien aimée ? Voudra-t-il me revoir ?

J'avais beau avoir ardemment désiré le rencontrer au fil des ans, j'ai toujours été d'accord avec Jeremy : l'initiative devait venir de Charlie, pas de moi. Mais comme les années ont passé, j'ai progressivement renoncé à l'idée que cela se produise un jour.

La rencontre fortuite à Alnmouth il y a quatre ans était un accident. J'évitais toujours d'y aller pendant les vacances scolaires parce que je savais que les Rothschild seraient là. Mais pendant les cours, quand je voulais me rendre là-bas, j'allumais Radio 4 entre 6 et 9 heures du matin. Si Jeremy était à l'antenne, c'était qu'il était à Londres et que je pouvais aller à Alnmouth sans risque. Dans le cas contraire, je ne faisais pas le déplacement.

Mais, bien sûr, une fois j'ai oublié. J'avais mon diagnostic en tête, la BBC m'avait renvoyée, j'étais enceinte – j'ai tout bonnement oublié de vérifier. J'avais juste envie d'aller là-bas, d'avoir le réconfort de ces vastes plages, des nuages qui filaient dans le ciel, de l'espoir d'une rencontre avec *Hemigrapsus takanoi*.

Je n'ai pas vu Janice et Jeremy avant de me retrouver nez à nez avec eux, et les portes de l'enfer se sont alors ouvertes devant moi. Je n'oublierai jamais la voix de Janice qui me traitait de tous les noms possibles et imaginables.

Mon dernier espoir avait été le dix-huitième anniversaire de Charlie, quand il avait eu la possibilité d'entrer en contact avec moi, même si Janice et Jeremy lui avaient caché mon identité jusqu'alors, mais... rien.

Et puis soudain il était là. Dans un appartement de Wembley par une journée venteuse de juillet. Mon ADN s'enroulant en chaînes en lui, celui de mes parents, de ma mamie, de la famille et des ancêtres sur qui je n'avais jamais pensé à questionner papa avant sa mort. Tous là dans ce fauteuil pendant trente belles minutes.

Jill se montre insupportablement gentille, et a repoussé mes excuses pour mon comportement cavalier de tout à l'heure.

— Moi aussi j'aurais trouvé ça étrange. Mais si je t'avais raconté ce qui allait se produire, tu aurais paniqué. Alors que là, tu étais parfaitement naturelle. À la place de Charlie, j'aurais envie de te revoir.

Elle a suivi l'intégralité de notre échange à travers la porte de la salle de bains en mangeant quasiment toutes les viennoiseries, à en juger par l'état du sachet de la boulangerie. Elle m'assure que je me suis conduite impeccablement, même lorsque j'ai laissé libre cours à mes larmes au début.

Le brandy commence déjà à mettre en sourdine le caractère excessif de mes sentiments. Je me sens fatiguée à présent, perdue mais euphorique.

— Écoute. Reste autant que nécessaire. On n'a qu'à boire du vin en matant des films nazes cet après-midi. Se soûler gentiment et dormir pour digérer tout ça. Tu peux passer la nuit ici si tu veux. Rentrer chez toi maintenant ne me paraît pas être une très bonne idée.

Je ferme les yeux. Bien sûr que j'ai envie de rester ici, dans cet appartement où j'ai rencontré mon fils adulte. Où il y a des possibilités et de l'espoir.

Mais Leo. Ruby.

— Je vais devoir parler à Leo. Je comprends… il n'a pas encore envie de me parler… mais je dois lui dire qu'il est le père de Ruby. J'allais lui dire ce matin en face à face. En plus, si je dors ici, je dois m'assurer qu'il peut aller chercher la petite à la maternelle. Et la déposer demain.

Jill hoche la tête.

— D'accord. Leo doit savoir qu'il est le père de Ruby. Bien entendu. Mais Emma, il va chercher Ruby à l'école tous les jours. Toi jamais ! Tu ne peux pas t'accorder quelques heures de répit ?

Je réfléchis. Jill me tend le téléphone.

— Tu peux l'appeler tout de suite, si tu veux. J'ai simplement essayé de repousser ton coup de fil afin que tu ne sois pas en miettes à l'arrivée de Charlie.

Elle a l'air fatiguée, d'avoir chaud et d'être déshydratée. Je l'ai regardée s'enfiler un bon paquet de glucides et de sucre depuis mon arrivée : quelque chose ne tourne pas rond chez ma vieille copine et il serait temps que je sois présente pour elle. Ces derniers temps, les folies de ma vie ont trop souvent occupé le devant de la scène.

— Je dis juste que tu as vécu un truc énorme ce matin. Tu ne penses pas que tu mérites de prendre quelques heures pour décompresser ?

À contrecœur, parce que je sais qu'elle a raison, je hoche la tête. Elle veut passer la journée d'aujourd'hui avec moi, contrairement à Leo. Je prends le vin. La nourriture, le film, les rires fatigués. J'appellerai après le dîner de Ruby en espérant que Leo sera disposé à me proposer un rendez-vous.

C'est mon plan. Je le confie à Jill, qui sourit.

— Bravo, la bernique. Bravo.

Chapitre 55

Leo
Maintenant

Tandis que l'ascenseur monte vers l'appartement de Jill, je me dis pour la première fois que celle-ci est peut-être cinglée. Que je vais peut-être retrouver ma femme découpée en rondelles dans sa petite cuisine ordonnée, chaque partie de son corps étiquetée bien comme il faut dans un sachet fraîcheur.

Les portes de l'ascenseur s'ouvrent silencieusement et j'avance à pas feutrés sur le sol tapissé de moquette du niveau 6. J'ai envie d'être à la maison et de m'assoupir lentement pendant qu'Emma lit ses magazines d'intello en gigotant, ce qui me rend fou. J'ai envie que Ruby soit endormie dans la chambre voisine avec Canard, et que John roupille au rez-de-chaussée dans un murmure de musique *jungle*.

La tête de Jill quand elle ouvre la porte vaut le détour. J'ai suivi quelqu'un qui entrait dans le bâtiment, alors elle ne se doutait de rien. Elle a un verre de vin à la main. Elle a pris beaucoup de poids depuis la dernière fois que je l'ai vue. Bizarrement, au lieu d'adoucir ses traits, les kilos lui donnent un air encore plus inaccessible, comme si elle s'était enterrée.

— Oh, salut ! chuchote-t-elle, donnant l'impression qu'un bébé dort à l'intérieur.

— Salut. Emma est là ?

Elle hésite, mais à son expression je comprends que oui. Je lui passe devant et je vais dans son salon où je trouve Emma sur le canapé, en train de boire du vin et de manger des tartines.

Nous nous dévisageons pendant quelques secondes. Et puis :

— Leo ?

Elle semble surprise, comme s'il était étrange que je vienne ici après avoir passé treize heures à la chercher.

Je contemple la bouteille de vin entamée. Elles en ont déjà bu la moitié. Une autre bouteille, vide, trône sur la console.

— Qu'est-ce que tu fabriques ? Qu'est-ce que tu fabriques ?

Les yeux d'Emma volettent jusqu'à Jill.

— Euh… quoi ?

Et puis, soudain, elle se donne une claque sur la poitrine.

— Oh, mon Dieu. J'allais t'appeler après le dîner de Ruby. Je l'ai fait, mais le téléphone de Jill n'avait plus de batterie alors elle l'a mis à recharger et puis… Je suis vraiment désolée, je…

— Tu allais appeler après le dîner de Ruby ? Elle mange à 18 heures !

Emma me regarde comme si je lui parlais dans une autre langue. Elle est ivre ou quoi ?

— Leo… ?

— Et m'appeler ce matin à 9 h 30, tu n'y as pas pensé ? Quand on était censés se retrouver ? Ou peut-être à 10 heures, quand tu avais déjà une demi-heure de retard ? M'appeler à n'importe quelle heure aujourd'hui ?

Ma voix est trop tonitruante pour cette pièce confortable, avec ses coussins bien ordonnés et ses surfaces impeccables.

— Emma, est-ce que t'en as quelque chose à foutre de moi ? Notre mariage a-t-il la moindre valeur à tes yeux ?

Les cheveux d'Emma brillent à la lueur des lampes dont l'agencement a été soigneusement pensé par Jill. J'ai envie de lui renverser son verre de vin sur la tête. Elle n'a fait preuve d'aucun respect envers Ruby et moi, d'aucune considération. Elle m'a laissé découvrir sa double vie avant de nous abandonner pour exécuter des missions secrètes en cours, comme si nous n'étions que de vulgaires accessoires.

— Leo, dit-elle, et je vois bien qu'elle se concentre pour que son ivresse ne transparaisse pas dans sa voix. Je suis désolée. J'allais t'appeler après le dîner de Ruby. Mais je… Franchement, je ne pensais pas que tu aurais envie d'avoir de mes nouvelles. Tu as dit que tu avais besoin de deux jours encore avant de me parler. Je ne fais que respecter tes souhaits, mon chéri, je…

— J'ai dit que j'avais besoin de quoi ?

Son expression change de façon très discrète. Manifestement, elle reconsidère quelque chose.

Lentement, elle se tourne vers Jill.

— Jill ?

Celle-ci se tient sur le seuil de sa cuisine, toujours munie de son verre de vin. Ses articulations sont blanches à force de serrer le pied du verre. Ma première visite chez elle ne lui plaît pas.

— J'ai dû aider Emma aujourd'hui. Malheureusement, je ne peux pas vraiment en parler. Mais c'était d'une importance vitale.

Je fais passer mes clés de voiture d'une main à l'autre.

— Au sujet de son enfant adulte ? Dont j'ignorais complètement l'existence ? De son renvoi de la BBC quand ils ont appris qu'elle avait été reconnue coupable de harcèlement ? Je pense que tu peux probablement m'en parler.

Silence.

Il y a de la musique dans la cuisine, un truc folk qui ne ressemble ni à Emma ni à Jill. Une voix plaintive évoque un train qui disparaît là-bas, tout là-bas, là-bas, sur fond de lamentations de guitare.

Les mains d'Emma se sont précipitées sur sa bouche pour la couvrir. Elle se lève.

— Non, murmure-t-elle. Leo, non. Oh, s'il te plaît non…

— Je suis passé chez Jeremy Rothschild ce soir. Je l'ai fait parce que j'étais terrifié, Emma, terrifié à l'idée que quelque chose d'affreux te soit arrivé, alors je suis allé voir ce qu'il savait, parce qu'il t'avait envoyé des messages pour te donner rendez-vous. Il m'a tout raconté.

Emma se rassied brutalement.

— Non, répète-t-elle. Non.

— Si.

428

La chanson se termine et Jill s'éclipse pour aller couper la musique.

Le visage de ma femme est blême.

— Leo, tu n'étais pas censé l'apprendre de cette façon.

J'enfonce ma clé dans ma paume.

— En effet, je n'étais pas censé l'apprendre de cette façon. J'étais censé l'apprendre de toi. Il y a dix ans. Neuf. À n'importe quel moment de notre relation, en fait, hormis ce soir, par l'intermédiaire de Jeremy Rothschild.

— Non, murmure-t-elle de nouveau.

— Mais au lieu de me le dire, tu as disparu et tu es venue ici boire du vin. Sans explication, sans égard vis-à-vis de mes sentiments. Bon sang, Emma !

Emma regarde Jill, qui est réapparue sur le seuil de la cuisine. Je pense n'avoir jamais vu quelqu'un qui semblait aussi mal à l'aise.

— Je faisais un truc important, explique Jill d'une voix pétrie d'incertitude.

Elle me regarde alors.

— J'ai réuni Charlie et Emma.

— Pardon ?

— J'ai réuni Charlie et Emma, répète-t-elle. Et… Écoute, je suis désolée d'avoir agi aussi sournoisement, mais j'avais une occasion, une seule, et j'ai décidé de la saisir.

Je me tourne vers Emma.

— T'as rencontré Charlie ?

Elle hoche la tête.

Je passe une main sur mon visage. Ce n'est pas ma vie. Ma petite vie régulière et bordélique, avec ma femme et mon enfant.

— Mais Leo. Tu as dit à Jill qu'il te fallait deux jours pour réfléchir. Tu as dit que tu n'étais pas encore prêt. Alors… je suis venue ici. Je ne comprends pas pourquoi tu m'attendais encore ce matin, ni pourquoi tu m'as cherchée toute la journée.

Je ris, incrédule.

— C'est vrai, j'ai dit à Jill qu'il me fallait deux jours, mais c'était samedi matin. J'ai dit samedi matin que j'avais besoin de plus de temps. On est lundi soir ; les deux jours sont écoulés. On était censés se retrouver ce matin.

Nous nous tournons tous les deux vers Jill, dont le visage est cramoisi.

— Je suis désolée, j'ai menti sur les détails. Je m'excuse sincèrement auprès de vous deux. Mais à mon sens, ce qui compte vraiment c'est qu'Emma et Charlie se soient retrouvés dans la même pièce pour la première fois depuis près de deux décennies.

Épuisé, je m'adosse soudain contre le mur.

— J'ai signalé ta disparition, dis-je à Emma. J'ai appelé tous les hôpitaux. Olly et Tink sont chez nous et s'occupent de Ruby. Même Sheila est de la partie : c'est grâce à elle que je t'ai retrouvée.

— Oh, mon Dieu ! s'exclame Emma. Ruby ne pense pas que j'ai disparu, n'est-ce pas ?

— Non.

— Tu en es sûr ?

— Oui. Même si j'aurais probablement été obligé de lui parler demain.

Emma semble à deux doigts de vomir.

— Jill. Comment as-tu pu faire une chose pareille à un petit enfant ?

Elle se lève avant de se rasseoir, se rendant peut-être compte de la quantité d'alcool qu'elle a ingérée.

— Qu'est-ce qui t'est passé par la tête ?

Emma m'a confié un jour qu'elle connaissait Jill depuis des années et ne l'avait jamais vue pleurer, pas une seule fois. Alors quand des larmes commencent à poindre dans ses yeux, nous sommes tous les deux abasourdis.

— Je voulais juste que tu le rencontres.

Sa voix se brise.

— Je voulais juste que cela se produise, sans Leo, ni personne d'autre. Rien n'était plus important que cela.

— Ce n'était pas à toi d'en décider, dis-je tout bas.

Jill se pince l'arête du nez.

— Tu as raison. Ce n'était pas à moi d'en décider. Mais je voulais aider Emma. Je n'ai jamais voulu autre chose.

Emma et moi échangeons des regards. Cette scène n'a ni queue ni tête.

Jill enfonce le bas de sa paume dans ses yeux. Elle est déterminée à ne pas pleurer.

— Pardon, pardon, pardon. J'ai menti pour te faire venir ici. À cause de moi, Leo a vécu une journée de panique, ce que je regrette. Je n'ai pas bien réfléchi. Pardon, Emma. Pour tout. Pardon.

Emma est perdue.

— Jill, que se passe-t-il ? demande-t-elle calmement. Qu'est-ce qu'il y a ?

Au bout d'un moment, Jill croise les bras devant elle.

— T'es vraiment bête à ce point ?

Emma me regarde de nouveau. Elle ne comprend pas plus que moi.

— Oui, je suis très bête, répond-elle avec circonspection. Très souvent. Mais je ne comprends pas où tu veux en venir dans le cas présent.

Sa voix se radoucit.

— Jill, je t'en prie. Parle-moi.

— J'aurais pu empêcher tout cela, finit par lâcher son amie.

— Empêcher quoi ? C'est quoi, « tout cela » ?

— Je savais que David Rothschild était marié. Un de ses amis me l'avait dit. J'aurais pu te prévenir ce soir-là, mais je ne l'ai pas fait parce que j'étais jalouse de toi, Emma. Ils en pinçaient tous pour toi. Tous. Je voulais que tu te sentes idiote et petite pendant quelques instants. Mais ensuite, tu es tombée enceinte et ta vie s'est effondrée. Et c'est ma faute. Alors oui, depuis, j'ai tout fait pour t'aider. Mais cela ne suffira jamais.

Elle tire sur son tee-shirt qui remonte sur son ventre.

— Je pense qu'il vaudrait mieux que vous partiez tous les deux, à présent. Pour pouvoir casser du sucre sur mon dos, dire à quel point j'ai merdé aujourd'hui, gâché votre vie.

Elle ne nous regarde même pas.

— Jill, dis-je.

Je ne devrais sans doute pas intervenir – ce moment leur appartient à toutes les deux. Mais j'ai du mal à avaler ces treize dernières heures. J'ai emmené Ruby au commissariat, bon sang ! J'ai téléphoné aux hôpitaux.

— Jill, rien de tout cela n'explique pourquoi tu m'as exclu de cette histoire. Pourquoi tu as quasiment kidnappé Emma. J'étais mort d'inquiétude. Qu'est-ce qui t'est passé par la tête ?

Jill est incapable de me regarder. Elle n'a sans doute pas de réponse à me donner. Elle n'a sans doute pas pensé les choses d'une façon sensée et rationnelle. S'adressant à Emma :

— J'avais prévu de te dire que tout cela était ma faute ce soir. Je voulais te demander pardon. J'étais juste…

Elle regarde autour d'elle, regarde les emballages de nourriture, le vin.

— J'essayais de me donner du courage. Pardon, Leo. Pardon, Emma et Leo. Je vous en prie, rendez-nous un service à tous les trois et partez.

Et en un éclair elle est devant la porte d'entrée qu'elle a ouverte.

— Prenez soin de vous, dit-elle sans nous regarder.

— Jill, proteste Emma. Je t'en prie, arrête !

Jill reste plantée devant sa porte.

— Jill. Jill ! Tu dois arrêter ! Je l'ai invité à venir chez nous, j'ai couché avec lui. Je n'ai pas fait attention aux capotes. C'était mon corps, ma décision. Ce n'était pas de ton fait. Cela ne l'a jamais été.

Mais Jill est incapable de l'entendre.

— Pardon, dit-elle, et comme nous ne bougeons pas, elle traverse le couloir, va dans sa chambre et referme la porte derrière elle.

Nous longeons le couloir de l'immeuble de Jill, aussi loin que possible l'un de l'autre.

Je ne sais ni quoi penser ni quoi faire. Je ne pense pas qu'Emma le sache non plus.

Le parking est maussade, une pellicule de pluie recouvre le sol, et il n'y a pas le moindre signe de vie, hormis un jeune homme à l'air épuisé sous les néons de la salle de gym au rez-de-chaussée du bâtiment. Je regarde ma montre : 23 h 03.

Je veux que la journée d'aujourd'hui soit finie, mais j'ai le sentiment qu'elle ne fait que commencer.

Chapitre 56

Emma

Nous traversons le nord de Londres dans un silence complet. Le crachin tourbillonne dans l'éclat couleur pêche des lampadaires, les restaurants de kebabs crachent du néon et de la musique joyeuse. Dans le quartier de Willesden, un homme dépose un vieux frigo à côté d'une poubelle à roulettes, en balayant du regard les environs pour vérifier qu'il n'y a pas de témoins. Leo qui, normalement, ne manquerait pas d'émettre un commentaire à ce sujet, reste muet.

Je le regarde de temps à autre. Leo m'a toujours plu quand il conduit. Pas parce qu'il se la raconte derrière le volant – c'est tout le contraire, en fait. Il est tellement régulier. J'ai tellement envie de me faufiler sur ses genoux, au chaud, de sentir son jean usé sous mes jambes, de passer mes bras autour de son tee-shirt à rayures et de m'endormir au creux de son aisselle.

— Leo… je tente alors que nous nous engageons dans Fitzjohn's Avenue.

— Non, s'il te plaît.

Et après un blanc, il ajoute :

— Je ne peux pas.

Je me tourne de nouveau vers la vitre, je vois les vastes maisons de ville en brique rouge barricadées pour la nuit, les platanes alignés le long de la rue qui tombent et s'affaissent tels des vieillards.

Je regarde sa mâchoire serrée tandis que nous obliquons dans Frognal Rise pour rejoindre notre rue, et je sais que je vais le perdre, mon amour, tout comme j'ai perdu Charlie. Et je ne pourrai m'en prendre qu'à moi-même.

— Je vais dormir sur le canapé, dis-je quand Olly et Tink ont porté leurs fils jusqu'à leur voiture.

— Non… Je ne veux pas que Ruby pense qu'il y a un problème. Je vais dormir dans l'abri de jardin. Si elle me voit rentrer, elle pensera que j'ai sorti John pour qu'il fasse pipi.

Je reste plantée dans le couloir en m'efforçant de ne pas pleurer.

Leo monte à l'étage et redescend avec son sac de couchage et un oreiller.

— Je vais te chercher une taie d'oreiller, je lance, désespérée.

Mais il n'en veut pas, il n'en a pas besoin, me dit-il avant de se diriger vers la porte de derrière.

— Leo, je murmure.

C'est insupportable. Ici, dans cette maison, il y a tout ce qui est bien. Tout ce qui m'a soignée, tout ce qui m'a donné une raison de vivre.

Il se retourne. John, qui le suivait, se retourne également. Il s'assied aux pieds de Leo et m'observe.

— Leo ?

Par où commencer, vraiment ?

— Je ne supporte pas de savoir que tu as traversé tout ça, dit Leo dans le silence. Je suis fou de chagrin pour toi... perdre Charlie dans des circonstances aussi abominables. Tout ce que tu as enduré, avant et après. Mais, Emma, tu n'as pas essayé de me le confier. Tu n'as même pas essayé.

Il passe une main dans ses cheveux. Ses adorables cheveux.

— Je ne connaissais même pas ton nom, dit-il, et lui aussi est au bord des larmes. Je t'ai tenue dans mes bras tous les jours pendant dix ans, et je ne connaissais même pas ton nom.

Il tourne les talons et marche vers la porte du jardin. À ce moment précis, quelqu'un frappe discrètement à la porte.

Rapide comme l'éclair, Leo fond sur le sol et serre John Keats pour l'empêcher d'aboyer.

— C'est probablement Olly, dit-il. Il a dû oublier quelque chose.

Il tient le chien pendant que je vais ouvrir.

Mais à la place de mon beau-frère, je me retrouve face à mon fils.

Je le regarde.

— Salut, dit-il.

— Euh... coucou ? Salut... Salut !

Derrière Charlie, tout en bas de notre allée envahie par la végétation, se trouve Jeremy, affublé d'une parka et d'une casquette de base-ball qu'il n'a pu qu'emprunter à mon fils. Le vent s'est levé et les arbres dansent frénétiquement, déversant des gouttes de pluie tombées plus tôt sur la casquette de Jeremy. Celui-ci lève à moitié la main pour me saluer.

— Je suis désolé, dit Charlie. Mais je devais... Il y avait autre chose dont il fallait que je te parle. Une chose importante. J'aurais dû en parler plus tôt, mais je... Bon, il y a eu du nouveau cet après-midi. Depuis notre rencontre.

Je me tourne vers Leo. J'ai soudain le cœur battant.

— Leo, je te présente...

— Charlie.

La voix de Leo est douce. Il regarde mon premier enfant, ouvre la bouche pour parler, mais aucun son ne sort. Partout sur le visage de Charlie je distingue mes propres traits. Leo doit les voir aussi.

— Entrez, finit par suggérer mon mari.

Il lâche John. Le chien, ravi, bondit vers Charlie, danse autour de lui, renverse une pile de livres en remuant la queue. Charlie s'agenouille et joue avec lui, sourit et rit pour la première fois aujourd'hui, et je me rends compte que moi aussi je suis assise par terre, parce que mes jambes ne parviennent plus à me porter.

Chapitre 57

Emma

Nous allons tous dans la cuisine. Leo met la bouilloire en marche. Jeremy le rejoint et, après un temps d'arrêt, ils se serrent la main. On dirait que Jeremy lui présente ses excuses, même si je ne comprends pas pourquoi.

Charlie regarde le sac de couchage et l'oreiller en tas près de la porte de derrière sans faire de commentaire.

— Ça va ? demande-t-il, l'air de rien, comme si j'étais une copine sur laquelle il était tombé par hasard à une soirée étudiante.

Je hausse les épaules – « On fait aller, tu sais ! » – parce que je ne veux surtout pas qu'il pense avoir eu tort de venir ici.

— On venait juste de se garer quand vous êtes arrivés en voiture.

Il regarde Leo avec intérêt.

— Vous étiez sortis tous les deux ?

— Non, répond laconiquement Leo, sans inimitié cependant. Écoutez, je ne vais pas rester dans vos pattes, je vais juste vous préparer du thé.

J'hésite.

— En fait, j'aimerais que tu restes.

Je ne peux plus avoir aucun autre secret pour lui.

Leo sert le thé.

— Cela ne me dérange pas de partir, répond-il d'un ton neutre.

Il est tellement gentil. Tellement gentil, bon sang.

Charlie regarde son père, qui hausse les épaules. Alors il dit :

— Tant que tout cela peut rester confidentiel…

Leo y consent par un hochement de tête et tend à Charlie une tasse de thé sans sucre – mais mon fils ne lui demande pas d'en ajouter.

— Comme vous voulez, dit Leo en s'asseyant.

Je me sens si fière de lui.

Un observateur extérieur ne pourrait jamais deviner que mon mari est assis dans cette pièce avec son beau-fils dont il n'a appris l'existence que quelques heures auparavant.

— Très bien, commence Charlie.

John Keats s'installe sur le tapis au milieu de la pièce. Il est surpris par ces singeries tardives, qui ne sont cependant pas pour lui déplaire. Il cale sa truffe sous sa queue et nous observe.

— Bon, ce qui s'est passé cet après-midi, c'est que quelqu'un a laissé un message sur notre répondeur. Quelqu'un de l'épicerie à Alnmouth.

Jeremy met son grain de sel.

— Je leur ai demandé de m'appeler s'ils voyaient Janice. Visiblement, elle y a fait un saut ce matin.

Il s'arrête, et je comprends que sa présence là-bas n'est pas nécessairement une bonne nouvelle.

— C'est probablement anecdotique, mais ils m'ont dit qu'elle avait acheté deux boîtes de paracétamol.

Charlie passe la main sur son visage.

— Je suis sûr qu'elle a juste besoin de quelque chose pour soulager la douleur, poursuit Jeremy. Elle a de sacrés maux de crâne à cause du stress, mais…

— Elle a très bien pu avoir déjà acheté du paracétamol à un autre endroit avant, lâche Charlie plus à l'attention de son père qu'à moi. Elle a peut-être une énorme pile de paracétamol à l'heure qu'il est…

— On va partir du principe que non, dit Jeremy. On va partir du principe qu'elle achetait du paracétamol comme toi ou moi le ferions. Personne n'achète jamais qu'une seule boîte. On en prend toujours deux.

Il se tourne vers moi.

— La dame qui me l'a dit est quelqu'un en qui j'ai confiance. Nous la connaissons depuis des années. Il lui a semblé que Janice allait bien, qu'il n'y avait rien d'alarmant. En fait, elle ne m'a parlé du paracétamol que parce que je lui avais demandé ce qu'elle avait acheté. Elle a aussi pris du pain, du fromage, des pâtes, quelques pommes et une tablette de chocolat. Et une bouteille de jus d'orange. Je ne trouve pas que cela ressemble au panier de courses de quelqu'un qui envisage d'en finir.

Charlie consulte son téléphone. Cette histoire de paracétamol l'inquiète beaucoup plus que son père.

— Au moins, nous savons qu'elle est là-bas. Nous nous y rendrons demain en voiture, quand je sortirai du travail.

— Ça me paraît une bonne idée, dit poliment Leo.

441

Je vois bien qu'il se demande pourquoi ils ont déboulé ici au milieu de la nuit pour partager cette information avec nous, mais il ne pose pas la question.

— Écoutez, dit Charlie. La raison pour laquelle nous sommes ici, c'est que… euh…

Il inspire.

— Bon, premièrement, je sais pourquoi ma mère a disparu.

Je lève les yeux, étonnée mais pas choquée. J'ai senti tout à l'heure qu'il ne me disait pas tout.

— Papa ne le savait pas. J'aurais dû lui dire avant, mais j'ai promis à maman de…

Jeremy frotte le bras de Charlie.

— J'ai promis à maman de le garder pour moi. Mais maintenant, je suis inquiet. Papa a sans doute raison quand il dit que cette histoire de paracétamol, ce n'est rien, mais… ça ne me plaît pas.

Il cesse de parler pendant quelques instants, prend une inspiration.

Jeremy ôte son absurde casquette de base-ball et la pose sur son genou.

— Ce que Charlie s'apprête à partager avec vous n'est vraiment pas facile.

Il s'adosse au canapé, dans le halo de lumière de la lampe de lecture de Leo. Il a une mine épouvantable.

— Je vous en prie, ne lui en veuillez pas de ne pas l'avoir révélé plus tôt. Il s'est retrouvé dans une position très inconfortable.

Charlie ouvre la bouche pour parler avant de s'arrêter de nouveau. Il regarde son père, qui l'encourage d'un hochement de tête, et un éclair de soulagement me traverse – de la gratitude – en constatant la confiance et l'amour évidents qui existent entre mon fils et son père adoptif.

Après un silence, Charlie se penche pour prendre son sac à dos. Il en sort une petite pile de carnets, tous de taille différente. Tous ont été bien feuilletés – des journaux, me dis-je avec une étincelle d'admiration. J'ai souvent pensé que tenir un journal était une chose qui m'aurait été bénéfique, mais en près de quarante ans, je n'ai même pas réussi à m'acheter un carnet à cet effet.

— Ce sont les journaux intimes de ma mère, explique Charlie. Je les ai lus attentivement ces dernières semaines.

— Pour comprendre où elle se trouvait ?

Une expression difficile à interpréter traverse le visage de Charlie.

— En quelque sorte.

Il réarrange les journaux.

— En fait, j'ai commencé avant sa disparition. Elle a disparu en grande partie parce qu'elle a découvert que je les avais lus.

— Tu n'as pas à te sentir responsable, dit calmement Jeremy.

Une odeur nauséabonde se répand dans la pièce. John, le coupable, nous regarde tous, la truffe entre les pattes.

Charlie est trop poli pour dire quoi que ce soit, mais Jeremy fronce le nez de dégoût.

— J'ai commencé à lire ses journaux parce que je me faisais beaucoup de souci pour elle. Je voulais trouver un moyen de l'aider.

Et puis il regarde ses mains et lance :

— Je suis au courant pour l'étouffement.

443

J'essaie de ne pas détourner les yeux, mais c'est trop difficile, la honte est trop cuisante, alors je regarde ailleurs.

— Tu n'imagines pas à quel point je suis désolée, Charlie, dis-je au bout d'une éternité. Quel horrible, horrible découverte pour toi.

Il ne réagit pas. Il se contente de baisser la tête vers les journaux, qu'il remet en ordre vainement.

— J'espère que tu sais que j'étais dangereusement malade. Si je n'étais pas allée dans ce service, on m'y aurait internée de force.

— Je sais des choses sur la psychose post-partum. J'ai lu des articles là-dessus il y a quelques années, quand j'ai appris que tu avais été malade. Maman et papa m'avaient expliqué que ma mère biologique avait « brièvement envisagé » de me faire du mal. Ils ne m'avaient pas dit qu'il s'était réellement passé quelque chose.

J'ai la chair de poule. Que puis-je dire ? Pardon ? Cela ne couvre même pas de loin la gravité de mon geste. Le souvenir de cet oreiller qui appuie contre son visage souriant. Des années d'une culpabilité semblable à une brûlure acide. La haine de soi semblable à un uniforme qu'on enfile tous les jours.

Le nombre de fois où j'ai dû aller voir Ruby endormie de crainte que le karma ne m'attende dans un coin de la chambre de ma fille cadette et qu'elle ne se soit étouffée ou n'ait arrêté de respirer.

— Si ça peut te soulager, je n'ai jamais accepté mon geste. Malgré toutes les séances de thérapie, les cours, les groupes de parole. Cela ne disparaît jamais.

Charlie appuie son front contre ses mains. John lâche un nouveau pet et Jeremy, sans commentaire, se lève pour le faire sortir dans le jardin.

— L'étouffement, c'est pour ça que je suis là ce soir, dit Charlie quand son père revient.

Silence.

Et il ajoute :

— Tu ne l'as pas fait. Maman a tout inventé.

Après une seconde, je ferme les yeux. Bien sûr que Charlie ne voudrait pas croire cela à mon sujet.

— Malheureusement, elle n'a rien inventé. Je suis navrée, Charlie… Moi non plus, je ne veux pas le croire, pourtant c'est arrivé. Je m'en souviens. Je me rappelle chaque instant affreux.

Il ne répond pas.

— Je le rejoue dans ma tête chaque jour et c'est l'enfer sur Terre. Mais c'est réel, c'est arrivé, et je ne peux pas te laisser te raconter que ce n'est pas le cas.

Il m'observe presque avec tristesse, puis secoue la tête.

— Non. Maman a tout inventé. C'est écrit ici, dans ses journaux.

Je regarde les carnets, leurs dos craquelés, leurs coins cornés. Sur celui du dessus, il y a un cercle – une trace laissée par un verre – et de petits gribouillages circulaires. Charlie extrait le troisième carnet qu'il feuillette jusqu'à ce qu'il arrive à l'une des dernières pages. Le petit cahier s'ouvre naturellement à cet endroit, comme si ce passage avait été lu de nombreuses fois. Il me tend le journal.

— Ça va être dur, se contente-t-il de me dire.

Il regarde Jeremy qui s'est affalé dans le canapé et semble perdu dans ses pensées.

Comme je ne récupère pas le journal, Charlie le pose sur mes genoux.

Je le prends.

Chapitre 58

Journal de Janice Rothschild
Six mois auparavant

Dix-huit ans exactement que nous avons légalement adopté Charlie.

La culpabilité ne s'est pas adoucie. La peur ne s'est pas adoucie. Les périodes sans pouvoir fermer l'œil sont de plus en plus longues. Moyenne de trois heures et demie de sommeil. Tellement fatiguée qu'il y a quelque chose de presque hallucinatoire.

Le problème, c'est que je ne pense pas que le sommeil viendra. Car ce qui m'empêche de dormir la nuit, c'est d'essayer de me convaincre qu'Emily cherchait vraiment à étouffer Charlie.

À un moment, j'en ai été convaincue. Quand je suis entrée dans la pièce et que j'ai vu l'oreiller sur son visage, j'en étais convaincue. On m'a interrogée – toujours convaincue. Je suis rentrée à la maison en voiture – convaincue. Ai raconté à J – convaincue. Ça ne m'a pas traversé l'esprit que j'avais peut-être mal interprété les choses.

Quand la certitude a-t-elle commencé à faiblir ? Y a-t-il eu un moment où j'ai commencé à remettre en question ce que j'avais vu ? Si cela a été le cas, je ne m'en souviens pas. Tout ce que je sais, c'est que je m'en suis tenue à mon scénario sans m'autoriser à regarder au-delà.

Jusqu'à il y a quelques mois. Sa série documentaire a été rediffusée. Je passais juste d'une chaîne à l'autre et je l'ai vue qui marchait sur un sentier le long d'une falaise, jacassant sur les craves à bec rouge.

J'ai ressenti une terreur absolue en regardant son visage à l'écran. Un tournant. J'ai tout simplement arrêté de faire semblant. Avec moi-même, je veux dire. J'ai simplement arrêté de mentir.

Elle n'était pas sur le point de l'étouffer. Elle allait déjà beaucoup mieux à ce moment-là – elle jouait à « coucou me voilà ». Je l'ai entendue le dire quand je suis arrivée dans le couloir. J'ai commencé à sourire parce que j'ai su que c'était elle et Charlie.

Mais alors je l'ai vue, l'oreiller était sur le visage de Charlie, et j'ai paniqué. C'était horrible. Profondément traumatisant ; j'en ai fait des cauchemars pendant des mois.

Si j'étais restée là une seconde de plus, cependant, elle aurait enlevé l'oreiller et se serait écriée : « Coucou ! »

Et ensuite, Charlie n'aurait pas été mon bébé.

Je ne sais pas où tout cela me mène. Suis-je prête à passer aux aveux ? Ma carrière serait finie. Mon mariage, fini. Je me retrouverais peut-être même en prison, en fait. Pas sûre ? Probablement pas. Mais j'imagine qu'Emily pourrait me poursuivre en justice. À sa place, je le ferais.

Surtout, ça ferait du mal à Charlie, ça l'obligerait à me couper de sa vie, et dans ce cas, à quoi bon vivre ?

Et pourquoi tout gâcher ? Emily l'a entièrement cru et le croit encore. Elle doutait de façon si fondamentale d'elle-même à ce moment-là, elle a pris ce que j'ai dit comme parole d'Évangile – j'ai lu ses déclarations. J'ai reçu ses textos dans lesquels elle m'implorait d'adopter Charlie parce qu'elle ne se faisait pas confiance.

Mais depuis, la vie d'Emily est gâchée, et la part de moi qui est médusée par mon acte grossit chaque jour.

J'ai une interview plus tard pour le journal *Evening Standard* au sujet de l'amitié féminine. La bonne blague, putain.

Je vais peut-être essayer de trouver discrètement des antidépresseurs ou des cachets contre l'anxiété.

Tant de rage et de désespoir. Dix-neuf ans, et ce n'est ni plus simple ni mieux. Je suis toujours un monstre.

Chapitre 59

Emma

Je lève les yeux vers Charlie qui m'observe d'un air absent. Dehors, dans le jardin plongé dans l'obscurité, John aboie contre l'arbre, ce qu'il aime faire lorsque le vent secoue ce dernier d'avant en arrière.

Un vide chaud a envahi ma poitrine.

— Il y en a d'autres ? je demande.

— Oui et non. Elle ne dit plus rien aussi franchement après. En gros, c'est ce passage qui t'intéresse.

— Et tu y crois ?

Ma voix est si tendue qu'elle pourrait se briser.

— Tu penses que c'est la vérité ?

— Je sais que c'est la vérité. Je lui ai posé la question.

Je le dévisage.

— Tu veux dire qu'elle l'a avoué ?

Charlie déglutit avant de hocher la tête.

Je m'affale dans le canapé. J'aimerais être plus près de Leo pour m'accrocher à lui avant d'être emportée, mais il est assis à l'autre bout du canapé, et j'ignore complètement s'il me tiendra jamais la main à nouveau.

Jeremy semble anéanti.

— Papa ne se doutait de rien, précise Charlie qui suit mon regard.

Je veux croire ce que je viens de lire.

Je ne veux pas croire ce que je viens de lire.

Charlie s'adosse au fauteuil.

— J'ai commencé la fac en septembre dernier. Quand je suis rentré pour les vacances de Noël, maman n'était pas du tout elle-même. Beaucoup de hauts et de bas, bizarrement en colère. Papa dit qu'elle est comme ça depuis mon départ pour Boston.

John gratte à la porte de derrière, coupant Charlie dans sa lancée. Leo se lève pour lui ouvrir.

— Quand je suis rentré pour les vacances de Pâques, c'était encore pire. Elle était vachement en demande, mais aussi très… je sais pas… très furieuse. Pas forcément avec nous, plutôt en général.

Il se gratte la tête.

— Je n'en suis pas fier, mais une nuit elle a laissé son journal traîner dans les toilettes de sa chambre, et je l'ai pris. Maman tient un journal depuis toujours et j'avais jusque-là respecté sa vie privée, mais… Merde, j'étais inquiet.

Charlie s'arrête.

— Pardon. Ça ne dérange pas papa et maman que je dise des gros mots, mais toi ?

— Bien sûr que non.

— Donc j'ai lu quelques pages. Elle semblait très instable. Et j'étais sur le point de le reposer quand j'ai lu un truc qui ne m'a pas plu. *Grosso modo* en référence à tout ce que tu viens de découvrir.

Il expire longuement.

— Je l'ai lu quatre ou cinq fois, mais je ne voyais pas ce qu'elle pouvait bien vouloir dire d'autre. C'était au sujet de l'étouffement. Elle donnait l'impression d'avoir inventé cette histoire, pourtant, je n'y croyais pas vraiment. Je suis rentré à Boston pour le dernier trimestre, mais je n'arrêtais pas d'y penser. J'imagine que j'espérais simplement avoir mal compris.

Il se tait quelques instants.

— Sauf que lorsque je suis revenu pour l'été et que j'ai de nouveau fouiné dans ses journaux, j'ai fini par trouver le passage que tu viens de lire.

J'attends. Rien ne semble réel. Ni cette pièce, ni les gens à l'intérieur, ni l'histoire qu'il raconte.

— Elle a tout avoué quand je lui ai posé la question. Elle était en larmes. Elle m'a dit qu'elle avait perdu des bébés les uns à la suite des autres, que l'adoption était leur seul espoir au bout du compte, et qu'ils avaient fini par me trouver… Et puis tu as changé d'avis et tu as décidé de me garder. Je crois que ça l'a anéantie.

Dehors, le vent se met à souffler plus fort.

— Alors je comprends. Les semaines qui ont précédé ce jour-là ont été atroces.

Il me regarde. Je perçois de la tristesse sur son jeune visage.

— Mais je n'arrive toujours pas à accepter ce qu'elle a fait. Encore moins à savoir comment le lui pardonner.

Le monde commence et se termine. Je me penche en avant, les coudes en appui sur les genoux.

Les choses se sont-elles passées ainsi ?

Je jouais à « coucou me voilà » avec mon bébé ?

Quand je lève de nouveau la tête, Charlie me scrute avec impatience, comme s'il attendait une réponse. Leo me touche l'épaule.

— Pardon, quoi ?

— J'ai dit : « As-tu toujours cru que tu avais essayé de m'étouffer ? » demande Charlie. Tu n'en as jamais douté ?

Je rassemble mes souvenirs de cette journée. Un torrent de fragments remonte à la surface, tout le bruit et la tristesse habituels. Je trouve le moment de l'oreiller, sur le visage de Charlie. Je trouve le moment où j'ai été interrogée par le psychiatre, l'assistant social et l'infirmière. Je trouve le moment où ils me demandent si j'avais eu l'intention d'étouffer mon bébé. Et je trouve le moment où j'ai plongé en moi et dit « oui, je crois que c'est exactement ce que j'essayais de faire ».

Pourquoi ai-je dit cela ?

Pourquoi ai-je dit « je crois », au lieu de donner une réponse plus assurée comme « oui, c'est exactement ce que j'essayais de faire » ?

Je réfléchis à l'idée du « coucou me voilà » – vouloir jouer, pas faire du mal.

Ça colle. Jouer, pas faire du mal.

Une chaleur me parcourt. Pitié, non. Pourvu que je n'aie pas abandonné mon enfant pour ça.

— Après que je lui ai posé des questions, maman m'a supplié de ne rien raconter à papa, pas avant qu'elle ait eu le temps d'y réfléchir. Elle m'a dit qu'elle était désolée et qu'elle s'occuperait de tout ça, qu'elle s'occuperait d'elle-même. Elle est allée à une répétition, et puis n'est pas rentrée à la maison. Nous ne l'avons pas revue depuis.

Après un instant qui semble s'étirer à l'infini, je me tourne vers Jeremy.

— Et tu n'as jamais su ? Elle n'y a même pas fait allusion ?

Charlie regarde la silhouette dépenaillée de son père.

— Bien sûr qu'il n'en savait rien. Regarde dans quel état il est ! le défend-il.

Un silence insupportable s'ensuit. Tout est en train d'imploser. Tout ce que je me suis dit, chaque instant de haine tortueuse contre moi-même : une histoire inventée.

— Après la lettre qu'elle nous a envoyée, j'ai plus ou moins cru qu'elle irait bien, poursuit Charlie. Qu'elle avait vraiment juste besoin de temps pour elle. Dans les textos d'elle que papa a reçus il y a quelques jours, elle n'avait pas l'air d'aller trop mal…

Sa voix chevrote.

— Mais là, j'ai peur.

— Nous sommes venus parce que je ne pouvais pas tolérer que tu ne sois pas au courant une seconde de plus, dit Jeremy. Et nous n'allons pas tarder à vous laisser parce que, bon sang, il va vous falloir du temps pour tout digérer. Mais avant cela, nous avons une question à te poser.

Leo fait signe à Jeremy de poursuivre.

— Dans un passage de son journal datant d'il y a quelques mois, Janice a évoqué un endroit spécial. Ses mots disaient en substance : « Je me réfugierais bien dans mon abri de crise s'il ne me rappelait pas Emma. » Nous voulions savoir si cela t'évoquait quelque chose.

J'essaie de décoller des souvenirs du choc qui les englue.

Les endroits où Janice m'a emmenée déjeuner à Édimbourg. Les mares entre les rochers que nous avons explorées sur la plage d'Alnmouth le jour où j'ai cru faire une fausse couche. La gare, plus tard, où je lui ai dit au revoir. Aucun de ces lieux ne me paraît correspondre à un lieu qu'elle qualifierait de spécial – et je la vois encore moins s'y réfugier dans un moment de crise.

Je fais part de mes pensées. Charlie semble encore plus désemparé.

— Rien ? Aucun endroit ne te vient à l'esprit ?

— Je suis désolée. Je ne trouve pas.

— S'il te plaît, m'implore-t-il. S'il te plaît, réfléchis. Il n'y a vraiment aucun autre lieu ?

— C'est ce que je fais. Je réfléchis. Je… Non, à part une promenade sur la plage d'Alnmouth, nous sommes juste allées déjeuner à Édimbourg. Et bien sûr, elle m'a rendu quelques visites dans le service mère-enfant, mais ça m'étonnerait que ce soit là.

Charlie semble désespéré.

— OK, dit Jeremy en se levant. Nous ferions mieux d'y aller. S'il te plaît, téléphone-moi quelle que soit l'heure si tu te souviens de quelque chose qui pourrait coller.

Ils s'apprêtent à partir.

J'aurais pu être ta mère ! ai-je envie de crier tandis que Charlie sort de notre salon. Tu aurais pu grandir ici, dans cette maison. Tu aurais pu être mon bébé.

Mais il est déjà dans le couloir, cet homme adulte, et voilà qu'il passe la porte. Il s'engage dans notre allée en se baissant pour éviter le feuillage enchevêtré, disant merci et au revoir par-dessus son épaule parce qu'il ne veut pas que je voie à quel point il est mal. Je ne sais pas quand je le reverrai, si tant est que je le revoie un jour.

Jeremy s'arrête sur le perron et se tourne vers moi.

— Je ne pourrai jamais exprimer à quel point je suis désolé. Jamais, Emma. J'espère que tu me crois quand je dis que je l'ignorais complètement.

Je ne réponds pas. Dans l'immédiat, je ne veux rien croire de ce que les gens me racontent – plus jamais.

— Tout me paraît tellement plus logique à présent, poursuit-il. Sa paranoïa, sa peur obsessionnelle que tu cherches à reprendre Charlie. Elle devait être terrifiée à l'idée que tu te souviennes de ce qui s'était vraiment passé.

Évidemment que je ne m'en étais pas souvenue. J'en étais incapable. Si on m'avait dit que j'avais braqué une banque et assassiné tous ses guichetiers, je l'aurais cru. J'aurais créé ce souvenir, tout comme j'avais créé le souvenir d'un étouffement, car quand vous êtes perdu à ce point, vos seuls ancrages sont les choses que les gens vous disent.

Après le départ de Charlie et de Jeremy, nous restons assis en silence.

Une fois de plus, le monde a changé. Toute ma vie adulte n'a rien été d'autre qu'une histoire inventée – et encore, même pas par moi.

L'histoire inventée par une femme qui s'appelle Janice. Une femme qui m'a laissée croire que j'avais essayé d'étouffer mon bébé parce qu'elle le voulait pour elle. Une femme qui a demandé une ordonnance restrictive contre moi quand j'ai commencé à le suivre.

Elle m'aurait envoyée en prison si elle avait pu. Elle m'a fait perdre mon boulot de présentatrice tout en sachant l'humiliation que cela entraînerait, la conséquence financière. Mais pire que toutes ces choses, bien pire : elle a volé mon bébé.

Leo se déplace en silence jusqu'à moi pour me tenir la main tandis que je pleure tout ce qui aurait pu être. Mon bébé Charlie, ce nourrisson souriant aux cheveux blonds soyeux, sa confiance simple et sans limites en moi. Toute sa vie, passée avec quelqu'un d'autre.

John s'endort dans son panier ; Leo éteint les lumières et nous restons assis dans le noir alors que la pluie bombarde notre vieille maison minuscule.

J'ai abandonné mon bébé à cause d'un mensonge.

Chapitre 60

Leo

Quelques minutes – ou peut-être quelques heures – après que je me suis endormi, Emma entre dans l'abri de jardin et se poste à côté du canapé.

— Leo, murmure-t-elle.

Sans un bruit, je lui fais de la place. John Keats, tout content de passer une nuit dans l'abri de jardin, dort sous la couette. Je me demande bien comment il fait pour respirer. Je le pousse du bout du pied et il se déplace un peu en ronchonnant, mais refuse de bouger vraiment. Emma est obligée de se jucher au bord du canapé.

— Leo, murmure-t-elle de nouveau.

À cet instant précis, j'ai juste envie de chuchoter « Salut » et de l'embrasser. J'ai envie de rire en pensant à la dernière fois que nous nous sommes retrouvés ici, quand nos seuls sujets de préoccupation étaient de savoir si sa chimio avait fonctionné et la qualité de mon chocolat sans lait, franchement mauvais. J'ai envie que nous nous déshabillions, pas pour le sexe, mais pour le plaisir de sa peau chaude de la nuit contre la mienne.

— J'allais t'en parler, dit-elle dans le noir.

J'allume la lampe et je la regarde. Elle porte toujours ses vêtements du jour, avec un peignoir par-dessus. Elle a des cernes noirs autour des yeux et sa peau est pâle : elle a la même tête que pendant sa chimiothérapie.

— J'allais t'en parler, répète-t-elle. Sache-le, Leo. J'allais t'en parler. Le week-end où on est allés à Hitchin pour rencontrer tes parents : j'allais t'en parler à notre retour à Londres. On était ensemble depuis quelques semaines, ça me semblait être le bon moment.

— Et ?

— Et tu as découvert que tu avais été adopté. Ça a tout chamboulé, Leo, il t'a fallu des mois pour redevenir toi-même.

— Mais une fois que je suis redevenu moi-même ?

— J'ai su que tu ne serais pas en mesure de l'encaisser, dit-elle après un blanc. Je t'ai aidé à traverser cette épreuve, Leo. J'ai entendu chacun de tes mots au sujet de ta mère biologique. Au sujet de l'adoption, des gens qui t'avaient menti. Cette révélation t'aurait fait l'effet d'une bombe, cela t'aurait arraché les jambes alors que tu venais juste de réapprendre à marcher.

— Mais, c'était il y a plus de dix ans. Il y a bien dû y avoir…

Elle me coupe la parole.

— S'il y avait eu un jour au cours de ces dix années, un seul jour où j'aurais cru pouvoir partager cette information avec toi sans te blesser, je l'aurais fait.

Je la regarde fixement.

— Donc c'est ma faute ?

— Non… c'est juste…

Elle essaie de prendre ma main mais je ne peux pas. Je ne peux pas rester assis ici et lui donner la main.

— Ce n'est pas ta faute, Leo, non. Mais le fait est que si tu avais eu un passé différent, je t'aurais tout raconté.

Comme je ne décroche pas un mot, elle poursuit.

— Mets-toi à ma place. Imagine que tu es moi, avec un passé tellement affreux que tu es obligé de changer de nom. Est-ce que vraiment, sincèrement, tu en aurais parlé à ton compagnon ? Alors que ton histoire ravive directement le traumatisme qui lui est arrivé ? Est-ce que vraiment tu l'aurais fait ?

— Oui, je réponds sans un instant d'hésitation.

Elle soupire.

— C'est facile à dire pour toi en étant assis ici. Mais j'y étais, Leo. Je savais mieux que n'importe qui ce que tu pouvais supporter ou pas.

— Sérieux ? On recommence ? Tu me connais mieux que je ne me connais moi-même ?

— Ce n'est pas ce que j'ai voulu dire ! Je…

— Emma, écoute-moi. Écoute.

Elle me regarde.

— Je ne t'ai rien caché à mon sujet. Absolument rien. Je te dis tout, je l'ai toujours fait, parce que si on n'est pas honnête l'un envers l'autre, à quoi ça sert ?

Nous nous taisons pendant un moment.

— Tu ne m'as pas dit que tu avais trouvé les papiers que j'avais cachés, finit par souligner Emma. J'ignore encore les autres choses que tu as trouvées, ou à qui tu as parlé. Tu as agi en secret.

Je m'assieds.

— Tu veux savoir à qui j'ai parlé ? Robbie Rosen, pour commencer. Et puis à Mags Tenterden. Au cours du week-end où j'étais chez Sheila, qui en sait bien plus sur notre mariage que moi. Et ensuite, j'ai passé la soirée chez Jeremy Rothschild, avant de te suivre chez Jill.

Emma recule.

— T'es allé voir Robbie ? Bon sang, Leo. Et Mags, je…

— Tiens, puisqu'on parle de notre mariage. A-t-il une valeur légale ?

Elle détourne le regard, et au bout d'un moment secoue la tête.

— Peut-être pas.

— Peut-être pas ? Qu'est-ce que ça signifie ?

— Ça signifie que je n'en suis pas tout à fait sûre. Quand j'ai rempli les papiers pour notre mariage civil, il y avait une case à cocher si on avait changé de nom. Je ne l'ai pas cochée.

Emma a les yeux posés sur moi, mais je n'arrive pas à croiser son regard. C'était notre journée. Notre belle journée heureuse, avec des fleurs, du vin, des gâteaux, des amis, des danses et des rires.

Quand j'ai vu le nom de son père sur le certificat de mariage, j'ai été étonné, bien sûr : il s'appelait Peel. Mais Emma m'avait raconté qu'elle portait le nom de sa mère, Bigelow, afin d'entretenir sa mémoire, et j'ai trouvé cela triste, parfait et beau.

Elle m'a menti le jour de notre mariage.

— C'était égoïste. Et c'était mal. Je vois maintenant à quel point j'ai été lâche. Mais je t'aimais, Leo. Évidemment que je voulais t'épouser.

Je ne dis rien. J'ai peur de mes mots.

— Je ne pensais pas qu'il y aurait des conséquences juridiques quand je t'ai fait ma demande. Je savais juste que j'étais folle de toi. Je n'en croyais pas ma chance. J'étais heureuse, tellement heureuse – je voulais qu'on soit mariés, c'est tout.

Je repense au discours que j'ai prononcé au mariage. Au sujet de cette femme que je connaissais si bien, que j'aimais tant. Tous ces visages levés vers nous, qui souriaient et riaient, les verres levés. Santé, les amoureux !

Après un silence, elle prend une grande inspiration et dit :

— Il y avait une grande tristesse, Leo. Il y avait une grande tristesse, il y avait de la haine envers moi-même, et il y avait une solitude que je ne peux décrire avec des mots. Mais il y avait toi. Tu étais tout. Tu l'es toujours.

Je ferme les yeux. Je suis tellement abasourdi par les révélations du jour que j'en oublie ce qu'Emma a traversé. Le poids qu'elle a porté sur ses épaules quand nous sommes tombés amoureux.

Je pense à notre toute première conversation téléphonique, quand sa grand-mère est morte. Les minutes qui se sont écoulées, puis les heures – il était soudain 18 heures et nous parlions toujours –, mes collègues éteignaient leur ordinateur pour rentrer chez eux en échangeant des sourires, parce qu'ils voyaient bien ce qui était en train de m'arriver.

Trois heures et demie. C'était tout ce qu'il avait fallu.

— La vie a de nouveau eu un sens quand je t'ai rencontré, Leo. Je me suis souvenue pourquoi les gens veulent vivre.

Je lui jette un coup d'œil, mais elle ne me regarde pas, elle est perdue quelque part dans son passé.

Je pense à Ruby. Allongée sur la poitrine d'Emma, minuscule naufragée, s'époumonant de toutes ses forces. Cet instant étourdissant, le début de tout. Que se passait-il donc dans la tête d'Emma tandis que nous regardions notre bébé avec émerveillement ? Était-elle seulement là ?

— Je voulais également savoir comment tu avais pu accoucher sans que je sache que c'était ton second bébé. L'obstétricienne m'a dit que le forceps était souvent employé pour une première naissance. Elle a été briefée pour mentir ?

Emma secoue doucement la tête.

— Oh, Leo. Non. L'obstétricienne voulait dire que c'était mon premier accouchement par voie basse. Charlie est né par césarienne.

Je prends le temps d'assimiler ses propos.

— Mais tu n'as pas de cicatrice, tu...

Je m'arrête. Si, elle a une cicatrice.

Je ferme les yeux. Je suis un homme d'une quarantaine d'années. Je suis diplômé d'une excellente université. J'ai consacré toute ma carrière à la quête de la vérité. Comment ai-je pu être aussi stupide ? Une cicatrice d'appendicite juste au-dessus de l'os pubien ? J'ai gobé ça ? Pendant dix ans ?

— Et oui, ils ont été briefés pour ne pas du tout mentionner Charlie, m'apprend Emma doucement. Je crois qu'il y avait un autocollant dans mon dossier, ou un truc sur la porte, ou... j'en sais rien. Mais ils ont le devoir de protéger la mère, Leo. Personne n'essayait de se payer ta tête.

À contrecœur, j'accepte de croire qu'elle me dit la vérité. S'ils avaient connaissance ne serait-ce que de la moitié de ce qu'elle avait enduré pour en arriver là, ils ont probablement fait tout ce qu'elle a demandé.

— Et Mags ?

Ma voix semble lasse.

— Pourquoi tu m'as fait croire qu'elle t'avait virée ?

Emma frotte ses mains sur son visage.

— Parce que si je t'avais dit que c'était ma décision, tu m'aurais demandé pourquoi je quittais son agence. Et à ce moment-là, j'aurais été obligée de te dire que Janice m'avait fait virer. Et…

Elle soupire.

— C'était plus simple de ne pas te le dire, Leo. Je suis désolée. Je sais que ça paraît cavalier.

— En effet.

Emma regarde autour d'elle, pose le doigt sur l'abat-jour à l'endroit où il est cabossé.

— Jusqu'à ce soir, je croyais que j'avais essayé d'étouffer mon bébé. Je ne me jugeais pas apte à veiller sur lui, alors je l'ai abandonné. Tu imagines abandonner Ruby à huit semaines ? Tu imagines la souffrance ?

— Non !

Et vraiment, cela m'est impossible. Même de loin.

Elle prend une grande inspiration.

— Leo, tu as transformé ma vie. Je ne sais pas si tu seras un jour capable de comprendre pourquoi j'ai gardé tout ça pour moi, et je ne parle même pas de me pardonner, mais… écoute-moi.

Elle se lève du canapé et s'agenouille en face de moi.

— C'est réel, Leo. Chaque parcelle de toi et moi a été réelle.

Je la contemple longuement.

— Vraiment ?

— Oui.

Elle me touche la joue.

— Personne ne peut faire semblant d'aimer. Pas pendant longtemps.

Je m'autorise à blottir mon visage contre sa main pendant quelques instants. Les souvenirs vont et viennent. Le jour où nous avons tous les deux eu une intoxication alimentaire, la première fois que nous avons vu John Keats. Les fois où nous avons piqué du nez dans le métro, sur la Northern Line, les disputes dans les taxis, la ribambelle de repas brûlés, les baisers sur le canapé, les vacances pour faire de la randonnée passées au pub.

C'étaient de bonnes années.

Lentement, je retire sa main de ma joue. Je suis perdu, épuisé.

— Ton père, dis-je finalement. Pourquoi t'es-tu sentie obligée de mentir à son propos ?

Des larmes emplissent les yeux d'Emma. D'Emily.

— Oh, Leo, murmure-t-elle.

Elle passe l'une de ses manches sur son visage.

— J'ai été obligée, c'est tout... J'ai dû laisser sa mort dans mon ancienne vie. Je sais qu'il t'est impossible de le comprendre, mais je ne pouvais tout simplement pas te dire que papa était mort d'un truc que j'aurais pu arrêter. J'avais déjà provoqué la mort de ma mère, je ne pouvais... juste pas.

Une larme glisse le long de sa joue. John se replace en rouspétant encore, ce qui libère de la place pour Emma sur le canapé.

— Mais Emma. Emma. Jeremy m'a dit que ton père était mort à cause de l'alcool. Comment aurais-tu pu arrêter une chose pareille ?

Elle se contente de secouer la tête. Une autre larme coule doucement.

— Je t'ai dit qu'il était mort à Kinshasa mais il n'est jamais arrivé là-bas. Ils ont envoyé un autre aumônier à sa place – à ce moment-là, il ne travaillait plus depuis des mois. Il a fait une crise cardiaque dans le salon et est décédé dans l'ambulance. Son organisme baignait dans l'alcool. Je ne suis même pas sûre qu'il se soit rendu compte de quelque chose.

Je sens mon cœur se briser.

— Emma…

Je prends sa main, car comment pourrais-je ne pas la prendre ?

— Les alcooliques meurent parce que personne ne peut empêcher que ça se produise. C'est pareil pour les femmes qui meurent en couche. Aucun de ces deux événements n'est ta faute. Quoi que tu fasses, tu n'y pouvais rien.

Des larmes suintent de ses yeux jusqu'à ce que le premier oiseau du jour se mette à chanter dehors.

— Je sais qu'il te faudra du temps pour encaisser tout ça, dit-elle une fois qu'elle s'est ressaisie. Pour savoir ce que tu veux.

Je hoche la tête, mais pour être honnête, j'ignore complètement ce dont j'ai besoin.

— Je peux dormir dans l'abri pendant que tu réfléchis. C'est moi qui nous ai fait ça. Ce n'est pas à toi de dormir ici.

— Je vais bien, je m'empresse de répondre.

Il me semble plus simple de jouer à faire semblant dans cette cabane.

— Sûr ?

Je le suis.

— Dans ce cas, prends tout le temps qu'il te faut. Mais sache que je t'aime. Je t'ai toujours aimé.

J'ai l'impression qu'il se passe ensuite des heures avant qu'elle ne reprenne la parole. Il n'est d'ailleurs pas exclu que nous nous soyons assoupis elle et moi – tous les trois sur le canapé comme s'il ne s'était rien passé. Quand j'entends sa voix, elle semble venir de très loin.

— Il y a autre chose que je dois te dire. Pas à propos de moi, ajoute-t-elle. C'est au sujet de Janice. Je crois que j'ai trouvé où elle était.

J'ouvre les yeux.

— Vraiment ?

Emma sort une lettre. Elle m'explique que Janice la lui a adressée il y a deux semaines. Encore une chose que j'ignorais. Si Emma et moi souhaitons essayer de sauver notre mariage, ce genre de chose se produira pendant des mois. Des années peut-être.

Elle me tend le courrier.

Chère Emma,

Je sais que cette lettre te surprendra. Mais il fallait que je t'écrive. Souvent, tu apparais dans mes pensées.

C'est à cause de ce crabe que nous avons repéré il y a des années de cela. Sur la plage d'Alnmouth, tu te souviens. Bien sûr que tu t'en souviens. J'ai regardé ta série documentaire et je sais que tu n'as jamais cessé de le chercher. Bon, bref, je pense que tu devrais aller voir sur Coquet Island.

Chez Shakespeare, les îles sont synonymes de magie, et il s'y connaissait.

Coquet Island est le seul endroit de cette côte interdit aux êtres humains.

& j'ai payé un pêcheur pour qu'il m'y emmène un jour afin d'observer les oiseaux, et bien qu'on ne soit pas censé accoster là-bas, j'y ai vu bien des choses, parmi lesquelles, j'en suis sûre, l'un de tes crabes... J'imagine que seuls les amateurs d'ornithologie vont là-bas, alors personne ne remarquerait un crabe inhabituel, les gens sont tous là pour les macareux et les sternes de Dougall.

Je suis désolée de t'avoir caché cette information pendant si longtemps. J'aurais dû te la divulguer il y a des années. Sincèrement je suis vraiment désolée.

Encore désolée, Emma
Janice

— Elle a l'air bourrée, avancé-je avec lassitude.

Je ne suis pas certain d'être en état de gérer Janice Rothschild dans l'immédiat.

— Oui, ou sous médocs.

— Peut-être. Mais tu penses qu'elle se trouve sur Coquet Island ?

— Non, je pense qu'elle est dans un abri.

Je me frotte les yeux.

— Quoi ?

Emma passe une mèche de cheveux derrière son oreille. Je ne manque pas de remarquer que c'est la

469

première fois en un an que ses cheveux sont assez longs pour qu'elle puisse faire ce geste.

— Le jour où j'ai décidé de garder Charlie, j'ai cru faire une fausse couche.

Je cherche parmi les souvenirs que j'ai dû mémoriser aujourd'hui.

— Oui, dis-je. Je me rappelle.

— Janice m'a invitée chez eux. Nous sommes allées nous promener sur la plage, bien trop longtemps en fait, mais bon sang, j'étais tellement soulagée de savoir que Charlie allait être élevé par ces gens, je… Bref, j'ai continué à marcher. Finalement, mon corps a, je pense, compris que je ne m'arrêterais pas, alors il m'a arrêtée. J'ai commencé à saigner, mon dos m'a fait mal, j'ai eu des vertiges. J'ai fini à l'hôpital.

Je me souviens qu'elle a eu mal au dos une fois quand elle était enceinte de Ruby. Terrifiée, elle est allée à l'hôpital avant même que j'écoute son message téléphonique.

— Mais avant ça, il s'est mis à pleuvoir, et nous nous sommes réfugiées dans un abri en pierre au milieu des dunes. Nous avons mangé des sandwichs et du chocolat en regardant un orage traverser en trombe la baie. C'était chouette. Juste moi et cette amie secrète dont personne ne connaissait l'existence, assises parmi des tas de crottes de mouton et des toiles d'araignées.

Elle s'arrête, perdue dans ses souvenirs.

— Janice aussi a eu la même impression. Je le sais. Quand l'orage s'est terminé, j'ai éprouvé un sentiment d'espoir, de soulagement et de… Comment dire… De camaraderie, je crois.

— Et… Tu penses qu'elle est dans cet abri ?

Emma fronce les sourcils, légèrement gênée.

— En fait, oui.

J'attends qu'elle développe, mais elle ne le fait pas.

— Vraiment ?

— Oui. Et voilà pourquoi : dans sa lettre, elle évoque Coquet Island, et elle n'arrête pas de répéter qu'elle regrette de ne pas m'en avoir parlé. Elle écrit : « J'aurais dû te la divulguer il y a des années. » On a l'impression qu'elle parle des crabes, mais je crois qu'en réalité elle voulait s'excuser de ne pas m'avoir dit la vérité au sujet de l'étouffement.

John sort sa tête de la couette, tout à coup, pour regarder Emma. Après l'avoir scrutée d'un air mauvais, il fixe ses yeux sur moi avant de se retirer de nouveau en marmonnant dans sa barbe. Nous faisons trop de bruit.

Nous sourions tous les deux malgré nous. Emma caresse le monticule de couette sous lequel il boude.

— Dans cette lettre, Janice n'est clairement pas dans son état normal, estime Emma. Je ne sais pas si elle est ivre ou si elle a pris trop de médicaments, mais ça ne va pas du tout.

Je suis d'accord avec elle.

— Je pense qu'elle est là-bas. À Alnmouth. Avec l'île en vue, qui lui rappelle ce qu'elle a fait.

— Mais pourquoi serait-elle dans un abri ? Pourquoi ne serait-elle pas simplement chez elle ?

— Parce que Jeremy l'aurait tout de suite trouvée. Et elle avait besoin de temps pour elle.

— Je comprends bien. Mais pourquoi pas dans une chambre d'hôte, dans une caravane ou autre… On peut sans doute voir Coquet Island de tout plein d'endroits différents, là-bas ?

Elle réfléchit à ma remarque et finit par sortir son téléphone pour étudier une carte.

— Je pense qu'on peut voir l'île de n'importe où entre Alnmouth et Low Hauxley. Alors oui, elle pourrait être quelque part entre ces deux points – ça doit faire une étendue de treize kilomètres, peut-être seize. Mais quelque chose m'est revenu tout à l'heure, quand j'essayais de dormir.

J'attends.

— Je réfléchissais à ce truc vraiment chouette entre nous quand on était dans cet abri, et soudain ça m'est revenu. Une ampoule s'est littéralement allumée dans ma tête. Juste au moment où la pluie se calmait, elle m'a dit : « Ce ne serait pas l'endroit idéal où venir faire un craquage tranquille, dans son coin ? Pouvoir quitter sa vie, s'asseoir et regarder la mer, boire du vin à gogo ? »

— Sérieux ?

— Oui. On a réfléchi ensemble à comment transformer ce lieu en un petit endroit sympa pour une retraite, à comment l'équiper. Elle était presque certaine qu'il n'appartenait pas au National Trust, elle voulait rechercher le propriétaire via le cadastre. C'est exactement à ça qu'elle faisait allusion dans son journal.

Je la regarde.

— Je ne suis pas convaincu. J'entends ce que tu dis, mais… Ça me paraît un peu capillotracté. Ne serait-ce que parce que Janice ne me donne pas l'impression d'aimer vivre à la dure. Je ne la connais pas personnellement, bien sûr, mais elle est du genre à être tirée à quatre épingles. À aimer le raffinement. Pas les abris en pierre jonchés de merde de mouton.

Emma se lève et sort la tête de notre abri à nous, comme pour écouter. Le vent est à présent tombé, la pluie a cessé.

— On peut rentrer à la maison ? demande-t-elle. Je n'aime pas laisser Ruby seule. Si elle se réveille, je ne l'entendrai pas.

Elle est une bonne mère.

Peu importe ce que je pense d'elle en tant qu'épouse en ce moment, elle est une bonne mère et elle méritait d'élever Charlie.

Une fois dans la maison, Emma me montre son ordinateur sur lequel elle a recherché des vues satellite des plages d'Alnmouth. Je la remarque tout de suite, la cahute : elle a zoomé dessus. Un petit trou dans les dunes à côté du terrain de golf, au-dessus de la plage.

— De là, on doit avoir une belle vue sur Coquet Island, dit-elle. Et les magasins sont facilement accessibles. Ce n'est pas comme si elle devait vivre complètement à la dure.

— Mais je croyais que Jeremy avait déjà cherché à cet endroit ? Je pensais qu'il avait demandé partout et que personne ne l'avait vue ?

Au bout d'un moment, Emma soupire.

— Ah, tu n'as pas tort. Il y a des millions de raisons pour lesquelles Janice se trouve sûrement n'importe où sauf dans ce stupide abri. Même si elle l'avait acheté et meublé, elle l'aurait fait avec Jeremy. Pas toute seule, en secret. Ce serait trop bizarre. Tout le monde au village l'aurait su.

Elle baisse les yeux vers la lettre dans ses mains.

— Mais je… J'étais là-bas avec elle ce jour-là, quand nous n'avions que l'espoir. Elle m'a dit que c'était son plan en cas de crise personnelle, et là, elle me parle de Coquet Island. Ça n'est sans doute pas un hasard ?

Je dois convenir, certes à contrecœur, qu'elle a raison.

J'ouvre le frigo et j'en sors du jambon. Emma me regarde et je suis pratiquement terrassé par la tristesse. Rirons-nous de nouveau un jour de notre tentative ratée de devenir vegan ?

— Mais le truc…

J'ouvre le paquet de jambon.

— Le truc que j'ai du mal à comprendre, c'est pourquoi tu veux la retrouver. Comment tu peux trouver l'énergie en toi de te soucier d'elle, après tout ce qu'elle t'a fait ?

— Je m'en fiche, d'elle, répond-elle doucement. Un peu. En tout cas dans l'immédiat.

J'hésite. Je ne sais pas quoi dire.

— Je ne m'imagine pas lui pardonner un jour. D'après moi, personne ne pourrait lui pardonner une chose pareille. Mais il est question de Charlie, là. L'idée qu'elle puisse se suicider le terrifie, et il croit que c'est sa faute. Si je peux l'aider à la retrouver, je dois le faire.

— D'accord, finis-je par dire. Pourquoi tu n'enverrais pas un message à Charlie pour lui demander de t'appeler à son réveil ?

C'est ce qu'elle fait.

Emma. Emily. Je reprends du jambon dans le paquet, je l'enroule.

L'horloge fait tic-tac. Je pose le jambon. Emma va se chercher un verre d'eau.

Je range le jambon au frigo et j'essaie de convaincre John d'aller dans son panier. Juste à ce moment-là, le téléphone d'Emma sonne.

— C'est Charlie, murmure-t-elle.

Elle décroche.

— Charlie ? Je suis désolée. Est-ce que mon message t'a réveillé… ?

Elle écoute pendant une minute. *Arrive pas à dormir*, articule-t-elle à mon intention.

Je me lève pour remplir la bouilloire.

— Bon, je sais que ça paraît fou, commence-t-elle. Mais…

Quinze minutes plus tard, nous sommes postés devant chez nous.

Emma porte un imperméable et un bonnet. Elle a du thé, que j'ai préparé, des chips et deux pommes. Il est 4 h 15 du matin et elle s'apprête à passer chercher Charlie en voiture à Highbury Fields avant de rouler pendant six heures en direction du nord pour rejoindre la plage d'Alnmouth. Jeremy est déjà parti au travail. Il prend l'antenne à 6 heures.

— Que diras-tu à Ruby ? me demande-t-elle.

Elle a essayé de réveiller Ruby il y a quelques minutes parce qu'elle ne l'a pas vue hier soir.

— Hé, a-t-elle murmuré quand la petite s'est à moitié réveillée. Je suis juste venue te faire un bisou rapide, parce que je vais…

— Va-t'en ! a dit la voix de Ruby dans le noir. Tu m'écrases.

Et voilà c'était fini.

— Je trouverai. Mais ne t'inquiète pas pour elle. Elle s'est éclatée hier soir avec Oskar et Mikkel. Elle ne se doute pas du tout qu'on croyait que tu avais disparu.

— Je ne veux pas qu'elle croie que je l'ai abandonnée…

— Cela n'arrivera pas.

Ma voix est ferme parce que Emma en a besoin.

— Ruby sait que tu es son esclave. Elle ne se prend pas la tête avec ce genre de questions.

Dehors, un oiseau tente un chant. Sa mélodie reste sans réponse, mais il persévère, encore et encore.

— Je ne peux pas te demander de me pardonner, dit Emma après avoir pris le temps d'écouter l'oiseau.

Nous sommes si proches l'un de l'autre que je sens la fatigue chaude de sa peau. Je ferme les yeux en imaginant comment ce serait d'enfoncer mon visage dans ses cheveux, de passer mes bras autour d'elle et de faire comme si elle était la Emma que je connais et en qui j'ai confiance.

— Je ne peux pas te demander de pardonner mes actes, dit-elle tout bas. Mais je dois faire ça pour lui. J'espère que tu comprends.

Et je comprends. Je ferais tout pour Ruby. Nous ferions tout pour nos enfants, tous autant que nous sommes.

— Je dois juste te demander une chose, dis-je.

— Bien sûr.

— Et je t'en prie, Emma, réponds-moi avec honnêteté, s'il te plaît.

Elle se tient sur le sentier du jardin qui est encadré par des plantes grimpantes d'un côté et du lierre rampant de l'autre.

— Si Janice n'avait pas disparu, si je n'avais pas déterré tous ces indices… est-ce que tu me l'aurais dit ?

Emma me regarde un long moment.

— Non, avoue-t-elle finalement. Je ne pense pas.

— D'accord.

Elle se tourne pour partir.

— Je t'aime, Leo.

Mes yeux s'emplissent de larmes. J'ignore si mon chagrin est pour Emma ou pour moi. Pour Ruby peut-être, ou pour la vie chaotique et chaleureuse que nous avons menée tous les trois. Je ne sais rien hormis qu'on ne se rend compte de la beauté d'une chose qu'une fois celle-ci trop abîmée pour être réparée.

Chapitre 61

Emma

Charlie et moi nous garons sur la plage à l'heure du déjeuner. À côté, une famille sort des planches de bodyboard de la voiture. Les enfants se disputent et les parents ne se parlent pas, mais bizarrement, ça convient à tout le monde. Ils forment une famille. Ils partagent une voiture, une maison ; peut-être des secrets sans la moindre importance.

Je ne suis pas sûre que j'aurai toujours une famille à mon retour à Londres, mais dans l'immédiat je me concentre sur Charlie. Hier il portait un short, aujourd'hui il porte un jean. Je veux tout connaître sur lui. Où il achète ses jeans – est-ce ses parents qui paient, ou bien tiennent-ils à ce qu'il gagne son argent de poche ? Quel est son boulot d'été dans Queen's Park ? Pour qui vote-t-il, que pense-t-il de la Marmite[1] ? Comme Ruby, se

---

1. Célèbre marque de pâte à tartiner à base d'extrait de levure. Cette spécialité britannique au goût très prononcé a ses inconditionnels… et ses détracteurs.

déplaçait-il sur le derrière quand il était bébé ou bien rampait-il ?

Lors de nos arrêts dans des stations-service, il s'est acheté exactement le genre de cochonneries que j'imaginais un gamin de dix-neuf ans acheter. De grands paquets de bonbons, des friands à la saucisse tout gras, des chips. Il les a reniflés, ce qui m'a rappelé la façon qu'a John Keats de flairer son bol de pâtée. Ce garçon me fascine.

Nous avons conduit à tour de rôle pour que chacun puisse dormir, mais j'ai été incapable de fermer l'œil, préférant regarder mon fils adulte au volant de ma voiture, le coude posé sur la portière, buvant une boisson énergisante à petites gorgées.

L'idée de l'abri paraît insensée maintenant que nous sommes là. J'en étais tellement convaincue hier soir en me remémorant la connexion entre Janice et moi quand nous avions regardé l'orage. Des heures plus tard, en manque de sommeil et à cran, je me sens folle. Toute cette histoire me paraît folle.

— Bien, dit Charlie. Allons-y.

Il descend de ma petite voiture et étire son long corps en poussant un gémissement de soulagement. Je sors aussi et je regarde la mer en contrebas, son étendue. Les dunes forment des dômes et des creux autour de nous, les roseaux des sables sont pratiquement aplatis par le vent.

Nous n'avons pas beaucoup parlé, même si nous sommes restés dans une voiture pendant quasiment huit heures d'affilée. Charlie oscille entre la certitude que sa mère se trouvera ici, dans l'abri en pierre, et celle qu'elle n'y sera pas. Car, m'a-t-il dit, pour ne prendre qu'un seul contre-argument à cette théorie, aussi loin qu'il s'en souvienne, sa mère n'a jamais campé – même pas une seule nuit.

— Elle n'aime pas vivre à la dure ? ai-je demandé timidement.

— Elle ne se sentait pas en sécurité. Elle était parano à l'idée que quelqu'un puisse entrer dans notre tente et m'enlever pendant son sommeil.

Il y a eu un silence gêné.

Chaque fois que je pense à Janice Rothschild, je sens mon ventre se tordre violemment. Fort heureusement, Charlie n'a pas abordé le sujet dans la voiture, pourtant c'est là, malveillant, épouvantable. J'ai abandonné mon fils à cause des mensonges de cette femme.

Charlie remonte la fermeture Éclair de son coupe-vent et troque ses baskets contre des chaussures de marche.

J'ai toujours aimé cette marque de chaussures de marche ! ai-je envie de m'écrier, mais je ne dois pas le bombarder de similarités. J'ai peur de tout ce qui pourrait lui laisser entendre que je suis désespérée. Et surtout, j'ai peur que notre entreprise ne soit une perte de temps, que nous ne trouvions rien d'autre qu'un abri poussiéreux rempli de crottes de mouton et de déchets de pique-nique.

Je lui demande comment il se sent.

Il réfléchit.

— Angoissé.

— Qu'on ne la retrouve pas ?

Il y a un blanc.

— Non. Angoissé qu'on la retrouve.

Il me faut quelques secondes pour comprendre ce qu'il veut dire.

— Oh, Charlie…

— Ce n'est pas juste parce qu'elle a acheté du paracétamol. Il y a son journal, aussi. Les pages récentes. Elle n'a pas l'air bien du tout.

Je ne suis pas équipée pour tout ça. J'aurais dû rester en dehors de cette histoire, laisser Jeremy et Charlie trouver Janice. Qui étais-je pour penser que je la comprenais ? Que je savais comment son cerveau fonctionnait uniquement parce que nous avions partagé des sandwichs dans un abri près de vingt ans plus tôt ?

— Écoute, tu veux qu'on passe chez tes parents avant d'aller voir l'abri ? Qu'on fasse une petite pause ?

Charlie referme le coffre de ma voiture.

— Non, je ne veux pas perdre une minute de plus. Je veux la retrouver, l'obliger à aller voir un médecin.

Je fais une prière silencieuse. Faites que Janice soit en vie. La femme qui m'a volé mon fils, faites qu'elle soit en vie.

Je ne tarde pas à apercevoir l'abri. Il n'est pas exactement comme dans mon souvenir, mais c'est le souci avec la mémoire : elle invente ses propres histoires. Celles-ci durcissent et se calcifient exactement comme les faits, et la plupart du temps nous sommes incapables de les distinguer.

Dans mon souvenir, la cahute est bien plus grande, dotée de deux fenêtres et d'une cheminée rudimentaire, et est entourée des ruines d'un mur qui servait peut-être jadis d'enclos pour les moutons la nuit.

À l'emplacement d'une ancienne fenêtre, il y a un trou dans lequel pousse un gros buisson, et la porte a été barricadée de planches. Dehors, pour tout signe de vie, les vestiges d'un feu témoignent sans doute du passage d'une bande d'adolescents. Personne n'a mis les pieds dans cette bâtisse depuis fort longtemps.

Nous nous arrêtons tous les deux pour la regarder – cette ridicule petite cahute pour laquelle nous avons roulé pendant des heures. Janice n'a jamais séjourné ici. Il n'y a que la mer et le ciel : le vaste ciel complice avec ses oiseaux marins qui tournoient et les secrets qu'il ne partagera jamais.

Charlie enfonce ses mains dans ses poches et se retourne pour contempler les vagues qui se tarissent sur le sable en pétillant.

Janice peut être n'importe où. Même si elle est dans les environs, comment partir à sa recherche ? Ici, chaque plage s'étend à l'infini vers l'horizon, on peut marcher des heures sans croiser âme qui vive. Pas étonnant que les Vikings aient débarqué sur cette partie du littoral britannique. On dirait la lune.

Complètement épuisée, je m'assieds au creux d'une dune. Je n'ai pas arrêté depuis que Jill m'a plus ou moins kidnappée hier matin. Je sors le piteux sandwich que j'ai acheté dans les environs de Newcastle et je commence à manger.

J'ai envoyé des textos à Jill en venant ici, mais elle n'a pas répondu.

Je connais un ou deux trucs sur la culpabilité au long cours. Elle vous brûle de l'intérieur comme de l'acide, atteint le moindre recoin de votre pensée. J'espère juste que Jill m'autorisera à l'aider à démanteler ces histoires qu'elle se raconte depuis si longtemps. Je lui dois bien ça.

Au bout d'un moment, Charlie s'assied à côté de moi. Charlie qui n'est ici que grâce à Jill.

J'envoie un autre message à mon amie pendant que Charlie mange son friand à la viande.

— Je crois qu'on devrait aller au village boire une pinte, dis-je quand nous avons fini de manger. Pour réfléchir aux endroits où chercher.

Charlie se lève, s'époussette.

— Hum, dit-il. Pas sûr d'être à l'aise dans un pub alors que je pourrais la chercher.

— Bien sûr. Je… Écoute, Charlie, je suis désolée de t'avoir mis dans le crâne cette idée d'abri. Elle me paraît absurde, à présent.

Charlie réfléchit un instant, en poussant du bout du pied une petite touffe de roseaux des sables.

— En fait, plus j'y pense, plus je suis d'accord avec toi.

Il pointe son doigt vers la plage, juste en contrebas de l'endroit où nous nous trouvons.

— C'est toujours ici qu'on a pique-niqué. Qu'on installait nos serviettes et le paravent les jours de baignade.

— Vraiment ?

— Oui.

Il regarde la plage un peu plus bas en se rappelant sans doute la crème solaire, les bouteilles d'eau, les châteaux de sable et les canots pneumatiques.

— C'est son coin.

Je tourne le dos à la mer pour regarder une nouvelle fois l'abri. Derrière, un terrain de golf longe la plage sur près de deux kilomètres. Je me demande si les habitués ont remarqué une femme qui marche – qui vient peut-être s'asseoir ici le soir ? J'aperçois deux golfeurs qui sont sans doute à portée de voix.

— Charlie...

Je m'arrête.

Il y a une étrange synergie entre moi et Janice Rothschild, même si nous nous sommes tenues à distance depuis la naissance de Charlie. Le jour où je suis tombée par hasard sur elle et Jeremy sur cette plage il y a quatre ans, j'avais senti sa présence avant de la voir.

Et je la sens de nouveau. Elle est ici. Tout près.

Je me tourne vers Coquet Island. Le phare, abandonné depuis longtemps, se trouve à la pointe extrême et clignote brièvement dans le soleil. Mon regard revient sur la terre ferme pour balayer lentement le village d'Alnmouth.

Où es-tu ?

Mes yeux remontent le chemin jusqu'au parking, traversent le terrain de golf, gravissent le sentier côtier qui surplombe les rochers exposés. S'élèvent vers l'horizon, puis redescendent là où l'herbe s'estompe pour laisser place aux buissons et aux dunes de sable. Puis retour sur le sentier côtier au-dessus des rochers.

— Charlie, dis-je prudemment. Je pense vraiment qu'on devrait aller au village. Interroger une nouvelle fois les gens. Je sais que ton père a demandé à l'épicerie de l'appeler si Janice revenait, mais elle a pu se rendre dans un café, un pub, chez un traiteur – je crois qu'on devrait tous les interroger. Et ensuite, on devrait passer chez toi, se poser et élaborer un vrai plan. Il faut qu'on la trouve.

Il n'offre pas vraiment de résistance. Il est épuisé.

Nous marchons jusqu'au village ensemble, mon fils et moi. Au moment où nous prenons une allée pour rejoindre la rue principale, je me retourne une fois de plus pour regarder en veillant à ce que Charlie ne me voie pas.

Là.

Elle est là. J'en suis certaine. Mais je ne sais pas s'il est prudent d'y emmener Charlie. J'ignore si nous n'arrivons pas trop tard.

Chapitre 62

Emma

Il ne faut que quelques minutes à Charlie pour s'endormir sur le canapé couleur crème, immaculé, de ses parents. J'aimerais aller lui chercher un vrai oreiller mais je résiste à cette envie. Il est adulte et ne veut pas être materné, surtout pas par moi.

Je lui laisse un petit mot pour lui dire que je suis allée marcher et me glisse dehors.

Le vent est tombé et il fait doux. Il y a plus de gens sur la plage que tout à l'heure, certains sont dans la mer qui scintille joyeusement jusqu'à l'horizon. Un enfant actionne un cerf-volant en criant des choses à son père qui ne sait décidément pas s'y prendre.

Les cabanes que j'ai repérées surgissent au-dessus du sentier, impeccables et fraîchement repeintes. Fauteuils Adirondack alignés dehors au soleil, parasols haut de gamme. Voilà exactement ce que recherchent les gens qui déboursent de grosses sommes en vue de faire croire qu'ils campent : des extérieurs faussement bruts, des intérieurs équipés de flûtes de champagne et de couettes de luxe garnies de duvet d'oie.

Exactement le genre d'endroit où venir pour « faire un craquage tranquille, dans son coin », quand on n'aime pas vivre à la dure mais qu'on adore la plage d'Alnmouth.

Elle est ici. Dès que je les ai remarquées à quelques centaines de mètres au-dessus de la cahute à moutons, je l'ai su.

Deux des cabanons sont fermés – des stores de bon goût sont descendus. Un autre est occupé. Son fauteuil Adirondack est tourné face à la baie, en direction de Coquet Island.

En m'approchant de la porte, je repère un crabe mort sur la table de pique-nique. Sa carapace est en partie écrabouillée et une vaste section autour du sillon cervical est manquante. Mais mon cœur s'accélère parce que les pinces velues sont intactes. Tout comme les points rouge vermillon sur les vestiges de la carapace, qui se distingue par quatre épines dorsales.

Voilà.

C'est réel. Elle en a trouvé un.

Je m'arrête devant la porte. La carapace semble polie par les éléments ; je soupçonne Janice de l'avoir depuis longtemps. Cependant, malgré la présence du crabe – de mon crabe –, cet endroit ne me dit rien qui vaille. Avant, lorsque je les suivais dans Islington, elle et Charlie, je percevais Janice et son énergie nerveuse, mais là, je ne sens aucune énergie.

Avec précaution, je frappe à la porte.

Pas de réponse.

Je frappe de nouveau.

— Janice ?

Rien. Je regarde la mer pendant un instant. Si elle est là-dedans et qu'elle n'est pas en vie, je ne suis pas certaine de tenir le choc.

Je pousse la porte, qui est ouverte.

Elle est assise sur le lit comme pour regarder la télévision, sauf que ses paupières sont fermées.

— Janice.

Elle ouvre les yeux brièvement et les referme aussitôt. Et puis elle les ouvre vraiment et se tourne vers moi.

— Emily ? dit-elle doucement. Emma ?

— Janice, dis-je en marchant jusqu'au lit. Ça va ?

Elle referme les yeux.

— Va-t'en ! S'il te plaît.

Cinq boîtes de paracétamol sont posées sur la table de chevet tendance en contreplaqué. Dans mon état second, je me demande si les propriétaires ont pu imaginer que cette table servirait à cet usage lorsqu'ils ont meublé la cabane. Cinq boîtes de paracétamol et une boîte d'autre chose, un produit pharmaceutique avec sur le côté une étiquette sur laquelle sont imprimées des informations relatives à Janice.

Je prends l'une des boîtes. Elle est vide. Je vérifie les autres. Toutes vides.

— Janice. Janice, tu as ingéré tous ces comprimés ?

Si elle m'entend, elle m'ignore – cette femme dont le beau visage est connu et aimé de centaines de milliers de personnes est désormais bouffie.

Cette femme qui a volé mon fils en jouant la comédie et en usant de sa capacité à convaincre. Elle m'ignore.

— Janice, dis-je plus fort. Janice, tu as pris tous ces comprimés ?

— Tu ne vas pas t'y mettre aussi. Pars, s'il te plaît.

Je ne vais pas m'y mettre aussi ?

Je sors de la cabane en pianotant frénétiquement sur mon téléphone. Je compose le numéro des secours mais l'appel ne passe pas. Je n'ai pas de réseau.

Des larmes de panique se forment dans mes yeux.

— Janice ! Je dois aller chercher une ambulance.

— Non.

— Il me faut du réseau. Reste avec moi jusque-là, s'il te plaît.

Elle marmonne autre chose – je suis sûre que c'est encore « Tu ne vas pas t'y mettre aussi », mais je ne comprends pas ce qu'elle veut dire par là. Je quitte la cabane, prête à m'élancer en haut de la colline, mais à ce moment-là je vois quelqu'un courir vers moi.

Leo. C'est Leo.

— Quoi ?

Je le regarde fixement qui dévale la colline.

— Comment est-ce que tu… Pourquoi ? Je veux dire, quoi ? Comment t'as fait pour arriver ici aussi tôt ?

— Je suis parti à 7 h 15. Elle va bien ?

— Oui, mais…

— Bien. OK. Toi, tu restes là. Une ambulance arrive, mais ils vont avoir besoin qu'on les guide. Je crois qu'ils vont devoir traverser le terrain de golf.

— Je… Leo, où est Ruby ?

Il pointe le doigt vers sa voiture qui est garée à la sauvette devant le green. J'ai dû passer devant sans la remarquer.

— Profondément endormie sur la banquette arrière. Elle ne sait pas ce qui se passe. Je suis arrivé il y a moins de dix minutes.

Je me tiens sur le seuil et, perdue, ébahie, je regarde mon mari entrer dans la cabane et s'accroupir devant Janice.

— Janice, dit-il calmement.

Il touche son bras et elle ouvre un œil.

— Je suis fatiguée. Votre femme est venue. Elle fait beaucoup plus de bruit que vous.

Sa voix est pâteuse mais c'est toujours la Janice dont je me souviens.

— C'est bien vrai. Bon, laissez-moi vous aider à vous installer convenablement.

Doucement, il la déplace vers l'avant pour pouvoir caler un autre oreiller derrière son dos.

Je l'observe, stupéfaite.

— Voilà.

Il tire une petite chaise et s'installe à côté d'elle. Il prend sa main.

— Les secours arrivent.

— Je ne veux pas qu'ils viennent.

— Je comprends. Vous pourrez en parler aux secouristes. Mais j'ai été obligé de les appeler.

Leo veille sur Janice tandis que les minutes s'égrènent. À un moment donné, il se penche tout près d'elle, sans doute pour vérifier sa respiration.

— Ça va aller, dit-il.

Sa voix est si douce. Je ne l'ai jamais autant aimé.

Comme s'il lisait dans mes pensées, il lève les yeux.

— Attends dehors. Pour être visible. De l'ambulance. De Ruby.

491

Une fois que Leo a montré aux secouristes les boîtes de médicaments et leur a transmis le peu d'informations dont il disposait, il me retrouve à l'extérieur.

Les herbes côtières oscillent dans la brise et la mer scintille. L'enfant au cerf-volant a enfin réussi. Le cerf-volant vole très haut au-dessus de la plage, plonge dans l'air chaud et le transperce au son des cris de joie du garçon.

Leo est debout au-dessus de moi.

— Ça va ? me demande-t-il.

Je ne sais pas du tout comment je vais. Il s'assied et ni lui ni moi ne disons mot.

Chapitre 63

Leo

Jeremy et Charlie sont toujours à l'hôpital. Nous n'avons pas encore de nouvelles et une amie médecin nous a prévenus qu'il faudrait peut-être attendre deux jours pour savoir si Janice s'en sortira.

Emma et moi sommes assis devant la maison de vacances des Rothschild. Le ciel s'obscurcit mais de temps à autre un nuage émet une lueur rosée près de l'horizon, et la température est toujours tolérable.

On ne voit pas bien la mer d'ici, mais la vue de la chambre où est logée Ruby est époustouflante. Notre fille sera debout à 5 heures du matin et voudra immédiatement aller à la plage.

John erre dans le jardin. Il renifle des trucs et urine dessus.

Je n'ai eu qu'une heure de sommeil ce matin avant que Ruby ne débarque dans mon lit à 6 heures moins le quart, avec une envie de crêpes. Elle se souvenait qu'Emma était venue quelques heures plus tôt. Cela ne semblait pas l'embêter que maman soit de nouveau partie chercher des crabes.

Nous sommes descendus au rez-de-chaussée et j'ai commencé la pâte à crêpes. Ça ne disait plus rien à Ruby.

— Ce que je veux vraiment, c'est du porridge à la banane, a-t-elle soupiré en faisant circuler sa moto miniature sur le plan de travail encombré.

Finalement, après deux nouveaux changements d'avis de Ruby et une petite colère, nous avons décidé de manger des tartines devant *Sarah & Duck*. Emma m'aurait tué si elle m'avait surpris en train de servir le petit déjeuner à Ruby devant la télévision. Mais il n'était même pas 7 heures, je n'avais pratiquement pas dormi et je m'en fichais.

J'ai envoyé un texto à Kelvin et Sheila pour leur dire que je travaillais de nouveau « à la maison ».

Sheila m'a tout de suite téléphoné, même s'il était à peine 7 heures.

— Quelles sont les nouvelles ?

J'ai laissé Ruby seule et suis allé dans la cuisine pour lui raconter.

— Oh, mon Dieu. C'est affreux, Leo. Toute cette histoire. Je dois téléphoner à Jeremy.

— Oui, vas-y. Hier soir, il avait l'air sérieusement mal en point. Mais il est à l'antenne, là.

— Tu penses qu'il est possible que l'intuition d'Emma soit juste ? Au sujet de l'abri ?

— Pas vraiment. Pourquoi aller passer deux semaines dans un abri quand on a une charmante maison un peu plus haut sur la route ? Mais j'imagine que rien dans le comportement de Janice ces dernières semaines n'a été prévisible.

Sheila n'a rien répondu.

— Allô ?

— Je réfléchis.

J'ai repris un peu espoir. Peut-être que Sheila pourrait avoir de nouveau recours à ses connaissances en espionnage. Taper à distance le nom de Janice dans un ordinateur du MI5 pour qu'un satellite nous envoie ensuite les coordonnées précises de l'endroit où elle se trouve.

Je l'entendais farfouiller à l'autre bout du fil.

— Je regarde juste Google Maps. Dis-moi exactement où se situe cette cahute.

J'ai ouvert le logiciel de mon côté puis l'ai guidée jusqu'au petit carré qui indiquait l'endroit.

— Oui, a-t-elle dit pensivement. Ça me semble carrément improbable.

Et puis :

— Et ces cabanes de luxe, alors ?

— Quelles cabanes de luxe ?

Sheila a soupiré.

— Celles qui se trouvent à environ trois cents mètres de la cahute qu'Emma est partie fouiller.

— Je... quoi ?

— Leo, tu es en train de regarder sur Google Maps ?

— Oui ! Mais... oh. Ça y est, je les vois.

J'ai cliqué sur les cabanes et mon cœur s'est accéléré.

— Ça me paraît être une bonne piste.

J'ai cliqué sur un tas de photos pour essayer de voir si les cabanes avaient vu sur Coquet Island, mais Sheila m'a battu à plate couture.

— Coquet Island. Bingo ! Bien, essayons de voir si elle séjourne là-bas.

— Tu peux faire ça ? ai-je demandé révérencieusement. T'as toujours accès aux systèmes de surveillance ou autre ?

Après un éclat de rire soudain, Sheila a décroché ce qui m'a semblé être un téléphone fixe et a composé un numéro. J'ai patienté presque fébrilement, m'attendant à ce qu'elle demande à être mise en relation avec un agent de terrain posté dans un bunker du Northumberland.

— Bonjour. Je suis bien aux Cabanes de luxe d'Alnmouth ? Parfait ! Bon, écoutez, il faut impérativement que je joigne l'une de vos clientes. Elle s'appelle Janice Rothschild. Oui…

Quelques secondes plus tard, l'appel est terminé.

— Bien. C'était la propriétaire de ces cabanes. Elle est en Sicile pour l'été, mais… oui, d'après son système, Janice séjourne dans la cabane numéro 2. Je te suggère d'appeler Emma. Demande-lui d'y passer dès son arrivée à Alnmouth. Elle arrive là-bas dans quoi, quatre heures ?

Elle a marqué un temps d'arrêt.

— T'as vu un peu, l'espionnage ?

Sheila a eu la politesse de ne pas rire.

J'ai regardé le site web des cabanes en me figurant Janice enquiller deux verres d'alcool avant d'ouvrir sa boîte de comprimés. J'ai eu la boule au ventre. Avait-elle choisi une tenue particulière ? Avait-elle pris un dernier repas ? Savait-elle ce qu'elle allait faire en se levant ce matin ?

J'ai imaginé la scène, Janice effondrée par terre, Emma et Charlie qui entrent dans la cabane, l'horreur absolue de cette découverte.

Ensuite, tout a été très simple.

— Ruby ! ai-je crié. Ruby, mets tes chaussures. On va faire une grande balade en voiture !

Je ne pouvais pas laisser Emma faire ça. Je ne pouvais pas la laisser vivre ce cauchemar toute seule un instant de plus.

John vient vers nous tandis que nous sommes assis en silence. Il remue la queue pendant un instant avant de se diriger à l'intérieur pour trouver de la nourriture.

Je ne sais pas si Emma est trop fatiguée pour parler ou peut-être trop nerveuse, mais elle ne bouge pas d'un iota et serre fort ses genoux avec ses bras. Elle porte de nouveau ce bonnet.

Je suis des yeux un oiseau qui traverse la baie. Emma m'a déjà dit comment s'appellent ces oiseaux, mais leur nom ne me revient pas. Ça la rend folle : elle a toujours répété que je n'écoutais pas un mot de ce qu'elle disait, et pourtant si, j'écoute. J'écoutais. Je pensais à ses mots tard le soir quand je piquais du nez. Quand j'étais assis à mon bureau et que j'écrivais des nécrologies. Je pensais à ses mots quand je conduisais, marchais, mangeais, et je le faisais parce qu'elle était la seule personne à avoir jamais eu du sens à mes yeux.

J'attrape sa main gauche et lui enlève son alliance. Je la mets dans ma poche. Emma inspecte sa main en silence mais ne me regarde pas.

Au bout de quelques instants, je sens son corps s'affaisser.

Les oiseaux crient, tournoient au-dessus de nos têtes.

— Nous ne sommes pas mariés.

Emma secoue la tête.

— Non, confirme-t-elle.

Je reprends sa main.

— Mais il est clair pour moi qu'on devrait l'être.

Elle m'observe avec attention avant de détourner le regard.

— Emma ?

Je garde les yeux fixés sur elle patiemment, jusqu'à ce qu'elle se tourne vers moi pour me regarder de nouveau. Dans l'obscurité qui tombe rapidement, ses yeux sont des mers profondes. Des océans inconnus – mais je peux réapprendre à les connaître. Ils sont les seuls dans lesquels j'aie envie de nager.

— Je te ferai confiance, lui dis-je.

Elle hésite. L'oiseau se remet à tourner au-dessus de nous, les ailes immobiles pour suivre un courant.

— Je te ferai confiance, je répète.

— Mais vraiment ? Pour de vrai ?

— Oui.

— Mais… vraiment ?

Je hoche la tête.

— Je te connais, Leo.

— Je me connais aussi. Mieux que tu ne le crois.

L'oiseau disparaît dans l'horizon noir d'encre sans cesser de pousser son cri.

— Je veux que nous nous mariions. Comme il faut. Que Ruby nous vole la vedette dans sa jolie petite robe. On n'est pas obligés de le dire aux autres si tu n'as pas envie de devoir expliquer. Mais je veux qu'on soit mariés.

Après un long silence, elle se met en appui sur ses coudes. Je l'imite.

— Quand Ruby et moi on roulait pour venir ici, j'essayais d'imaginer faire la navette entre deux maisons pour la déposer le week-end en fonction du planning de garde partagée. De nous imaginer devenir amis, essayer de faire du coparentage. Rencontrer quelqu'un d'autre un jour. Et ça m'a paru atroce. Je ne veux pas de ça, je nous veux nous. Je n'ai toujours voulu que nous.

Emma hoche la tête presque imperceptiblement.

— Et toi ? je lui demande car elle ne dit rien. Est-ce que tu nous veux nous ?

Elle se tourne face à moi, en appui sur un coude.

— Oui, répond-elle doucement. Plus que tout.

Quelques centimètres séparent nos deux visages. Je sens son souffle, je vois ses cheveux, toujours placés derrière son oreille.

Emma a enduré plus de souffrance au cours de ses trente-neuf années d'existence que la plupart des gens en toute une vie. Et pourtant, elle est toujours quelqu'un dont tout le monde est secrètement amoureux, quelqu'un à qui tout le monde veut parler lors des dîners. Elle est toujours la personne la plus drôle que je connaisse, toujours la femme à cause de qui mon patron me virerait si jamais elle décidait un jour de changer de carrière.

Oui, elle est compliquée : elle se replie de temps à autre dans un endroit obscur. Sa manie d'entasser les objets ne fait que s'aggraver, elle souffre d'un besoin compulsif de vérifier que Ruby respire et j'en passe. Mais elle n'en demeure pas moins Emma : vitale, brillante, exaspérante.

Si elle peut continuer à être elle-même après tout ce qu'elle a enduré, je le peux aussi. Je le dois.

Et à présent, c'est exactement comme la première fois que nous nous sommes retrouvés aussi proches l'un de l'autre en pleine nuit dans la yourte de son ami au milieu d'un champ en Cornouaille, entourés de pots de spécimens, de fers à lisser, de snacks à moitié mangés et de revues de biologie marine.

Nous sommes à quelques centimètres l'un de l'autre et jamais de ma vie je n'ai autant désiré embrasser quelqu'un.

Cette fois-ci, je me penche en premier. Je l'embrasse et voici la suite.

Épilogue

Emma
Six mois plus tard

Une méduse *Olindias formosa* sur les plages du Nord-Ouest Pacifique n'est en rien remarquable : une masse incolore de gelée grêlée de sable étalée le long du littoral, parmi les couteaux et les algues mortes – prête à être triturée par un enfant muni d'une pelle.

Mais si vous trouviez l'une de ces créatures dans les eaux privées de lumière tout au fond de la mer, vous n'en croiriez pas vos yeux. Ses ombrelles rayées émettent une lueur dorée rappelant les jonquilles, et ses tentacules légèrement teintés d'encre se terminent par une pointe d'un rose joyeux. La méduse palpite dans ces eaux froides avec une beauté éthérée et bioluminescente. Un miracle étincelant.

Je vous invite à penser à un événement de votre passé que vous feriez tout pour effacer.

Il y en a forcément un, même si vous êtes jeune. Et si vous l'avez bien caché, vous le trouverez sur le rivage de votre histoire : camouflé dans le sable, sans rien de remarquable, visible uniquement par ceux qui savent quoi chercher.

J'avais bien caché le mien. Pendant vingt ans, il a été là, visible de tous. Et puis mon mari est arrivé, et il a enfoncé un bâton dedans ; il a enfoncé un bâton dedans, a secoué, bousculé, poussé, jusqu'à ce que finalement la masse abandonnée et honteuse de mon passé soit charriée jusqu'à la mer où elle a pu se déployer une fois de plus. À présent, elle luit dans ces eaux profondes. Allumée, vue, impossible à cacher.

Mais voilà : aux yeux de Leo, mon passé est vraiment aussi beau que cette méduse. Quand il a pu le voir clairement, une fois remis du choc, il m'a vue clairement aussi pour la première fois, et ne m'en a aimée que davantage.

Les choses auxquelles on croit. Les choses que l'on cache.

Je ne regarde plus en arrière. Je suis ici. Tout entière.

Il est 6 h 45 et Leo dort. Son visage est enfoui dans son oreiller. Ces derniers temps, il se plaint d'avoir l'air très vieux, et parce que je lui ai promis de ne plus jamais lui mentir, j'ai dû en convenir : il aurait besoin de passer au moins trois mois dans un spa. À mes yeux, cependant, il est parfait. L'épouser une seconde fois, sans non-dit, c'était magnifique.

Il est l'amour de ma vie.

Dans la chambre d'à côté, notre fille dort. Elle a toujours Canard avec elle mais ne reste plus blottie contre lui toute la nuit : elle grandit tellement vite. J'ai peur que les jours de Canard ne soient comptés, pourtant ces transitions douces-amères me sont précieuses – je n'ai rien suivi des évolutions de Charlie. Je ne sais toujours pas quel doudou il serrait contre lui pendant son sommeil, qui était son meilleur ami, quel était le montant de son argent de poche et en quoi il le dépensait. J'ai encore tant de choses à apprendre à son sujet, alors qu'avec Ruby j'ai la chance d'assister à tout cela en temps réel. C'est un privilège : je ne m'autoriserai jamais à le considérer autrement.

Elle est l'amour de ma vie.

De l'autre côté de l'Atlantique, mon fils est à une fête de Noël. Je le sais parce qu'il m'a envoyé un texto que j'ai lu au moins trente fois depuis mon réveil. Un texto ! Un texto envoyé alors qu'il était ivre !

> Je prends l'avion pour rentrer demain matin à 8 heures. À une fête, je dois me lever à 4 heures, je crois que je vais boire jusqu'à l'heure du départ. T'as pas le droit de me donner des conseils avisés, au fait. Ça serait sympa une balade dans Hampstead Heath un de ces 4 ?

Charlie ne m'appellera jamais « maman », mais il fait des efforts depuis qu'il est retourné à Boston en septembre. Même avec Janice qui part dans tous les sens, il a choisi de rester en contact.

À aucun moment dans ma vie la perte de son enfance ne me semblera acceptable. Jamais je n'accepterai le fait de ne pas avoir pu pleurer en le voyant incarner un pingouin dans une pièce de Noël en maternelle. Mais à présent, j'ai assez. Même si on en reste à une promenade de temps à autre, j'aurai eu une portion de ma vie avec Charlie dedans. Et une portion, ça me convient, parce que j'ai vécu sans pendant près de vingt ans.

Lui, ce jeune homme, il est l'amour de ma vie.

— Leo, je murmure, parce que je ne peux plus attendre. Réveille-toi ! Embrasse-moi !

À l'est, l'aube arrive en ombres ambrées. Leo s'éveille doucement.

Nous nous blottissons l'un contre l'autre et je lui parle du texto de Charlie.

— Oh, ouah. C'est génial…

Il n'est pas encore bien réveillé.

La main posée sur le plan chaud de son torse, je l'embrasse encore et encore. Je ne pense pas être capable de faire comprendre à cet homme à quel point je l'aime, mais je m'y emploie.

Quelques minutes plus tard, nous consultons Wikideaths sur son téléphone. Personne n'est mort.

Quelques minutes plus tard encore, je pète.

— Mobylette ! dis-je en haussant les épaules.

Leo rit – après toutes ces années –, il rit et me sort :

— T'es dégueu, Emma !

Et ça, à présent, c'est ma vie. Ma vie entière, pas ma demi-vie. Emma et Leo. Leo et Emma.

Nous sommes mariés depuis trois semaines, ensemble depuis onze ans, et il connaît chaque part de moi.

Remerciements

Et le livre fut !

Et pour celui-ci, il n'a pas fallu uniquement un village, mais un continent tout entier. J'ai une immense dette de gratitude envers énormément de gens.

Tout d'abord, je tiens à remercier les personnes qui m'ont fait grâce de leur temps et de leur savoir-faire :

Les professeurs John Spicer et Mark Bower, Tim Bullamore, la Dr Natalie Smith, Hannah Parry-Wilson, le Dr Karl Scheeres, Hannah Walker, le Dr Mike Rayment, Betty Lou Layland, Andrew Brown et l'équipe de la rubrique nécrologie du *Telegraph*, Nathan Morris, Melissa Kay, Stuart Gibbon, les Dr Ray Leakey et David Barnes, Kian Murphy, Rose Child, David Bonser, Richard Hines, le Dr Matt Williams, Rosie Greenwood, le professeur Carl Sayer, Sarah Denton, Rosie Mason, Max Fisher, Chippy Douglass, Sophie Kenny-Levick et Bill Markham.

Merci aux amis qui m'ont tout fourni – de la mise en relation avec des psychiatres aux visites virtuelles du siège de la BBC à Londres :

Josie Lee, Kate Hannay, Natalie Barrass, Vikki Humphreys, Ed Harrison, Elin Somer, Claire Willers,

Angela Waterstone, Emily Koch, Marc Butler, Alex Brown, Jack Bremer, Claudine Pavier, Michael Pagliero, James Pagliero, Jo Nadin et Dave Walters.

À mes merveilleux amis écrivains qui m'ont gentiment fait part de leurs impressions sur mes ébauches ou m'ont aidée à réfléchir à l'intrigue de mon roman : Emma Stonex, Emylia Hall, Kate Riordan, Rowan Coleman, Jane Green et Cally Taylor. Merci également à George Pagliero, Caroline Walsh et Emma Holland.

Aux nombreuses personnes à qui j'ai parlé de manière informelle au cours de cafés-débats consacrés au sujet de la mort, lors de conférences d'écologie marine, de fêtes même – plusieurs centaines de conversations ont rendu ce livre possible. Merci à vous toutes.

Remerciements infinis à mes éditeurs miraculeux, Pan Macmillan (Royaume-Uni), Viking (États-Unis) et à tous les autres autour du monde qui m'ont publiée dans près de trente-cinq langues. Un rêve devenu réalité – cette expression ne suffit pas à décrire ce que je vis.

Mes remerciements les plus reconnaissants à mon éditrice anglaise, Sam Humphreys, qui m'a obligée à revenir à mon manuscrit encore et encore. Tu as toujours eu raison. Merci pour les séances de *brainstorming* – notamment celle, atroce, où j'étais presque morte à cause des nausées matinales –, et pour tes encouragements et ta gentillesse sans faille tout au long de ce processus d'écriture qui fut difficile.

À la formidable équipe de Pan Macmillan : Alice Gray, Charlotte Wright, Rosie Wilson, Ellie Bailey, Sian Chilvers, Holly Sheldrake et Becky Lloyd. Je remercie aussi ma légendaire éditrice américaine,

Pam Dorman, de m'avoir poussée à transformer une histoire d'une noirceur inutile en quelque chose que les gens avaient vraiment envie de lire. Tu as élevé ce livre à tant d'égards.

À Lizzie Kremer, mon agente hors pair, pour ses nombreuses lectures et suggestions éditoriales. Merci de m'avoir sauvée plus d'une fois de la page blanche et du doute qui me paralysait. Merci d'avoir cru en ce livre, d'avoir aimé ses personnages et de toujours vouloir le meilleur pour moi – sans parler des contrats décrochés et des années d'habile diplomatie. À Allison Hunter, mon agente américaine, pour les nombreuses séances de réflexion et lectures. Merci de m'avoir tenu la main en des temps si difficiles – comme si m'obtenir un contrat de rêve ne suffisait pas, tu as été un véritable roc pour moi. Merci également à Maddalena Cavaciuti et Kay Begum.

À Alice Howe et à sa formidable équipe aux cessions de droits étrangers chez David Higham Associates – je ne suis pas sûre d'être capable un jour de vous remercier assez de ce que vous avez fait pour moi. Merci d'avoir permis à mes mots de parvenir jusqu'aux mains de lecteurs aux quatre coins du monde.

À ma camarade d'écriture, l'autrice Deborah O'Donaghue – Deb, je ne sais même pas par où commencer. Tu as dû passer des semaines de ta vie à lire et éditer ce livre. Tant de mes percées sont le résultat de conversations avec toi sur Skype, tant de bons passages sont de toi. Merci pour ta gentillesse et tes encouragements, tes questions respectueuses, ton incapacité à me lâcher la grappe sur des détails de l'intrigue qui ne tenaient pas la route. Ce roman te doit énormément, tu le sais.

Remerciements sincères à VOUS, les lecteurs de ce livre, qui avez investi votre argent rudement gagné dans l'histoire d'Emma et de Leo. Sans vous, je ne pourrais pas faire ce que je fais – je ne pourrais pas faire ce que j'aime. Vous avez changé ma vie, et vos messages au cours de ces dernières années ont été le clou de ma carrière d'écrivain. Je vous adresse ma gratitude la plus sincère.

Merci à Wendy, Clare et aux nombreuses autres femmes qui m'ont permis de garder toute ma tête et de rester utile pendant la rédaction de ce livre. À mes amis merveilleux dont l'enthousiasme pour ma carrière continue – sincèrement – d'être une immense joie dans ma vie. Merci à ma famille chérie, Lyn, Brian et Caroline Walsh, qui m'a terriblement manqué durant cette folle pandémie. Merci également à Dave Mallows et aux Pagliero d'Exton, de Clyst St George, Exeter et Londres – vous êtes des pom-pom girls et une belle-famille formidables.

Merci à George d'être sorti quotidiennement avec nos enfants au moment le plus dur du confinement d'hiver afin que je puisse terminer ce roman en temps voulu, et d'avoir toujours cru en ce livre et en moi. Nous avons survécu ! (Il s'en est fallu de peu.) Merci de ne jamais avoir eu de secrets pour moi et d'être exactement la personne que tu as toujours été dès l'instant de notre rencontre.

Et merci à mes deux enfants. À ma petite fille du confinement, la lumière la plus radieuse qui soit en ces temps obscurs, et à mon désormais grand garçon qui m'a fait mourir de rire lorsque je me demandais si je serais jamais en mesure de sourire à nouveau un jour.

Vous êtes tous les trois les amours de ma vie.

Composition et mise en pages
Nord Compo à Villeneuve-d'Ascq

Pour plus d'information :

#lisez!
engagé
www.lisez.com

Imprimé sur du papier issu de forêts gérées durablement.

Imprimé en Espagne par Liberdúplex
en septembre 2023
Nº d'impression : 112012

POCKET – 92, avenue de France, 75013 Paris

S33301/01